（第6辑）

李伟民 主编

中国莎士比亚研究

四川外国语大学莎士比亚研究所
中国外国文学学会莎士比亚研究分会 主办

上海交通大学出版社
SHANGHAI JIAO TONG UNIVERSITY PRESS

内容提要

本书为莎士比亚在中国的学术研究文集。全书分为九编,分别是莎剧改写·文本与理论研究、纪念莎士比亚诞辰 460 周年与版本研究、莎剧舞台与影视研究、《哈姆莱特》研究、文化与翻译研究、续史贯珍、莎学书简、莎言莎语、书评书讯与信息。本书既有文本研究也有翻译、舞台改编等研究,既有当前莎学成果也有以往经典莎学研究成果,同时扩展到莎士比亚同时代作家作品研究,也包含莎学前辈往来书信,期望给读者带来启迪。

本书适合莎士比亚研究学者参考使用。

图书在版编目(CIP)数据

中国莎士比亚研究. 第 6 辑 / 李伟民主编. — 上海 :
上海交通大学出版社,2024.1
ISBN 978 - 7 - 313 - 30408 - 7

Ⅰ. ①中… Ⅱ. ①李… Ⅲ. ①莎士比亚(
Shakespeare,William 1564-1616)—戏剧文学—文学研究
Ⅳ. ①I561.073

中国国家版本馆 CIP 数据核字(2024)第 053033 号

中国莎士比亚研究(第 6 辑)
ZHONGGUO SHASHIBIYA YANJIU(DI LIU JI)

....

主　　编:李伟民
出版发行:上海交通大学出版社　　　　　　地　　址:上海市番禺路 951 号
邮政编码:200030　　　　　　　　　　　　电　　话:021 - 64071208
印　　刷:上海盛通时代印刷有限公司　　　经　　销:全国新华书店
开　　本:787mm×1092mm　1/16　　　　印　　张:21
字　　数:385 千字
版　　次:2024 年 1 月第 1 版　　　　　　　印　　次:2024 年 1 月第 1 次印刷
书　　号:ISBN 978 - 7 - 313 - 30408 - 7
定　　价:98.00 元

中華詩學　曹思迪

說部叢書
第一集第八編
吟邊燕語
英國莎士比原著
中譯
中國商務印書館印

說部叢書
第一集
第八編
吟邊燕語
中國商務印書館印行

莎翁傳略

福城（Stratford-upon-Avon）

莎翁名威廉，公元一五六四年四月生於英國愛文河上之斯脫雷未福城，父名約翰，性好地包長，而以買賣羊毛及穀為業，為小鎮之家，後謂業屠宰，亦兼毛織，相周而至營者，母瑪麗阿頓，瓦立克郡望族女，一五五七年來歸，莎氏威廉為姊妹弟兄八人之第三，威廉幼年進本邑村學，初學自文字聖經同邑近村海城已，近五十歲。翁於一五八二年娶同邑安妮哈惹威為婦，時年十八，而安妮已二十有六。先是翁於加坡附近一妹皆幼折，弟弟隨時，婚後二十六年赴倫敦，初為劇院雜務，繼而自編劇本，漸著名劇院經理，其晚歲以劇院經紀名重，故里退歸，享優遊之樂，惜不久即謝世，卒於一六一六年四月二十三日，近五十二歲。其殁生日期亦同，故未能確定。一說生於四月二十六日，歿葬同月二十三日。

印須愛院，故延展方於二十四五之日。有二女一子，子早殤，二女威年而嫁，公元一六一一年而退隱，許五荷一首行詩一套百五十四首，雜作歌詞六四。閱莎翁事蹟，後世數事可信者，如一代巨人，而有閒記述散失至此，食信下述數事，有以證之，翁卒後二十六年，英國大戲突起，仇對行動，亂離於蘇間，於蔵劇本遺棄盡多，備為劇人，其用古物皆遭摧殘，死前三年，劇院遭大火，莎翁原稿本，王克復塞之少年，偽為劇人。莎翁所作，焚於相周之業中，文物自須受摧殘。一六一四年，翁故里又遭大火災，延屋凡五十餘棟。璟生民（Ben Jonson）之包，其後布雷電圖四柵，惟乙生坮故，不甚可靠之傳記院既其甚多，復後或為約二字全聚，所以其姓之拼法言，樓計有十種之多，即「Shakspere」、「Shaxpere」、「Schackspere」、「Shakspere」及「Schakespere」、「Shakspere」、「Shakspeyre」、「Shackspere」、「Shaxpere」、「Shakspere」、「Shakespeare」及「Shakespeare」，雖普通均最為式也。

不乏炫奇之士，執持其他拼法者。（據考，翁本人所用之簽署，亦不一致。）當者拼音文字，但須音近，形式本在其次，而當时亦未如近代之講求固定拼法，蓋尚在「中古英文」嬗变為「近世英文」伏波未已之際。）於其体貌俊偉，資質聰敏，則中無异词。於其少年曾獲充分教育，然其後並未博通群籍，則亦人所共認。然而若干事雖經多人力斥其偽，而终仍流傳不已：謂其所以遠往京师，乃窃公園鹿子為人追捕所致，其一也；謂其初至倫敦，無以為生，遂伺於戲院门外為客執馬，劇散客出則承迎之，以獲微資，免凍餒，其二也；其長女之生，距其婚期不足七月，其三也。而其尤重大者，厥為以威廉莎士比亞其人根本不善寫作，後世所謂莎氏作品者，實多為当時名人培根（Francis Bacon）托名之物。凡此種種，愛莎翁敬莎翁者恆多方考證以斥其誕，而若無由考證，則更極力揣斷，謂其必無。實者窃鹿可為少年任性所使，執馬可為懷才未遇之權宜，婚前合好之在彼悪爱公開習俗之中，又豈必為莫贖之巨愆，况其並未於此隐諱，此而固謂為玉中之瑕，則亦惟為微塵而已，縱不去之，亦無傷於其瑩潔也。至於「培根问題」，此尤歧義段廣大，斥之駁之者诚亦出於爱翁敬翁，然就純粹藝術欣賞之立場言，則此三十七部劇及百數十章詩，無論其為威廉莎士比亞或法郎西斯培根所著，其本身既不朽，尚何求哉。

（诸如此類，不一而足。）

莎翁著述，自以戲劇為主。其題材皆取自已有故事或他人著作，而其润改增削之巧，足奪天工，足垂萬世，化抄襲「剽窃」為無上藝術之創作：天分使然也。論其内容，雖所叙為遠古或異域之人之事，而人性真理之形諸楮墨現诸舞台者，不僅伊利莎白时代之英國讀之如身歷其境，即在任何年月之任何境域，亦绝無隔阂疏外之感：蓋其對人情事態觀察深锐，感觸敏快，天分使然也。論其文字体式，劇本用「無韻诗」（blank verse），在英國始於馬芳氏（Christopher Marlowe），然馬早死，未顯大功，而同时代剧作家若干輩亦皆未能善用之，独莎氏能運用自如，一反前此僵硬板滞之作風，使戲劇史上放一異彩：此非莎氏精研声韻博通诗理所臻，天分使然也。

（体制）

雖然，伊利莎白時代當乱後承平，百姓安樂，乃接戲劇以發展之因缘；戲劇發展，乃援天才以表現之因缘：莎翁天才，半亦由時世而成英雄也。莎劇之性質分類，殊無定規。最概略者，分「喜劇」「史劇」「悲劇」三類，大概後二類甚少異議，而「喜劇」中可分「悲喜劇」及「純喜劇」二种，或亦分「喜劇」與「浪漫劇」二种（浪漫為「romantic」之音譯，意實為「富於奇趣妙想」）。[redacted] 於各劇著编之次序，亦之確証，僅無定論。若干劇技術略次，大致均成於早年，若干劇 [redacted] 神功因熟，必可判為晚期之作 [redacted] 版本甚多，世皆視牛津版為圭臬。

莎翁子夭於幼年，故嫡系未有傳。長女素珊娜歸豪爾氏，育一女，此女夫死再嫁，惟均無所出。次女名伊利莎白，次女珠第斯嫁昆内氏，生子女三人，惟皆夭亡。西俗女系後裔亦稱直系，而莎翁則於此亦绝傳。翁三弟均早世，故亦無侄從旁系，惟長妹瓊恩一支，繁衍長久，但亦已於终断數十年於兹。瓊恩於一五九九年嫁同邑哈特氏，其子孫均居故里，無藉藉名，僅一查尔斯者，曾為演員負誉甚盛，其最後一傳中，有一女老而不婚，於一八二五年入居莎翁誕生之宅屋，恆為访古之客展數家珍，且同时以其自撰劇稿一部相示焉。噫，岂上蒼以威廉所得已過厚，而於莎氏一族乃旁各支吝斯之薄乎！

目　录

> **第一编**　莎剧改写·文本与理论研究

消针尖麦芒于温柔陷阱——莎士比亚《驯悍记》与泰勒《醋女孩》 …………… 张　冲/3
为沉默的王后发声——论《李尔之妻》对《李尔王》的续写 ………………… 王　骁/16
莎士比亚《暴风雨》的空间叙事研究 ………………………… 戴丹妮　张艺璇/25

> **第二编**　纪念莎士比亚诞辰 460 周年与版本研究

真善美是他永恒的追求——纪念莎士比亚诞辰 460 周年（上篇） …………… 李伟民/39
文艺复兴时期作品的编辑出版与《浮士德博士的悲剧》的版本变迁
……………………………………………………… 杨林贵　刘自中/68

> **第三编**　莎剧舞台与影视研究

后现代的中国莎剧电影批评：以《夜宴》和《喜马拉雅王子》为例 …………… 徐　嘉/83
复得感：喜剧理论一种 ………… 哈罗德·H. 瓦茨　著　鲁跃峰　译　于传勤　校/93

> **第四编**　《哈姆莱特》研究

疯癫与理性：《哈姆莱特》中的疯癫书写 ……………………………… 李　波/105

从《哈姆雷特》中对鬼魂的诸多称呼细看莎翁及其同时代英国人的鬼魂观

.... 北 塔/115

第五编　文化与翻译研究

从《第十二夜》管窥英国文艺复兴时期的"姐妹情谊" .... 戴丹妮　赵育宽/131

衍变与操控:莎士比亚历史剧《亨利五世》的汉译 覃芳芳/142

莎士比亚戏剧的跨文化演绎——论中国越剧与日本宝冢歌剧的异同

.... 王雅雯/151

第六编　续史贯珍

莎翁传略 朱文振/165

谈历史剧 孙家琇/170

论莎士比亚及其遗产 .... A. 斯米尔诺夫　著　沙可夫　译/175

莎士比亚的故乡 .... N. 麦耀尔斯基　著　沙可夫　译/205

威廉·莎士比亚 .... 米·莫洛卓夫　著　沙可夫　译/208

看《汉姆雷特,丹麦王子》在列宁格勒的演出 沙可夫/230

莎士比亚风格底发展 .... G. 赫里逊　著　宗玮　译/234

第七编　莎学书简

莎学书简(6) .... 李伟民　杨林贵　曹树钧/257

第八编　莎言莎语

仙枰杂谈:莎言莎语 .... 路 人/289

第九编　书评书讯与信息

面向校园文化建设的莎剧演出:《青春舞台 莎园芳华——首届"友邻杯"

莎士比亚(中国)学生戏剧节实录暨莎剧教学与实践学术论文集》序

…………………………………………………………………………… 从　丛/309

国际学术研讨会"空间、物、数字文化与莎士比亚"——重庆市莎士比亚

研究会第十四届年会在四川外国语大学召开　………………… 袁　莎/312

《中国莎士比亚研究》编辑部在四川外国语大学召开"第三届学术与出版"

编辑研讨会　…………………………………………………… 钟　莎/315

北塔《新译、新注、新评〈哈姆雷特〉》出版　……………………… 中　莎/317

《哈姆雷特》(新译、新注、新评)学术雅集在北京举行　………… 赛　迪　郑　雯/318

首届"友邻杯"莎剧节回顾:《青春舞台 莎园芳华——首届"友邻杯"

莎士比亚(中国)学生戏剧节实录暨莎剧教学与实践学术论文集》

出版　………………………………………………………… 赵育宽/320

附　录

《中国莎士比亚研究》征稿启事　………………………………………… /321

《中国莎士比亚研究》格式　……………………………………………… /322

第一编

莎剧改写·文本与理论研究

消针尖麦芒于温柔陷阱
——莎士比亚《驯悍记》与泰勒《醋女孩》

张　冲

【摘　要】　莎士比亚的《驯悍记》向来为改编者提出了很大的挑战。安妮·泰勒的当代小说重写《醋女孩》(Vinegar Girl)以独具作者创作风格的书写，用"温柔陷阱"应对了这一挑战。本文首先分析了《驯悍记》的各种改编策略及其得失，通过对照分析《驯悍记》中凯特琳娜和《威尼斯商人》中鲍西亚的两段台词，并进一步观照泰勒小说中女主角的"结婚宣言"，指出泰勒以温和幽默的笔调为《驯悍记》颇具争议的两性冲突提供了可能的另一条出路，但同时也削弱了莎剧原作的语言锋芒和深刻的女性权利话题，而这样的得失，可以为经典重写研究提供有价值的案例。

【关键词】　《驯悍记》;《醋女孩》;莎士比亚小说重写

A Tender Trap for Angry Lovers:
Vinegar Girl Rewriting *The Taming of the Shrew*

Zhang　Chong

【Abstract】　This paper reads critically into Anne Tyler's *Vinegar Girl*, a fictionalization of Shakespeare's controversial *The Taming of the Shrew*. Starting with an overview of the various adaptations as attempt to cope with the issue of "misogyny", and a comparison of two passages from respectively Katharina in *The Shrew* and Portia in *The Merchant of Venice*, the author argues that, by softening the intensity of the major conflict in the original, Tyler forsakes much of the original strength and argument in Shakespeare, when she provides a possible way out for such conflict through her characteristic humor and tenderness，and this provides a valuable case for contemporary rewriting of canon literature.

【**Key Words**】 *The Taming of the Shrew*；*Vinegar Girl*；*fictionalization of Shakespeare*

莎士比亚的《驯悍记》(*The Taming of the Shrew*，1590?)向来是一部令人头痛的"喜剧"，早在1897年，萧伯纳谈及《驯悍记》中凯特的"转变"时愤然写道："最后一场戏令具有现代情感之人极为厌恶。"①随着20世纪60年代西方女性平权运动兴起，特别是女性主义、性别研究等批评理论的加入，《驯悍记》中的"厌女"甚至"仇女"和"辱女"的因素成为研究焦点。卡拉汉在她的《女性主义莎士比亚指南》中就明确指出，莎士比亚戏剧中有明显的厌女和压迫女性现象(Callaghan 48)，布斯在谈到改写包括《驯悍记》在内的一些莎剧时的主要冲动就是要"将女性被压迫的痛苦经历与莎剧建立互文关系"(Boose 181-182)。因此，任何将此剧改编搬上舞台或银幕的尝试都必须面对几乎不可躲避的问题：面对一众女性，女演员如何演绎剧中被冠以"悍妇"恶名的凯特? 男演员如何演绎彼特鲁乔以近乎荒诞不经的洗脑方式将凯特"驯服"? 特别是全剧戛然而止之前，凯特那篇宣扬"服侍、关爱、顺从"的"女德宣言"②，是宣告"悍妇终被驯成良妻"的皆大欢喜结局，还是告诉台下的女性观众回家后应谨记遵守的行为规范? 因此，在近二三十年的《驯悍记》舞台或银幕改编中，除了偶尔有颠倒演员角色性别(男演员演凯特、女演员演彼特鲁乔)的实验性演出外，大多都通过各种改动，着眼于传达女性作为男权压迫和蹂躏的受害者形象，并让凯特在剧末用悲愤控诉的方式念出那段台词。这样做的结果就是把这部喜剧演成了差一点要变成悲剧的正剧，如2016年莎士比亚四百年纪念活动期间伦敦环球剧院上演的那部《驯悍记》，虽然导演主创将故事情节搬到了爱尔兰历史背景之中，凯特最后那段台词依然传达着具有普遍指向和意义的对男权社会的控诉。③

也有人一直试图从理论上和实践中淡化《驯悍记》的"仇女辱女"因素。有学者指

---

① "The last scene is altogether disgusting to the modern sensibility."转引自Johnson，第149页。

② serve，love，and obey：见Shakespeare：*The Taming of the Shrew*，5.2.169。本节《驯悍记》与《威尼斯商人》的引文及行号均根据 *The Oxford Shakespeare*：*the Complete Works*，2nd Edition，Stanley Wells & Gary Taylor eds.. Oxford：Clarendon Press，2005。译文除专门说明外均为自译。

③ 参见张琼：《当下性与能动性：论莎士比亚当下意义的动态生成》，《解放军外国语学院学报》2020年第5期，第62-68页。

出,凯特最后的那段台词①是"迄今为止为基督教教义中的一夫一妻制最出色的辩护",因为一夫一妻制强调了丈夫作为朋友和保护人的角色,而凯特的彼特鲁乔两者兼而能之(转引自 Johnson 150)。这一观点似乎被著名的意大利导演泽法莱利(Franco Zeffirelli)认可,在他发行于 1967 年的那部由伊丽莎白·泰勒和理查德·伯顿主演的电影《驯悍记》中,凯特居然被彼特鲁乔的男子气和自信吸引,最后深深爱上了他。也有学者认为,不应该过分指责莎士比亚,因为在伊丽莎白时期,英国女性的社会和法律地位低是历史的现实,看见莎剧中女性屈服于男性,的确使当下的我们感到不快,但莎士比亚可能根本没想到过这样的问题(Thompson 41)。更有学者抱怨,如果《驯悍记》只能从女性主义角度去解读的话,那就限制了从其他角度阐释此剧的可能,也会使我们忽略了剧中其他一些同样有意义的因素(Bennett 72 - 73)。

　　一个颇有意思的对照是 1929 年的《驯悍记》电影改编,玛丽·皮克福德(Mary Pickford)扮演的凯特琳娜在讲完台词后转身给在场的其他女性一个冷嘲讥讽的挤眼微笑,似乎在表达"老娘是在逗你玩呢,你这蠢货"的意思。这的确是一条比较合理可行的改写思路,但问题在于:在《驯悍记》此前的剧情台词中似乎很难找到充分的细节支持这一长篇"女德宣言"的反讽语气,更重要的是,在当下的文化社会语境中,无论如何牵强改动,这一篇"女德宣言"完全不足以将喜剧气氛推向高潮,更可能是引来一片愤懑的嘘声。②

　　尽管莎士比亚剧中不乏智慧与美貌并存的女性角色,特别是其浪漫喜剧,大多以《如愿》中的罗瑟琳、《第十二夜》中的维奥拉和奥莉薇娅、《无事生非》中的碧特丽丝等光彩动人的女性形象为主角,但在当时的社会现实中,女性始终是男权社会的附庸,是婚姻中的商品,是家庭的仆役,《威尼斯商人》中鲍西亚在被巴萨尼奥选中匣子之后的那一长段"为妻宣言"③,以表面的喜剧风格呈现了这一事实,尤其是将丈夫巴萨尼奥称为"主人、统管、君王",单从字面上看,几乎是《驯悍记》中"主人、君王、统管"④的回响。但是,鲍西亚在剧情中看似被动柔弱,却始终掌握着剧情推进的关键,也掌控着包括丈夫巴萨尼奥在内的一众男性的行为,甚至连安东尼奥的生命都要仰仗她的如簧巧辩,在庭审上

----

　　①　原文与译文参见文末附录。译文为作者自译。

　　②　2016 年由上海戏剧学院戏曲学院演出的京剧《驯悍记》(郭宇编导),对莎士比亚原作进行了颇有新意的改编,既"补齐"了原作被认为缺损的"梦境",又以充满中国思想文化传统对美满婚姻的想象。参见张琼:《梦里不知身是客:京剧〈驯悍记〉观后》,《上海戏剧》2016 年第 7 期,第 30 - 32 页。

　　③　原文与译文见文末附录。译文为作者自译。

　　④　"her lord, her governor, her king"(*The Merchant of Venice*,3.2.167);"thy lord, thy king, thy governor"(*The Taming of the Shrew*,5.2.143)。

击败夏洛克,并保证了全剧在喜剧气氛中结尾。不过,我们如何来理解鲍西亚的那段"为妻宣言"呢? 在此,将凯特琳娜的"女德宣言"和鲍西亚的"为妻宣言"对照一下,或许能更好地说明问题。

上述两段台词的篇幅和在剧情中的位置本身就已经可以说明一些问题:凯特琳娜的"女德宣言"共 44 行,出现在全剧即将结束之际,此时,剧情和人物的转折均已经完成,长篇台词的作用是宣示全剧主题,将全剧推向剧终高潮(无论是闹剧、喜剧还是正剧)。反观鲍西亚的"为妻宣言",该段台词 26 行,发生于剧情的铺垫阶段,其剧场功能是一剂缓冲,通过预设的喜剧性"指环风波"来消解主线中夏洛克败于庭审人财两空的悲剧气氛,为剧情保证了喜剧的大团圆结局。

从台词内容看,凯特琳娜"女德宣言"更合适的表述应该是"女德训诫",因为这段台词的语篇特征显然指向这样的事实:其实并不是凯特琳娜在表示"我应该改过为新",而是她现身说法,告诉其他女性应该如何在社会上和家庭中"摆正"自己的位置,这段"训诫"的对象,很大的可能并非主要是台上的女性人物,更可能是冲着(甚至是指着)台下所有的女性观众①发出的,因为从五幕二场的出场人物来看,剧本提示中只有凯特琳娜、妹妹比央卡、"一寡妇"三位女性,尽管在具体演出时可能会安排更多的女性人物上场。因此,"女德训诫"的意义是外指的,即虽发乎剧情之中却游离于剧情之外,凯特琳娜是对着观众在说话,而且更值得注意的是,这完全可能是男性(剧情里的丈夫、剧情外的剧作者)塞进她嘴里去的②。《威尼斯商人》中鲍西亚的"为妻宣言"则完全不同:它是内指的,即服务剧情本身,指向人物本身,鲍西亚是对着巴萨尼奥说话。值得指出的是,与凯特琳娜"女德训诫"从头到尾的第二人称指向,即"你/你们"形成对照,鲍西亚的"为妻宣言"完全不同,整段台词从充满自谦的"我"如何不够优秀开始,十来行之后变成了"她",此时鲍西亚似乎跳出了自己的真身,从旁"客观地"做着描述,而那句"主人、统管、君王"正出现在这跳脱真身的六行台词中,原文是"她的主人、她的统管、她的君王",说完这六行,鲍西亚才再次回到"我",把刚才还是一切之主的"我"交给了巴萨尼奥。尽管当代的观众听来会觉不适,但考虑到当时的社会法律习俗,也应该可以理解。关键在于鲍西亚虽然接受了婚姻的无奈,却立刻以"戒指之约"从根本上挑战并随时准备着颠覆男权社会强加在女性身上的不公平,鲍西亚以柔克刚的策略,不仅有效地对抗和消解了剧情中的男权中心压力,也为后来的喜剧转向和结局埋下了合情合理的伏笔。

因此,《驯悍记》中的凯特琳娜和《威尼斯商人》中的鲍西亚有着本质差别,前者的

---

① 尽管根据当时的禁令,她们可能都是女扮男装混进剧场看戏的。

② 如果在改编这一桥段时,让男声画外音代替凯特琳娜的声音,或许会有特别的效果。

"女德训诫"和后者的"为妻宣言",在篇幅、语言、形式、风格、语气、潜台词等方面也大相径庭,后者完全可以支撑剧情的喜剧性高潮,而前者却根本无法烘托喜剧氛围。这一点,为在当代的社会文化语境下重写或改写《驯悍记》造成了十分棘手的障碍,剧中的性别歧视问题与《威尼斯商人》中的犹太问题和《奥赛罗》中的种族歧视问题一样,似乎是任何改编者(特别是西方的改编者)都难以绕着走的困境。

《醋女孩》①是泰勒(Anne Tyler,1941—　)的重写选择。虽然《醋女孩》中女主人公凯特最终进入婚姻之套,其"主动选择"实在颇有疑问,可霍加斯出版社让泰勒第一个挑选自己愿意重写的莎剧时,她却主动选择了这部麻烦不少、很难讨巧的《驯悍记》②。泰勒是当代颇受出版业和读者欢迎的作家,出生于美国明尼苏达州的明尼阿波利斯市,毕业于杜克大学。她的第一部小说《如果还有早晨来》(*If Morning Ever Comes*,1964)描写人的孤独和人际交往的困境,10 年后她接连发表《天境巡游》(*Celestial Navigation*,1974)和《寻找迦勒》(*Searching for Caleb*,1975)两部长篇,前者描写一位从未离家甚至很少离开自己房间的男子在母亲去世后被迫接受带着孩子的女租客,他们在情感和表达上经历的困难和窘境,而后者则写一看似稳定和睦的中产家庭里一位离家出走的六岁男孩,泰勒从此开始获得读者和批评界的关注。1982 年的《思乡餐馆的午餐》(*Dinner at the Homesick Restaurant*)出版后旋即上了热销榜,故事讲述历经生活艰辛的三个孩子长大后相聚,回忆当年的母亲,袒露各自心头和生活中曾经的"秘密",最终意识到家庭和血缘的纽带力量。1988 年的《意外的旅行者》(*The Accidental Tourist*)也是泰勒颇受欢迎的一部长篇,小说主人公十分讨厌旅行却一直在写旅游指南,他经历了离婚的挫败和失子的痛苦,悲伤中遇到天性乐观的驯狗师及后来发生的各种有趣事件,小说还被改编搬上了大银幕。泰勒的第 11 部作品《呼吸课》(*Breathing Lessons*,1988)获普利策小说奖,故事中两位女性在去鹿镇的路上相遇,各自回想起自己的婚姻,两人不时因观点不合、处事方式不一而发生争吵,但彼此还是努力忍受和接受对方,最终她们发现,真正认识一个人会给自己带来力量和快乐,人际关系也会出现奇迹。泰勒最近的、也是她第 23 部小说是出版于 2020 年的《街边的红发女郎》(*Redhead by the Side of the Road*)③,讲述一位自谋职业的中年单身 IT 维修员因性格和习惯,在和女友的恋爱中处处不顺。

总之,泰勒的小说以描写家庭生活和刻画人物行为细节见长,作品多为充满机智情

---

① 本文论及的泰勒小说 *Vinegar Girl* 的中文标题及文中引用均为作者自译。
② 参见 Johnson,第 150 页。
③ 也有根据小说内容译为《麦卡的窘境》。

感的风俗喜剧,叙事风格以温和幽默为主,情节中极少见激烈的观点冲突和情感撞击,而这,似乎与莎士比亚那部充满喧嚣吵嚷甚至还带着点闹剧风格的《驯悍记》有些对不上。因此,《醋女孩》出版之后获得的评论中,除了对这位知名作家礼貌的赞扬,对她的文笔风格的惯例肯定之外,谈到内容和重写策略的,基本上都是(礼貌的、克制的)批评。希曼直截了当地把这部小说称为"当代即兴创作",认为凯特最后接受的不是自愿的婚姻而是变种的"强迫婚姻",因为天性独立的凯特居然会屈从父亲和彼特罗的"绿卡计划",完全没有人物性格逻辑的支持。希曼对《醋女孩》的总体评价是:"一个引人入胜、闹闹嚷嚷、狡猾邪恶的突转和启示的故事。"①约翰逊更在其《耶鲁评论》的文章中认为,除了人物名字和总体上的婚姻情节,《醋女孩》与莎士比亚的《驯悍记》没有太多的关系,并指出作品"情节单薄苍白,语言过于浅近,毫无修饰"(Johnson 151)。只是,这样的评论似乎失之表面,显然是一读之后的初次印象。泰勒对莎士比亚的《驯悍记》到底采用了什么样的重写策略,特别是她如何用自己特有的观念和创作风格来处理莎士比亚剧中令当代观众读者不愉快的"驯悍"线索,需要深入小说叙事和文字背后来探究一番的。

《醋女孩》的情节直截了当:"大龄女孩"凯特从高校退学,除了一份幼儿园老师助理的临时工作之外,承担着几乎全部的家务,做生物学家父亲巴蒂斯塔的后勤,照顾还在读中学的妹妹巴妮("小兔")。巴蒂斯塔困于研究瓶颈,而他从海外招来的得力助手彼特罗因签证问题无法继续留任,为挽救自己的项目,巴蒂斯塔设计让彼特罗娶凯特为妻,既可以永久保障自己项目的进展,又可以把大女儿凯特嫁出去。凯特和彼特罗经历了一系列的个性冲突和日常事件之后,凯特终于接受了原本带有"绿卡阴谋"因素的婚姻,把自己嫁了出去。

与莎士比亚《驯悍记》相比,泰勒《醋女孩》的人物和情节都像是蒙上了一层柔光。小说中的凯特完全没有莎剧中凯特琳娜的暴脾气,她虽然不那么合群,说话多少有点冲,但内心善良柔软,遇事多为他人着想而宁肯自己委屈。她虽然对幼儿园教师助理的工作并不喜欢,对自己协助照看的那班孩子也没有流露出过多的爱心,但依然会在去校长办公室的路上顺便给午睡的孩子掖好被角;莎剧中那个处处欺负妹妹比央卡的凯特琳娜,在泰勒笔下变成了对妹妹巴妮虽不那么喜欢却依然悉心照顾的姐姐,而巴妮虽然时常顶撞姐姐,也能在最关键的时候提醒她不要成为婚姻的牺牲品(123)。凯特在父亲房间里发现她年幼时去世的母亲的遗物,勾起她对母亲的温柔回忆,考虑到母亲形象在《驯悍记》中完全缺失,泰勒的这一增补实际上助力了"柔化"凯特并使其最终接受婚姻

---

①　Donna Seaman: *Booklist*, May 1, 2016, 72.

的决定"合理化",而这样的"柔化"和"合理化"在对应《驯悍记》中彼特鲁乔的彼特罗形象上体现得更为明显:与莎剧中那个自我中心、放浪不羁、行为乖张的彼特鲁乔相反,泰勒的彼特罗是一个相当谨慎被动的人物,处处努力"顺从"凯特的意思,特别是当凯特解释自己不喜欢"蜜糖女孩"(honey girl),因为"蜜比醋更招惹苍蝇"时(126),他立刻表示同意,呼应着把凯特称作"醋女孩"(vinegar girl)①,言下之意:他可绝不是冲着蜜糖去的苍蝇。

    泰勒化"暴力驯服"为"以柔克刚"的重写策略,不仅体现在人物设计上的"去悍",更表现在对"驯"的过程做了两处几乎是颠覆性的改动:其一,泰勒把"驯"的主角从丈夫改为父亲,把"驯悍"变成了"嫁女";其二,滤掉了莎剧中彼特鲁乔在"驯悍"时所有的语言暴力和行为暴力,着力描写巴蒂斯塔嫁女的苦心和彼特罗娶妻的坚持。这样改动的结果,完全消弭了莎剧中令人不快的"强嫁""强娶""强驯"情节②,而让《醋女孩》读起来更像是一部多少与当代社会生活相关的"嫁出大龄女孩"的喜剧故事,是"劝嫁"而非"强嫁",正如小说中凯特家的亲戚理查德所说:"简直不敢相信把这姑娘给嫁出去了,一大家子人可都大大松了口气啊。"(221)

    事实上,用"计嫁"来描述《醋女孩》的主情节,恐怕比"劝嫁"更到位,尽管小说中的父亲巴蒂斯塔的确在不停地"劝说"凯特同意嫁给彼特罗,试图"在彼特罗与凯特之间打出火花",但他并不"笨拙"(Seaman 72)。虽然泰勒没有留下明显的线索来证明,整个"嫁女"过程是巴蒂斯塔的精心设计,更无法肯定彼特罗是否也故意用看似笨拙的方式实施着"逼婚",但凯特对婚姻的抵触态度他们是完全明白的。巴蒂斯塔刚对凯特挑明了自己的绿卡计划,凯特就断然拒绝,并用她少有的愤怒口气质问道:"原来你一直在把他往我这里塞,而我却迟钝到竟然没有意识到。我简直不敢相信我自己的父亲会想出这样的办法对待我。"(68)即使是"木讷"的彼特罗也多少能感觉到凯特对婚姻并不情愿。就在婚礼即将开始时,彼特罗去了趟实验室,惊恐地发现做实验的小白鼠全都不见了,这意味着此前所有的实验全部失败,整个项目陷于绝境。盛怒之下,他对凯特脱口而出的那句"那你就不必被迫结婚了"(187),绝非一时口误,而是把他长久以来有意压在潜意识中的认知释放出来了。更能说明问题的是:凯特在结婚仪式前去彼特罗的房间看看,因为那是她即将要离开自己的家和一个男人共同生活的地方,可她在那本月历上发现,当天的日子格里空空如也,根本没有标记要举办婚礼的任何记号或文字(205)。

① 本文将 Vinegar Girl 译为《醋女孩》,即出于与此细节呼应的考虑。
② 其实,《驯悍记》并未提供足够合逻辑的细节来证明凯特琳娜嫁给彼特鲁乔一事是她出于自愿还是被迫,而这样一来也更说明在当时的文化语境下女性在婚姻中几乎没有什么主动权。

　　其实,小说中"劝婚劝嫁"过程中的一系列细节显然无法用"随意"或"无意"来解释过去。巴蒂斯塔用听似随意的口气告诉凯特当天晚餐有客人来,就是自己研究所里那位优秀的年轻科研工作者;他不时让凯特给他往研究所送饭,却每次都让她巧遇彼特罗;他趁周末让彼特罗溜进家里和凯特聊天做园艺,并偷偷拍照记录;他让凯特不要太在意领个结婚证的事,说"那不过是一纸公文"(112);如此等等。然而,当最后凯特接受了婚姻,表示要搬出家去和彼特罗一起生活时,巴蒂斯塔那句"但这完全不是我计划好的!"(157),完全颠覆了此前的所有看似无意或随意的假象:原来一切都是他安排设计好的,都是巴蒂斯塔的"婚套",是他对凯特的"洗脑"。彼特罗也很难摆脱这样的嫌疑:他整晚不停地给凯特发短信,不断告诉她(强迫她相信)"你关注我""你喜欢我""你为我发疯"(125),就连结婚证,居然也是他和未来的岳父巴蒂斯塔去领的,好像结婚一事与凯特无关。从这一点看,泰勒的重写实际上补充了莎士比亚《驯悍记》中凯特琳娜(答应)结婚一事中的"缺失的链条",而且从本质上说,都是违反女孩本意的行为,差别仅在于莎士比亚为"驯悍"主题干脆一步跳到婚姻既成的现实,泰勒则描写了导致婚姻既成的过程:父亲巴蒂斯塔和"未婚夫"彼特罗对凯特的洗脑或软胁迫。

　　泰勒的笔调是十分精致微妙的。毕竟小说所写是家事,毕竟是巴蒂斯塔和彼特罗希望并努力促成一段婚姻,毕竟在整个过程中没有冷暴和家暴,没有依靠强力手段迫使凯特接受婚姻,而所有的"劝嫁劝婚"都以"以退为进"的策略展开,从而控制了冲突的程度,使凯特最后的态度转变显得合理,显得可以接受。因此有评论认为,小说写的是"凯特的自我驯服",是她自己最终意识到"应该承认改变、成长和接受"(Smiley 15)。但是,当凯特向幼儿园同事们宣布了自己打算结婚的消息,同事们纷纷表示惊喜和祝贺,凯特此时的感受却是模糊和矛盾的:既感觉开心,因为自己终于受到了重视;又感到愤怒,为什么女性结不结婚对她在社会场合的境遇竟有如此差别;更感到受了欺骗或在欺骗别人(152)。因此,即便泰勒的重写以皆大欢喜的喜剧结尾,那喜剧必须有的大团圆的快乐恐怕也不是没有阴影和不确定、担忧的。泰勒弱化了莎剧围绕女性主义的话题性,但话题依然存在。

　　改写莎士比亚,一定绕不开莎士比亚剧中某些关键和经典的片段,就重写《驯悍记》而言,凯特琳娜在剧终时的那段长篇"女德训诫"正是重写者必须面对的片段之一。泰勒以其一贯的风格,在小说情节推进到结婚仪式的结尾高潮时,让凯特对着所有对她转变态度接受婚姻持有疑问的宾客(特别是妹妹小兔巴妮),说出了可以被称为"凯特的婚礼宣言"的一大段话,这样的长篇大论,对小说全篇中的凯特来说绝无仅有:

　　你爱怎么对待你老公是你的事,但是我可怜他,不管他是谁。做男人真的很难的。你难道没想过吗?所有让他们揪心的事,他们都觉得应该藏在心里。他们觉得应该做出主管一切的样子,能把控一切;他们不必表露自己的真实情感。哪怕他们伤心、难过、想家,哪怕他们头顶一片乌云,哪怕他们要倒大霉,他们总会说,"哦,我没事","一切都好。"你想想就明白了,他们的自由比女人要少得多。女人从小就懂看人心思,她们的感觉越来越敏锐,她们的本能,她们的共情能力,她们的人际什么来着?女人明白事情背后的真相,可男人只关心体育比赛、战争、名誉、成功。男人和女人就像在两个不同的国家!我没有像你所说的"后退",我是在帮助他进入我们的国家。我是给他一个在人人可以成为自己的地方一处空间。(231-232)

　　在这篇"婚礼宣言"里,凯特没有"训诫"别人应该做什么不能做什么,她是在解释自己为什么要这么做,让大家明白自己为什么会有从拒绝婚姻到接受婚姻的转变,而这一转变在小说情节中有着循序渐进的细节铺垫,无论最终接受婚姻甚至拥抱婚姻是有意识还是无意识的行为,这样的转变是合情合理的。更重要的是,这段话的语篇信息明确无误地显示出,凯特是在"反客为主",从原先男女关系中的被动变为了主动,从尊卑变成了平等,措辞里并没有洋洋得意甚至是居高临下的傲慢和优越感,没有一丝对作为丈夫的男性的指责揶揄,相反,宣言通篇充溢着真诚、平等和善意,表达着"我理解他、我怜惜他、我要帮他"的心思,这完全颠倒了《驯悍记》中借凯特琳娜之口发出的"女德训诫"所宣示的男尊女卑的地位和君临顺从的相互关系。以平等友善为基础的互动、对话(包括争吵),最终达成相互理解,和谐共处,这是泰勒小说的不变线索和主题,《醋女孩》没有例外。从这一点上看,斯迈利对《醋女孩》的评语"人物具有莎剧中缺乏的心理深度,但缺乏力度"和"小说既非忠实的重述,也非激越的反述(countertale)"(Smiley 15),显然只对了一半:泰勒的人物不仅具有心理和情感深度,也具有行动和言辞的力度,只不过这力度更为稳重深沉,不常宣泄,但一泄则千里;泰勒的作品的确不是对莎士比亚原作的"忠实的重述",但却是有力的反述,虽然它没有以激越的形式表达出来,但比激越的行为(如严词批判愤怒控诉等)更有自信,更有定力,也更显凯特(乃至女性)宽怀大度包容的理解力,同时也是对莎士比亚《驯悍记》中不能再明显、不能再不正确的男权中心观念的尖锐批评和反怼。不过,尽管她走进婚姻这件事本身多少有"中了温柔圈套"的可能,她在婚礼上的转变依然有突兀之嫌,人们依然有理由怀疑她的这篇"婚礼宣言"到底是想说服别人还是说服自己?

　　因此,当泰勒为原作的所有因素都加上了柔光滤镜,使人物失去了"悍",使动作谈不上"驯",莎士比亚原作的问题性和话题性也随之失去,剧情体现的矛盾冲突也大大弱化。这样一来,泰勒的《醋女孩》重写《驯悍记》,写出的是她本人希望的事态原委和发展,莎士比亚只是一个由头;泰勒写的是自己想写的故事,是自己风格的故事,与莎士比亚有没有关系似乎并不重要。

参考文献

［1］张琼:《当下性与能动性:论莎士比亚当下意义的动态生成》,《解放军外国语学院学报》2020 年第 5 期,第 62 - 68 页。

［2］张琼:《梦里不知身是客:京剧〈驯悍记〉观后》,《上海戏剧》2016 年第 7 期,第 30 - 32 页。

［3］Bennett,B. T. "Feminism and Editing Mary Wollstonecroft Shelley:The Editor And? /Or? The Text". In George Bornstein and Ralph G. Williams eds.. *Palimpsest:Editorial Theory in the Humanities*. Ann Abor:University of Michigan Press,1993,pp. 67 - 96.

［4］Boose,Linda. "Scolding Brides and Bridling Scolds:Taming the Woman's Unruly Member". *Shakespeare Quarterly* 42(1991):179 - 213.

［5］Callaghan,Dympna ed. *A Feminist Companion to Shakespeare*. London:Blackwell Publishers,2000.

［6］Johnson,Greg. "Fiction in Review". *Yale Review* 4(2016):149 - 153.

［7］Smiley,Jane. "'Kiss Me Katya' in Anne Tyler's Updated *Taming of the Shrew*". *New York Times Book Review*,121:28,2016;15.

［8］Thompson,Ann,ed. *Shakespeare 1984:The Taming of the Shrew*. Cambridge:Cambridge UP,1982.

［9］"Tyler,Anne:VINEGAR GIRL."*Kirkus Reviews*,2016 - 04 - 01. http://www.kirkusreviews.com/

　　【项目基金】本文为教育部人文社科一般项目"当代莎士比亚小说重写研究"(19YJA752024)的阶段成果之一。

　　【作者简介】张冲,厦门大学讲座教授,复旦大学外文学院教授,文学博士,中国外国文学学会莎士比亚研究分会副会长,主要从事莎士比亚研究。

附录

凯特琳娜的"女德训诫"

（Katharina，*The Taming of the Shrew*，5.2.141－184）

Fie，fie！unknit that threatening unkind brow，

And dart not scornful glances from those eyes，

To wound thy lord，thy king，thy governor：

It blots thy beauty as frosts do bite the meads，

Confounds thy fame as whirlwinds shake fair buds，

And in no sense is meet or amiable.

A woman moved is like a fountain troubled，

Muddy，ill-seeming，thick，bereft of beauty；

And while it is so，none so dry or thirsty

Will deign to sip or touch one drop of it.

Thy husband is thy lord，thy life，thy keeper，

Thy head，thy sovereign；one that cares for thee，

And for thy maintenance commits his body

To painful labour both by sea and land，

To watch the night in storms，the day in cold，

Whilst thou liest warm at home，secure and safe；

And craves no other tribute at thy hands

But love，fair looks and true obedience；

Too little payment for so great a debt.

Such duty as the subject owes the prince

Even such a woman oweth to her husband；

And when she is froward，peevish，sullen，sour，

And not obedient to his honest will，

What is she but a foul contending rebel

And graceless traitor to her loving lord？

I am ashamed that women are so simple

呸！呸！请舒展紧皱的眉头别让人害怕，

眼睛里也不要射出嘲讽的神色，

不要伤害你的主人，你的君王，你的统领：

那神情会毁了你的美貌，如严霜摧毁草地，

如狂风吹落花蕾，毁掉了你的美名，

这么做既没有理智，也不讨人欢喜。

女人一旦发火，就像池水起皱，

泥浆翻起，浑浊不堪，毫无美感；

这样的池水，人哪怕干渴难忍，

都不愿意过去装一捧啜上一滴。

丈夫就是你的主，你的命，你的赡养人，

你的头脑，你的君王；他关心你，

为给你生活保障，他不惜竭尽全力

在海上在陆地不惧艰辛，

风雨中熬夜，寒冷中度日，

而你则蜷身于温暖的家里，无忧无虑，

不指望自己的双手能提供其他东西，

只除了爱恋，美貌和真正的顺从；

亏欠太多，付出却寥寥无几。

就是妻子对丈夫应尽之责，

一如臣子对王公应守之道；

如果她出言不逊，脾气暴躁，

还要去违逆丈夫真心的意愿，

她不就成了丑陋的叛逆之臣，

对爱意满满的主君离经叛道？

真令我羞耻啊：女人的头脑竟如此简单，

To offer war where they should kneel for peace；　　该跪求平和的时候却挑起征战；

Or seek for rule，supremacy and sway，　　本该对丈夫服侍、关爱、顺从，

When they are bound to serve，love and obey.　　她们却寻求强势权柄，要高人一头。

Why are our bodies soft and weak and smooth，　　我们的身体柔软孱弱又平滑，

Unapt to toil and trouble in the world，　　不适合这世上的艰苦与劳作，

But that our soft conditions and our hearts　　既然我们身体和内心都十分柔弱，

Should well agree with our external parts?　　难道不应该表现在外在的行动上?

Come，come，you froward and unable worms!　　好啦，好啦，你们出言不逊的无能蛆虫!

My mind hath been as big as one of yours，　　我也曾和你们一样心比天高，

My heart as great，my reason haply more，　　我负心气高傲，还强词夺理，

To bandy word for word and frown for frown；　　和男人针尖麦芒，怒目相对；

But now I see our lances are but straws，　　可现在我明白，我们的投枪不过是稻草，

Our strength as weak，our weakness past compare，　　我们力量弱小，弱得无以复加，

That seeming to be most which we indeed least are.　　看上去无所不能，却一无是处。

Then vail your stomachs，for it is no boot，　　收了你们的傲气吧，那毫无用处，

And place your hands below your husband's foot；　　把双手放在你们丈夫的脚前；

In token of which duty，if he please，　　为表达这样的责任，如果我丈夫愿意，

My hand is ready；may it do him ease.　　我随时可以这么做，只要求得他欢喜。

鲍西亚的"为妻宣言"

（Portia，*The Merchant of Venice*，3.2.149 - 174）

You see me，Lord Bassanio，where I stand，　　巴萨尼奥大人，我就站在你眼前，

Such as I am：though for myself alone　　这是真实的我，尽管就自己而言

I would not be ambitious in my wish，　　我不愿意怀有过多的希望，

To wish myself much better；yet，for you　　不希望自己还能更加优秀；但为了你

I would be trebled twenty times myself；　　我还是希望自己能有六十倍的优秀，

A thousand times more fair，ten thousand times more rich；　　有一百倍的美貌，一千倍的富有；

That only to stand high in your account，　　为了能让我在你眼里地位更高，

I might in virtue，beauties，livings，friends，　　我在德行美貌、身家朋友各方面，

Exceed account；but the full sum of me	都要超过预期；但是，总起来说，
Is sum of something，which，to term in gross，	我还是一个——这么笼统地说吧——
Is an unlesson'd girl，unschool'd，unpractised；	管教不够、学识不多、经验不足的姑娘；
Happy in this，she is not yet so old	不过好在是：她尚且年轻，
But she may learn；happier than this，	还来得及学习；更好的是，
She is not bred so dull but she can learn；	她生来聪慧，学起来肯定没有问题；
Happiest of all is that her gentle spirit	最好的是，她天性温和，
Commits itself to yours to be directed，	把自己交到您手里接受指教，
As from her lord，her governor，her king.	就当您是她的主人，统领和君王。
Myself and what is mine to you and yours	我本人和属于我的一切，现在我
Is now converted：but now I was the lord	都将它们转交给您；方才我还是
Of this fair mansion，master of my servants，	这堂皇大宅的主人，一众仆役的主子，
Queen o'er myself：and even now，but now，	是我自己的女王，可现在，就现在，
This house，these servants and this same myself	这堂皇大宅，这些仆人还有我本人
Are yours，my lord：I give them with this ring；	都归您了，主公。我随送戒指一枚，
Which when you part from，lose，or give away，	如果您何时取下、丢失或送了人，
Let it presage the ruin of your love	那就是证明您对我的爱已经毁灭，
And be my vantage to exclaim on you.	那时候我有权向您要回我的一切。

为沉默的王后发声
——论《李尔之妻》对《李尔王》的续写

王　晓

【摘　要】　围绕"《李尔王》中缺席的母亲"这一主题,从卡恩等人的女性主义莎评入手,探究索普的小说《李尔之妻》对莎士比亚《李尔王》的重写。女性主义莎评对莎剧中母亲形象的缺席或在场的意义进行了深刻的理论挖掘,"《李尔王》中缺席的母亲"更是吸引了批评家和小说家的双重关注。不同于以往的莎剧改写,《李尔之妻》无意通过构造一个与《李尔王》形成时空对位的小说文本将其语境化,而意在接续源文本的基础之上展开一个被遮蔽的世界。作者在分析理论源流、小说文本及两者的互动后指出,女性主义莎评和莎剧重写两条脉络在《李尔之妻》实现了交汇,其本身是比女性主义莎评更为大胆的回应,因此更像是一部续作而非改写。

【关键词】　"缺席的母亲";《李尔之妻》;《李尔王》

Speaking for the Silent Queen:
Learwife's Rewriting of *King Lear*

Wang　Xiao

【Abstract】　Surrounding the "absent mother in *King Lear*" and starting with the feminist criticism of Coppélia Kahn, this paper explores J. R. Thorp's 2021 novel *Learwife*'s rewriting of *King Lear*. As feminist critics have deeply analyzed the significance of mother's absence or presence in Shakespeare, the "absent mother in *King Lear*" has become a focus of both critics and novelists. Different from previous rewritings of *King*

Lear, *Learwife* doesn't aim to recontextualize *King Lear* by offering a parallel text but intend to unfold the covered world by continuing the origin text. Through analyzing the critical views，the novel itself and the interaction in between，the author points out that feministic criticism manifests itself in *Learwife*'s rewriting of *King Lear*. As a bolder response to *King Lear*，*Learwife* proves to be more like a sequel than an adaptation.

【**Key Words**】 "absent mother in *King Lear*"；*Learwife*，*King Lear*

一、引言

《李尔王》中李尔的王后并没有实际上的出场。纵观全剧,李尔只提过一次他的妻子,还在大骂她是个淫妇。当肯特被囚,李尔赶来兴师问罪,里根表示她很高兴看见父亲,李尔答道:"要是你不高兴,我就要跟你已故的母亲离婚,因为那墓中埋着的是个淫妇。"(2.4.131 - 33)①此时的李尔老迈昏聩,气头上说的话有几分可信本就令人怀疑。加之王后已逝,无法出面为自己辩护,将一个缺席因而失声的女性盖棺论定为一个淫妇更加令人激愤。王后是否真如李尔所言有通奸之举抑或另有隐情? 这成了《李尔王》中数百年来的一桩悬案。学者和小说家各自有各自的领地,索普(J. R. Thorp)的小说《李尔之妻》(*Learwife*,2021)就是一部有益的尝试之作。

二、缺席抑或在场

自 20 世纪七八十年代以来,随着莎士比亚女性主义批评的勃兴,批评家们试图透过文本的蛛丝马迹,反思莎剧中被压抑的女性角色,挖掘剧作中被言说的母亲。国王以略带嘲讽的口吻暗示王后的不忠,这在莎剧中并不鲜见。《暴风雨》中米兰达的父亲普洛斯彼罗有意淡化王后的作用,将自己塑造为身兼父母的双重角色。他口中的王后是

---

① 全集采用 Stephen Greenblatt et al. eds，*The Norton Shakespeare*. 3rd. W. W. Norton & Company，2016。译文参考朱生豪等译《莎士比亚全集》(人民文学出版社,1994 年)及梁实秋译《莎士比亚全集》(中国广播电视出版社、远东图书公司,2001 年),有改动。引文后标明幕次、场次及行数,不另作注。

一个矛盾的混合体:"你的母亲是一位贤德的妇人,她说你是我的女儿;你的父亲是米兰的公爵,他的唯一的嗣息就是你,一位堂堂的郡主。"(1.2.55 - 59)斯蒂芬·奥格尔(Stephen Orgel)认为普洛斯彼罗并非无法想象良善的母亲,但即便是正面的想象,其背后也隐约透出一条逻辑,即"本质上所有女性都是妓女,所有男性都是强奸犯"(6)。伊丽莎白女王继位的合法性来自其父亨利八世,但随着安妮·博林(Anne Boleyn)被定罪砍头,亨利八世自始至终都坚持年轻的伊丽莎白绝非他的合法后嗣,因此女王必须将统治合法性追溯至其父而非其母;詹姆士一世之后也采取同样的策略。他的继位合法性除了来自神意,还有来自通过母亲玛丽女王与伊丽莎白女王的亲缘关系。但玛丽女王声名狼藉,因此母系的血脉必须淡化处理以保证其继位有名。鉴于此,奥格尔认为皇室权威无法通过邪恶母亲的一方得到自证,《暴风雨》中的厌女情节归根结底在于詹姆士一世的王权合法性焦虑,对王后的揶揄则是两任君主构建皇室权威的共同策略(9)。

母亲意味着眷恋和牵绊,意味着完全自我独立之前的优柔寡断,因此母亲的角色在一个成熟的社会是隐形的,与母亲分离才标志着真正的成年。正如玛丽·贝斯·罗斯(Mary Beth Rose)所说:"母亲会把一个人从一个所谓行动的世界或者说公共的、社会化的世界驱赶出去,那么最好的母亲应当是一个缺席的或者说死去的母亲。"(301)在此意义上,《科利奥兰纳斯》以畸形的母子关系提供了反例。大将马歇斯在战场上英勇无比,被授予"科利奥兰纳斯"的殊荣,但在市民眼里,他的冲锋陷阵只不过是为了取悦他强势的母亲伏伦妮娅。他唯一能够展现柔弱的场合只能是战场,对自身男子气概的焦虑使他不愿为了成为执政官而袒露伤疤来取得民心。伏伦妮娅的问题在于试图打破属于一个母亲的私人领域而过多介入英雄的公共领域。她不能够做出牺牲让自己完全消失,还未等到孩子完全成为独立的人,就过早地把他送入一个充满敌意的世界(Rose 305)。换句话说,科利奥兰纳斯远非一个合格的政治家,而只是在刚硬的母亲的强逼下不得不屈从的孩子;伏伦妮娅也正因试图扮演无所不能的母亲角色才最终导致科利奥兰纳斯丧失主体性而最终灭亡(Sprengnether 188)。

如果说《科利奥兰纳斯》揭示了母亲太过强势的恶果,那么《李尔王》则暗示了母亲缺席场景下家庭秩序的紊乱,但讽刺的是,母亲的缺席却更加有力地反证了母亲的在场。葛蓓莉娅·卡恩(Coppelia Kahn)尝试结合精神分析、人类学和历史学的方法解释"母亲"角色的缺席如何造成了李尔在一个父权世界中的落败。在父权制的单亲贵族家庭中,强悍的父亲角色要求李尔面对三个女儿时克制他的脆弱,压抑对女性情感的依赖。但缺乏女性力量的调和,李尔自以为的"男子气概"根本无法让他合理行使父权的威严。从李尔与女儿们接二连三的反目中,我们能够看出李尔内心更深层级的情感需求,即像个孩子一样渴望依赖,需要考狄利娅扮演"女儿兼母亲"的角色来哺育自己(Kahn 40)。但当三个女儿均无法提供母亲般的呵护和包容时,李尔的大男子主义显得幼稚而可笑,只能一步步走向疯癫的深渊。

照卡恩的说法,李尔久为人诟病的"厌女症"并非出自本意,而是对女性依赖求而不得的反噬。正是因为母亲角色的缺席,三个女儿的性格更多地受到父亲的影响而变得刚硬。即便是考狄利娅,她所秉持的诚实本质上也是一种爱的狂妄,使她敢于依恃对父亲的爱,以毫不变通的方式触碰李尔的逆鳞。高纳里尔和里根是口蜜腹剑,考狄利娅则是嘴硬心软,女儿们身上最坚硬的品质都因为母亲的缺席无法变得柔软。卡恩的言外之意是,不仅女儿们需要母亲,李尔也需要母亲。通过把"母亲"虚化为"女性气质",卡恩一方面令人叹服地揭示出缺席的王后对全局无处不在的影响力,好似凯撒的幽灵笼罩在罗马人的心头,身灭却神存,打量着早已注定的命运;但另一方面,她亦巧妙地绕开了王后事实上的存在。王后是怎样一个人?身世如何?与李尔和女儿们的关系如何?又为何会被丈夫辱为淫妇?我们无法苛求一位严肃的莎学学者凭空编造一本传记,但也无法克制为这位神秘的女性作传从而把《李尔王》的整个故事合理化的诱惑。

三、姓名追寻与女性觉醒

为经典如《李尔王》续写前世今生是一件吃力不讨好的事。无论是狂热粉丝的睽睽众目,还是学者们字里行间的吹毛求疵,索普所承担的风险可想而知。为李尔之妻发声的难度在于当《李尔王》中的主要人物均已离开舞台,一个被抛掷在幕后十余载的鬼魂如何令人信服地勾勒起她与整个纷繁世界的联系。为解决这一难题,索普没有采用第三方的全知视角,而是让主人公为自己发声。于是通过小说开篇的第一句话"消息传来他已经死了,还有女儿们。就这些"(5),我们便离开了《李尔王》剧末杀气腾腾、陈尸遍地的战场,而被猝不及防地带入一个女性隐秘的内心世界。小说的首句便为全书奠定了基调。其后无处不在的倒叙和插叙、绵密的意识流独白、冷静的叙述风格等无不彰显出作者举重若轻的雄心,试图让一位被缄口和被侮辱的王后发声为自己辩护。

本书主要由两条叙事线交织而成,一条讲述收到消息后王后意欲离开修道院所经历的波折,一条穿插起王后因家人的死讯所陷入的无休止的回忆。这一虚一实两条脉络纠缠蔓延,让我们抽丝剥茧地解开一个线团,串起王后的前半生。她出身于贵族之家,但从小被父母送进修道院学习礼仪,以便日后成为王后。她的童年虽然在远离俗世纷争的修道院度过,但她生来高傲且执拗的天性却从未改变。在 15 岁时,她得偿所愿地嫁给了第一任丈夫,即身为国王的迈克尔,亦结识了国王身边的忠仆肯特。但好景不长,迈克尔是一个虔诚的基督徒,德行虽好却无力同房,自然无法生养子嗣,终于在俗务和精神的重压之下心力交瘁而死。按照惯例,群臣把年仅25岁的王后送往修道院,打算让她在此了却残生。但倔强的王后并不服输。她经肯特介绍结识了李尔,于是毅然离开修道院与李尔成婚,并先后诞下两个女儿高纳里尔和里根。但继承王位需要男嗣,雄才大略的李尔为此忧心忡忡,对女儿们的态度日益恶劣,王后也变得暴躁却无能为力,只能安慰李尔即将出世的孩子一定是个儿子。在万众瞩目之下,考狄利娅诞生了。本就有家族遗传性疯癫史的李尔大受刺激,将妻子流放至皇家赞助的修道院,这一走就是15年,噩耗传来时,她已55岁,正是小说的开头。

如哈姆雷特曾装疯诋毁奥菲利娅的贞洁,催促她去修道院一样,对于德行有亏的贵族女性,索普与莎翁一道把流放地选为了修道院。修道院与宫廷本应是两个互为对照的场所,由宗教之墙截然分开,在不同的领地实行各自的法则。但在王后眼里,修道院的行事逻辑与宫廷如出一辙,早已不是一处清净之地,虔诚只是表象,反而不可避免地卷入到波谲云诡的世俗斗争。这里的上下尊卑基本上复刻了宫廷里严格的等级秩序。王后以沦落至此深感羞耻。这种羞耻感是如此挥之不去,以至于盖过了家人的死讯所带来的悲痛。但事实是,这位昔日的王后在修道院里仍地位尊崇。当她与修道院长同时经过走廊时,修道院院长不得不驻步等她先走。王后接着以平静的语调说出了修道院里的规则:"这里甚至死亡都有等级。"(6)收到噩耗后,她的反应之一就是李尔既逝,庇护不再,等待她的只有被驱赶的命运。一旦剥去修道院的神圣光环,政治上的人事倾轧变得更加显而易见。她本想离开修道院去多佛祭扫墓园,但却遭到向来友好的院长严词拒绝,理由竟然是她需要王后留下撑腰来慑服众修女。但老院长感染瘟疫而死,修道院里为竞选新院长再生事端,又亟需她的介入来决定人选。从头至尾,修道院的宗教色彩在字里行间中逐渐淡化,等级秩序和权力斗争贯穿始终,宛如另一个宫廷。

修道院和宫廷的另一相似之处是封闭。索普设置的修道院场景类似一片幽闭的花园,颇能反映王后的心境。莎翁笔下的宫廷往往封闭死板,扼杀青年人的恋情,因此常以乌托邦式的森林田园作为宫廷的对照,原因之一就是文艺复兴时期的社会洋溢着勃勃生机,繁茂的田园会让人联想起无拘无束的活泼和无边无际的自由。索普则别出机杼,聚焦于莎翁着墨不多的修道院,用言辞构造起一座类似于宫廷的监牢。王后从小被送进修道院学习礼仪,长大后也寡言少语,性格高傲而倔强,与修道院里单调而冷酷的规训不无关系。可以看出,从一开始修道院就绝非宫廷的对立面,而隐隐成为步入宫廷的训练场和垫脚石。第一任丈夫去世之后,她第二次进入修道院,同样是被众臣发配而非出于本意。虽然后来她成功逃离修道院，与李尔同修百年之好，但善始常难善终，又因无法诞下男嗣而被流放进李尔赞助的修道院内，终身不得离开。在这反复的进出之间，修道院呈现出更为复杂的意蕴：它既是进入宫廷的后备场所，更是宫廷失意后短暂的憩息地，亦是宫廷流放的最终目的地，再无任何逃离的余地。宫廷与修道院不再是俗世与圣地简单的二元对立，反而达成了心照不宣的合谋。不出意外的话，王后将终其一生在修道院和宫廷里循环往复，被困在复杂的二元体内不得脱身。但如此一来，《李尔之妻》又不免落入另一个悲情女性叙事的窠臼。为了让王后能够顺理成章地逃离监牢，作者安排她走上一条自我救赎之路。

　　为缺席的人物发声，于作者而言是一个抓取蛛丝马迹，为一个游离形象建造坚实身份的文字游戏，于主人公而言则是寻回姓名、实现自我定义的精神历程。正如书名《李尔之妻》所示，她是一个没有姓名的人，她的代号便是"李尔之妻"（Learwife）。作者拒绝使用"李尔的妻子"（Lear's wife）而生造出一个词，其用意显而易见。她的自我定位一开始便有依附，社会定位和家庭角色一目了然："我是两任国王的王后，被驱逐了十五年，著名的上等女人，不幸的邪恶女孩，三个小东西的母亲，她们都已不在人世。我五十五岁。我是李尔的妻子。我在这里。历史还没带走我的身躯，还没有。"（5）她尤其在意自己的王后身份，对历侍二夫的经历耿耿于怀，自嘲为"动物般的情状"，但对自身却似乎缺乏足够的认识。这种附属意识造成了严重的后果，当依附的对象不再，多余的修饰被扯下，昔日的王后成了一个孤魂野鬼："在世上飘零这么久之后，现在的我又是谁呢？当命名我的人进入大地的根底，向深深的死水张开嘴巴，我的名字又是什么呢？"（11）如果读者一开始还揣测她是否无意间漏掉了自己的名字，到这里就会恍然大悟，原来她是一个失去姓名，依靠男权而自我定义的女性。随着剧情发展，她虽然也曾怀疑"或许我没有名字"（42），但李尔离世对她的身份认定产生了直接挑战，她的自我意识被逼着觉醒，开始追问修道院院长："你知道我的全名吗？"（64）如果说没有姓名意味着缺乏独立的人格意识，那么王后之所以竭力逃离修道院寻找老友肯特，就是试图抓住最后一根救命稻草：肯特当年送上李尔的定情信物，上面绣着"李尔之妻"的字样，从此给定了她的姓名；如今众人已逝，肯特成为唯一知晓她姓名的同辈人。当肯特前来修道院，像上帝之于亚当夏娃般轻轻唤出她的名字贝尔塔（Berte）时，她如梦初醒，欣赏地打量着这位英武不减当年的老友。

　　若是小说就此以两人回宫结尾，也堪算得上一个圆满的结局，但作者偏要打破读者的期待。在最后几页，李尔之妻，或者说已经被肯特赋名的贝尔塔得知她被流放的根本原因是因为遭到了肯特的诬陷："他想杀了我……为了逃命我告诉他王后试图引诱我，她用酒和她的魅力,我几乎无法抵挡……他相信了我。于是我被原谅了,多年来我希望王后已经死了,这样她就无法说话,我也能够安宁。上帝原谅我。"(322)这几句话出现极晚却力道千钧,贝尔塔多年来的疑惑烟消云散,对老友的深深眷恋也化为彻底的失望。但失望并不意味着憎恨,她看破了尘世间的权谋斗争,心如深井,只觉得肯特可怜。她拒绝了肯特一道隐退的邀请,对他说:"你走吧,肯特,我会在这里想着你,为你的灵魂祈祷。"(327)当一切随风而逝,万物卸下伪装,犹如芬芳的花园一样幽静可爱。贝尔塔也终于踏实地自证了身份,与自己达成和解。"那是我的名字吗? 我似乎弄丢了它。有时我去找它,但什么都没有。手里是空的;手里都是水,是女儿们的头发。我笑了。这没关系,没有只能换来没有。"(328)就像李尔最终与考狄利娅冰释前嫌,把女儿抱在怀里,两人像笼中鸟一样歌唱,贝尔塔请肯特挽着她的胳膊在花园里散步,重新审视久已失去而又重获新生的自我:"'我活下来了;我是幸运本身;我是夏日之末。''是的,贝尔塔。是的。'"(328)这是全书的结尾,也是点睛之笔。贝尔塔不再需要任何人来定义自己,她找回了名字,也找回了自我,能够平心静气地面对一切污蔑和坎坷。她眼中的修道院也一改往日的可憎形象,从未像今天如此可爱,既然转变为精神上的休憩之所,那她自然不再需要逃离。

四、结语:文本与理论的互动

索普在一次采访中说道,这部小说的独特之处在于,以之前从未有过的王后的视角来回望她的过去。[①] 与李尔口中的通奸者相比,索普打开了深埋在《李尔王》地下的通道之门,提供了另一个版本的王后。她被李尔口诛笔伐,被埋进坟墓,被否认和女儿们的关系,还被冠以通奸的罪名,但这全是借口。就连肯特的坦白也颇有欲加之罪何患无辞之感,唯一令人欣慰的是李尔并未因执着于男嗣而再娶,对女儿们也全心付出不存戒心。李尔妻子以王后成,也以王后败,就像是无法生育男嗣的阿拉贡的凯瑟琳,被亨利八世怀疑贞洁继而弃之敝屣,重复上演着一个深陷政治漩涡而身不由己的女性悲剧。但这个悲剧不是一悲到底,而是延续了简·斯迈利(Jane Smiley)对《李尔王》的著名改写作品《一千英亩》(*A Thousand Acres*,1991)中女性觉醒的主题。贝尔塔就像斯迈利笔下的吉尼一样,一开始困在过往的创伤中无法自拔,但一系列的变故让她不得不面对现实,逐渐掌握主动权去探索一条自我拯救的出路。在此意义上,两者都把握住了当代

---

① 采访内容详见 https://www.folger.edu/shakespeare-unlimited/learwife-thorp。

女性主义的内核,而《李尔之妻》则直截了当地指出,母亲并非"缺席",而是被放逐和缄口,提供了比女性主义莎评更为大胆的回应。

　　面对"《李尔王》中缺席的母亲"这一主题,卡恩和索普先后用文学批评和文学作品给出了回应。目前尚无证据证明索普曾受到卡恩或者其他相关批评家的影响,但两人对于同　主题的敏感却促使她们在女性主义莎评和莎剧重写的传统中交汇。换言之,卡恩等人对莎剧中女性角色的挖掘为重写莎士比亚打开了可能性,莎剧重写则反过来为莎剧批评提供了新鲜的养料。索普的努力之所以宝贵,在于她并未效仿斯迈利的《一千英亩》或者爱德华·圣奥宾(Edward St. Aubyn)的《邓巴尔》(*Dunbar*,2017)将李尔王故事重新语境化以营造一个堪与《李尔王》本身形成时空对位的姊妹之作,而是在源文本之上掀开被遮蔽的一面,以合情合理的手法续述被压抑的声音,《李尔之妻》因此更像是一部续作而非改写。她接过了女性主义批评家的旗帜,没有止步于揭示所谓"阁楼上的疯女人"现象,而是试图通过"赋权"缺席的母亲让其为自我辩护,以文学作品践行和深化理论,以文学作品反哺理论。她在采访中曾提到参看过包括黑泽明的《乱》在内的多个《李尔王》改编本,也曾回到李尔故事的源头蒙茅斯的杰弗里(Geoffrey of Monmouth)来寻求灵感。

　　如果每一部经典都是一个自给自足的完全体,那么透过经典的枝节和角落,我们应当能基于这些重叠的部分构拟出另一个甚至多个自足的文本世界,赋予这些世界一致性和连续性;如果另外的平行世界反过来让我们质疑甚至推翻已有的经典,这将更加是一份意外之喜。她提醒我们关注每一个被隐身和被言说的女性形象,反省任何已有的成见,挑战和解构父权话语,鼓起勇气去和诸如莎士比亚这般被奉在神庙里的巨人"交手"。利用经典之作的开放性,通过在女性主义批评和莎剧重写这两条脉络的交错中找寻自己的位置,《李尔之妻》成功地在坚固的父权文本中撬开了一个缝隙,为《李尔王》注入了鲜活的生命力,也给日后重写经典提供了范例。

参考文献

[1] Kahn, Coppelia. "The Absent Mother in *King Lear*." *Rewriting the Renaissance*: *The Discourses of Sexual Difference*, ed. Margaret Ferguson, et al., Chicago: University of Chicago Press, 1986, pp. 33 - 49.

[2] Orgel, Stephen. "Prospero's Wife." *Representations* 8 (1984): 1 - 13.

[3] Rose, Mary Beth. "Where are the Mothers in Shakespeare? Options for Gender Representation in the English Renaissance." *Shakespeare Quarterly* 3 (1991):

291 - 314.

［4］Sprengnether，M. M. "Annihilating Intimacy in *Coriolanus*." *Changing Perspectives in Medieval and Renaissance Women*，ed. M. B. Rose. New York：Syracuse University Press，1985，pp. 89 - 111.

［5］Thorp，J. R. *Learwife*. London：Canongate Books，2021.

【项目基金】本文为教育部人文社科一般项目"当代莎士比亚小说重写研究"(19YJA752024)的阶段性成果。

【作者简介】王骁,英国埃克塞特大学英语系在读博士,主要从事莎士比亚研究和比较文学研究。

莎士比亚《暴风雨》的空间叙事研究

戴丹妮　　张艺璇

【摘　要】　采用空间叙事理论,探讨用空间叙事理论视域诠释莎士比亚戏剧《暴风雨》的可能性;从结构空间、地志空间和社会空间三个角度切入,分析了三种空间对角色塑造、文本呈现和反映作者本人创作意图的叙事技巧,旨在揭示空间对文本的意义,以便更好地理解《暴风雨》这部戏剧。指出空间是文本的行文基础,结构空间将不同主题和人物联结在一起,地志空间凸显人物形象和心理活动,而社会空间则反映莎士比亚的时代背景和创作意图。

【关键词】　《暴风雨》;莎士比亚;空间叙事

A Study of Shakespeare's *The Tempest* from the Perspective of Spatial Narrative

Dai Danni　Zhang Yixuan

【Abstract】　Employing the concept of spatial narrative, the present paper proposes to examine the possibility of applying spatial narrative theory to Shakespeare's play *The Tempest*. Sorting space into structural space, topographical space and social space three types, this study analyses their narrative function of portraying characters, presenting the text and reflecting Shakespeare's creative intention, intending to reveal the significance of space. The present paper hypothesizes that space is the basis of this play, the structural space links different themes and characters together，the topographical space accentuates characters' images and psychological activities，while the social space interprets Shakespeare's social background and his creative intention.

【Key Words】　*The Tempest*；Shakespeare；spatial narrative

一、引言

《暴风雨》诞生于莎士比亚创作思想日渐成熟的末期,通常被认为是莎士比亚独立创作的最后一部戏剧。自问世以来,其文本与作者莎士比亚便一直是学者关注研究的焦点。从基督教文化到殖民主义,再到漂流文学等,对《暴风雨》的研究和解读可谓百家争鸣,百花齐放。因《暴风雨》的故事发生在不到一天的时间里,空间成为情节发展和人物刻画的重要线索。叙事学研究空间维度的转向,使空间在叙事中的效用也愈加得到重视。《走向叙事空间理论》("Towards a Theory of Space in Narrative",1984)一文的作者加布里尔·佐伦(Gabriel Zoran)将空间分为三个层次:地志的空间、时空体的空间和文本的空间①,而亨利·列斐伏尔(Henri Lefebvre)则在《空间的生产》(*The Production of Space*,1991)一书中指出空间有三个层级:物质自然、心理和社会②。综合佐伦和列斐伏尔对空间的分类,我们可以从文本结构空间、地志空间和社会空间三个角度出发,探究《暴风雨》中的空间叙事。

二、结构空间:将不同主题和人物联结在一起

正如龙迪勇在《空间叙事学》中提到的那样,"空间"作为一种叙事技巧存在于现当代小说中③。叙事空间不仅是行动发生的场所,它也是一种用以表现文本时间和结构,甚至推动情节发展的叙事手段。因此,文本结构可以被看作叙事空间的一种,它将故事构建起来并使之呈现为一个整体。

① 　Zoran，Gabriel. "Towards a Theory of Space in Narrative," *Poetics Today*，1984，5(2)：309 - 335. p.315.

② 　Lefebvre，Henri. *The Production of Space*. Translated by Donald Nicholson-Smith，Oxford：Blackwell，1991. pp.11 - 12.

③ 　参见龙迪勇:《空间叙事学》,生活·读书·新知三联书店 2015 年,第 112 页。

与莎士比亚其他拥有双线或多线情节的作品类似,《暴风雨》也以多线结构呈现,同时发生且相互关联的故事线通过交织跳跃的场景并置于戏剧中,将戏剧划分成不同的部分,即不同的空间。从不同角度来看,《暴风雨》的多线结构可以被分别解释为镜像 L 形和箭头形。根据传统的线性结构,情节必须遵循时间顺序发展,然而,《暴风雨》的叙事并没有按时序发展,而是中间穿插着普洛斯彼罗对过去的倒叙。从第一幕第二场开始,插叙便由普洛斯彼罗和米兰达之间的对话引入,对话的结束也标志着插叙的结束,故事时间则从"十二年前"回归到了"现在"。因此,从时间的角度看,整部剧的文本时间结构是镜像 L 形的;而从情节的角度看,文本的空间结构是箭头形的,其原因和意义将在接下来的两节中分别阐述。

1. 镜像 L 形结构:复仇与和解

时间有三种状态,即现在、过去和未来,整部戏剧的情节因此可以被视为一条由三个点连接的线,每个点代表着一种时间状态。但这条线的形态并非是笔直的,而是在中间处有一个转折(见图 1)。

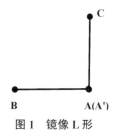

图 1　镜像 L 形

A 点代表"现在"的时间状态,包含海难场景、第一幕第二场开头米兰达对沉船的哀叹和普洛斯彼罗引导式的话语"现在是我该更详细地告诉你一些事情的时候了"[①]。米兰达抱怨父亲总对过去缄口不言"你总是刚要开始告诉我我是什么人,便突然住了口,对于我的徒然的探问的回答,只是一句'且慢,时机还没有到'"(6),代表着"现在"节点的结束。B 点是普洛斯彼罗叙述人物过去的部分,代表着"过去",始于普洛斯彼罗说"时机现在已经到了"(7),止于普洛斯彼罗催眠米兰达"你已经倦得都瞌睡了;很好,放心睡吧! 我知道你身不由主"(10)。C 点代表"未来",它开始于普洛斯彼罗召唤爱丽儿"出来,仆人,出来! 我已经预备好了。来啊,我的爱丽儿,来吧!"(10),直到普洛斯彼罗说完最后一句话"你们有罪过希望别人不再追究,愿你们也格外宽大,给我以自由!"(65)才结束。综上所述,《暴风雨》的叙事顺序即镜像 L 的绘制轨迹:从 A 点开始,移动到 B 点,然后回归 A 点,最后再移动至 C 点。

为什么"未来"会位于镜像 L 的顶端而非横向延伸是有原因的:随着普洛斯彼罗复仇计划的逐步实现,他与仇人们原本敌对的关系也逐渐得到缓和,正如他自己所说"要是他们已经悔过,我的唯一的目的也就达到终点,不再对他们更有一点怨恨"(57)。故

---

① ［英］威廉·莎士比亚:《莎士比亚全集》(八),朱生豪译,人民文学出版社 2014 年,第 6 页。本文译文如无特别说明均出自该版本,下文不再一一注明。

事末尾,鉴于他的敌人已承认自己的错误,普洛斯彼罗慷慨地原谅了他们并与他们和解,这使他们的关系以及整个戏剧的主旨升华到高潮,即"未来"会位于镜像 L 顶端的原因。

镜像 L 形文本结构的叙述和呈现,不仅使戏剧的复仇—和解主题得到明确升华,而且还将时间和空间的概念有机结合在一起,赋予该剧叙事结构空间的特征。

2. 箭头形结构:主题与人物关系的呈现

鉴于不同人物之间有不同的关系和互动,这个多线结构可以分为三条故事线,每条都代表着一个主题:①复仇—和解。普洛斯彼罗和爱丽儿对安东尼奥、阿隆佐及其朝臣。②纯洁的爱情。米兰达和腓迪南。③正义战胜邪恶。普洛斯彼罗和爱丽儿对凯列班、斯丹法诺和特林鸠罗。尽管这三条故事线分别叙述了不同的故事和主题,它们看似平行的叙事空间却在结尾处巧妙地汇合在一起,这使得其结构在外观上与箭头的形状类似。

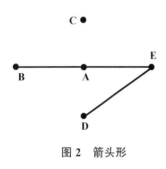

图 2　箭头形

如图 2 所示,A 点代表戏剧的起始场景,即海上暴风雨,它不仅象征着普洛斯彼罗复仇的开始,也标志着后续故事的开始。而 B 点代表着回忆,从普洛斯彼罗说"时机现在已经到了"(7),决心告诉米兰达他们的过去开始,到他劝说米兰达睡觉为止。C 点代表米兰达和腓迪南的第一次相遇,以普洛斯彼罗让米兰达抬眼,"抬起你的被睫毛深掩的眼睛来,看一看那边有什么东西"(16)为起点。而 D 点表示特林鸠罗和斯丹法诺遇到凯列班的场景,即第二幕的第二场。此外,因为 C、A、D 是在同一时间段但不同空间发生的事,它们位于一条垂线上。最后,E 点指的是该剧的最后一幕,三条故事线也最终交织于此。

线 BAE 因此代表主线剧情,即普洛斯彼罗与敌人的复仇与和解,而线 CE 和线 DE 则体现了剧情的支线,即米兰达和腓迪南的纯洁爱情,以及凯列班、特林鸠罗和斯丹法诺三人邪恶意图的失败。

箭头形结构不仅将不同时空发生的故事线进行鲜明区分,为戏剧提供了清晰的画面感,还将错综复杂的人物关系和多元主题巧妙地融为一体。与镜像 L 形结构相似,箭头形结构的巧妙设计也将时间和空间有效地结合起来,使叙事结构具有空间的特性。

综上所述,镜像 L 形结构和箭头形结构统一时间和空间,为戏剧的结构和文本塑造空间感。此外,这两种结构,即《暴风雨》的文本结构空间,在使戏剧主题得到升华的同时,也将错综复杂的人物关系和多样的主题融合为一个有机整体。

三、地志空间:凸显人物形象和心理活动

在加布里尔·佐兰的空间叙事理论模型中,空间的结构被划分为三个层级,即地志空间、时空空间和文本空间,其中,地志空间被佐兰阐述为最高层级的空间[①]。地志空间帮助串联文本中看似分割的事件,增强作品的叙事效果。

《暴风雨》中的两个地志空间分别是波涛汹涌的大海和与世隔绝的小岛,它们有着不同的地理环境,并且正如凯列班所说"这岛上充满了各种声音和悦耳的乐曲"(43),不同的声音始终作为一个线索出现在剧中。由于声音是空间的表现形式之一,下文将从不同的声音切入,对这两个地理空间进行解读,以助读者更透彻地了解不同角色的人物形象和心理活动,理解莎翁渲染气氛、刻画人物和升华主题的叙事方式。

1. 象征性:波涛汹涌的大海

开篇第一场是全剧唯一设置在海上的场景。《暴风雨》始于一行描写声音的舞台指导:

暴风雨和雷电(*A tempestuous noise of thunder and lightning heard*[②])(3)

虽然这并非出自任何角色之口的台词,但这条塑造听觉效果的舞台指导,不仅为下文阿隆佐和船上其他贵族即将面临海难的剧情做铺垫,而且还指明了本剧的第一个地志空间——"波涛汹涌的大海",准确地说是"一艘在波涛汹涌的海面上颠簸的船"。从《奥德赛》到《老人与海》,"海"在西方文学中一方面象征着生命的起源,海洋文明的开端;另一方面也象征着暴虐的不可预测性。人类敬畏海洋,同时也渴望征服它,人类与海洋这种矛盾的关系和人与自然的关系同质,因此,海在某种程度上可以被视为自然的化身。而作为渡海的工具,船常被看作希望、联结、探索和超越的象征,但在海上漂流也意味着动荡、不安稳,船因此也象征着不确定性。

《暴风雨》的开场戏发生在被暴风雨席卷的动荡海面。巫师普洛斯彼罗利用法术在海上掀起暴风雨,无不是在透露,肆虐的狂风和咆哮的海浪之下暗藏着他12年来的愤恨和敌意。正如托马斯·布尔格(Thomas Bulger)指出,"自然界的动荡反映了人类世

---

①　Zoran, Gabriel. "Towards a Theory of Space in Narrative." *Poetics Today*, 1984, 5(2): 309 – 335. p.315.

②　Shakespeare, William, et al. *The New Oxford Shakespeare*: *The Complete Works. Modern Critical Edition*, *Oxford University Press*, 2016. *p*.3073.

界的心理和政治动荡"①,一方面,汹涌的大海是巫师普洛斯彼罗强大权力的具象化;另一方面,汹涌的海浪是普洛斯彼罗内心情绪动荡不安的外显。如果说波涛汹涌的大海代表着普洛斯彼罗,那么在巨浪中翻滚的船只则象征着安东尼奥之流。船在波涛汹涌的海上风雨飘摇暗指权力的倾斜,安东尼奥、阿隆佐和其朝臣们权威已不再稳固,后来船被海浪掀翻则象征着他们希望的破灭。

除了雷电风暴的声响之外,水手长与安东尼奥一行人急促的谈话声以及混杂其中的水手们喧闹的呼喊声在第一场中同样十分引人注目。水手们混乱的呼声第一次出现在水手长指挥众水手应对恶劣天气时。听到呼声,水手长咒骂道:"遭瘟的,喊得这么响!连风暴的声音和我们的号令都被压得听不见了。——"(4),这句话不仅从侧面生动形象地描绘了水手们的恐慌和无力感,也烘托出当下情状的恶劣。相比惊恐的水手们,身处舒适船舱内的朝臣们却冷静自持,并对水手长这一专业人士的命令指手画脚,处处强调自己身份的尊贵,若要说他们唯一做到的协助工作那可能就是祈祷吧,安东尼奥之流自以为是和居高临下的恶劣嘴脸在此处被讽刺得淋漓尽致。

莎翁将第一个地形空间设置在被暴风雨肆虐的海面上(或者准确地说,设置在波涛汹涌的海面上颠簸的一艘船上),意在揭示普洛斯彼罗愤恨的心理活动,以及普洛斯彼罗和安东尼奥等人之间不平衡的权力关系。此外,开篇设置海难为后文留下了扣人心弦的悬念,也令读者对后续发展持以期待。

2. 地志空间:与世隔绝的荒岛

荒岛在英国文学中有许多隐喻义,它既可以象征着世外桃源,意味着新的生活和自由的可能性,也可以代表危险和绝望的存在。② 迈克尔·尼尔(Michael Neill)认为《暴风雨》中的岛屿是一个由声音映射的景观③,因此深入研究荒岛上的声音更便于解读岛屿这一地志空间的效用和意义。《暴风雨》岛屿世界的声音可以分为三种,即人声(voice)、声音(sound)和音乐(music),每一种都有其功能。

人物的声音突出了角色的形象和气质。第一幕第二场开始,米兰达还对她和父亲的过去一无所知,也不清楚父亲让船上的人遭遇海难的原因,心地善良的她用两句感叹表达了自己对他们的同情:"唉!我瞧着那些受难的人们,我也和他们同样受难"(6)"啊,那呼号的声音一直打进我的心坎"(6)。面对误解,普洛斯彼罗向米兰达解释说这

---

① Bulger, Thomas. "The Utopic Structure of The Tempest." *Utopian Studies*, 1994, 5(1): 38-47. p.38.

② 参见张骏:《从威廉·戈尔丁的小说〈蝇王〉看英国文学中的荒岛意象》,南京师范大学,2003,第5页。

③ Neill, Michael. "'Noises, / Sounds, and Sweet Airs': The Burden of Shakespeare's 'Tempest.'" *Shakespeare Quarterly*, 2008, 59(1): 36-59. p.37.

是他们"海上的惨史"(10)，是他和仇人过去的恩怨，听完他的讲述，米兰达这才理解父亲的所作所为。普洛斯彼罗的力量从听觉的角度同他篡位弟弟和凯列班母亲西考拉克斯巫术的力量形成了鲜明对比[①]，普洛斯彼罗的故事如米兰达夸张地称赞的那样"能把聋子都治好呢"(8)，而安东尼奥掌权时的描述则是"使国中所有的人心都要听从他的喜恶"(8)，对被驱逐出阿尔及尔的女巫西考拉克斯的描述则是"她的妖法没人听见了不害怕"(12)。这样看来，声音作为一个人特质的外化或缩影，在《暴风雨》中可以被视作衡量一个人的权威性和可信度的标准，普洛斯彼罗具有疗愈效果的声音侧面显示了他的正直和道德，同时也证明了他对敌人进行报复的正义性。

声音，包括噪声(吵闹或令人感到不愉快的声音)，是调节气氛和突出人物的心理活动的催化剂。虽然普洛斯彼罗和米兰达的对话看似与第一场出现的风雨雷声相比很安静，实际上，普洛斯彼罗的叙述充斥着海声、风声，以及在漂泊航程中自己发出的绝望之声[②]：

> 他们把我们推到这破船上，听我们向着周围的怒海呼号，望着迎面的狂风悲叹(9)
>
> 当我把热泪向大海挥洒、因心头的怨苦而呻吟的时候(9)

这一段采用拟人的手法，将人类才会有的咆哮和叹息的特征赋予海和风，生动形象地描绘了海浪翻腾的猛烈和风刮动的剧烈。一方面，这些描写突出了普洛斯彼罗和年幼的米兰达当时所处的环境是多么恶劣；另一方面，它们强调了这对父女的孤立无援——所有人都采取隔岸观火的冷漠态度，没有给他们提供任何帮助。此外，普洛斯彼罗听到的大海的咆哮声和风的叹息声是他内心充满悲哀和绝望的真实写照：面对自己的亲兄弟和人民的背叛，面对眼前恶劣的天气和前方不可预知的命运，普洛斯彼罗不可避免地流下热泪，发出沮丧的呻吟。

《暴风雨》中，包括爱丽儿歌声和场外演奏旋律在内的所有音乐，都在剧中起到了中和作用，抵消混乱噪声带来的不和谐，渲染氛围的同时也推动主题的升华。当爱丽儿把自己"变成一个海中的仙女"(13)并伴随着和谐的音乐上场时，之前如风暴声、呼声、怨声和叹息声等各种令人不快的噪声，以及这些噪声营造出的悲愤气氛，统统被爱丽儿

---

① Neill, Michael. "'Noises, / Sounds, and Sweet Airs': The Burden of Shakespeare's 'Tempest.'" *Shakespeare Quarterly*, 2008, 59(1): 36-59. p.48.

② 同上。

"弹琴歌唱"(15)的歌声抵消。爱丽儿有魔力的歌声不仅悼念了腓迪南"溺毙的父亲"(16),而且还缓和了紧张的氛围和人物悲痛的心情,即腓迪南所说的"这音乐便从水面掠了过来,飘到我的身旁,它的甜柔的乐曲平静了海水的怒涛,也安定了我激荡的感情"(16)。不仅如此,爱丽儿的音乐还指引着腓迪南,促使他与米兰达相遇,此处,音乐不仅起到了强调关键剧情的作用,还推动了故事情节的发展。

莎翁将第二个地志空间设置在孤岛上,意在清晰刻画人物性格和他们的内心世界。这座孤岛被三种不同的声音围绕,三种声音各有其效用,人声突出角色的气质和形象,声音突显人物的心理活动,音乐则作为一种中和剂来抵消噪声带来的不和谐,并同时作为氛围的催化剂来升华主题。总的来说,这些不同的声音作为一条隐含线索,将不同的人物和情节串联。

四、社会空间:反映莎士比亚时代背景和创作意图

任何人都难以避免受到其社会环境的影响,更不用说文学作品中的人物。文学反映现实,作家创作的文学作品因此也不可避免地依附于其社会环境和主观想法。为了更全面地理解莎士比亚创作《暴风雨》的意图,对社会空间进行分析也是必要的。社会空间即人物所在的社会或历史环境,存在于地志或物理空间的基础上。多样的社会形态和基督教元素是剧中最突出的社会环境,它们集中反映了当时的社会习俗、结构和主流意识形态,即剧中的社会空间。

1. 多元的社会形态与市民意识

奥登(W. H. Auden)提到《暴风雨》中呈现出了各种类型的社会①,这些社会分别为实行君主制的封建社会、联邦共和社会(commonwealth)、殖民主义下的奴隶社会和空想社会主义下的乌托邦。这些社会形态在揭示社会空间中各种社会结构的同时,也诠释了人物角色之间的政治关系和莎士比亚时代流行的各种政治思想。不言而喻,米兰和那不勒斯这两个国家是封建君主制。

开场时,船上体现的则是联邦共和社会。由于船上所有人都受到死亡的威胁,每个人此时都是平等的,权力理当属于有专业技能和勇气来应对危机的人,即船长和水手长优先于国王,这与水手长被贡柴罗斥责"但是请记住这船上载的是什么人"(4)时他"我只管我自个儿"(4)的回答所体现的内涵相一致。

---

① Auden, W. H. *Lectures on Shakespeare*. Princeton University Press, 2000:299.

　　而后是凯列班对自由的向往，这与岛上现有的奴隶制相对。在凯列班的描述中，普洛斯彼罗的教化使他失去了自己野蛮的自由和纯真：

　　　　本来我可以自称为王，现在却要做你的唯一的奴仆(14)
　　　　你教我讲话，我从这上面得到的益处只是知道怎样骂人；但愿血瘟病瘟死了你，因为你要教我说你的那种话！(15)

　　此外，当爱丽儿演奏歌曲时，斯丹法诺表现的是鲁莽的反抗，特林鸠罗则是惊恐地喊道："饶赦我的罪过呀！"(43)，而凯列班则安抚他同伴们道：

　　　　不要怕。这岛上充满了各种声音和悦耳的乐曲，使人听了愉快，不会伤害人。有时成千的叮叮咚咚的乐器在我耳边鸣响。有时在我酣睡醒来的时候，听见了那种歌声，又使我沉沉睡去；那时在梦中便好像云端里开了门，无数珍宝要向我倾倒下来；当我醒来之后，我简直哭了起来，希望重新做一遍这样的梦。(43)

　　凯列班的反应一方面暗示了岛上声音的舒缓功能；另一方面也表达了他对倒退至野蛮人和回归原始社会的期望，因为在那里没有人会约束他的行为，他可以不受任何限制地随心所欲。然而，具有讽刺意味的是，凯列班并未摆脱普洛斯彼罗施予他的奴役框架，他所谓的"自由"只是为自己找一个"新老板"(36)并屈从于这个人，而不是真正将自己从奴役中解放出来。这种无法超越历史和社会环境的有限性思维在贡柴罗身上也有所体现。

　　在贡柴罗的乌托邦幻想中，如果他拥有这座岛屿，他会是"这岛上的王"(25)，这一想法是对他们所处社会君主制历史的延续，也就是上文提及的人物思维的局限性。贡柴罗描述的联邦共和国里没有金钱、书籍、工作和权力，然而他的想法只有在物质极为丰富，而人们的精神境界极其高的情况下才能实现，但仅从安东尼奥和西巴斯辛的邪恶行径便可看出他们精神境界尚不足。"剧中的每个人物都有自己的白日梦"，奥登如是评价剧中的人物，"所有人都幻想邪恶不复存在：像贡柴罗这样的好人对别人的邪恶视而不见；而像安东尼奥和卡利班这样的坏人则对自己的邪恶视而不见。"①

———————————

① Auden，W. H. *Lectures on Shakespeare*. Princeton University Press，2000：299.

　　综上所述,这四种类型的社会都反映了莎士比亚所处时代盛行的政治思潮:马基雅维利的君主主义思想、托马斯·史密斯的英联邦、殖民主义和托马斯·莫尔的空想社会主义。从文本的角度看,莎士比亚在《暴风雨》中对这四种社会形态的勾勒实现了塑造人物形象的作用,借此赋予不同人物以多样的个性特征,使人物以及情节更加立体生动;从创作意图的角度看,这些社会形态反映了莎士比亚所处时代人们构建理想社会的渴望,以及由城市化日益扩张所带来的与日俱增的市民意识。①

2. 无所不在的基督教与人文主义理想

　　作为当时的主流意识形态,基督教元素为《暴风雨》塑造出宗教性的社会空间,它的无所不在诠释了其对该剧文本以及作者莎士比亚的重要性。作为西方文明的精神实质之一,无处不在的基督教渗透于西方上层建筑的各个领域。基督教首先是一种宗教信仰,但它不仅仅是一种宗教信仰,在作为宗教的发展过程中,它超越了狭隘的神学意义,在其宗教基础上衍生出基督教文化,并对西方的生活方式、价值观和道德准则产生巨大的影响。② 由于莎士比亚是基督徒,他的生活与基督教紧密相连,正如罗伯特·伊根(Robert Egan)所说的那样,莎士比亚的审美创作与基督教慈悲的正统原则有关③,这一点在他的戏剧作品中展现得淋漓尽致。

　　《暴风雨》集中体现了莎士比亚的基督教思想,即通过博爱、仁慈和怜悯实现和解。④不仅是剧中的人物,剧中的场景也被注入了基督教的象征意义,接下来本节将重点选取具有标志性象征意义的场景进行研究。

　　该剧以普洛斯彼罗有意安排的海难事件开场,阿隆佐一行人由于不可抗拒的力量跳入海中。正如爱丽儿所描述的那样,虽然他们跳进了海里,但"他们穿在身上的衣服也没有一点斑迹,反而比以前更干净了"(11),这暗喻着对他们的洗礼。此外,这个场景与《圣经·创世纪》中诺亚方舟的故事场景类似。在诺亚方舟的故事中,上帝制造吞噬世界的洪水使宇宙回到创世前的混沌状态,但却放过了诺亚、他的家人及各种类的动物,并让他们通过诺亚方舟这个微观世界重新塑造世界。经过洪水的洗礼,人类重新获得了新的生命,同样地,阿隆佐一行人在经历暴风雨的洗礼后也重获新生。

　　不仅如此,岛上指引着人们的音乐似乎也是对福音音乐的隐喻。在爱丽儿的"来

---

① 参见 Heater，Derek. *A Brief History of Citizenship*. New York University Press，2004:31－35.
② 参见戴丹妮:《莎士比亚戏剧与西方社会》,武汉大学出版社 2021 年,第 267 页。
③ 参见 Egan，Robert. "This Rough Magic：Perspectives of Art and Morality in The Tempest." *Shakespeare Quarterly*，1972，23(2)：171－182. p.182.
④ 参见戴丹妮:《莎士比亚戏剧与西方社会》,武汉大学出版社 2021 年,第 267 页。

吧,来到黄沙的海滨"(15)歌声中,精灵们模仿的看门狗和雄鸡的叫声不仅为腓迪南营造出一个田园牧歌式的场景,使他紧张的神经得以放松,而且其福音召唤般的信号也促成了腓迪南和米兰达的第一次相遇。此外,爱丽儿唱给腓迪南的歌曲"五寻的水深处"(16),在宴席上听到的"庄严而奇异的音乐"(44)以及化装舞会上播放的音乐,都作为福音召唤、引导着无论有罪与否的人们实现心灵的洗礼,使他们面对人生的新篇章。

从文本的角度看,莎士比亚在《暴风雨》中加入的宗教元素既起到了贯穿和推进剧情的作用,也使"复仇—忏悔—和解"这一主题得到升华,赋予结局合理性。从创作意图的角度看,它反映了莎士比亚作为基督徒受基督教密切熏陶的人文主义理想。

五、结语

本文利用佐兰和列斐伏尔提出的空间叙事概念将《暴风雨》中的空间分为三种:结构空间、地形空间和社会空间。研究发现,三个空间的叙事作为重要的叙事策略与《暴风雨》的主题紧密相连。《暴风雨》的结构空间可以被解读为镜像 L 形和箭头形,它们将时间和空间结合统一,为结构和文本塑造出空间感,这两种结构同时也将错综复杂的人物关系和多样的主题结合为一个有机整体,使戏剧主题得到升华。而在汹涌的大海和荒无人烟的孤岛这两个地形空间的设置中,人物性格和心理活动被清晰刻画出来的同时,扣人心弦的故事情节也得到凸显。作为分析地志空间的切入点,不同的声音各有其效用并作为一条隐含线索,将不同的人物和情节串联。最后,《暴风雨》的社会空间,即多元的社会形态和无处不在的基督教,不仅使人物角色更为灵动而情节更具连贯性,而且为莎士比亚本人创作这部戏剧的意图奠定现实基础。

参考文献

[1] 戴丹妮:《莎士比亚戏剧与西方社会》,武汉大学出版社 2021 年。

[2] 龙迪勇:《空间叙事学》,生活·读书·新知三联书店 2015 年。

[3] 威廉·莎士比亚:《莎士比亚全集:纪念版》,朱生豪等译,人民文学出版社 2014 年。

[4] 张骏:《从威廉·戈尔丁的小说〈蝇王〉看英国文学中的荒岛意象》,南京师范大学(学位论文)2003 年。

[5] Auden,W. H. *Lectures on Shakespeare*. Princeton:Princeton University Press,2000.

［6］Barthes，R & Lionel D. "An Introduction to the Structural Analysis of Narrative". *New Literary History* 6(1975)：237‐272.

［7］Bulger，T. "The Utopic Structure of *The Tempest*". *Utopian Studies* 5（1994）：38‐47.

［8］Egan，R. "This Rough Magic：Perspectives of Art and Morality in *The Tempest*". *Shakespeare Quarterly* 23(1972)：171‐182.

［9］Heater，D. *A Brief History of Citizenship*. New York：New York University Press，2004.

［10］Neill，M. "'Noises，/ Sounds，and Sweet Airs'：The Burden of Shakespeare's 'Tempest'". *Shakespeare Quarterly* 59(2008)：36‐59.

［11］Shakespeare，William，et al. *The New Oxford Shakespeare：The Complete Works*. Oxford：Oxford University Press，2016.

［12］Zoran，G. "Towards a Theory of Space in Narrative". *Poetics Today* 5(1984)：309‐335.

【项目基金】本文为武汉大学自主科研项目(人文社会科学)"莎士比亚戏剧与节日文化研究"研究成果,得到"中央高校基本科研业务费专项资金"资助,为武汉大学核心通识课"莎士比亚与西方社会"、武汉大学一般通识课"莎士比亚戏剧导读"、武汉大学规划教材项目"莎士比亚戏剧与西方社会"和"莎士比亚戏剧导读"阶段性成果。

【作者简介】戴丹妮,女,武汉大学外国语言文学学院副教授,戏剧影视文学博士,主要从事莎士比亚研究、翻译理论与实践研究、跨文化研究。

张艺璇,女,武汉大学外国语言文学学院,主要从事英语语言文学学习与研究。

第二编

纪念莎士比亚诞辰 460 周年与版本研究

真善美是他永恒的追求
——纪念莎士比亚诞辰 460 周年（上篇）^①

李伟民

【摘　要】　2024 年是莎士比亚诞辰 460 周年，朱生豪翻译的莎士比亚戏剧在中国莎学史、中国翻译史上已经成为一个里程碑式的标志性工程。新版《莎士比亚全集》把朱生豪译文与陈才宇译文区别开来，对于莎学研究工作来说这是一项基础工程，在中国莎士比亚翻译、研究史上具有极为重要的意义。

【关键词】　《莎士比亚全集》；朱生豪；陈才宇

Genuineness，Kindness and Beauty Are Lifetime Pursuit of Shakespeare
—To Honor the 460th Anniversary of Shakespeare's Birth（Part 1）

Li Weimin

---

① 2024 年是莎士比亚诞辰 460 周年，为了纪念莎士比亚，世界各地的莎学研究者计划举行一系列学术活动。为此，中国莎学界也计划举办系列学术与演出活动，以进一步推动中国莎学研究的发展。因此，2023 年，在莎士比亚诞辰 459 年之际，先行推出纪念莎士比亚诞辰 460 周年的纪念文章，延续至 2024 年。莎士比亚是世界的，也是中国的。在莎士比亚传入中国的过程中，无数先贤为此付出了毕生的精力，朱生豪就是他们中间的杰出代表。本文在撰写过程中参考了国内外多种不同版本的莎士比亚全集、莎剧译本、莎士比亚传记和莎学研究著作、论文，包括笔者已经和即将发表的莎学论著，本文限于体例的要求及限定的篇幅的字数，不可能将这些参考文献一一列举出来，在此，我谨向这些著者、译者表示由衷的感谢。此文是在笔者为朱生豪、陈才宇译《莎士比亚全集》撰写的"总序"的基础上修改而成。2015 年朱生豪、陈才宇翻译的《莎士比亚全集》精装版由浙江工商大学出版社出版，可称为中国莎学研究中的一件盛事。这套《莎士比亚全集》的特色明显。陈才宇在全面对照《朱生豪莎士比亚手稿》和世界书局 1947 年版《莎士比亚戏剧全集》（1—3 辑）的基础上，以一人之力对朱生豪的莎剧译文进行了订正、补译、改译等，恢复了包括 20 世纪 50 年代以来人民文学出版社出版的《莎士比亚戏剧全集》《莎士比亚全集》中，原译者与修订者的译文不分，对朱生豪译文理解有偏差，甚至修订错了的地方，并且以不同的字体对朱生豪译文与修订者的译文进行了明显区分，同时对朱生豪译文中漏译、误译做了修订，补译了朱生豪没有译完的莎剧剧本。因而使得读者能够更清晰地辨认出两种译文之间的区别以及朱生豪故意省略的文字，特别是朱生豪译文中那些独有的、绝妙的表达方式。这篇《总序》原刊于浙江工商大学出版社出版的《莎士比亚全集》之内，尽管译者、编者给予了大量篇幅，但终因篇幅有限，进行了适当的删减。此次刊发，作者又根据新的材料和思考进行了重新修订，分上下两篇刊发，以纪念莎士比亚诞辰 460 周年。

【Abstract】 The year 2024 marks the 460th anniversary of Shakespeare's birth. Zhu Shenghao's translation of Shakespear's plays has become a landmark in the history of Chinese Shakespeare studies and the history of Chinese translation. The new edition of *The Complete Works of William Shakespeare* distinguishes Zhu Shenghao's translation from Chen Caiyu's translation，which represents a fundamental project for Shakespeare studies and is of great significance in the history of Chinese Shakespeare translation and research.

【Key Words】 *The Complete Works of William Shakespeare*；Zhu Shenghao；Chen Caiyu

一、引言

中国人民喜爱莎士比亚和他的作品,尊重莎士比亚,将莎士比亚视为外国文学领域最重要、最伟大的作家之一。在中国莎士比亚的百年传播史上,无论是在大陆还是在台湾都有很多杰出的翻译家翻译出版了多套汉语版《莎士比亚全集》。我们不但拥有现代汉语版的莎士比亚戏剧剧本,而且拥有散文版、诗体版和文言文版的莎士比亚剧本;我们不但有话剧形式的莎剧上演,而且在中国戏曲舞台上也能够不断推出莎剧;我们不但拥有100多部各类莎士比亚研究专著、文集,拥有多部莎士比亚辞典,而且在各类刊物上发表了莎士比亚研究论文数千篇,在很多描述中国外国文学研究领域的专著、索引中,莎士比亚研究都会引起学术界的关注。莎士比亚在中国人心目中具有无与伦比的崇高地位。作为经典文学、经典戏剧和经典诗歌的莎士比亚的作品吸引了我们。

陈才宇教授多年来沉潜于翻译和学术研究之中,翻译出版有《莎士比亚诗全集》《英国早期文学经典文本》《英美诗名篇选读》《金色笔记》《亚瑟王之死》《失乐园》,著有《古英语与中古英语文学通论》(国家社会科学基金课题成果),在国内外国文学核心期刊上发表了数十篇论文,并应邀为译林出版社出版的《莎士比亚全集》的3部莎氏历史剧的译文进行校订,其译文质量与研究成果已经得到社会公认。翻译莎士比亚既是一项智力竞赛,也是一项文化、学术研究活动。可以说,陈才宇先生几乎将自己的一生都浸润于翻译与外国语言文学研究之中,为补译朱生豪的莎剧译本进行了长期的学术准备,当下，接手补译朱生豪莎剧译本这一重要工作，乃水到渠成，顺理成章之事也。文本翻译和研究是莎学研究的基础工作。在莎士比亚已经传入中国近 200 年，距中国杰出的翻译家朱生豪翻译出版《莎士比亚戏剧全集》60 多年后的今天，陈才宇教授补译、校订的朱生豪译本，在通览、研究世界书局出版的《莎士比亚戏剧全集》《朱生豪译莎士比亚戏剧手稿》、作家出版社 1954 年版《莎士比亚戏剧全集》和人民文学出版社 1978 年版《莎士比亚全集》的基础上精心翻译、研究，将朱生豪译本中由于各种原因存在的漏译、误译，以及还来不及译完的剧本、长诗和十四行诗以一人之手，补成完璧——《莎士比亚全集》，并将朱生豪译文与陈才宇译文区别开来，对于莎学研究工作来说这既是一项基础工程，也是一项跨世纪的工程，在中国莎士比亚翻译、研究史上具有极为重要的意义。

二、走向经典：中国莎学的独特性

在中国的莎士比亚翻译、研究和演出中，学人们已经达成了一个明确的共识，那就是在创立具有中国特色的莎学体系过程中，应该全面系统地总结中国莎学发展历程，让世界了解中国莎学，在国际莎学界与同行能够进行平等对话，并拥有话语权。中国莎学的特殊性究竟表现在哪些方面呢？为了回答这一问题，我们应对莎学研究的特点有所了解。对于莎学来说，根据 18 世纪以来世界莎士比亚研究的学术广度、深度，当前世界莎学研究的总体趋势，以及我们的研究状况来看，中国的莎士比亚研究既属于外国文学研究、外国戏剧研究、英国文学研究、英国戏剧研究，又涉及文学研究、文化研究、翻译研究、舞台艺术研究、比较文学、比较文化研究等多个领域，即从世界范围来看，莎士比亚研究已经远远超越了外国文学、戏剧、英国文学、戏剧研究的范围，而成为一门独立的学问。莎学对上述学科的超越性主要表现在哪里呢？我认为这一超越性表现在莎士比亚的翻译、研究和舞台演出三个方面。具体来说，从翻译研究的角度，既有以散文形式且取得了很高成就的莎作全集，也有诗体全集，究竟是以异化翻译为主，还是适当运用归化翻译方法，在翻译中如何体现原作的精神与形式，仅"生存与毁灭，这是一个值得思考的问题"一句话就有 20 多种译文和各种不同的讨论。在莎学研究中，我们忽视其特殊性表现为一向以文本研究为主，对莎作产生的时代环境、历史意义、文艺复兴时期同时代作家的关系、莎作与基督教的关系、莎氏对现代作家的影响、主题与艺术特点等进行了多方面的讨论，但从舞台、影视角度研究经过改编的不同民族、不同国度各种形式的改编莎剧则相对薄弱；今天中国莎剧舞台的话剧莎剧和戏曲莎剧演出已经取得了不俗的成绩，但从中西文化碰撞与交融角度的研究远远不能令人满意，舞台演出也有待创新，而从舞台角度研究莎剧已经成为当代世界莎剧研究的潮流和学者们关注的热点。我们认为，中国的莎学研究也应该追踪国际莎学研究的潮流，文本研究与舞台研究并重。莎剧舞台研究是莎士比亚内在的活力和产生世界性影响的重要原因之一。因为莎剧舞台、影视的改编可以使我们获得比文本研究更为广阔的视野、更多角度的研究资源，会为莎学研究带来无限的机遇，从中我们亦可以看到各种艺术形式是如何改编莎剧，反映其人文主义精神的，从而拓宽和加深对莎士比亚的理解。

通观今天中国的莎学研究，改编莎剧已经远远超越了一般的文本改编、舞台演出，而融入了我们通过中国文化、艺术、戏剧对莎氏的理解，即以我们的眼光看莎士比亚，站在我们的文化立场上分析莎士比亚。诚如斯蒂芬·格林布拉特（Stephen Greenblatt）所言："莎士比亚尽其所能地发现各种主题，创造了一种跨越一切界限的语言。"在中国的语境下，无论是翻译、研究和演出都必然与中国文化发生千丝万缕的联系，甚至成为中国文化的一个有机组成部分。莎士比亚这样的经典已经成为我们民族戏剧中的一笔宝贵财富，是中国莎剧区别于英美莎剧和世界其他民族莎剧的标志，也是我们在走向经典的过程中不断选择的结果。这就是说中国的莎士比亚翻译、研究和舞台演出由于其特殊性已经形成了自己的特点。中国莎学的独特性表现在我们的研究更多地要从自己民族、文化、艺术、文学、语言、翻译、戏剧的传统出发，去把握和研究莎士比亚。我国莎学应该成为我国社会主义文化建设的一个组成部分。它应该成为我国繁荣戏剧事业的一个借鉴；发展莎学促进莎剧各种形式的演出，可以从更高的层次上净化和美化人的灵魂，有助于我们民族文化素质的提高。中国莎学研究的特殊性要求我们，既着眼于历史，又要展望未来，从莎士比亚的作品中，从当今中国莎学的现实境况中，从经典的价值中，从莎士比亚的影响力和固有的精神内涵中，去把握新的时代要求与研究动力；从历史的瞬间寻找永恒的精神价值，从历时性中发现共时性，从我们的民族文化、民族艺术中去重新发现莎士比亚作品中所蕴含的真善美。

朱生豪翻译的莎士比亚戏剧在中国莎学史上占有重要位置，他的莎剧译文经受了时间的考验，也在众多优秀译本历经百年的竞赛中，受到几代中国读者的喜爱。朱生豪翻译莎士比亚戏剧能达到"文而不越，质而意显"这样的高度，把莎士比亚戏剧以具有强烈诗歌韵味的口语化汉语散文形式表达出来，这正是朱生豪译本胜于其他许多莎剧译本的地方，也是其存在的独特价值的体现。中国原有翻译出版的以朱生豪译本为底本的《莎士比亚全集》，对朱译本的校译均出自多人之手，虽然补全了朱译本没有译完的莎作，也改动了朱译本中存在的不足，但由于出自多人之手，译文风格往往不能统一，对朱译本的理解也存在着极大差异，而且由于没有注明，哪些译文出自朱生豪之手，哪些出自校译者之手，读者完全无法知道，故对准确理解、欣赏莎剧，品味、咀嚼朱生豪译文，造成了障碍，这不能不说是一个极大的遗憾。

朱生豪翻译的莎士比亚戏剧在中国莎学史、中国翻译史上已经成为一个里程碑式的标志性工程。朱生豪"译出了汉语版莎剧的风格，那便是口语化的文体……朱生豪在翻译莎士比亚戏剧的时候，消耗的是他 22 岁到 32 岁这样充满才情、诗意、热情、血气方刚而义无反顾的精华年龄段！这是任何译家比不了的"。在他翻译莎士比亚戏剧的过程中是时代铸就了他的爱国主义精神，并在这种爱国主义精神的感召下，以年轻的生命自觉自愿地肩负起这一"文化托命"，为中华民族和世界文化留下了一笔宝贵的精神财富。朱生豪译莎的动力首要的是他的朴素的爱国主义思想。这是指导他在自己的译莎稿本几次毁于日寇侵华战火中，仍然坚持不辍，抱病奋力译莎的重要原因。而他深厚的中国古典文学修养和相当高的英文造诣，又成为他成就其事业必不可少的基础。诚如宋清如先生所说："朱生豪特长的诗歌，无论新旧体，都是相当成功的。尤其是抒情诗，可以置之世界名著中而无逊色。"所以，在长达 100 多年"莎士比亚在中国的传播史"上，"无论普通读者还是专家学者，都知道读汉语中的莎士比亚，首选的是朱生豪的译本"。朱生豪在《之江期刊》创刊号上对斯宾诺莎哲学、伦理道德的分析就体现出他"中西兼善"的特点，当我们今天读到朱生豪的这些文字时，仍然可以感到他对于西方哲学、文化、文学的不一般的识见。这也是朱生豪后来义无反顾地选择莎士比亚的原因和动力之一，也是他的译莎取得读者认可和喜爱的重要原因。朱生豪以口语化的白话散文方式翻译的莎士比亚戏剧，经受了时间检验，历半个多世纪仍然受到读者的喜爱，为莎士比亚在中国的普及与提高做出了重要贡献。他以他那坚韧、坚持、苦干的精神和独具的才情昭示、激励、影响着后来者。

三、莎士比亚的生平[①]

在不列颠岛中部的沃里克郡，在这个今天来说举世闻名的小镇——埃文河畔伟大的斯特拉福圣三一教堂，威廉·莎士比亚受了洗礼，并被命名，教堂有关登记册在 1564 年（英国都铎王朝的伊丽莎白一世女王在位第六年；中国明朝嘉靖四十三年）4 月项下用拉丁文字写着："26 日，约翰·布雷区格德尔。"因此，我们可以明确地说，威廉·莎士比

---

① 莎士比亚传记种类繁多，总序在撰写过程中，参考了国内外多种莎士比亚传记、评传，既包括雨果、小泉八云的莎传、民国十八年以来的莎传，也包括各种英国学者、俄国与苏联学者、美国学者等西方学者、中国学者撰写的莎传，可参考笔者发表于《绵阳师专学报》1990 年第 1 期的《简评几种莎士比亚传记》。

亚生于1564年4月23日。莎士比亚在那里度过了无忧无虑的童年,当他在伦敦站稳脚跟,并且事业取得一定成绩的时候,也时不时地返回故里。在莎士比亚漫长的伦敦戏剧职业生涯的绝大部分时间里,莎士比亚的妻子和孩子们居住在斯特拉福。为了养活这一大家子,莎士比亚亦从斯特拉福的当地事务中获得财产和收取一些利息。大约在1613年左右,莎士比亚退休后回到斯特拉福。这是一个典型的商业小镇,2000多名居民不是务农,就是做小生意。1616年(莎士比亚52岁。詹姆士一世在位第14年。中国明万历四十四年,清太祖爱新觉罗·努尔哈赤天命元年)4月23日,莎士比亚死于斯特拉福"新居",终年52岁,死后被埋葬于圣三一教堂。莎士比亚得到此荣誉埋葬在教堂内的原因在于他在教区内所拥有的地产权,而非他在文学与戏剧艺术上的辉煌成就。从那以后,斯特拉福的沃里克郡旖旎的田园风光以及埃文河迷人的美丽景色长存于莎士比亚作品诗意般的美妙想象之中。由于莎士比亚的生平资料相对来说较少,在我们看到的几乎所有的莎士比亚传记中,除了勾画莎士比亚生平的大致轮廓外,几乎都把笔墨投入到结合莎作对其生平的叙述上,所以对于莎士比亚传记,我们不但可以作为了解莎翁生平的传记来读,而且可以作为研究他的创作的文章来读。这种现象已经形成了莎士比亚传记的一个鲜明特色,几个世纪以来的各种莎传概莫能外。

莎士比亚(Shakespeare)一姓出自中世纪,英格兰许多地区都有此姓居民的广泛分布。以莎士比亚为名的家族在整个英格兰分布非常之多,而这个姓名在不列颠的沃里克郡数量尤其众多。根据档案记载,早在莎士比亚出世前300多年,即1248年,另一位同名的威廉·莎士比亚,就因盗窃罪在该地被处以绞刑。在16世纪中期,此郡的卷宗里至少有24个村镇记载有莎士比亚家族。可以说,这是一个大家族。我们关于莎士比亚家族的第一个可靠记录是从理查·莎士比亚开始的,他是居住在离斯特拉福4英里远的斯尼特菲尔村的农夫,此人很可能是莎士比亚的祖父。理查·莎士比亚大约卒于1561年的冬天,他生前拥有一座价值38英镑17先令的房产,财富数量相当可观。按照J. Q. 亚当斯的说法,这个姓氏的含义为"快速拔出利剑"。人们在英格兰本土发现了这个姓氏的变体之一Sakspee,也发现了其他众多变体,而其中的变体之一Saksper逐渐演变成了姓氏Shakespeare(即莎士比亚)。这个姓氏可能是因为其明显的军事涵义"挥舞(shake)长矛(spear)之人"。威廉·莎士比亚的父亲约翰·莎士比亚拥有一些自己的产业,并且通过娶妻获取了一笔数量更为庞大的财产。

斯特拉福镇从13世纪开始就已经拥有了在教堂支持下创办的免费学校。但是,我们更应该看到,16世纪教会改革和人文主义思潮的发展使学校教学发生了重大变化,出现了进行世俗教育的学校,以取代教会学校,这类学校被称为"文法学校"。这一名称强调了这类学校教学的世俗性质,强调它有别于渗透整个中世纪教育的神学精神。莎士比亚在求学时代所读到的英语诗集,不论其数目多少,其中一定包括了英文本的《圣经》,对于《新约》和《旧约》的了解与熟悉,有助于塑造莎士比亚初期思想与戏剧创作。伊丽莎白时代的教育家普遍认为知识必须靠填塞,有时甚至必须靠挥鞭抽打才能装入学童的脑袋。学童通过"入门书"学习阅读,这种"入门书"是一张镶嵌在板子上的单页纸张,书上通常印着大小写字母表及主祷文。学童通过印有教义问答的字母书练习读写,他们可在大约年满 7 岁时被允许进入文法学校学习。学校纪律异常严格,体罚也很常见。

在莎士比亚生活的 16 世纪中叶,斯特拉福是"一座美妙的集镇"(威廉·卡姆登,英国文艺复兴时期历史学家,1551—1623),拥有居民大约 2000 人,镇上街道相当宽阔,半木质结构的房屋以茅草为顶。集镇四周作物繁茂,牛群满谷,富有商业气息,是"不俗的商业中心",在赶集的日子里人们从四郊涌向斯特拉福——"涉水过河的道路",在镇上有 20 家旅馆和小酒店,居民是好喝酒聊天的人,这是一个充满了欢乐的集镇。小镇上有一座 14 道桥拱的大桥横跨埃文河面。在撒克逊人修道院的遗址上修建起来的圣三一教堂矗立在埃文河畔。文法学校按照市政厅的规定对属下的市民子弟实行义务教育,文法学校的宗旨只有一条,那就是它的名称所规定的——学习文法,学习拉丁文法。文法学校使用的教科书是 1522 年故世的圣保罗公学的首任校长威廉·李利编写的《文法基础》,这也是莎士比亚的用书。这本书是伊顿和威斯敏斯特两所公学的世俗圣经,也是斯特拉福文法学校的世俗圣经。这一名称强调学校的教育有别于渗透整个中世纪教育的神学精神。在这里,年轻的莎士比亚必须接受李利文法的严格训练,同时学习罗马演说家西塞罗的书信、演说词和论文,阅读罗马诗人维吉尔、奥维德、戏剧家普劳图斯、泰伦斯和塞内加作品的片段,莎士比亚喜爱古代作家奥维德的戏剧,拉丁文组成了文法学校课程的基础内容。

按照当今的标准,莎士比亚在古代经典阅读训练方面有着相当广泛的涉猎,即使不是学者水平,至少也可以应付一般的阅读和写作所需。1569 年夏天,莎士比亚受到了最初的戏剧艺术的熏陶,在父亲任执行官期间,斯特拉福第一次接待了伦敦来的剧团。账目上记载,事后付给"女王供奉剧团"9 先令,付给"武斯特伯爵剧团"1 先令。这大概是莎士比亚最初看戏的机会,而且是坐在最佳观众席上。少年时代,莎士比亚在他的故乡斯特拉福接触到了戏剧。尽管那些流浪演员的演出并不完美,演技也远非精良,但是这些戏剧却受到了乡村观众的欢迎,也在莎士比亚的内心种下了热爱的种子。这些走村串巷的戏班所带来的戏剧艺术的魅力也在他的内心深处留下了难以磨灭的深刻印象,成为他终身从事的职业。1573 年,莎士比亚 9 岁时,赖斯特伯爵的剧团来斯特拉福演戏。莎士比亚 11 岁时,曾与许多斯特拉福居民一道,参加了赖斯特伯爵为迎接伊丽莎白一世女王驾临而在城堡中举行的盛大庆祝活动。莎士比亚在花园中演出了哑剧,演出吸引了周围村镇的村民围观。为取悦女王,赖斯特伯爵在城堡设宴,在草地和湖滨演出,白天打猎,夜间燃放烟火。斯特拉福每年都有流动剧团来此演出。

　　莎士比亚 18 岁时与比他大 8 岁的安妮·哈瑟薇结婚。(安妮·哈瑟薇的墓志铭表明她卒于 1623 年 8 月,享年 67 岁。)伍斯特市的主教登记处所出具的主教许可证书证实了他们之间的婚姻关系,在他们结婚次日所出具的担保人契约里提到安妮的姓氏应为哈瑟薇(Hathaway)。在当时的英国,缔结婚约和举行结婚仪式常常只是追认事实上早已存在的婚姻的一道手续。在教堂举行婚礼之前,订过婚的男女就被追认已经结成夫妇。犹如《第十二夜》中所描述的:"这是一种永世良缘的结合,有尔等互相紧握的双手所确认,有尔等相吻的神圣嘴唇所担保。有尔等交换的戒指来坚固;这整个庄重的仪式,更由我(指牧师)的份内见证所证明。"1583 年 5 月 26 日,女儿苏珊娜出生。婚礼后 6 个月就诞生的孩子或许可以解释为何先前一年 11 月份结婚时那样仓促草率。我们也知道莎士比亚在《一报还一报》里曾对婚前契约和怀孕问题进行过戏剧化的描写,在《维纳斯与阿都尼》中描写了洋溢着成年女性魅力的维纳斯在密林浓荫之下企图勾引少年阿都尼的诗行:"她一旦尝到了战利品的甜蜜滋味,就开始不顾一切,凶猛地暴掠穷追。她的恋腾腾冒热气,她的血滚滚沸,不计一切的情欲,竟叫她放胆畅为! 把所有的一切都付诸流水,把理性击退;忘了什么是害羞脸红,什么是名誉尽毁"。虽然这些都是文学的想象,但是对于爱情、情欲和婚姻的描写也与现实生活有着千丝万缕的联系。然而,莎士比亚究竟有没有和安妮进入过这种正常状态的夫妻关系仍然是一个未解之谜。

　　如果莎士比亚确实曾一度从事过教书职业的话,那就不会是在他的家乡,而是在葛罗斯特某地,或者是考斯特沃尔特区。因为在当地的文件里,常可以见到莎士比亚和哈瑟薇这两个姓氏。莎士比亚所受的文法学校教育无法使他有资格担任学校教师的工作,但是却可以胜任学校教师的"助理教员"或助手之类的职务。莎士比亚通过他在文法学校所受到的阅读训练而对普劳图斯、奥维德以及其他一些古典作家有所认识。他的早期剧作《错误的喜剧》《爱的徒劳》《泰特斯·安特洛尼克斯》《维纳斯与阿多尼斯》及《鲁克丽丝受辱记》都切实而直接地反映了古典文学作品阅读对他的影响。

　　1585—1592 年这段时期的传统看法是莎士比亚在此期间曾于斯特拉特福镇做过学徒。这一看法来自约翰·道多尔,根据这位教区执事的说法,莎士比亚曾被迫成为一位屠夫的学徒,但后来他从师傅那儿逃往了伦敦,并被一家戏院收留而成为"跟班"。他也写过针对邻村的四行诗,他说邻村各以鬼魂和醉汉而闻名,自己在洒满星辉夜空的苹果树下,醉意正浓之际哼成此诗。莎士比亚除充任鹿戏丑角演员之外,尚参加农、渔、牧业劳动。正如哈密尔顿之咏莎诗所云:"才载春色满帆归,又上云山采翠微。借问鹿苑谁是主? 遥指陌上稻花飞。"关于莎士比亚"偷鹿"的传说也广为流传。莎士比亚在偷鹿时总是十分不顺,尤其是在露西爵士(Sir Lucy)那儿,此人曾数次鞭笞莎士比亚,有时还拘禁他,最终甚至导致莎士比亚逃离故土。莎士比亚甚至还写了一曲不敬的民谣来描述露西如何逼迫他匆匆动身前往伦敦。然而事实上,我们不知道"偷鹿"的故事是否真的发生过。但是,许多莎士比亚传记都记载了这件事。

16 世纪 70 年代,"表演被官方认可为正当的行业,只要演员受到世袭贵族的庇护"。在文艺复兴时期,英国不仅以戏剧和诗歌的繁荣而著称,而且旋律优美的音乐也得到了人们的青睐。在这些艺术形式中,戏剧在伦敦生活中占有重要地位,最卖座的演出成为叙事诗的主题。流传下来的有叙事诗《李尔王和他的三个女儿》《威尼斯的高利贷者戈尔努特》。由于从 1585—1592 年这七年期间没有任何可靠的信息可查,因此我们不知道莎士比亚是如何开始进入戏剧界的。他可能是在斯特拉特福加入了某个巡回演出的剧团后随着演员们一起来到了伦敦。莎士比亚在剧院的第一份职务是提词员的随从。莎士比亚登上剧坛之前,伦敦城内有四座建筑专供剧团演出之用,其中的一家剧院名叫"花坛",另外两座剧院坐落在泰晤士河南岸,加上伦敦大桥附近的剧院,满足了人们日常观赏戏剧的需要。莎士比亚熟悉这里所有的剧院,为了磨练自己的表演技巧,更为了混碗饭吃,他曾在"玫瑰""花坛"剧院演出。莎士比亚之后的工作则开始显露出与舞台艺术有了紧密而实际的联系。不管怎样看,莎士比亚成为演员和作家并获得显赫地位的速度都是极快的。"莎士比亚既当演员也从事写作,1589 年可能参加了两部历史剧的编写:一部是《战争使大家成为朋友》,手稿(未署名)现存不列颠图书馆,该剧描写 11 世纪初争夺英国王位的斗争。另一部是《爱德华三世》,此剧于 1596 年和 1599 年出版。"

莎士比亚的剧作受到了观众的追捧,这对受过大学教育的剧作家构成了严重的挑战,引起了大学才子派(University Wits)剧作家的嫉妒。犹如中国昆曲在历经 400 多年的发展后,中国戏曲的花雅之争,在四大徽班进京之后,终于以雅部的衰落和花部的胜利为标志,在竞争中确立了京剧的地位。在莎士比亚从事戏剧事业的一生当中,多个剧团之间激烈的戏剧竞争从来就没有停止过。围绕离开斯特拉福后的莎士比亚的第一个典故是一次针对他的恶意攻击。这起攻击发生在罗伯特·格林(他于 1592 年 9 月在穷困潦倒中死去)生命的最后几个月里所写的《百万的忏悔换取的一先令的智慧》中。这部作品的其中一个著名段落猛烈攻击公立剧院的演员们抛弃了他,并且把他们的关心都投在了某个暴发户式的剧作家身上。这段话还警告了大学才子派的其他三位剧作家同行克里斯托弗·马洛、托马斯·洛奇以及乔治·皮儿，劝他们趁着还没成为类似的忘恩负义之人的牺牲品前，赶紧放弃戏剧写作。这段谩骂如下："有一只突然飞黄腾达的乌鸦，用我们的羽毛装饰美化自己，他的演员的外表下包藏着一颗虎狼之心，他自认为像你们中的佼佼者一样，可以挥笔写出无韵诗。他是个地道的'打杂儿'的，却妄自认为是'全国唯一的摇撼舞台者'。"

当莎士比亚还是一名默默无闻的演员的时候，站在观众之中观赏马洛剧本的舞台演出时，马洛已在戏剧艺术界名声大噪。马洛是一个具有非凡诗才的作家，是他真正把诗引入了戏剧。莎士比亚非常熟悉马洛的剧本和诗歌，当莎士比亚在动笔创作最初的几部戏剧的过程中，曾经模仿过马洛诗歌的风格。"摇撼舞台者"显然是在攻击莎士比亚，但这段恶意谩骂却无意中暴露出莎士比亚是一位多面手，集演员、编剧、诗人以及剧院杂工等各种职务于一身，既能导演也能制作戏剧。但是，对莎士比亚最准确无误的描述倒表现在这句话里："他的演员的外表下包藏着一颗虎狼之心。"这句话脱胎于《亨利四世》的台词："啊，在女人的外衣下面包藏着虎狼之心。"莎士比亚作为剧作家取得的成功引起了这位年老而失望的竞争者嫉妒心的爆发。

这份言辞漂亮的道歉展露出青年莎士比亚的戏剧魅力。切特尔称颂这位年轻的戏剧家"他的专业也一样优秀"，这里的"专业"指的是作为演员的专业。切特尔巧妙地对莎士比亚表示了歉疚。莎士比亚的外貌同他的举止一样，都非常高雅。莎士比亚当时已经获得了高贵的——"极可尊敬的"——庇护人。在这些庇护人中有扫桑普顿伯爵。在他的庇护人的府邸里，莎士比亚才有可能去结识许多有教养和才华出众的人才。莎士比亚以极为谦恭的、愿意效犬马之劳和忠顺仆人的语气把《维纳斯与阿都尼》和《鲁克丽丝受辱记》这两首长诗献给扫桑普顿伯爵。我们不难从这篇怀有恶意的《百万的忏悔换取的一先令的智慧》理解戏剧市场竞争的激烈程度。但是这篇文章对莎士比亚的攻击自相矛盾的地方，正在于揭示出 1592 年的莎士比亚被公认为仪态优雅、诚实正直而又技艺精湛的演员与作家，其戏剧家的地位已经得到了初步确立。

在莎士比亚的时代，古典诗歌与散文作品的英语翻译日益普遍。16 世纪 80 年代，古典作品的英语译本已经可以见到，其中包括维吉尔与奥维德的诗歌，荷马与贺拉斯的作品，以及《变形记》的普及性英语译本。1594 年末，漫长的瘟疫结束后，伦敦的所有剧团被准许再次面对观众进行演出，我们发现莎士比亚此时是宫内大臣剧团（Lord Chamberlain's Company）的成员。他此时可能已经写出了《错误的喜剧》《爱的徒劳》《维洛那二绅士》《亨利四世》及《泰特斯·安特洛尼克斯》等剧作。在这一时期，他也许还完成了《驯悍记》《仲夏夜之梦》《理查三世》《约翰王》和《罗密欧与朱丽叶》。尽管"当时不承认戏剧是完整的文学体裁",但莎士比亚最初却是因为做演员而出名的,但是很快他就在戏剧创作方面显示出不凡的才能。莎士比亚的剧作与大学才子派的戏剧创作的侧重点不同,基德对一切流血复仇事件都感兴趣;马洛醉心于幻想统治世界的悲剧性任务,而青年莎士比亚则关注国家、王朝命运,所以莎士比亚可以被称为关心国家命运的民族诗人。基德和马洛以一种阴郁的快感描写流血的恐怖。莎士比亚对于那些因一己之私贪恋权力,把国家推进混乱的血泊之中的人物,进行了强烈的道德谴责,批判其虚荣和自私自利的野心与权欲。莎士比亚渴望了解戏剧写作的技巧,也在不断积累有关舞台演出的经验,做一个"更熟练的伶人和剧作家"。尽管莎士比亚的早期作品已显示出他极富天才,但相对于他的后期作品来说,同时代的剧作家作品及古典作家作品对他的启发是更加明显的。

　　莎士比亚在开始从事戏剧事业的最初几年,他经常采用历史剧和悲剧这两种体裁写作,历史悲剧是他运用得比较娴熟的一种戏剧体裁。尽管他那时仍在探寻一个合适的悲剧样式,但是他的悲剧写作已经达到了较高的层次。莎士比亚懂得"戏剧只能靠内容和艺术技巧吸引观众"。莎士比亚在创作中试验了多种戏剧模式与风格。《错误的喜剧》(1589—1594)整合了普拉图斯的拉丁文剧作中的两处情节元素。这部剧中的人物类型及情境部分衍生于普拉图斯的戏剧,但莎士比亚还是在情节建构上表现出了高超的技巧。《爱的徒劳》(1588—1597)里满是诙谐的辩论,风格十分温和,仅有的尖刻是两性之间的斗争,这部剧作是莎士比亚最具约翰·李利风格的早期作品。这部剧作刻画出了一大批十分滑稽的人物形象,包括小丑似的乡巴佬、乡下的荡妇、捕风捉影的侍从、书呆子、乡村教区牧师一类的人物。《维洛那二绅士》(1590—1594)与《驯悍记》(1590—1593)则来源于意大利风格的浪漫小说与喜剧。在这两部剧作中,莎士比亚都技巧熟练地将同时发生的不同情节放在一起以对比凸显出关于爱与友情的不同观点。《仲夏夜之梦》(1595)这部剧作中宫廷人物、爱侣、仙子与雅典商人四条人物行动线索交织在一起,显示出莎士比亚已经在戏剧结构方面有了较高的掌控能力,虽然剧中对于爱的不合理性的滑稽强调仍然保持着莎士比亚的早期风格。莎士比亚在他的神仙和喜剧世界里,已经开创了一种艺术的新境界。

　　在莎士比亚生活的年代,英国最常见的舞台是集市中一种带棚的舞台,有时民间剧团也租用游艺性质的"狗熊园",以及利用旅馆作为演剧场所。旅馆一般是长方形的,院落中间是天井,观众站在院里,或站在楼上走廊看戏,旅馆愿意将天井租给戏班,以招徕观众。到了 1576 年,一个名叫詹姆斯·培尔培之(James Burbage)的人建造了英国的第一所剧院。到 1594 年为止,莎士比亚作为诗人和剧作家收获了极大的声誉。"当时最重要的剧院乃是'环球剧院',莎氏所属的宫廷大臣剧团经常在这里演戏。"莎士比亚的戏剧创作也得到了同时代人的极高评价。弗朗西斯·米尔斯(Francis Meres)在 1598 年坚称莎士比亚不仅因其诗歌而值得与奥维德相提并论,而且其喜剧与悲剧方面的成就也足以与普拉图斯比肩。

莎士比亚的声誉日渐鹊起,以至于那一时期他笔下的戏剧人物也开始深入人们的精神生活领域。"莎士比亚的道德观不是一种宗教的道德观,而是一种个人超越的自尊,对于人生的超越的体认,以及有关正常的事物关系的胜过常人的见解——也许特别是有关个人和家庭,家庭和国家之间的正常关系的见解。"他创作的福斯塔夫(《亨利四世》中的人物)这一形象一站上舞台,立刻就成了典型人物。事实证明,在早期版本的《亨利四世》中,"福斯塔夫"这一人物的名字为"奥德卡索"(据说莎士比亚本来是打算使用奥德卡索这一真名作为剧中角色名字,但受到奥德卡索后裔的抗议,才使用"福斯塔夫"作为角色的新名字),这一事实被攻击"福斯塔夫"这一形象的人们引为确凿证据。

1594—1601 年,莎士比亚"身兼民伶与宦伶双重身份",似乎成了宫内大臣剧团的演员及编剧并取得了极大成功。"1604 年 3 月,御驾将出巡都城,其时有 9 个伶人选入扈,赏穿朱衣,莎氏则居 9 人之首。"莎士比亚在 1594 年剧团普遍重组时加入了宫内大臣剧团,并逐渐崭露头角。作为宫内大臣剧团的成员,1594 年圣诞期间,莎士比亚在格林威治为伊丽莎白女王献上了两出喜剧,他的名字也在 1595 年首次出现在了王室所开列的稀有人才名单上。莎士比亚是剧团主要的编剧,他成功的第一项标志是他在伦敦的住宅。1596 年由伊丽莎白女王批示的议会税收记录表明莎士比亚是圣海伦主教门区的居民,而他的住宅靠近剧院,价值总额为五英镑。之后的第二年,莎士比亚被证实搬往了南沃克区靠近斗熊场的地方,从税收记录来看,莎士比亚拖欠了圣海伦主教门区的税收。不过当莎士比亚定居下来以后他偿还了税收。1598 年,莎士比亚对于在苏达利(Shottery)购置土地也兴趣盎然。同年他也被列为斯特拉福镇谷物与小麦的主要持有人之一。

"莎士比亚是一位包罗万象的大艺术家……常把喜剧和悲剧的成分杂糅在一起……喜剧应该开端阴暗而结局明朗,而悲剧则应开端明朗而结局阴暗。"莎士比亚在他的早期作品中十分重视采用夸饰文体,在那一时代的英国,夸饰不仅是一种文学现象,而且它还深入地影响到贵族青年的日常生活……当时的贵族青年的语言同他们的服装和姿势一样,都过分"戏剧化"了。他的很多极尽夸张的文字,尽管曾经给同时代人带去了许多欢乐,但在今天看来却是令人费解的。但是,这些文字游戏无一例外地反映出,诗人喜欢穷追词意,探究词汇在新的语境中获得的新的隐喻意义。"莎士比亚时期戏剧的演出方式与中国戏剧的演出方式有许多相同之处,也有很大的不同。英国人不满意他们舞台的原始状态,尽力要使表演接近现实,朝着现实主义的方向发展。"1603 年伊丽莎白女王逝世并将王位传给了詹姆士一世,在这一时期,莎士比亚的剧团在原本已很兴旺的基础上取得了新的重大成功。根据一份国土詹姆士下达给他的御玺保管人的命令文件来看,莎士比亚所在的宫内大臣剧团在 1603 年 5 月 19 日被授予"演员的特殊荣幸",正式成了国王的剧团。这份文件签下的剧团成员包括莎士比亚、理查德·伯比奇、奥古斯丁·菲利普、约翰·赫明斯、亨利·康德尔、威尔·斯莱、罗伯特·阿明、理查德·考利、劳伦斯·弗莱彻,以及一位曾在 1599 年和 1601 年先后为国王和苏格兰王室表演过的演员。这些演员都被准许能在王国中任何地方表演。

雨果认为,莎士比亚的戏剧体现了全部大自然。那时莎士比亚的伟大就已被认为是理所当然的。"莎士比亚是时代的产物,却不是他那个时代的记录者……但换一个角度看,莎士比亚又确是描写了他的时代。他刻画了一个急速变化的社会中的动荡、革新、激情和反思。他捕捉到了英国现实中鲜活的戏剧性内容。他以响亮的独特语言和超群的戏剧技巧,刻画了一群英国人的形象,这些人正在寻求自己的现代新面貌,在此过程中为自己创造着新的角色。"诚如王国维在 1907 年 10 月发表于《教育世界》159 号的《莎士比传》所言:"莎氏因自身之经验,人生之不幸,盖莎氏是时既失其儿,复丧其父,于是将胸中所郁,尽泄诸文字中,始离人生表面,而一探人生之究竟。故是时之作,均沉痛悲激……既自理想之光明,知世间哀欢之无别,又立于理想界之绝顶,以静观人海之荣辱波澜。"1604 年 3 月 15 日,詹姆士一世举行了新王加冕,莎士比亚参加了欢迎仪式。莎士比亚的戏剧在宫内举行了多场演出。在詹姆士一世当政的 12 年间,宫内大臣剧团进宫为国王演戏达 150 场次之多。这一时期的喜剧不但数量少,而且也缺乏我们在《第十二夜》和一些更早期的喜剧里所看到的对欢娱的肯定。

由此开始,莎士比亚把自己的精力投入了伟大的悲剧创作。在《哈姆雷特》中,莎士比亚探寻了由人类淫欲造成的相似困境,"发扬人性的光辉"。女人通常是意志薄弱的,而男人则通常是纠缠不休而野蛮的。一个体贴细致的人如何证明自己的存在? 一个人是否应该主动地反抗不公与不法行为? 一个人要如何分辨什么才是真正的事实? 又如何预见所有行为将会带来的复杂后果呢? 在《奥赛罗》中,主人公怎样才能抵抗诱惑与内心的脆弱呢? 麦克白是否真是受到了女巫和妻子的蛊惑而去犯罪? 或许谋杀邓肯根本就是他自己的选择? 人性应在何种程度上为他的悲剧命运负责? 还有,在《李尔王》中,是否上天对人类的残忍太过无动于衷? 考狄莉亚必须死吗? 但是,不管这些剧作向人们透露出多少铺天盖地的悲观疑问及悲剧结局，莎士比亚的伟大悲剧里人们至少在不断追寻答案这件事本身已经证明了人性的高贵，这些悲剧往往也补充说明了人性善良一面的存在，虽然在现实生活中践行人性善良一面的人们常常已被屠戮殆尽。罗马悲剧或古典悲剧经常被从这些"伟大"悲剧中分离出来。虽然这类剧作也说明了人性的高贵，但语气上更加嘲讽，而且也更加沮丧。安东尼也因为不可调和的冲突而被摧毁了。莎士比亚至少获得了一项胜利，那就是似乎为人类的悲惨困境提供了一种新的解决方式。

莎士比亚戏剧的特色归纳起来是"同情、通俗、幽默、广博和深刻……文艺复兴的曙光，出现在他的一切的杰作中，通过他的作品所看到的田地，是那么的富丽与灿烂"。莎士比亚的一些晚期剧作可能是在环球剧场和布莱克菲尔斯剧院两处演出的，如《辛白林》《冬日故事》及《暴风雨》。而且，我们知道有越来越多的莎士比亚戏剧在詹姆士国王的宫廷里演出。在《辛白林》里："莎士比亚把宫廷的倾轧、嫉妒、愤怒、血腥的敌意、国王的专横同自然环境中的和平生活的理想相对照。善良的村民收留了国王欲置之死地的公主。他们都以劳动为生，空闲时刻就进行愉快的娱乐——唱歌和跳舞。在这里，这些普通人比宫廷更富有人性，具有更真实的高尚情操。"《奥赛罗》《李尔王》和《暴风雨》在宫廷里的娱乐支出账目上都有记载。当然另一方面，直到他职业生涯的末期，莎士比亚的戏剧也都一直持续不断地在环球剧院演出。

莎士比亚创造出的戏剧世界以及观众的参与使其意义的可能性延伸到无限远的地方。莎士比亚设想人的精神生活是一个永远不会结束的学习过程。1611—1612年的某段时间，莎士比亚很可能放弃了在伦敦的住所，虽然他可能仍需要在某些情况下返回伦敦，比如像是1613年《亨利八世》的开场演出等。他仍然还是重建后的新环球剧场的所有者之一，但他已不参与剧场的日常经营。回到家乡的莎士比亚的社交范围，显然包括了所有富裕的当地人。当地的商民都是他最接近的邻居，其中有不少都是他青年时期的朋友。1608年的春天，莎士比亚在家乡的"新地方"款待了他的两个文学、戏剧界的朋友德莱登与本·琼生，莎士比亚与他们相聚甚欢，并且酩酊大醉，因此得了热病。甚至有的传记作者以《雅典的泰门》中泰门对雅典的两个青楼女子说的一番话作为证明："莎士比亚倘不是积劳成疾，必然是染上了性病。"当然，也有莎士比亚的研究者由于对其爱之深切，认为："莎士比亚是那种少数在品德上比较没有弱点的天才者之一。""莎士比亚生性乐观、乐于助人，特别是在婚姻大事上乐于成全年轻人，虽然个人婚后生活并不十分美满，但他始终保持着一个清白之身。"德莱登是莎士比亚家里的常客，而本·琼生则是莎士比亚的终身朋友。因此本·琼生在1623年出版的莎士比亚的第一对折本里，向他已故的朋友献上了一段情词并茂的短诗《致读者》："这里引着，你看到的人像，是为高贵的莎士比亚所镌刻；在这里镌刻者同'自然'进行斗争，想做到胜过活着的本人；啊，倘若他能够在铜板上/刻画出他的机智的文才/象他的面貌那样真，那这幅版画/将超过以往一切铜刻的铭图。但既然他做不到，请读者/把目光从画像转向他的书。""起来吧，我的莎士比亚！我不愿把你放在乔叟和斯宾塞的旁边，也不愿叫卜蒙到旁边，让一个位置给你。你是一座不需要坟墓的纪念碑，你永远长存，因为你的作品不朽，而我们有智慧来阅读并献上赞美。"中国早期出版的《莎士比亚》曾经把本·琼生的话翻译为"英国啊，你有一位诗翁可以自雄！/欧洲的剧景，都仰仗他圣绩奇功。/他非一时之学者，乃万世之文龙。"1614 年，莎士比亚 50 岁，詹姆士一世在位第 12 年，牛津大学莫德林学院的托马斯·弗里曼发表了警句诗集中第 92 首《致威·莎士比亚先生》："莎士比亚，你的脑筋像妙手的墨丘利，使阿格斯巨人的百眼催眠入睡，你能将一切随心所欲地塑造，在天马脚刨的泉水里你曾经痛饮，对你来说德行或罪恶都成为题材，爱贞洁生活的可以请《鲁克丽丝》为师，贪恋情欲的不妨选择《维纳斯与阿都尼》，最淫冶的色鬼在这里也找得到榜样。你的天才还像密安德河蜿蜒流经许多剧本，口渴的新作家从中汲水有甚于泰伦斯学习普劳图斯或米南德。可我缺乏你的口才给你应得的夸赞。只能让你自己的作品去说话，用应得的月桂冠去将你装饰。"

莎士比亚逝世于 1616 年 5 月 3 日，享年 52 岁，死后葬于斯特拉特福镇的圣三一教堂墓地。莎士比亚曾经表述过一个古老的真理："戏剧艺术是过眼烟云。他的演出的瞬间才存在。演出一结束，它也就无影无踪地消失了，留下的只有观众体验过的激动。"难怪莎士比亚说："我的名字留水上。"确实莎士比亚的英名已经与水融为一体，成为人类世界的一个有机组成部分，莎士比亚的戏剧在 20 和 21 世纪获得了比以往更多的尊崇，其剧作一再被文学批评家和戏剧导演给予新的阐释或被搬上舞台，莎士比亚已经融入了我们的生活和人生历程之中了，并成为戏剧艺术的代名词。小泉八云曾经说过："研究一个莎士比亚剧本的最好方法，不是在于求文字方面的甚解，因为这是很次要之事，而在于求能完全懂得剧中的各种情景……对于莎士比亚的合理而精细的研究，其价值便应该在于此——在于它能使他知道如何去运用它的想象，如何把他的观念形成活的真实，以及如何把真实生活中所发生的事情写得使读者觉得他好像能亲眼见到。"

从 18 世纪末期开始，尤其是在 19 世纪中叶，一些莎士比亚的崇拜者们开始为英国最伟大作家生平资料的匮乏而倍感困扰。正如我们所知道的那样，这种资料匮乏是有原因的：1666 年伦敦大火毁坏了很多记录资料，而伊丽莎白时代流行剧作家的社会声望又相对较低。对于现在的我们来说，对莎士比亚的了解还算是多的，然而对于 19 世纪的读者来说，他们对同时代的作家更熟悉，对莎士比亚的认识则相对较少。但是我们明白，"莎士比亚并不是任何主义的奴隶，不管那是文艺复兴学者同意的古典主义，或者是那浪漫主义……莎士比亚跳出了这两个主义，他创造出的仅仅是道德或者情绪的特殊的'典型'"，也即人的典型。"倒莎派"提出的莎士比亚戏剧真实作者的第一候选人是弗朗西斯·培根爵士（Sir Francis Bacon）。但是将莎士比亚戏剧归到培根名下是没有任何书面证据的。相反，这个推测仅仅只依靠一个本质上很势利眼的论据，那就是认为培根比莎士比亚的出生更高贵，所受的教育也更优良。但是，王公豪门不是英国伟大文学的直接或主要的来源。大多数的宫廷侍臣不是像莎士比亚一样的专业作家。培根那样的人是无法像莎士比亚一样接触到剧团的商业活动的。相比于牛津或剑桥，对莎士比亚来说剧团肯定才是更重要的"大学"。经莎学家长期研究，已经发现了莎氏生平的一些重要文献，如1602年向威廉·莎士比亚转让107英亩土地、授予盾形纹章、明确不动产占有人、成为国王剧团成员、索债、欠债清单、法院记录、捐款名单等重要文献，这些都是对"倒莎派"的有力回击。"倒莎派"的出现无损于莎士比亚的伟大，甚至从某种意义上讲，反而促进了莎士比亚研究严谨而深入地开展。因为，莎士比亚就是莎士比亚，经典就是经典，这是经过时间检验的。

四、莎士比亚在中国的前经典化时期

自1836年莎士比亚被介绍入中国以来，Shakespeare有20多种译名。如天僇生极力推崇莎士比亚："自十五、六世纪以来，若英之蒿来庵（今通译莎士比亚）……其所著曲本，上而王公，下而妇孺，无不人手一编。"但莎士比亚的名字此时并没有定型。王国维译介《莎士比传》正是处于莎士比亚在中国传播的前经典化时期。王国维对"戏剧家莎士比亚有很崇高的评价"。他在《文学与教育》中谈道："至古今之大著述，苟其著述一日存，则其遗泽且及于千百世而未沫……英吉利之狭斯丕尔也……皆其国人人之所尸而祝之，社而稷之者……试问我国之大文学家，有足以代表全国民之精神，如英之狭斯丕尔。"王国维在《脱尔斯泰传》中"交友及论人第十二"提到"其论琐斯披亚也，曰：'琐氏实艺术大家，然世人之崇拜之者通称扬其短处耳。'"由此可见，在Shakespeare还没有统一的译名之前，1904年出版的《静庵文集》和1907年第143、第144号《教育世界》中王国维尚没有采用"莎士比"的译名。

而"莎士比亚"这个中国通用至今的译名则是由梁启超1902年在《饮冰室诗话》中定下的。但是，紧接着，王国维在1907年10月出版的《教育世界》第159号上在"英国文学专论"中刊登的《莎士比传》已经部分采用了"莎士比亚"这个译名。王国维在《教育世界》的"传记"栏中介绍了包括莎士比亚在内的西方名人的"嘉言懿行",认为他们"足以代表全国民之精神",西洋的文学作品是有"警世"作用的。

作为西方经典的莎士比亚戏剧随着传教士的脚步被引入中国。中国的英语学习者开始接触莎剧,但他们首先阅读的是《莎氏乐府本事》这样的莎剧读物。兰姆姐弟合写的《莎士比亚戏剧故事集》开始虽然是为本国青少年编写的读物,但流传到域外,尤其是在中国现在已经成为人们认识莎士比亚戏剧不可缺少的一本入门书。对于晚清和民国以来初习英文的中国学生来说,数量众多的英文注释本和汉英对照的《莎氏乐府本事》更是一本不可多得的英文学习教材。在中国最早翻译过来的不是整本的莎士比亚戏剧,而是普及性的《莎氏乐府本事》以及多种莎剧注释本和汉英对照本,这些书籍成为晚清和民国时代学习英文的学生必读的书籍之一,也是后来成为英语大师的许多著名学者的英文入门读物之一。

在这些或者以文言文注释莎剧,或者以白话文注释莎剧,或者以文白夹杂的形式注释的《莎氏乐府本事》或单部莎剧中,我们亦可以观察到新文化运动猛烈抨击几千年的封建思想,"废除文言文,提倡白话文"以来,中国人使用语言的变化以及语言习惯的变化过程。1920 年,北洋政府教育部通令全国小学教科书一律使用白话文,白话文为国语的地位终于得到承认后,而谙熟英语的人士,在以汉语注释、翻译《莎氏乐府本事》等西方读物时,仍然采用了文言文或文白夹杂的形式,这说明人们使用语言的习惯也是有一个相当长的过程和适应的问题。当下,英语学习者仍然把注释本莎剧作为学习英语的读物之一。这些以"莎氏乐府"之名出版的读物,在翻译实践上为莎士比亚全集的出版奠定了基础。从中国英语教育史的角度看,众多以"莎氏乐府本事"命名的英文读物在中国的英语教育史上占有重要地位,但并没有引起国内学界的重视,对其研究相当薄弱,所以理应引起我们的高度重视。

"'英语热'于晚清创办外国语学堂不久就开始兴起",表明中国人急于学习外国文化科技,了解域外世界的心态和急迫心情。辛亥革命以后,随着外来文化、文学、思潮的引进,各种英语教材和教学参考书品种不断增多,"世界文学名著的节录本、缩写本、英汉对照本《莎氏乐府本事》"等书受到学习者的欢迎。当时英语教学的目的之一,就是"使学生建立进修英语之良好基础……使学生从英语方面发展其语言经验;使学生从英语方面加增其研究外国文化之兴趣"。在众多以"莎氏乐府本事"或"莎氏乐府"之名命名的书籍中,大体上是根据兰姆姐弟编写的《莎士比亚故事集》翻译过来的,旧时通称《莎氏乐府本事》,少量来自直接对莎氏原文剧本的注释。

　　《莎氏乐府本事》被译成中文或作为学习英语的注释读物出版、印刷过多少次，现在已经很难统计清楚了。中国无数的英文学习者和老一辈学者多是从《莎氏乐府本事》提高英语学习水平，了解莎士比亚的。1928 年，郭沫若曾经回忆："（《莎士比亚戏剧故事集》）林琴南译为《英国诗人吟边燕语》，也让我感受著无上的兴趣。它无形之间给了我很大的影响。"朱生豪在秀州中学读书期间就将《莎氏乐府本事》作为英语阅读课本，书中的异国风情、广阔的社会场景、跌宕的感情波澜和深邃的人生哲理深深吸引了朱生豪。季羡林曾回忆："在中学时，英文列入正式课程。……我只记得课程是《泰西五十轶事》《天方夜谭》《莎氏乐府本事》（*Tales From Shakespeare*）。"范存忠说他是读了"莎士比亚的《裘力斯·凯撒》和《威尼斯商人》，于是对英美文学有了一知半解了"。吴景荣也是在高中一年级就阅读了兰姆姐弟的《莎氏乐府本事》。桂诗春读兰姆姐弟的《莎氏乐府本事》的时候，"当时也不知道莎士比亚是何许人也，只不过感到故事情节生动曲折，颇有吸引力"，而颇能引起他阅读的兴趣。《莎氏乐府本事》及其各种注释本由于出版的数量巨大又曾经被学习英语的学子作为阅读、学习读物，我们认为在很长一段时间里，兰姆姐弟编写的普及性《莎士比亚戏剧故事集》的影响在初学英文的学生中间要超过了英文版、中文版《莎士比亚全集》的影响。《莎氏乐府本事》的各种版本在中国的传播，不但构成了中国英语教育史上的重要一环，对莎士比亚在中国的传播研究也具有相当重要的意义。

　　作为文学读物，1904 年 5 月林纾与魏易又采用文言文形式合译的兰姆姐弟的《吟边燕语》由商务印书馆列为"说部丛书第一集、第八编"出版。① 1906 年 4 月，《吟边燕语》又由商务印书馆出版了第三版。因为"晚清时流行的做法是将小说与戏曲、弹词、道情、时新歌词等均列入'说部'，统称为'小说'"。在过去出版的一些莎学论著中，多把《吟边燕语》误成《英国诗人吟边燕语》，经核对，1904 年版本，无论是封面还是扉页，都无这个书名。扉页标注的是"说部丛书第一集、第八编《吟边燕语》，英国莎士比原著，中国商务印书馆译印"。全书共收入 20 个莎剧故事。关于《吟边燕语》的出版，林纾翻译《吟边燕语》的目的，可见他的"序"："夜中余闲，魏君偶举莎士比笔记一二则，余就灯起草，积二是日书成，其文均莎诗之记事也。嗟夫！英人固以新为政者也，而不废莎氏之诗。余今译莎诗记事，传本至夥，互校颇有同异，且有去取。此本所收仅二十则，余一一制为新名，以标其目。"林纾也对莎剧不甚了解，认为莎剧首先是诗，由于影响很大才搬上了舞台，"彼中名辈，耽莎氏之诗者，家弦户诵，而又不已，则付梨园，则为院本"。对于自己翻

---

① 莎士比亚：《吟边燕语》，林纾、魏易译，商务印书馆光绪三十年五月版。

译《吟边燕语》的动机，林纾曾说："欧人之倾我国也。必曰识见局。思想旧。泥古骇今。好言神怪。因之日就沦弱渐即颓运。而吾国少年强济之士。遂一力求新。醜诋其故老。放弃其前载。维新之从。余谓从之诚是也。顾必为谓西人之凤行凤言。悉新于中国者。则亦举人增其义。毁人益其恶耳。……虽哈氏莎氏。思想之旧。神怪之诧。而文明之士。坦然不以为病也。余老矣。既无哈莎之通涉。特喜译哈莎之书。"与革命象征价值的主张南辕北辙，林纾认为，西方的有识之士求新的行动和言论都比中国突出，然而文明之士并不以莎士比亚的剧本、内容中的神怪思想为旧。林纾以翻译莎氏之书来证明自己的守旧理论，并以此来作为与新文学论战的武器。但以其所达到的效果来看，却在中国的青少年眼前打开了一扇通往域外世界的窗户，引导他们更加亲近新文学，更加向往中国之外的新气象、新精神和新思想。

《莎氏乐府本事》（《莎士比亚戏剧故事集》）在 1949 年以后也多次出版印刷，而且印刷数量颇大，成为提高青少年文学素养的推荐书目。萧乾于 1956 年翻译出版了《莎士比亚故事集》（又名《莎士比亚戏剧故事集》），该书由中国青年出版社出版以后多次印刷，累计印数近百万册；河南人民出版社 1992 年也出版了萧乾翻译的《莎士比亚戏剧故事集》；人民文学出版社 2004 年出版了《莎士比亚戏剧故事集》（萧乾编写）。汤真翻译了奎勒—库奇改写的《莎士比亚历史剧故事集》，1981 年由中国青年出版社出版，译者提到该书与兰姆姐弟的作品被称为姊妹篇，以上这些译本都是根据兰姆姐弟的《莎士比亚戏剧故事集》注释、翻译的。《莎士比亚戏剧故事集》作为英语学习的入门读物出版量巨大：商务印书馆 1964 年出版了英语简易读物《莎士比亚戏剧故事集》，该书由 H. G. 怀亚特（H. G. Wyatt）改写，吴翔林注释；上海译文出版社 1989 年出版了英汉对照版《莎士比亚戏剧故事集》；中国青年出版社 1997 年出版了王维昌、浩宇编写的《莎士比亚戏剧故事集》；外语教学与研究出版社 1998 年出版了王桂林注释的英语简易读物《莎士比亚戏剧故事集》；商务印书馆 1984 年出版"莎士比亚注释丛书"，至 1997 年共出版了 18 种；斋林旺多老人翻译了莎士比亚的藏译本《莎士比亚故事戏剧集》，1980 年由新疆人民出版社出版；1982 年 1 月，由巴·格日勒图采用蒙文翻译兰姆姐弟的同名《莎士比亚戏剧故事集》由内蒙古人民出版社出版，该书收入了 20 个莎剧故事；1988 年 3 月，由《世界文学学生文库》编译组根据兰姆姐弟的《莎士比亚戏剧故事集》编译的朝鲜文版《莎士比亚故事集》（《世界文学学生文库》编译组，1988）由民族出版社出版，该书收入 12 个莎剧故事；1993 年，新疆人民出版社出版了由艾合买提·伊明采用维吾尔文翻译的《莎士比亚悲剧》，该悲剧集根据 1978 年人民文学出版社版翻译，收入了 3 部莎氏悲剧，印数为 2200 册，以上这些译本都是根据兰姆姐弟的《莎士比亚戏剧故事集》注释、翻译的。

商务印书馆于 1912 年 6 月再版了曾任上海商务印书馆编辑、中国驻华盛顿公使馆员的沈宝善（1884—？）的《麦克白传》（附汉文释义）一书。该书释义较为详尽，例如："Though all things foul would wear the brows of grace，yet grace must still look so."释义为"污秽者，或假作仁义之貌，自有本色，不容假借也"，全书共 154 页，正文 82 页，释义就有 72 页。1921 年商务印书馆出版了沈宝善注释的《威匿思商》，该书专门就注释原则进行了说明："名家著作文义艰深，故书中列有释义一门，惟是书专为英文程度较高者而设，句诠字释取足达意而止，其浅近而易知者则概不阑入。"以上两书均为商务印书馆出版，故凡例相同。中华书局 1929 年出版的桂来苏注释，据莎剧情节改写的故事《莎氏戏剧本事》，收入莎剧故事 19 篇。1935 年 8 月，中华书局作为"基本英文文库"的配套书出版了兰姆姐弟的《莎氏乐府》，书中标明的译者为"T. Takata"，发行人为李虞杰。作为一本学习英文的入门书，该书仅选择了 5 个莎剧，并在附录中列出了一张"基本英语字表"，该字表采用英汉一一对照的方法，将 100 个动词、400 个名词、150 个形容词列出，供读者参考。这套基本英文文库还包括《凯撒大将》等书。翻译、注释兰姆姐弟的《莎氏乐府本事》，主要是为了满足中国学生学习英语的需求，与此同时，原文对照本、英汉注释本的《莎氏乐府本事》开始大量印发。据统计，1949 年以前，出版简易英文读物《莎氏乐府本事》的出版社主要有商务印书馆和中华书局。兰姆姐弟编写的《莎氏乐府本事》一直是学生学习英语的重要阅读教本，而且这些英汉对照或注释的莎剧故事也采用"莎氏乐府"的书名。

1918 年 8 月上海商务印书馆出版了毕业于美国宾夕法尼亚大学商科，宣统三年商科进士，清末民初翻译家吴县杨锦森（1889—1916）注释、余姚蒋梦麟校订的《罗马大将该撒》，该书较注释兰姆姐弟的《莎士比亚故事集》进了一步，注释的是莎士比亚原作，在注释中采用文言和白话共同注释的情况，由此可见，不仅是注释者，就是学生也处在文言与白话的转型阶段。为了方便读者学习和加深影响，该书的每一幕还设置了多少不等的针对《罗马大将该撒》一书的提问，其根本目的是在阅读莎剧剧情的基础上提高读者的英文水平。该书从 1924 年 7—12 月已经从初版印刷到五版了，由此可见此类书出版的市场空间及受读者欢迎的程度。商务印书馆于 1928 年 5 月出版了由喜尔采用英文注释的《舌战姻缘》（莎氏乐府易解），即莎剧《无事生非》，此书包括了全部的《无事生非》剧本，对从原文阅读莎士比亚带来了便利，不是一般意义上的英文学习读物，而是在具备了一定英文基础的前提下，更直接地从原文的角度阅读莎剧，了解莎士比亚。在我国的莎士比亚研究史上并没有学者提到这样一部书。此类适合中国初中文化程度的简易读物还有《莎士比亚乐府纪略》，该书由邝富灼（1869—1931）博士编纂，由商务印书馆于 1919 年 9 月初次出版,1940 年 2 月第五版。曾在 1907 年得赐游学毕业进士,任商务印书馆编译所英文部部长长达 21 年的邝富灼,自幼在美国长大,说得一口流利的英语,但几乎不会讲汉语。邝富灼曾编辑了《英文轨范》(*English Language Lessons*)和《新世纪英文读本》(*New Century English Readers*)。《莎士比亚乐府纪略》的英文书名为 *Stories from Shakespeare*,*a Collection of Stories from English Literature*(邝富灼,1919),在薄薄的 74 页中,选择了 9 部莎剧给予介绍,由于该书的英文相当浅显,为读者初学英文之读物,故书中没有列出注释。

　　1924 年前后,任教于北京大学的朗巴特在商务印书馆出版了他注释的莎剧,但那已经不是根据兰姆姐弟改写的本子注释的莎剧故事了,而是对莎剧全剧的汉语注释,经朗巴特之手注释的有《李尔王》《麦克白》《威城商人》《罕姆莱脱》《罗瞿悲剧》《罗马大将该撒》,在书中为了便于读者学习,不但采用汉语进行注释,而且还采用英文注释,并且在书中针对每一幕的故事、情节、人物、背景、语言等设计了多少不等的提问,目的是在进一步提高学生英语水平的基础上,对莎剧有更进一步的了解。许多学生中学时代就通过阅读《莎氏乐府本事》等英文读物,"为进入高校外国文学系或英国文学系选修莎士比亚打下了基础"。

　　上海中华书局 1916 年出版的张莘农注释的《威匿斯商人》以及附有中文注释的《飓引》(1930)、《暴风雨》(1936)的英语读本都是根据兰姆姐弟的《莎士比亚故事集》注释的,由上海的中华书局在 1936 年 2 月出版。这些注释的文字既有用文言文注释的,也有用白话文注释的。中华书局 1917 年出版了曾任北大预科学长、北洋政府教育部次长蔡元培策划,担任北京大学校长的沈步洲(1886—1932)注释的《新体莎氏乐府演义》(英汉双解),就是据莎士比亚剧本情节编写的故事集,其中收入了莎剧故事 9 篇。该书在 1930 年 9 月发行,到 1932 年 9 月已经出版了 3 版。该书注释较为详细,全书共 404 页,注释就占了 100 页。该书的全部注释采用了句子翻译的方法,注释的语体文采用的半文半白的语言形式,如该书的第 21 页的注释:"男子有室,有如四月之日,初夏之雨,胸中狂热,时吁嗟若不怡,以后则渐冷,女子之心,有如五月之原圃,遇日光时雨,而花草纷披,但变化相因,时异境亦迁矣。"

　　商务印书馆在 1912 年再版了沈宝善注释的莎士比亚的《麦克白传》,封面上专门标注了"附汉文释义",文中的注释大多采用文白夹杂的汉语形式,有时又以汉语成语直接表现莎剧中的语言,显示出从文言文向白话文过渡时期翻译语言的特点,这样文白夹杂的语言形式在当时并不妨碍彼时学生的理解,可以说比较契合学生的语言习惯和文化背景,也是同语境和社会环境相统一的。1932 年 7 月商务印书馆出版了清末民初翻译家、我国最早著有广告学研究专著的甘永龙(生卒年不详)注释的《原文莎氏乐府本事》(附汉文释义),该书至1938年5月已经再版到第八版,可见该书受到英语学习人士的青睐程度。该书在凡例中说:"爱采西籍之菁英撷名家之著作特辑是书以饷学者沧海一波椎轮初制冀以增进读书之趣味唤起文学之观念而已。名家著作文义艰深故书中列有释义一门惟是书专为英文程度较高者而设句诠字释取足远意而止其浅近而易知者则概不阑入。"甘永龙的这本《原文莎氏乐府本事》(附汉文释义,在1946年2月已经出版到第十二版,只是封面已经变得更为朴素,甚至是不加修饰了。由此可见,当时社会上对这样的注释本莎剧故事欢迎的程度了。由于该书的释义是附在全书的最后,所以阅读起来不及附在当页或一部戏剧结尾处的注释阅读起来方便。该书的编纂思想,显然也是着眼于英文学习者,同时亦希望通过阅读对文学和莎士比亚有更多的了解。

在列为学生读物的莎剧注释本的《莎氏乐府本事》中,梁实秋翻译的《暴风雨》一书也被列入了"新中学文库",以"中华教育基金董事会编译委员会编辑"的名义于1937年5月出版,1947年2月出第三版。在该译本中,梁实秋撰写了序和例言。梁实秋强调:"莎士比亚在《暴风雨》里描写的依然是那深邃复杂的人性——人性的某几方面。他依然是驰骋着他的想像,爱丽儿和卡力班都是他的想象力铸幻出来的工具,来帮助剧情的发展。"在例言中,梁实秋申述了自己的翻译主张和方法,他说:"莎士比亚之运用'无韵诗'体亦甚为自由,实已接近散文,不过节奏较散文稍为齐整;莎士比亚戏剧在舞台上,演员并不咿呀吟诵,'无韵诗'亦读若散文一般。所以译文一以散文为主,求其能达原意,至于原文节奏声调之美,则译者力有未逮,未能传达其万一,惟读者谅之。"不加任何注释的兰姆姐弟的英文《莎士比亚故事集》于1935年8月由中华书局出版发行,1949年10月出版的作为"基本英语文库"的《莎氏乐府》《凯撒大将》、邝富灼的《莎氏乐府》等读物,对初习英文者均有帮助。

春江书局1930年初版了兰姆改编、奚识之译注的《莎氏乐府本事》,该书到1941年2月共再版再刷了18次,可见其畅销的程度,其中收入20篇莎剧故事,卷首附有"莎士比亚小传"。笔者手中的该书为1934年1月第三版,该书采取的英汉对照加注释的方式,全书正文共687页。在"莎士比亚的小传",作者称颂莎士比亚"竟造成了世界上文人所崇拜的作品……社会和村夫村妇和环境是莎士比亚创作的源泉"。为了方便学生阅读,该书在两页之中不但采取英汉对照的翻译,而且注释就附在汉语译文的旁边,这样阅读起来极其方便。笔者翻检书中的注释,并与后来出版的同类型书籍进行对照,对莎剧原文故事中的许多单词,本书不但给出了注释,后来出版的同类型的《莎氏乐府本事》也不约而同地给出了注释。这充分说明了注释者已经考虑到了阅读对象的英文水平。上海启明书局 1941 年出版的兰姆著、何一介译的《莎氏乐府本事》（英汉对照），书中除了收入 20 个莎剧故事以外，书前还有蔼美的"小引"，对莎氏的创作及本书改编者作了简介，蔼美认为莎士比亚"剧本里的人物极为复杂，有的是日常遇到的人，有的是历史上的人物，有的是人间英雄，有的是超人间的神仙，而他写来都各栩栩欲活，各个时代的生活，各种社会的真相，也都极真切地表现于读者之前。他的作品里所具有的是最飘逸的幻想，最静美的仙境，最广阔的滑稽，最深入的机警，最恳挚的怜悯心，最强烈的热情，和最真切的哲学"。在英汉对照本中，之江等根据兰姆姐弟的《莎士比亚戏剧故事集》翻译了《铸情》（《罗密欧与朱丽叶》），《铸情》由上海译者书店于 1944 年 2 月初次出版，1946 年 5 月再版，成都西大街的译者书店印刷厂印制。该书虽然不是专为学习英文的学生准备的，但是却记录了译者的一段感情经历，作者在"芙蓉城中"的"代译者小序""给"中说："为什么要译《铸情》呢！为什么还要以这些文字赚人眼泪呢？难道前几年敌人的残暴和汉奸的丑恶还没有把人们的泪水挤干！？难道你忘了三年前的一个晚上！？……莎翁的《铸情》打动过千万人的心，赚到过亿兆人的泪，你岂能例外？……我不惜耗费时间，把血淋淋的故事——《铸情》——翻译出来，使每一个青年男女看了它而有所警惕，不至于重蹈罗米欧与朱丽叶的覆辙；使每一个处境与朱丽叶类似的少女知道；任何消极的办法对后世等于没有办法，只有投身社会，现身建国工作，在争取整个国家民族的强盛中，才能得到本人自由幸福，才能赏欲自己平生的愿望；因为如果像罗米欧与朱丽叶似的铸成大错，只会使人感到：'春蚕到死丝方尽，蜡炬成灰泪始干'……徒然引起冷酷者的讥嘲和多情者的咏叹吧了。"从文中的口气来看，译者显然是写给自己的知心朋友的，对朱丽叶似的少女的遭遇表示出极大的同情，对日本侵略者和卖国贼、汉奸表示出极大的义愤，希望国家强盛，人民能够享受自由、平等和博爱。

　　为了满足人们学习英语的需要和阅读莎剧的渴望，以《莎氏乐府本事》之名出版的图书印刷数量不少。这些书还有李贯英注释、文化学社 1934 年 7 月初次出版的《莎士乐府故事精选（附汉文注释）》。重庆新亚书店 1945 年出版了力行教育研究社翻译的《莎氏乐府本事》（英汉对照，正音注释），其中也收入 20 个莎剧故事。上海广学会 1929 年出版了狄珍珠译述、王斗奎笔记的《莎士比亚的故事》，包括作者根据莎士比亚戏剧故事情节改编的《威尼斯商人》《李耳王》《丹麦的哈麦勒特》《野外团圆》《罗梅阿和周立叶》《痛恨人类的泰门》《岛上的经过》《贪心的马喀伯》等 15 篇。上海世界书局 1936 年出版了由张光复翻译的《莎氏乐府本事》。这些普及性质的《莎氏乐府本事》恰恰在中国的英语教育史上占有非常重要的地位，并且也是莎士比亚在中国传播的重要一环。其实，我们一点也不应该忽视普及性的《莎氏乐府本事》和莎剧注释本。因为，这些原文注释本、英汉对照本和汉语莎剧注释本的《莎氏乐府本事》的大量出版"满足了中国学生学习英文的需要"，也使习英文的学生对莎士比亚的戏剧有了一个初步的认识，对中国莎学的发展也作出了贡献，可以说正是《吟边燕语》《莎氏乐府本事》和各种莎剧注释本、英汉对照本构成了莎士比亚在中国的"前经典化"时期，它们在中国的传播为后来完整、准确翻译莎士比亚剧本和《莎士比亚全集》作了一定的实践和理论上的准备，同时也以其目标读者——初习英文的学习者研读莎剧，共同构成了莎士比亚在中国的传播。

自 20 世纪 20 年代开始，在中国的莎剧研究中，已经摆脱了林纾等人对于莎士比亚是诗人，莎剧是故事、小说的错误认识。此前，观众对于仅有故事情节，经过大肆删减的幕表剧莎剧演出颇有微词，认为《汉孟雷特》"是上海的一位新剧大家依了《吟边燕语》里的情节而编的，莎氏的剧本以兰姆姐弟编撰的故事，已经成了哄小孩子的东西，又成了林琴南先生的史汉文笔'七颠八倒'的一译，那里再经得起上海新剧家的改动、点缀……《汉孟雷特》的故事不是莎氏的锻造，莎氏不过把这故事造成了他的伟大的剧本……现在上海的新剧家也把这故事造成了他的剧本，与莎氏简直没有丝毫的关系"。这样的认识标志着其时对莎士比亚的认识已经超越了前人，在认识上将莎剧回归到了戏剧本体，对于正确认识莎剧具有非常重要的意义。

那么等到田汉等人的全译本一出版，自然会受到社会的关注，因为当时的观众渴望通过莎剧的完整演出了解、欣赏莎剧。我们从田汉等人的论述中，可以看到戏剧家对舞台上莎剧重要性的强调。尊重莎剧的舞台性，注重莎剧演出的剧场效果，将莎剧真正以戏剧来对待，这种观念的根本转变，在莎士比亚的传播史上具有重要作用，为在舞台上创作真正体现莎士比亚戏剧精神的莎剧奠定了坚实的基础，即对莎剧的文本翻译制定了规则，也为莎剧的舞台演出指明了方向，而明确莎剧的"舞台性"正是民国戏剧研究对莎学研究的贡献之一。1921 年田汉发表了《哈孟雷特》（即《哈姆雷特》），这是中国第一个以白话形式翻译的莎剧。作为一个戏剧家，田汉在翻译时自然注意到了演出的问题，并且初步考察了莎剧演出的历史。

田汉据中村（Nakamura）的文章翻译增补而成的《莎士比亚剧演出之变迁》探讨了莎剧演出、莎士比亚时代的剧场、舞台和演出情况，尤其是对莎剧如何在舞台上的演出与如何演出、文本与舞台、演员在演出中的作用等关系强调了表演对于莎剧的重要性。这标志着国人对莎士比亚认识的根本转型。他提出："戏剧之具体表现底先决条件莫若剧场（Theatre）了……莎氏的剧曲在当时这种条件之下底舞台上要收到成效得靠伟大的演员之功……原始莎剧实以最复杂的精神内容纳之于最单纯的形式之下；这种象征化的艺术之后闪示着自然底本质。莎氏剧之真正的复兴并不在 Garrick 所用的歌曲之文学的形式；而在演技方面……不过我们得回顾莎氏作剧时的情形，他不是一个专门诗人，他的剧本不是为着可读（readable）而写的，他的戏剧之创作与成功半受着天才伶人 Burbage 的刺戟，他由他而得着创作的灵感。可是莎氏剧之精神的复兴将来仍要靠天才的伶人之功。"显然，田汉已经比较清醒地认识到了，在莎剧文本与演出的关系问题上，认为莎剧最终是要搬上舞台的，不是仅仅为了阅读的，而是为了可以演出的，心中有无剧场意识对于理解、认识莎剧是至关重要的。莎剧正是靠的舞台的象征化才传达出了戏剧的本质。莎剧之所以能够不断产生世界性的影响，演员的舞台再创造、演员的演技在其中起着重要作用，只有不断演出才能够在舞台上长久存在下去，也才能够常演常新。如果缺少了演员的再创造，人们是无从了解莎剧及其人文主义精神的。莎士比亚戏剧精神最终要落实在舞台上，靠的是演员的天才表演以及对莎剧的诠释。田汉的这一观点对于纠正人们靠林纾翻译兰姆姐弟的故事形式的《吟边燕语》的印象以及幕表莎剧的演出无疑起到了非常重要的规范作用，为莎剧显示出真正的舞台艺术特性奠定了初步的基础。

在引进、改编外国戏剧的潮流中，出于对戏剧时代性的敏感，促使宋春舫积极引进和介绍外来戏剧。作为戏剧家的宋春舫也从演出的角度认为莎剧是"一幅英国文艺复兴时代舞台风俗画"。而且他从莎剧舞台上中西戏剧舞台男扮女装的历史出发，认为在戏剧演出使用女伶上，英国开始较晚，主要是受基督教观念的束缚，因为"牧师扮演女角，本是不伦不类"，莎氏戏剧中的主要女角由男人扮演不在少数，这些演员也都名噪一时。而中国戏曲中"'男旦'艺术的产生决不是一个偶然现象……'男旦'是在作为社会主流意识的'男权意识'受到质疑和批判、男权社会开始动摇的特定历史环境中开始出现的"。"男子扮演女角，从现代欧美人眼光中看来，如果不带浪漫的色彩，未免有些滑稽讽世的意味。"而中国历史上的戏剧演出，早有"燕舞环歌"的证明，在清朝早期，"我们的女伶也和英国的女伶一样，不许登台"，但我们却不是受到基督教思想的禁锢。他认为在扮演女角上，梅兰芳和莎剧有相通之处，关键在于对戏剧的深刻理解与天才阐释。因为"全世界有三个国家——日本、英国和中国——舞台上男扮女装，本是司空见惯的一件事，昭垂史册，其中杰出的人才，是恒河沙数，然而全世界中，古往今来，男伶扮演女角，最著名的，当然要推我们中国的梅兰芳了"。这篇文章的用意在于详细介绍戏剧特别是莎剧表演中男伶扮演女角的制度，强调这种现象在莎剧和中国戏曲演出中都是一种特殊的现象，具有多方面的审美价值。梅兰芳的演出和世界上任何演员相比也绝不逊色，通过这样的比较促使人们从舞台演出角度认识，无论是莎剧还是梅兰芳的京剧在艺术精神、美学思想上以及戏剧表演上都是相通的。

　　从舞台演出的角度研究莎士比亚,这方面的研究主要是一批曾经先后在"国立戏剧专科学校"任教和从事戏剧教育的学者。从舞台演出的角度研究莎剧,避免了一开始评论者的心中就只有文学文本,而把舞台和剧场效果搁置在一旁的弊端,尤其是从戏剧艺术本体的角度研究莎剧,为读者提供了从另一个视角认识莎剧的可能。作为具体排演莎剧的导演和组织者,余上沅更是从舞台实践的角度阐释了自己的导演理念。莎剧既是"诗",也是"戏剧",虽然他无意对这两者进行区别,但是作为一个戏剧家,他充分肯定了莎士比亚在世界戏剧史上的地位。"莎士比亚是古今中外唯一的伟大戏剧诗人。"有了莎剧,"才有近代戏的成功"。他认为唯有认识清楚莎士比亚是属于戏剧的本体,抓住舞台演出的特性,尊重舞台演出的规律,才能在演出上真正体现出莎剧的内在精神。余上沅说:"我们'国立戏剧学校'举行公演的目的……因为这是一个戏剧教育机关,我们要使学生得到各种演剧的经验,虽然也时常顾到演剧在社会教育上的效用,表演莎士比亚剧本是世界各国(不仅是英国)认为极重要的表演之一,甚至于是演剧的最高标准……莎氏剧的表演也很有神圣化的意味。"

　　余上沅从剧本本身、剧本读法、演员动作、布景、服装阐述了演出《威尼斯商人》的导演思想,"希求达到提起许多人研究莎士比亚的兴趣……将来逐渐养成了莎氏剧之演出的标准",谈到演出莎剧,他强调,在排演时,为了使观众一听就懂,"把原译本稍加修改";对于舞台上的念白,我们是从容地说下去,使观众听得明白,"我们对于莎氏剧之读法所感到的困难很多,当它是旧戏的韵白,当它是文明戏的调子,当然都不对,当它是随口说话也不对;关于演员的动作,我们愿意守定表演技术里的一条金科玉律——与其多动,不如少动。在稳静的姿势之下,让观众少分精神,而多注意于听清楚剧中的词句。在必须动作的时候再用动作,还来得更有力量。"布景只用绒幔子,只用几件必要的大道具。因为莎士比亚时代的舞台和中国舞台有相似之处,"不用布景"。这样的演出有为莎剧在中国的演出提供借鉴,积累经验的用意。同时对于改编外国戏剧也提供了借鉴的经验。余上沅认为演出莎剧的目的是通过莎剧训练学生的表演能力和提高表演技巧,积累表演经验,无论是台词、动作,还是舞台布景,余上沅都明确表达了排演莎剧的理念,同时也意在为今后的莎剧排演提供借鉴的经验,而这一点也成为后来戏剧表演专业训练学生的一条不变的规则和课程内容。

　　难能可贵的是,戏剧理论家陈瘦竹对舞台上的莎剧格外重视,他始终对莎剧的舞台性以及莎剧的观赏效果有清醒的认识,而这一点正是单纯的文学文本所缺乏的。因为"舞台上传递给我们的审美信息是以立体的、具体可感的、生生不息的鲜活形象的方式传递的,而不是以单纯的语言或声音的方式传递的。它呈现在我们眼前的是一种生活场景的再现"。他在评述《马克白》的结构艺术与性格描写时提出："莎士比亚并非书斋中的文人，而是剧场中的天才。假如他不加入戏班，不现身舞台，不熟悉观众，他或许只是一位天才的诗人，而不是天才的戏剧家。"莎士比亚的剧本当然纯为当时演员舞台观众而作，编剧技巧就是要吸引观众，引起他们的观看兴趣。"剧作家必先了解观众，然后才能娱乐观众，甚至启迪观众。""莎士比亚的剧本，虽然情节既美妙性格又深刻，但是我们必须先要肯定，他既是出身剧场，当然会尊重一般观众的要求，以情节为主，以性格为副。"莎士比亚是"为着求娱乐求刺激求知识的观众，以及被观众三面包围，虽有相当装置但是仍极自由的舞台。"作为一个戏剧理论家，陈瘦竹特别肯定了舞台演出的重要性，强调剧场感，强调情节在戏剧中的重要作用，而不是一味突出人物的性格特点，可以说是抓住了戏剧的本质，也源于其对莎剧舞台性以及应该达到的剧场效果的深刻认识。莎士比亚不是象牙塔里的诗人，而是演员出身的戏剧家，也只有抱这个态度才能正确欣赏莎剧。

　　《马克白》中这部悲剧的主角，虽然名为恶汉，虽然明知故犯，但却不是一个全无天良、不知悔悟的小人，只是他的良心不及野心强大而已。而《威尼斯商人》虽是一出喜剧，但也是莎氏喜剧中最富于悲剧性者，是描写压迫者和被压迫者喜剧中的悲剧。《李尔王》的题材是有普遍性永久性的，这戏里描写的，乃是古今中外无人不密切感觉的父母与子女的关系……所谓孝道与忤逆，这是最平凡不过的一件事。在《马克白》里，莎氏把犯罪者的心理完全描写出来了，由野心，而犹豫，而坚决，而恐怖，而猜疑，而疯狂。这种从舞台和剧场效果的角度研究莎剧，陈瘦竹重视舞台上的莎剧，就有别于当时一些学者型的莎学论文，如袁昌英的《歇洛克》和《沙斯比亚的幽默》，以及杨晦的《雅典人台满》等都可以说是从文学角度研究莎剧的论文，而非从舞台演出的角度研究莎剧的论文。

　　尽管将莎剧定位于戏剧，而不是诗歌和小说已无疑问，但是对于莎剧首先是舞台戏剧的认识在很长时期内，国人的认识仍然比较模糊。民国时期在莎士比亚的介绍上是庞杂的，其中既有比较严肃、深入地分析莎剧的文章，也有单纯、浅显的介绍，甚至有些文章根本就是捕风捉影的创作。有些介绍者对莎士比亚的认识也不正确，如对莎剧首先是戏剧的认识，对莎剧艺术形式理解的错误，以及连话剧与歌剧在艺术形式之间的区别也极为模糊。如李慕白就认为"伊丽沙白朝代的人民，对于舞台剧，其不发生极大的兴趣"，甚至有人称莎士比亚为"歌剧宗师"，这些介绍虽然并非主流，但仍然显示出，在很长一段时间里，国人对莎剧首先是舞台艺术存在着一个逐渐认识的过程。梁实秋也始终强调莎士比亚首先是一个戏剧家，如果在译莎时心里没有戏剧，那么是译不好莎剧的。梁实秋的这一观点无论是对于当时认识莎剧的舞台性，还是 1949 年以后一批莎学家只把莎剧作为文学作品来阐释,都具有提示作用。作为翻译家,难能可贵的是梁实秋认为:"莎士比亚的剧本,是演员用的,不是为人读的。"他认为如果不把莎士比亚当作戏剧来翻译和演出,我们对莎士比亚的认识就是不完整的,有了这一指导思想,也是当时梁译莎剧能够被选为舞台演出脚本的原因之一。

民国时期的莎评以翻译加介绍为主,如李贯英在翻译时且译且评莎剧中有关花卉的诗句,认为莎氏民俗典故的简明确当,有伟大的文学价值……莎士比亚的"用典足以代表人民的风俗,他的植物花卉的典志是人民生活上,思想上的直接的果实"。但也有评论家干脆把莎士比亚称为"剧圣",而不是"诗人",强调的是莎氏的剧作家身份,更能充分说明这一问题。莎士比亚绝顶的智慧,深入的观察,以及在剧团里吸取的舞台经验和创造的才干……把希腊、拉丁美洲、欧洲和英国历代的文豪诗人高深的理想与作风全部吸收起来。随着陆续有一些莎评文章和莎剧剧本翻译出版,人们已经认识到莎士比亚在思想领域的价值,称莎士比亚是伟大的思想家,莎士比亚"能在一句很简单而叫人永远忘不了的话语中提出人类的美德和罪恶。性格的问题和整个生命的问题。荣誉、果敢、贞洁、慈祥、爱心和名声等问题对于人类是这样重要"。

如果从戏剧比较的角度来看,当时的一些莎剧论者已经具有了比较的意识。因为"中国人刚刚接触西方戏剧时的潜意识和特殊视角,体现了一种'比较'和对中西戏剧差异识别的意念"。可以说,这些论述已经具有了中西戏剧比较的视角,通过将莎剧与其他外国戏剧家、中国戏曲比较,他们已经拥有了一种广阔的视野。莎士比亚和莫里哀都是世界著名的戏剧家。在 20 世纪 30 年代,莎士比亚在中国的名声已经超过了莫里哀,有感于此,汪悟封把莎士比亚与莫里哀放在一起进行比较,目的是引起人们对莫里哀戏剧的关注,但是讨论的结果却相反;他认为,莎氏的戏剧虽有不及莫氏的地方,但总体来说,莎氏戏剧在艺术成就上仍然高于莫氏。他提出以诗论则莎高于莫;以戏论,则莫胜于莎,论者在这里显然强调的是莎剧的文学性质以及诗的意蕴,而相比之下,莎剧在戏剧性上则不如莫里哀的戏剧。但是涉及悲剧的比较,论者也看到了莎氏的悲剧创作成就远高于莫里哀。以"所写人物的异真,想象的高远,哲理的切实深刻,写作时只以观众为目标,作品当时大受欢迎,不留意于刊印剧本"。所以汪氏反而认为,莎士比亚在戏剧艺术创作成就上高于莫里哀。

而从中西角度比较的则有赵景深。他的《汤显祖与莎士比亚》这篇文章可以说是较早的一篇从戏剧比较的角度探讨莎剧和汤显祖戏剧的中西戏剧比较研究论文。莎剧与汤剧两者之间有诸多的相同之处:生卒年相同,在戏曲界都占有最高的地位,在题材上都是取材于前人的多,自己创作的少,莎士比亚不遵守三一律,汤显祖不遵守音律,都是不受羁勒的天才。这种不受约束的创作手法，自身就体现出一种"合和"的审美原则，远远胜于"虚饰"的艺术，在悲剧写作上都达到了一个高峰。汤显祖和莎士比亚都在戏曲界占有无可撼动的艺术地位。赵景深将汤显祖与莎士比亚进行比较，对于读者从中西文化、戏剧和审美的角度更清晰地认识两者的审美原则提供了思考，即汤显祖和莎士比亚戏剧之间诸多的内在审美机制的一致。而作为一个戏剧家的焦菊隐则没有局限于莎剧"文学性"与"戏剧性"之间的论争，而是超越了这些具体的论争，因为对他来说，莎剧属于舞台是毫无疑问的，关键是如何演出的问题，以及莎剧在精神生活中的巨大作用，他看重的是戏剧对社会、现实的作用和影响力。他的《关于〈哈姆雷特〉》一文也强调了演出莎剧对于莎学研究的意义。莎剧"在十九世纪的俄国人看来，是多么亲切，多么需要。当沙皇统治已衰颓仍发挥着混乱的残暴的时代，莎士比亚对痛苦中的俄国人，更成了一个伟大的同情者，启发者和鼓励者"。所以，他举例说，19 世纪的俄国作家都在加倍地注意莎士比亚，研究、讨论莎士比亚。革命后的俄国人民，对于莎士比亚，更有着极深的爱好。虽然莎氏的时代和新兴世纪有相当距离，但一方面他的作品的普遍性，对今日现实社会仍然是具有暴露的力量，另一方面他的人生哲学，一种抗议的、奋斗的乐观的哲学，又深深给俄国人民所走的路线，做一个有力的示证。焦菊隐显然清楚，以戏剧的形式忠实地描写本民族的现实生活，是话剧借鉴外国戏剧的内容与艺术经验，"表现本民族的现实生活而形成的优秀传统，并在现实发展中经过磨砺而愈益显示出其坚实的艺术生命力"，而这正是莎剧对于中国的意义之所在。民国时期，戏剧家对莎剧为舞台艺术的认识，给我们以重要的启示。

对莎士比亚戏剧舞台性与剧场性的阐释，在莎学研究中具有重要意义，为日后莎剧的表导演提供了可资借鉴的宝贵经验。从林纾等人将莎士比亚定位于诗人，将莎剧定位于故事、小说以来，还原了莎剧为戏剧，可以说是观念的革新，对莎剧的认识是一个从文学叙事到舞台演绎观念的根本转变，也说明人们对戏剧的对白、动作等戏剧性的认识更为深刻了。这样不仅有利于莎剧的翻译，有利于莎剧的阐释，更有利于莎剧的演出。

（待续）

文艺复兴时期作品的编辑出版与《浮士德博士的悲剧》的版本变迁

杨林贵　刘自中

【摘　要】《浮士德博士的悲剧》在其作者克里斯托弗·马洛去世 11 年后才得以出版,而手稿早已遗失,而且在 1604 年和 1616 年出现了两个截然不同的版本,在其后的修订和再版中编者各持己见。因此在该剧的文本编辑和文学研究中一向争议不断。本文以《浮士德博士的悲剧》的版本史和版本研究史为例,讨论文艺复兴作品的版本问题,进而探讨 20 世纪以来的编辑实践中涉及的文本权威性问题。对于这些问题的认识渗透了西方文本观的变迁,因此《浮士德博士的悲剧》的版本史衍变反映了文学观及文本观的深刻变化。

【关键词】文艺复兴戏剧;马洛;《浮士德博士的悲剧》;文本研究

The Tragical History of Doctor Faustus of Study

Yang Lingui　Liu Zizhong

【Abstract】There is no extant manuscript of *The Tragical History of Doctor Faustus*. It was first published in 1604,11 years after the death of ascribed author Christopher Marlowe,and then in 1623 as a different version. Modern editors have based their editions on the two versions in contrastive ways of handling the relative authority of either. This paper looks into the editorial history of *The Tragical History of Doctor Faustus* and examines debates over issues of early modern texts in terms of authorship and textual authority in the 20th century when theory of textuality experienced drastic changes that have been reflected in distinct practices of the play's editing.

【Key Words】Renaissance Drama；Christopher Marlowe；*The Tragical History of Dr. Faustus*；textual criticism

版本及著作权问题是文艺复兴文学研究的一个重要方面，在 20 世纪的文艺批评中具有举足轻重的地位，对于文学作品的编辑出版和批评阐释产生了深刻影响。毋宁说，编辑理念与批评思潮交互影响，决定了读者对于作品认识的走向。之所以文艺复兴时期作品的文本存在着争议，主要原因在于当时作品的印刷出版尚不规范，不论是作者还是出版者都没有版权意识。作者不保留手稿（或者没有作者签名的手稿幸存于世），印刷出版也不必有作者的授权。虽然威廉·卡克斯顿（William Caxton）早在 1476 年就将古登堡印刷术引进到了英国，但到近一个世纪后莎士比亚、克里斯托弗·马洛（Christopher Marlowe）等英国文艺复兴作家走上文学历史舞台的时候，英国的印刷出版业还处在野蛮生长的混乱阶段，版权制度还不成熟，更谈不上现代意义上的版权法。因此，文艺复兴时期戏剧大多是没有签名、也不需要作者认定的文稿，这就造成了版本上的争议问题，最突出的是莎士比亚戏剧的著作权和版本问题。

这个时期文学文本的出版乱象，反映了文学阅读既开始给印刷出版带来的繁荣，也给后世的作品解读造成分歧和混淆，因为一个作品往往存在多个印刷版本。譬如，莎剧的印刷文本，在 1623 年即本·琼生（Ben Jonson）汇编的对开本之前，差不多每部剧都有若干四开本的版本在市面上流行，各个版本之间存在着差异，有的差异甚至大到让人觉得是同一剧名的不同剧目，比如《李尔王》就有两个差异巨大的版本现存于世。还有不同剧名的几乎相同的戏剧内容，比如《驯悍记》有 *The Taming of the Shrew* 和 *The Taming of A Shrew* 两个题目。关于两个版本之间的关系以及它们跟莎士比亚的关系曾经引起文本学者的激烈争辩，至今仍无法定论。琼生编辑的对开本莎士比亚全集中的近 40 部剧作，很多都有版本甚至著作权问题，是现代文本编辑以及文学批评界争论不休的话题。

马洛仅有的几部戏剧作品同样存在着争议，本文深入马洛的《浮士德博士的悲剧》（简称《浮士德博士》）的版本史，讨论文艺复兴作品的版本问题，进而探讨 20 世纪以来的编辑实践中涉及的文本权威性问题。对这些问题的认识渗透了西方文本观的变迁，特别是 20 世纪早期主导西方文学研究的新批评，以寻找作者的创作意图为旨归，试图确认最权威的版本。文艺复兴版本问题的复杂性无疑带来了挑战，想认定唯一符合作者意图的版本是不可能完成的任务。但这不妨碍文学批评家、考据家以及版本学者各显神通。到 20 世纪最后几十年，文学文本观受到后结构主义思潮影响，破除了文本界限，学术界推崇互文性和多元性的编辑理念，这似乎弱化了文本的权威性，但实际上让多个版本焕发了生命力，从而进入人们阅读和跨文本考察的视线，给作品解读提供了更多的可能性。《浮士德博士的悲剧》的版本史衍变反映了文学观及文本观的深刻变化。

《浮士德博士的悲剧》的手稿没有留存下来，该剧本在马洛生前也没有出版。① 这些无法辩驳的事实让马洛作品的编辑和学者只能望文兴叹。该剧的最早版本是在距马洛逝世 11 年后，即 1604 年，由瓦伦丁·西姆斯（Valentine Simmes）出版的四开本。在此之前，该剧曾于 1601 年以《一本名叫浮士德博士的书》的书名注册在籍，可能印刷了一版，而 1604 年的版本是这一版的重印版。如今，该版本只有一本保存下来，现存于牛津大学博德利图书馆。1604 年的文本因其独特性通常被称为是 A 文本（A1）。乔治·埃尔德（George Eld）受约翰·赖特（John Wright）之托分别于 1609 年（A2）和 1611 年（A3）对该书作了重印。1616 年，一部几乎完全独立于 A 文本的版本出版。该版本主体上与 A 文本差别不大，但增加了完全不同的片段，因此更长。以此版本为底本的 B 文本，除了 1616 年的 B1 文本，还有赖特分别于 1619、1620、1624、1628 和 1631 年的重印版。因此，无论文本的状况如何，A 文本、B 文本以及它们的重印版，都已成为现代编者参考的底本。各种现代版本的出现使《浮士德博士》的文本情况更为复杂。

因此，我们不仅有必要考察该剧的早期文本变迁，而且需要认真审视现代版本及其编者和批评家的论证，进而评析文艺复兴文本研究领域的编辑理论问题。同时，我们看到，《浮士德博士》的现代编辑与其他早期现代文本的编辑历史同步发展，并对其有一定的贡献。在文艺复兴研究领域产生的若干编辑理论和方法，都能在《浮士德博士》的文本历史中找到例子：该剧有 20 世纪初的谱系学版本、20 世纪 50 年代和 60 年代的校编本以及 1950 年的多版合订本。事实上，《浮士德博士》的文本历史研究为早期现代研究的成形提供了文本研究方法的范例。最著名的范例便是格雷戈（W. W. Greg）在编辑《浮士德博士》时创立的平行文本的方法。该方法广泛应用于文艺复兴时期文本的编辑中，尤其是非戏剧性文本的编辑。《浮士德博士》文本的复杂性反映了早期现代文本编辑中的一些共性问题，例如手稿的缺失、作者修改意图难以琢磨等。因此，探讨《浮士德博士》的文本演变尤为重要。

自 20 世纪初以来，《浮士德博士》文本的神秘性吸引了几代学人对其进行编辑和文

---

① 本文后面部分为英文撰写，由蒋金蒙翻译成中文，作者在此基础上进行了修订。

学批评尝试。尽管现代编者采用的都是相同的底本,但他们的文本处理方式却不尽相同。有些人从 A 文本和 B 文本中选择其一作为作品的原始文本,而另一些则是同时采用两者。

《浮士德博士》最早的现代版本收录在塔克·布鲁克(C. F. Tucker Brooke)编辑的《克里斯托弗·马洛作品集》(*The Works of Christopher Marlowe*)中。布鲁克以 A 文本为该剧的原始文本,采用谱系学的研究方法,按照与"原始文本"接近程度为序在附录中列出文本中的各种变化。此后的版本有着各种校勘和补充、文本注释,包括弗雷德里克·博阿斯(Frederick S. Boas)1932 年的 B 文本版(收录于 R. H. Case 主编的《马洛作品全集》),1950 年保罗·科彻(Paul H. Kocher)的 A 文本版,1962 年利奥·基尔斯鲍姆(Leo Kirschbaum)《克里斯托弗·马洛的戏剧》(*The Plays of Christopher Marlowe*)中的 B 文本,1965 年罗马·吉尔(Roma Gill)的 B 文本和 1973 年鲍尔斯(Bowers)的 B 文本(1981 年第二版)。尽管这些版本在校对细节上有所不同,但大多数版本都遵循了格雷戈和鲍尔斯建立的编校文本传统,试图从逻辑上构建一个折中的文本,一个被认为最接近马洛原迹的版本。

同时,格雷戈于 1950 年编纂的《浮士德博士》平行文本中建立了一种早期现代文本编辑的新方法,即多版本编辑模式,记录了所有可能的修订。然而,也正是他对 B 文本和编校文本范例的偏爱影响了《浮士德博士》的文本编辑近 30 年。除了上文提到的 B 文本的各版本以外,20 世纪 60 年代还出现面向大学生的其他几个版本和单文本,例如约翰·江普(John D. Jump)1962 年的学术版,欧文·里布纳(Irving Ribner)的 1963 年版和斯特恩(J. B. Steane)1969 年的企鹅版;这些呈现的都是 B 文本。

随着格雷戈的理论在 20 世纪 70 年代末受到攻击,编辑们开始关注 A 文本。大卫·奥默罗德(David Ormerod)和克里斯托弗·沃瑟姆(Christopher Wortham)所编的 1985 年现代拼写版对 A 文本情有独钟,而且罗马·吉尔彻底改变了她对 A 文本的偏好,并在 1990 年的《克里斯托弗·马洛作品全集》(*The Complete works of Christopher Marlowe*)中呈现了一个文艺复兴时期英文拼写版的 A 文本。文本演变的故事并未到此结束,最有趣的是,1993 年,大卫·贝文顿(David Bevington)和埃里克·拉斯穆森(Eric Rasmussen)合编出版了新版本——《浮士德博士 AB 合编本》(*Doctor Faustus A- and B- Texts 1604*, 1616)。这不是格雷戈的平行文本版本的翻版,而是一个全新版本。该版本将两个文本作为独立的剧本,并各自分为五幕。20 世纪 80 年代出现了几个专供学生使用的版本。学生版要么合并 A、B 文本,要么删减其中一个,或是两个文本同时呈现,比如琳达·库克森(Linda Cookson)1984 年的合并版(B-text)和霍普

(A. D. Hope)1982 年的删减版。然而,这些版本并没有引起新的研究热潮,也没有在该剧的研究史上占有重要地位。

编者们不仅为早期的现代研究提供了各种版本,而且围绕这些版本的阐释产生了方法迥异的文本批评理论。对《浮士德博士》文本的探讨是利奥·基尔斯鲍姆(Leo Kirschbaum)1946 年的一篇论文。基尔斯鲍姆比较分析了博阿斯编的 B 文本与其他伊丽莎白时代的戏剧文本,区分并认定了善本四开本(1616 文本,B1)和劣本四开本(1604 文本,A1)。他认为 B1 非常接近马洛的原著,而 A1 只是为 B1 登的临时文本。但是,基尔斯鲍姆的比较和区分显然站不住脚,因为 1604 文本的书名页上有这样的陈述:"诺丁汉伯爵阁下海军上将剧团演出使用本"。此外,A 文本的某些特征,如演员对希腊单词的音译和舞台指示的特点,也证明 1604 文本是依据海军上将剧团的演出提词本回忆重构的。总体上讲,1604 文本包含了善本四开本和劣本四开本的共同特征。基尔斯鲍姆批评方法是那个时代文本批评的代表性做法,即力图确认唯一权威的文本,而排斥所有其他文本。尽管基尔斯鲍姆的观点有缺陷,但仍对后来的文本研究学者产生了重要影响,比如 20 世纪最伟大的文本专家之一格雷戈。

尽管格雷戈提出了具有划时代意义的平行文本的方法,但他的论点是建立在基尔斯鲍姆的假设基础之上,而且仍然偏重 B 文本。格雷戈在其版本的序言中阐明了他关于该剧及其出版历史的观点。他认为该剧最初是马洛去世前一年创作的。同时,至少有另一位剧作家参与合作撰写,而该剧作家很有可能是塞缪尔·罗利(Samuel Rowley)。格雷戈认同 1604 文本是基于回忆而重新撰写的说法,并认为该文本"因为下乡演出而缩短,偶尔还被篡改,并逐渐随着公司能力的下降和观众的庸俗口味不断被改编"。然而,他也承认,该文本几乎全部保留了"马洛创作的部分"并且"相当地忠诚于原著,尽管语言上的准确性不尽如人意"(ⅶ-ⅷ)。他认为,B 文本是"一位编辑人员为出版而准备的底本,出版底本基于一份包括作者草稿在内的手稿,而提词本最初正是从该草稿中抄写过来的",然而,在提词本准备的过程中,"该文本经历了相当大的修改,当然,这些修改自然进入了舞台演出,而 1604 文本就基于这个演出版"(ⅶ-ⅷ)。

简言之,B 文本更接近丢失的手稿和马洛本人的修订稿,因此与 A 文本相比,B 文本具有权威性。然而由于缺乏证据,关于马洛本人手稿的论断仍然只是猜想。事实上,没有任何人能够提供证据来证明 B 文本即是马洛的手稿。格雷戈遗漏了一个对他论断不利的事实,即 1602 年菲利普·汉斯洛(Philip Henslowe)为《浮士德博士》所作的补正向威廉·伯德(William Birde)和塞缪尔·罗利支付了 4 英镑的记录。而他以莎士比亚《温莎的风流娘儿们》中提到了《浮士德博士》为依据,来证明 B 文本中的 600 行新台词

"无论如何都不是 1602 年罗利和伯德新增加的部分",从而认为 B 文本的时间应早于 A 文本。但遗憾的是,我们知道,直到 1623 年莎士比亚的第一对开本才提到《浮士德博士》。尽管格雷戈的论述中有一些明显的缺陷,但总体而言,他在文艺复兴时期文本编辑领域创造性地提出的平行文本的编辑方法为文本编辑事业做出了无可比拟的贡献,并影响了后来几十年的编辑实践。

20 世纪 60 年代,格雷戈的拥护者们理所当然地接受他的观点,因此绝大多数人偏爱 B 文本,只不过在论述的角度上略有差别。例如,江普认为 B 文本很有可能是作者的"草稿"(xxxiv);吉尔则坚持认为 B 文本的完整性,认为文本中的喜剧场景是"带有讽刺的,而不是滑稽的"(xviii-xix),出自马洛自己的构思,体现了超人的智慧。

然而,关于《浮士德博士》两个版本真实性和权威性的论战才刚刚拉开帷幕。本来拥护格雷戈观点的弗雷德森·鲍尔斯(Fredson Bowers)在 1973 年发表的论文中改变了立场。鲍尔斯提出,B 文本中,1602 年所增加的内容是由罗利和伯德完成的,而马洛的剧本应该是 A 文本。他发现 B 文本实际上迟于 A 文本,并指出对格雷戈观点有致命性打击的证据,即汉斯洛的 4 英镑。这在当时是一笔为数不小的款项,表明所增加的内容非常多,这么多的内容是无法融入 A 文本的。鲍尔斯认为 B 文本多出来的篇幅是对原作的篡改,新增的场次就是罗利和伯德的"补订"内容。在同年出版的《马洛作品全集》的编者前言中,鲍尔斯声称这一版本是经过慎重编辑的"标准文本"(vii)。但是,颇具戏剧性和讽刺意味的是,他在书中呈现的是《浮士德博士》的 B 文本。我们可以看出他对两个文本的态度是不一致的。尽管他在文中再三强调 A 文本的权威性和真实性,但是他又认为 B 文本是他书中的唯一文本。他的论断与文本呈现上的矛盾更加突出。一方面,他告诉我们 A 文本更具权威;另一方面,他只给我们呈现了"可以确信的无疑的"(vii)B 文本。鲍尔斯对这两个文本的模棱两可,甚至矛盾的态度反映了他以及格雷戈所秉持的编辑方法的缺陷——必只能选择一个"最佳"文本,而放弃其他文本,这是让编者感到痛苦的事情。

第二位挑战者康斯坦斯·布朗·栗山(Constance Brown Kuriyama)对于 A 文本的优越性做出了更强有力的论证。通过文体分析,她证明了富有喜剧的色彩场次不是马洛所写,而是出自罗利之手。栗山还发现,尽管 A 文本存在缺陷,但就"从美学上讲优于"B 文本,而 B 文本的修改变动赋予了浮士德更多的魔力,却在主题上变得模糊。与鲍尔斯观点相似,栗山并不建议完全剔除 B 文本,而是找寻一个能够融合"两个现存版本共有的段落和含义"(196)的折中文本。

文本的论战并没有随着 A 文本的地位上升而结束。B 文本的拥护者开始反击。

1981年,罗伊·埃里克森(Roy T. Eriksen)在文章中论证了B文本的优越性。此后,1987年,他通过讨论马洛笔下主题和结构与B文本中的欧洲传统的关系,进一步论证了B文本的完整性和权威性。他将浮士德置于加尔文派—奥古斯丁派关于自由意志辩论的背景下,从布鲁诺的道德哲学和修辞策略的角度来研究浮士德对这种神学困境的反叛。他发现《浮士德博士》的文本模式(B文本)反映的是古典和文艺复兴时期诗歌的结构模式,说明马洛对当时欧洲大陆作家们写作技巧的了解,特别是探索遣词造句的技巧。埃里克森对B文本的阐释明晰了B文本独有的神学特性和美学特性,而这些让B文本在马洛的经典中占有一席之地。

　　然而,在20世纪80年代,越来越多的学者开始质疑格雷戈及其追随者的观点,并主张A文本的优越性,其中包括迈克尔·基弗(Michael Keefer)、大卫·奥默罗德和克里斯托弗·沃瑟姆。基弗注意到编辑们前后矛盾的态度,即承认A文本真实性的同时又再版B文本。他表示格雷戈对B文本的喜爱实质上反映了他对B文本神学思想的偏爱。类似的意识形态方面的偏见在对该剧进行新批评解读时也有所体现:忽略加尔文主义,而坚持浮士德自身忏悔的能力。基弗认为该剧"缓和了伊丽莎白时代英国正统神学最令人不安和排斥的特征"(Keefer,1987:513)。在另一篇文章中,他捍卫了A文本在结构上的优势。他通过论述A文本中对言语戏法处理这一个重要方面,提出一些新的论点从而证明了A文本的优势,而同时认为"B文本在本质上是不连贯的"(Keefer,1983:325)。相反,他发现A文本中的语言连贯性在上下文中是一致的。他认为马洛借鉴了赫尔墨斯式的和新柏拉图主义思想,尤其是提到阿格里帕时关于诗人的用词戏法的内容。基弗强烈反对格雷戈对B文本的神学解读并对A文本进行讨论,进一步指明了两个文本的不同特征。

　　奥默罗德和沃瑟姆更倾向于A文本。他们认为A文本就是他们一直寻找的,所谓的"纯粹的","可以说是更接近马洛所设想的戏剧"(ⅴ)版本。因此,他们不仅提供了一个现代拼写版的A文本,而且还从美学、教育学和批判角度进行讨论,论证他们为什么选择A文本。然而,他们做出这样的判断主要基于这样一个假设:如果一个文本在时间上接近马洛的原始手稿,那么这个文本在形式和内容上也更为接近原作。他们强调,根据记忆重新建构的这个文本如此完善,因此称A文本为"报备本"或是"劣本四开本"是不合适的。剧本重构发生的时间与该剧的原始创作的时间非常接近。他们认为A文本与B文本相比,A文本更连贯,更接近马洛的原著,而后者在马洛死后很长一段时间都经历着不断的修改更迭。他们编辑的A文本是上乘之作。但遗憾的是,他们的论证又回到了"标准文本"的思维逻辑,依托的根据是假定的手稿和作者的创作意图。

20 世纪 80 年代的后半期，A 文本的支持者们似乎取得了这场文本争端的胜利。此后出现了更多基于 A 文本的版本。由于 A 文本拥护者的游说，原格雷戈的支持者罗马·吉尔被说服，转而支持 A 文本。在她编的新版的序言中，吉尔重申了 A 文本拥护者的观点，即 A 文本是根据演出提词本编写而成的，这个版本呈现了该剧首演时的形态。吉尔提出，马洛在未完成剧本之前就已经去世了，因而剧中的喜剧场次是由托马斯·纳什（Thomas Nashe）和演员约翰·亚当斯（John Adams）根据剧团的搞笑和滑稽戏标准填充上去的。

一个作品只能有唯一的、标准的和权威的校编本的思想已经根深蒂固，因此，有学者提出编辑一种更为权威的文本的必要性。1972 年，冯罗莎多（Von Rosador）首次表达了将 A、B 文本结合的想法。20 世纪 80 年代，栗山也呼吁折中版本的出现。而库克森的合并版正是对此呼吁的回应。虽然她追随了格雷戈所支持的 B 文本，但她的版本主要是基于 B 文本也兼顾汲取部分 A 文本的内容。尽管霍普在平行文本版中也遵循了格雷戈的观点，但霍普的删减版并没有试图寻求折中对待，也不只忠于两个文本中的其中的一种。他删除了他认为是马洛的合作者或修订者添加的所有内容，并用自己的诗句完成了剧本。他所增订的诗句主要来源于浮士德的相关英文书籍，包括浮士德造访君士坦丁堡的塞拉格利奥，以及瓦格纳试图成为一名巫师却失败的一个小插曲。事实上，他怀疑两个文本都不可靠，觉得 A、B 文本都没有反映出该剧的原始形态。

当然，也有学者表达对运用折中法修订文本的想法的不满，认为折中法不切实际。迈克尔·沃伦（Michael Warren）审视了导致 A、B 文本编辑差异的基本资料，分析了造成差异的不同阐释解读以及对于两个文本中马洛创作部分的判定。他认为文本的问题是无法解决的，我们实际上有两个剧本，每个剧本都需要研究和解读。他通过分析不同版本中浮士德老年场次的变体，发现一些"虽不足为奇却极为明显的不同之处"让不同文本的融合无法实现。A 文本有"一以贯之的基督教背景"，而 B 文本"所反映的基督教似乎没那么高的思想水平，更加家长里短，更加畏手畏脚，甚至有迷信色彩"（Warren，115）。沃伦的这篇重要论文首次阐明了这两个文本相对独立的价值。

利亚·马库斯（Leah S. Marcus）的意识形态论进一步加强了沃伦对于"两部剧作"的区分。马库斯认为，如果我们在不假设《浮士德博士》两个文本中一个版本是另一个的瑕疵版的情况下进行研究，会发现它们在意识形态上是不同的。A 文本带有更为激进的新教（抗议宗）和国家民族主义色彩，而 B 文本则有较为保守的英国国教思想，更倾向于支持神圣罗马帝国。马库斯聚焦 A 文本的"韦尔滕伯格"（Wertenberg）场景设置如何在 B 文本中变成了"威登堡（Wittenburg）"这个细节，捕捉到了这样一种现象：现代文本编辑模糊了意识形态差异。实际上，伊丽莎白时代的人知道德国的符腾堡公国（Wurttemberg）是"左翼抗议者的温床"，而16世纪末的威登堡则是"更保守的路德正统派的中心"(8)。A文本和B文本场景地点的变化，及其所象征的意识形态倾向的变化，反映了16世纪90年代中期到17世纪初英国在政治和宗教方面的变革。

威廉·燕卜荪（William Empson）在其遗作（由约翰·亨利·琼斯编辑校订）中规避了比较两种文本的权威性的讨论，并成功地为文本研究开创了一个新的方面——文本审查。燕卜荪提醒评论家"《浮士德博士》遭到过审查和删节是明显事实"(57)。他认为，靡菲斯特并不是马洛原版《浮士德博士》中的魔鬼，而是与浮士德密谋欺骗路西法的新柏拉图式人物：如果保存着浮士德的灵魂，靡菲斯特将长生不老，而浮士德只有死亡才能彻底摆脱诅咒。他认为，这种非正统的观念已被官方审查，A文本和B文本则显示审查员的删减和试图将更多可接受的素材纳入剧本中以恢复到正常演出时长的目的。燕卜荪认为马洛的素材，即英语版浮士德故事集本身已经经过了审查，并提出马洛可能认识英文译者，因此有可能在1592年英文版浮士德故事集出版之前就已经写了《浮士德博士》。尽管燕卜荪关于《浮士德博士》涉及审查制度的论点停留在假设层面，但他开启了一个值得探讨的话题。此外，他认为A、B文本都可能受到过审查，这在某种程度上表明了他对这两个文本之间关系的态度——它们都来自马洛的前期写作，也都经历过未经作者同意的删改。

燕卜荪并未给A文本和B文本论点的任何一方锦上添花。同样，由于没有办法检验作者创作原文和修订的意图，越来越多的学者倾向于放弃寻求二合一或非此即彼的二分法解决早期现代文本问题的尝试。他们不再坚持对折中、融合的版本的追求，而是接纳多文本法来编辑早期的现代文本，这样读者就有机会接触到作品的不同形态。就《浮士德博士》的编辑校订而言，两个文本的美学和意识形态特征的差异也促使编者们不断探索，因此有了1993年瑞福斯双文本版的《浮士德博士》。其编者贝文顿和拉斯穆森认为，两个文本的产生有着"截然不同的条件：作者身份与合作关系、修改与增补、演出管理、时尚品位、宗教及政治意识形态以及出版审查等等"(ix)。他们认为，A文本所依据的手稿是"作者的草稿"，还认为原作有合写的迹象，这在剧本换场处排字工的异动上看得出来：两位作者各自完成的部分分别写在不同序列的单子上，因此排版很难准确收尾。他们认为A文本更像是马洛（与喜剧合作者）所写的剧本，而B文本则包含了该剧本的后续修订和增补。但是，他们不是简单地认为A文本比B文本好，而是认为两个版本都值得一读，而且两个版本都应该读一读，因为"B文本生动地向我们展示了这样一部伊丽莎白时代的杰出悲剧是如何在马洛逝世后几十年里的剧场中演变的"(xvi)。

他们并不像格雷戈在其平行文本版的前言中那样,对这两个文本轻易地做出好坏之分。贝文顿和拉斯穆森向我们展示了两个独立的、都分为五幕的文本(1621 行的 A 文本和 2120 行的 B 文本)。因此,他们给我们提供一个通过关注神学和舞台艺术的差异而不是文本问题来比较研究《浮士德博士》的两个文本的宝贵机会。

这种处理可谓是一场文本"革命",比 20 世纪中叶格雷戈的义本"革命"更彻底,因为《浮士德博士》双文本的呈现迎合了后现代对多样性的要求。这样的做法受到后结构主义理论中关于文本性的新思潮的影响,也是文艺复兴作品编辑,特别是莎士比亚戏剧编辑实践中的新潮做法,不对各种文本做出优劣的评价,而是将平行文本呈现在读者面前,让他们得出自己的体认,提供了解读剧本的多种可能性。比如,关于最有争议的莎士比亚《李尔王》的版本问题,学界的争论一向纠结于 1608 年的第一四开本和 1623 年的对开本这两个版本的相对权威性问题,自然也有人用混编本的办法,但这只能是一种权宜之计,因为想一劳永逸地解决版本问题是不可能的事情。斯蒂芬·格林布拉特总主编的诺顿版《莎士比亚全集》中将该剧的多个版本呈现给读者,除了对位编排 1608 年和 1623 年的两个底本,让读者看到两个本子各自在什么地方比对方多了内容、什么地方少了内容,还提供了两个本子的汇编本,将四开本比对开本多出的近 300 行台词、对开本比四开本多出的近 100 行台词以及多处其他细节差异尽数收入。

同样,贝文顿和拉斯穆森编的《浮士德博士》对两个剧本做了一视同仁的处理,公平对待历史文本的相对权威性,同时回避了著作权问题。这两个"剧本"是否都出自马洛之手? 伯德、罗利以及其他参与过创作或是修订的人员对作品是否都有一定名分? 这些是无法从根本上回答的问题,除非能与逝者的灵魂对话。然而,我们可以肯定的是,从唯一的文本到两个文本甚至多个平行版本,读者有更多的机会欣赏作品的不同形态,对不同样貌的本子有更多的了解,同时也能从学界关于版本和著作权问题的争议中获得启发。总而言之,《浮士德博士》的文本研究值得进一步讨论和探索。燕卜荪提出的文本审查制度的问题有待挖掘史料进行深入研究。这样的研究可能在一定程度上有助于解决文本问题,或者至少带来有关文艺复兴时期文学文本问题的新发现。

参考文献

[1] Bevington, David & Eric Rasmussen, eds. *Doctor Faustus A- and B- Texts* (1604, 1616). Manchester and New York: Manchester University Press, 1993.

[2] Bowers, Fredson. "Marlowe's Dr. Faustus: The 1602 additions." *Studies in Bibliography* 26 (1973): 1 - 18.

［3］Bowers，Fredson. *The Complete Works of Christopher Marlowe*，London：Cambridge University Press，1973.

［4］Brooke，C. F. Tucker. *The Works of Christopher Marlowe*. London：Oxford University Press，1910.

［5］Empson，William. *Faustus and the Censor：The English Faust-Book and Marlowe's Doctor Faustus*. Ed. and intro. by John Henry Jones. New York：Basil Blackwell，1987.

［6］Eriksen，Roy T. "The Misplaced Clownage-Scene in the Tragedie of Doctor Faustus（1616）and Its Implications for the Play's Total Structure," *ES* 62 (1981)：249 - 58.

［7］Eriksen，Roy T. *"The Forme of Faustus Fortunes"：A Study of The Tragedie of Doctor Faustus（1616）*. New Jersey：Humanities Press International，1987：233.

［8］Gill，Roma，ed. *Doctor Faustus*. New York：Hill & Wang，1965：xxviii + 100.

［9］Gill，Roma，ed. *The Complete Works of Christopher Marlowe*. Oxford：Oxford University Press. 1990.

［10］Greg，W. W.，ed. *Marlowe's Doctor Faustus 1604—1616：Parallel Texts*. Oxford：Clarendon Press，1950：xiv + 408.

［11］Greenblatt and others，eds. *The Norton Shakespeare Based on the Oxford Edition*. New York，Norton，1997.

［12］Hope，A. D. *The Tragical History of Doctor Faustus*. Canberra：Australian National UP，1982.

［13］Jump，John D.，ed. *The Tragical History of the Life and Death of Doctor Faustus*. London：Methuen，1962.

［14］Keefer，Michael. "Verbal Magic and the Problem of the A and B Texts of Doctor Faustus," *Journal of English and Germanic Philology* 82（1983）：324 - 346.

［15］Keefer，Michael. "History and the Canon：The Case of Doctor Faustus." *University of Toronto Quarterly* 56（1987）：498 - 522.

［16］Keefer，Michael. *Christopher Marlowe's Doctor Faustus：A 1604-Version*. Peterborough，Ont.：Broadview，1991.

［17］Kuriyama，Constance Brown. "Dr. Greg and Doctor Faustus：The Supposed

Originality of the 1616 Text." *English Literary Renaissance* 5 (1975)：171 - 97.

［18］Marcus，Leah S. "Textual Indeterminacy and Ideological Difference：The Case of Doctor Faustus." *Renaissance Drama* 20 (1989)：1 - 29.

［19］Ormerod，David and Christopher Wortham，eds. *Dr*. *Faustus*：*The A Text*. Nedlands：University of Western Australia Press，1985.

［20］ Von Rosador，Kurt Tetzel. "Doctor Faustus：1604 and 1616." *Anglia* 90 (1972)：470 - 93.

［21］Warren，Michael J. "Doctor Faustus：The Old Man and the Test," *English Literary Renaissance* 11 (1981)：111 - 47.

【作者简介】杨林贵,吉林松原人,东华大学教授,得克萨斯农工大学文学博士,中国外国文学学会莎士比亚研究会副会长,主要从事英语文学文化、莎士比亚、翻译研究。

刘自中,辽宁沈阳人,上海立信会计金融学院副教授,吉林大学比较文学与世界文学硕士,主要从事外国语言文学、应用语言学研究。

第三编

莎剧舞台与影视研究

后现代的中国莎剧电影批评：
以《夜宴》和《喜马拉雅王子》为例

徐　嘉

【摘　要】　进入 21 世纪，中国的莎剧电影批评在后现代理论的冲击下，呈现出全新的特征。电影改编不再"忠于原著"，而是试图与莎士比亚文学研究和莎士比亚戏剧研究分庭抗礼；2006 年的两部莎剧电影《夜宴》和《喜马拉雅王子》被理解为"文化商品"，电影研究拓展至"电影工业"范畴。

【关键词】　莎剧电影批评；《夜宴》；《喜马拉雅王子》；文化商品

Post-modern Chinese Shakespeare Film Criticism:
Taking *Banquet* and *Prince of the Himalayas* as Examples

Xu　Jia

【Abstract】　In the 21st century, China's Shakespearean film criticism has taken on new features under the impact of post-modern theories. Shakespeare film adaptation is no longer "loyal to the original", but competes with Shakespeare's literary research and Shakespeare's theatrical research; Shakespearean films such as *Banquet* (2006) and *Prince of the Himalayas* (2006) are understood as "cultural commodities", and film studies extends to film industry studies.

【Key Words】　Shakespearean film criticism; *Banquet*; *Prince of the Himalayas*; cultural commodities

一、引言

彼得·布鲁克曾经感慨："问题完全不在于莎士比亚原来的意图是什么,因为他写下来的东西不仅包含有比他原来的意图更为丰富的意义,而且随着原词数百年的不息流传,这些含义还以一种神秘方式不断有所变异。"[①]进入 21 世纪,莎士比亚电影研究继续活跃,在现代和后现代理论的冲击下,呈现出全新的特征,电影改编不再"忠于原著",而是试图与莎士比亚文学研究和莎士比亚戏剧研究分庭抗礼。莎剧就像是布鲁克所说的那颗"不停转动的人造卫星",而 21 世纪的我国莎剧电影研究在对莎剧的观照中洞见自身,做出了属于中国、也属于时代的理解。

二、后现代思潮下的莎剧电影批评

21 世纪以来,视觉与图像不断挤占人们的生活空间,莎士比亚的影视研究成为莎士比亚批评的重要研究主题。同时,20 世纪八九十年代"戏剧理论作为电影评论的标尺"[②]的现象有所缓解,电影理论有所发展。在打破"文学式电影观念"和"戏剧式电影观念"的变革中,后现代理论脱颖而出。早期电影批评注重的莎剧的人文精神、电影与原著的改编关系被电影的现代和后现代意义代替,后现代主义的碎片化、拼贴式表达方式、戏仿、快感、消费等一时间成为电影批评的常见术语。与此同时,商业和资本也成为重要的考察对象,对电影工业的讨论也日益增多,文化资本化与资本文化化的趋势不可阻挡,莎剧电影需要在传承与颠覆、艺术与商业之间取得平衡。这一点,也与国外艺术学的发展趋势相同,"无论是电影研究还是在音乐学、戏剧、舞蹈研究中,都对传统研究模式提出了挑战,不但突破原有研究主体,而且以激进的方式打破了原来艺术中的美学思考和等级制度,将其作为研究社会文化的生动材料"[③]。

我国电影批评开始关注自身主体性建构,大致是从 21 世初期开始的。但从世界范围来讲,这场电影批评独立化的运动自 20 世纪 80 年代就已经开始了。80 年代以前,戏剧批评占据了电影批评的主导地位,莎剧电影改编作品的一大评价标准就是是否"忠于

---

①　罗吉·曼威尔:《彼得·布洛克的影片〈李尔王〉》,伍蔺卿译,《电影艺术译丛》1979 年第 1 期,第 73 页。

②　远婴:《现代性文化批评和中国电影理论——八九十年代电影理论发展主潮》,《电影艺术》1999 年第 1 期,第 17 页。

③　曹意强、高世名、孙善春等:《国外艺术学科发展近况(2008—2009)》,《南京艺术学院学报(美术与设计版)》2010 年第 2 期,第 1 页。

原著"。80 年代后,电影批评开始了"去戏剧化"的运动,不仅这一时期的莎剧改编影片在情节内容和表现形式等多方面都与莎剧原著存在较大差异,而且电影批评还开发了一系列纷繁芜杂的术语,如蒙太奇、快速剪辑、电影特效等,这些术语不仅深化了电影批评词汇,而且反过来影响了文学和戏剧批评。

大部分研究者认为,"后现代莎士比亚电影"替代了莎士比亚本人的创作,让莎士比亚成为大众娱乐消遣品,消解了莎作原有的文化深度,使经典名著沦为了低俗的商业战略工具,背离了普及经典文化的初衷,其本质是一种"莎士比亚的当代化、大众化"和"艺术的庸俗化"。① 从更广泛的意义上讲,"名著改编"现象本身就是一种后现代的文化现象,它呈现出了"后现代性中形象取代语言的问题"②,其本质是对经济利益的追逐。

从某种程度上讲,在莎士比亚文学研究领域,我国研究者所受到的后现代思潮的影响,并没有当代作家作品研究领域那么大——新世纪的莎士比亚文本研究仍然非常强调细读,传统的文本分析仍是莎士比亚研究的最重要技能。相比之下,在 21 世纪的莎剧电影批评领域,我们却相当明显地看到了后现代思潮的影响。这可能是因为在文学研究领域,莎士比亚本就属于经典作家,传统批评方法占优;但是在电影研究领域,"电影必须重视原著"的观念根深蒂固,这就引起了电影研究者借助后现代的"去中心化""异质性"理论,谋求与莎士比亚文学批评平起平坐的地位,为莎士比亚影视研究的主体性背书。

20 世纪末,远婴曾提出中国电影理论存在的种种问题,并忧心地表示,中国电影的未来不容乐观:

> 在电影批评中,不论是本体论,抑或文化说,都不过是外国理论的大陆版:我们从中获得了灵感和视野,但却没有由此派生出中国的电影理论模式⋯⋯事实上,此刻我们正处于一个连接过去和未来的过渡性历史时段。比之西方,中国电影确有自己独特的编码和解码方式,问题是我们在策略性、权宜性地借用西方理论之后,如何找到自己的阐释语言并在世界电影理论格局中承担独

---

① 孟智慧、车文文:《消费文化语境下莎士比亚戏剧的电影改编——"度"与"量"的权衡》,《长城》2012 年第 12 期,第 181 - 182 页;沈自爽、许克琪:《莎士比亚作品的后现代电影改编——以〈哈姆雷特 2000 版〉为例》,《南京工程学院学报(社会科学版)》2012 年第 1 期,第 26 - 29 页;仰文昕:《后现代镜像中的莎士比亚——以 1996 年版电影〈罗密欧与朱丽叶〉为例》,《四川戏剧》2017 年第 11 期,第 114 - 116 页。

② 吴辉:《改编:文化产业的一种策略——以莎士比亚电影为例》,《现代传播(中国传媒大学学报)》2007 年第 2 期,第 24 页。

　　立的话语角色?①

　　虽然上述评论是在 20 多年前做出的,但遗憾的是,即便在如今,它同样适用。进入
21 世纪,中国电影理论批评虽然有了一定发展,但真正有创造性、有突破性的、有影响力
的成果却屈指可数。中国电影批评需要丰富电影批评语言,与国际电影研究理论接轨,
同时也要对抗西方话语中心体系对"东方奇观"的想象,在尊重电影发展自身规律的基
础上,建立一套中国电影话语批评理论。

三、作为一种文化商品的莎剧电影

　　进入 21 世纪,民国时期的莎剧电影《一剪梅》《女律师》等得到了研究者的关注。李
伟民等讨论了《一剪梅》跨文化改编的策略、互文性与戏仿的特点。② 张英进等分析了
《一剪梅》的人物塑造、场景调度和双语字幕,揭示出跨文化的生产和接受中的民族现代
性问题,以及近年来学术研究中文化转向与改编研究中的社会学转向所强调的主体
位置。③

　　而在世界电影产业跨国、跨文化、跨文本的电影改编浪潮中,2006 年上映的两部由
《哈姆雷特》改编的电影——冯小刚导演的古装电影《夜宴》和胡雪桦导演的藏语电影
《喜马拉雅王子》——为国内的莎剧电影批评提供了重要材料,新世纪的莎剧电影研究
也主要是围绕这两部电影展开的。④ 从电影属性来讲,两部电影都是对《哈姆雷特》的东
方式、本土化改编,但因为《夜宴》强烈的商业电影气质,电影界、戏剧界和莎士比亚研究
基本是一边倒的反感、指责乃至嘲弄;《喜马拉雅王子》虽然票房惨淡,但其创新理念却
得到了部分研究者的赞同和大部分研究者的鼓励,该剧被提名 2007 年金球奖,并且获
得了摩洛哥电影节最佳导演奖等荣誉。

---

　　① 　远婴:《现代性文化批评和中国电影理论——八九十年代电影理论发展主潮》,《电影艺术》1999 年第 1 期,
第 22 页。

　　② 　李伟民:《〈一剪梅〉:莎士比亚〈维洛那二绅士〉改编的中国化》,《外国文学研究》2012 年第 1 期,第 134 - 142
页;李磊:《意识形态操控与莎士比亚电影改编——论〈一剪梅〉对〈维洛那二绅士〉的改编》,《电影文学》2011 年第 15
期,76 - 77 页;齐仙姑:《互文性的时代镜片:对〈一剪梅〉的再解读》,《北京电影学院学报》2014 年第 5 期,第 54 - 61
页;包燕、吕濛:《重审中国早期电影的跨文化归化改编——以〈一剪梅〉为症候文本》,《艺苑》2020 年第 1 期,第 24 -
29 页。

　　③ 　张英进、秦立彦:《改编和翻译中的双重转向与跨学科实践:从莎士比亚戏剧到早期中国电影》,《文艺研究》
2008 年第 6 期,第 30 - 42 页。

　　④ 　这一关注也延续到默片时代中国电影人根据《威尼斯商人》和《维洛二绅士》改编拍摄的《女律师》(1927)和
《一剪梅》(1931)。

21世纪初期中国电影人对莎剧电影的偏爱，一方面可能源于中国电影的"申奥（斯卡）"情结。美国学者林达·赛格（Linda Seger）统计，"大约85%的奥斯卡最佳影片都是改编作品；大约45%的电视和电影片是改编作品；大约70%的艾美奖获奖电视片又来自改编电影"[①]。换言之，莎剧电影更容易获得评委的青睐，获奖概率更高。另一方面，这也是出于商业票房的刺激。2008年，《世界电影》刊载了朱影的《全球化的华语电影与好莱坞大片》，作者指出："受到《泰坦尼克号》（1997，至今中国票房最高的影片）票房的刺激以及《卧虎藏龙》（2001，美国票房最高的外语片）的鼓励，中国电影业开始做一些尝试，增加特技以及制作和发行的投资，试图模仿好莱坞式大片的炒作方式。"[②]

更进一步讲，"申奥"和"票房"实际上是21世纪初期莎剧电影热的一体两面。莎剧电影热不只是出于"中国电影界对好莱坞和奥斯卡的迷恋"，也是中国的电影工业利用了"中国人对好莱坞与奥斯卡的迷恋"而进行的主动选择。正如吴辉所说：

> 把拍好的电影先拿到某个有影响的国际电影节上参赛或参展，借此大造舆论引起社会的关注。然后，在各大城市同时展映造成一定的宣传规模和气势，引起预设的轰动效应，一旦影片被审查机构提出质疑或某演员有花边新闻，就更能吸引观众的好奇心。于是，专家出面点评，媒体争先报道，随后大量音像制品接踵上市。结果，不难想象的是大笔钞票的"回收"。[③]

大部分学者对《夜宴》的看法非常消极，认为该剧只是照搬了《哈姆雷特》的主要人物和情节，但完全背离原著初衷，是一部"貌合神离"的莎剧电影——正如倪震的直白评价，"《夜宴》和哈姆雷特没有什么关系"[④]。《夜宴》打着莎士比亚的旗号，企图实现票房与获奖的双赢，但结果却是既不叫好、也不叫座——国内观众认为这部戏是拍给老外看的；国外观众却认为这些电影没有抓住莎士比亚的内核，只是一些华丽画面和东方符号的堆积，于是《夜宴》与陈凯歌的《无极》、张艺谋的《满城尽带黄金甲》一起，被当作了中国大片盲目跃进的产物。[⑤] 还有学者提出，《夜宴》将《哈姆雷特》"创造性地"改成了《麦克白》——冯小刚将《哈姆雷特》改编成了一部讲述人的权力欲望和野心的宫廷斗争戏，

①　吴辉：《说不尽的莎士比亚——评BBC的莎剧改编及启示》，《现代传播》2009年第3期，第76页。

②　朱影：《全球化的华语电影与好莱坞大片》，《世界电影》2008年第3期，第49页。

③　吴辉：《改编：文化产业的一种策略——以莎士比亚电影为例》，《现代传播（中国传媒大学学报）》2007年第2期，第26页。

④　胡雪桦、倪震、胡克、杨远婴、刘华：《喜玛拉雅王子》，《当代电影》2006年第6期，第78页。

⑤　何玉新：《怎样以当代视角解读莎士比亚？》，《天津日报》2016年6月29日，第017版。

但是,即使是野心和欲望这一主题,《夜宴》的挖掘也远比不上莎翁的另一名剧《麦克白》,丧失了莎剧的悲剧性、深度和发人深省的力量。再者,这部影片虽然以婉后为主角,架空了太子的主角位置,但并非女性主义的观点,也未对原著中格鲁乔亚王后的内心世界有任何细腻呈现,而是让婉后成了另一个麦克白夫人。① 此外,还有学者质疑《夜宴》的精神内核:"冯小刚的《夜宴》将更多的焦点放在对色情、暴力的宣泄和权力意象的渲染上,影评以女性视角讲述这个关于爱、权力、欲望的故事,但婉后并不是赢家,她的倒下没有结束仇恨的环环相报。也正因为缺少人类关于斗争、仇恨的思考,内心矛盾与挣扎的探索,《夜宴》归于改编的失败。"②

必须指出的是,《夜宴》的失败不仅是导演创作理念的问题,还与电影拍摄和发行过程中对商业利益的妥协密切有关。由于饰演婉后的章子怡的票房号召力和国际知名度更高,为了赢得海外市场,《夜宴》即以"章子怡主演的东方版《哈姆莱特》"③为标签展开营销。在日本,《夜宴》更名为《女帝》;在美国发行的 DVD 版中,《夜宴》更名为《黑蝎子传奇》——黑蝎子就是指婉后。杨林贵评论道:"在后现代时期,为了遵循市场规则,现代主义的美学关注让位给了影星的脸价值。演员是穿着和服还是汉服表演,以及故事发生在哪朝哪代哪种文化下,都已不重要了。最重要的是明星的形象效应。"④不仅如此,"《夜宴》的制片人为这部大制作的影片配备了一切有助于提升票房的配备:全明星的演员阵容、通俗易识别的文化符号、历史题材影片光鲜的过往意象、颇具艺术特色的武打场面,将这些组合在一起,雄心勃勃地转战世界各国"⑤。冯小刚创造出来的"中国新古典美学",剧中满满的中国符号也是如此。对《哈姆雷特》的"改编"不过是一个姿态、一种宣传策略,明星阵容及其背后的资本才是关键。

至于胡雪桦的《喜马拉雅王子》,大部分研究者和学术期刊仍倾向于视之为一部"文艺电影"——比起冯小刚版《夜宴》采用的种种商业营销手段,胡雪桦虽然也出于票房考虑,起用了年轻英俊的选秀明星蒲巴甲来吸引年轻观众,但这种妥协情有可原,且并未伤及剧本的根基——选秀出身的男主角蒲巴甲是藏族演员,其形象气质与电影中的藏族王子较为贴近。有学者讨论了《喜马拉雅王子》主题的转变和"文化移植"引发的改编

---

① 参见刘娅敏:《莎士比亚戏剧的电影诠释——浅析〈夜宴〉对〈哈姆雷特〉的改编》,《湖北经济学院学报(人文社会科学版)》2009 年第 5 期,第 108 - 109 页。

② 孟智慧、车文文:《消费文化语境下莎士比亚戏剧的电影改编——"度"与"量"的权衡》,《长城》2012 年第 12 期,第 181 页。

③ 杨林贵:《流行影院中的莎士比亚——以中国〈哈姆莱特〉衍生影片为例》,《戏剧艺术》2012 年第 5 期,第 47 页。

④ 同上,第 46 页。

⑤ 同上,第 47 页。

问题,认为这部莎剧电影"融合了高雅文化与低俗文化,拍了传统电影的肤浅和现代电影的晦涩,力求做到雅俗共赏"①。也有学者认为,"《喜马拉雅王子》的改编实践也体现了改编者对当代中国文化的理解——在物欲横流、信仰缺失的当下,他们呼唤一个充满爱的世界的到来……爱应该成为人与人之间关系的基础,成为人类一切行为的最根本的动机"②。电影上映的同年 10 月,胡雪桦接受了《当代电影》的邀请,与电影学院和传媒大学的研究者对谈,进一步阐述电影理念——一部"莎士比亚的,又是藏族的,同时又有胡雪桦的烙印"③的电影。胡雪桦肯定了以"西藏"为背景的话题感和商业意识,但也表示这是出于自己对现代生活种种问题的反思,即"人类太需要'爱'需要'宽容'了"④,并提及在拍摄《喜马拉雅王子》时,曾反复观看了黑泽明的《乱》。⑤ 此外,胡雪桦提及了拍摄过程中遇到的资金问题,更是抛出了对新世纪中国电影走向的思考:"现在有一个大的倾向,即中国电影产业化、商业化,要走向世界,但有多少人更关心电影本体的呢?有多少人关心创作者本身的素养?"⑥

　　吴辉认为,《夜宴》和《喜马拉雅王子》是"中国电影国际化的范例",因为要获取高额的经济效益,所以才有了上千万(美元)的大投资和大制作。"为了吸引国内外的观众,影片运用高科技打造出诗意的自然景观,展现出丰富的文化元素和奇异的神秘事物以及利用怀旧或对民俗的猎奇来迎合主流观众的审美趣味。"⑦杨林贵则更进一步,创造性地提出"忠于原著不再是需要考量的要素",在后现代的语境下讨论莎士比亚戏剧的改编,更重要的是要考虑到,"作为独立的艺术品,这两部影片利用了莎士比亚的文化资本,通过大众媒体展现了对莎士比亚和地域文化的诠释,并因此与莎翁展开了关于过去和当代生活的跨文化对话。"⑧在对《夜宴》的一片质疑声中,杨林贵还探讨了冯小刚的"中国新古典美学"和《夜宴》的电影营销策略,对《夜宴》表示了理解和支持。杨林贵认为,《夜宴》利用了莎士比亚的文化资本和明星效应,虽然没能获得突出的专业认可,并被批评为冒用莎士比亚之名,但是获得了丰富的资本回报,尤其是在国外市场上获得了不错的经济利益,因而这种商业营销是值得理解和欢迎的,其本质是把莎士比亚作为

　　① 陈建华:《复仇还是宽容,这是一个问题——〈喜玛拉雅王子〉对〈哈姆雷特〉的互文与颠覆》,《黑龙江史志》2009 年第 20 期,第 82 页。

　　② 乔雪瑛:《从莎翁经典到视听盛宴:〈喜玛拉雅王子〉中的文化碰撞》,《四川戏剧》2019 年第 12 期,第 134 页。

　　③ 胡雪桦、倪震、胡克、杨远婴等:《喜玛拉雅王子》,《当代电影》2006 年第 6 期,第 78 页。

　　④ 同上,第 76 页。

　　⑤ 参见胡雪桦、倪震、胡克、杨远婴等:《喜玛拉雅王子》,《当代电影》2006 年第 6 期,第 79 页。

　　⑥ 同上,第 80 页。

　　⑦ 吴辉:《三个王子,两位绅士,一段恋情:中国银幕上的莎士比亚》,《传媒与教育》2012 年第 1 期,第 67 页。

　　⑧ 杨林贵:《流行影院中的莎士比亚——以中国〈哈姆莱特〉衍生影片为例》,《戏剧艺术》2012 年第 5 期,第 42 页。

"文化资本"与流行文化的兼容。① 而胡雪桦的《喜马拉雅王子》反其道而行之，片名《喜马拉雅王子》呼应了哈姆雷特王子，片尾字幕明确标注"改编自威廉·莎士比亚的《哈姆雷特》"，更在首映式不久将影片搬上话剧舞台，打破了剧场与影院之间的界限，消解了以莎士比亚为代表的"高雅文化"与由选秀明星和追星族构成的"演艺界"②的界限。从某种程度上讲，研究者对 2006 年这两部中国莎剧电影的文化资本、明星效应、大众传媒、票房和投资的种种思考，超越了对影片是否忠于原著、改编是否有艺术性的讨论，将莎剧电影研究拓展到了"电影工业"范畴，可称为"对莎士比亚改编电影的文化研究"。

有学者曾引用斯塔姆对传统电影改编研究的不满，质疑电影改编是否应当"忠实"原著，试图为"名著改编电影"正名：

> 批评电影改编小说的措辞常常是极端道德化的，充满了不忠、背叛、歪曲、玷污、庸俗化、亵渎等词语，每个指控都携带着具体的愤愤不平的负面能量。"不忠"跟维多利亚时代的道貌岸然产生了共鸣，"背叛"使人想起道德谎言，"歪曲"体现着审美上的厌恶，"玷污"让人想起性暴力，"庸俗化"暗示着阶级上的堕落，"亵渎"则表示对"神圣文字"的宗教侵犯。③

在后现代语境中，电影改编和原著具有互文性，并不存在电影改编就低人一等、原著就是绝对权威的等级区分。电影是一种创造性的工作，导演的创意和智慧应当得到足够尊重。从这个意义上讲，银幕上的莎士比亚不是"莎士比亚文学"和"莎士比亚戏剧"的影视化，而对莎剧电影忠实性的质疑只是一种"本质主义"的偏见。

但是，名著改编电影也的确"更容易唤起观众个体从文学中获得的记忆和体验，换言之，这种特别的记忆和体验就是那个文学文本的'鬼魂'和'秘密'"④。在后现代的电影改编理念中，"艺术不再是个体天才的创造，而是靠市场趋势、批量生产、量身定做与不断重复而产生，结果是为了最终的消费"⑤。——这里的"艺术"不仅指电影制作，也不

---

①　参见杨林贵：《忠实性与创新性——当代莎士比亚演出和改编批评的转向》，《戏剧艺术》2016 年第 5 期，第 33 页。

②　从上下文看，这里的"演艺界"特指演艺界的年轻明星，类似于现在所说的"选秀明星"等。

③　James Naremore（ed.），*Film Adaptation*，New Brunswick，N J：Rutgers University Press，2000，54. 转引自张英进、秦立彦：《改编和翻译中的双重转向与跨学科实践：从莎士比亚戏剧到早期中国电影》，《文艺研究》2008 年第 6 期，第 33 页。

④　吴辉：《改编：文化产业的一种策略——以莎士比亚电影为例》，《现代传播（中国传媒大学学报）》2007 年第 2 期，第 26 页。

⑤　同上，第 27 页。

只是莎剧改编,而是整个电影行业在资本运作下所产生的变化。"莎士比亚在后现代生活里的魅力所在就是商品市场上的价值",而《夜宴》和《喜马拉雅王子》的创作和上映"也是中国为全球化娱乐市场做出的应有贡献"①。——如果这是事实,那么这也是相当让人无奈的现实。当观众面对铺天盖地的宣传、男女主角的花边新闻、热搜和头条,只能叹息一声"唉,资本!"时,艺术便成了一场白日梦,而莎士比亚作为一个经典文化符号,也顺理成章地接入到消费者的欲望里,沦为资本的工具。21世纪的莎士比亚电影研究,也从对电影艺术和导演理念的讨论,演变成了对"作为一种文化现象的莎剧电影"的讨论。这种讨论本身就是消费主义的胜利和艺术的失格。

四、结语

20世纪90年代以来,随着科技的进步和全球化的加深,视觉文化不断挤占人们的生活空间,文学经典被改编、翻拍成各种电影和电视剧,中国人与文学的关系也发生了微妙的变化,而打着"莎士比亚"旗号的各种商业电影和商业炒作说明了这一点——写作正在退化,传统的文学批评正在退化。进入21世纪,人们的娱乐热情高涨,后现代思潮在资本力量和科技进步的加持下入侵了人们的精神生活,使得文学和艺术成了一种"奇观"。20世纪80年代我国戏剧和电影研究者对民族文化、主体性的深沉反思,被对形式美的极致追求代替,导致这一时期的影片的确画面美不胜收,但在思想上却脱离了宏大叙事,日渐萎靡贫乏。《夜宴》和《喜马拉雅王子》成了一种文化现象,评论者不仅关注电影改编的忠实性和艺术性,而且将电影视作"电影工业",宏观地考察电影背后的资本力量及其对莎剧电影改编方式和传播模式的影响,呈现出学术话语和公共话语的分歧与合流。

随着网络科技和大众传媒的不断发展,严肃文学和通俗文学的界限逐渐模糊,阅读逐渐成为一种消遣,经典作品的阅读也逐渐浅表化;同时,电视渐渐失去大众文化和流行文化头号传播媒介的地位,短视频等以强视觉、快节奏的信息传递模式满足着观众的感官刺激;此外,商业炒作更加剧烈地挤占和消解艺术创作空间,不断制造"奇观"。"今天人们从屏幕和银幕上'看'的文学,远远多于他们从书本上'读'的文学……在这样一个大众传媒文化中,作家、艺术家的知名度,往往是由其在电视屏幕和报纸上的复现率来决定的。"②这些改变随着时间的推移更加明显而深刻,它们又会对莎士比亚电影和电

---

① 吴辉:《三个王子,两位绅士,一段恋情:中国银幕上的莎士比亚》,《传媒与教育》2012年第1期,第68页。
② 李杰:《比较文学中的大众传媒研究》,《中外文化与文论》2001年第1期,第270页。

视改编有何影响？ 在此一并提出,留待未来讨论。

【作者简介】徐嘉,女,安徽合肥人,北京大学博士,北京理工大学外国语学院教授,主要从事莎士比亚戏剧、早期现代英国文学研究。

复得感：喜剧理论一种

哈罗德·H. 瓦茨　著　鲁跃峰　译　于传勤　校

【摘　要】　使用比较文学、观众心理学、新历史主义、经典阐释学等方法，在对悲剧、喜剧演出及研究历史做了详尽的考证之后，提出了西方喜剧研究中一个至关重要的概念：复得感①。这种感觉可以维护个体生命安全感。罗伯特·W. 柯里根那篇影响极大的喜剧美学经典论文《生活的喜剧观》主要根据本文的论点而成。其论述原理是：在某些至关紧要的时刻，我们思想深处会对这个世界进行深沉的悲剧性思考，导致个体生命挺身反抗命运的不公而走向自我毁灭，从而失去这个世界和自己对于生命的安全感。而喜剧性思维则会中断这种思考，将我们拉回正常的日常生活，找回自己的生命的安全感，得以重生，并开始正常的生活。② 亚里士多德对悲剧做了系统讨论，而其对喜剧系统评论的缺失则导致了喜剧作家的谦逊；深刻的悲剧可以超越时代；喜剧只能限于当代大众生活，所以不得不谦逊；深刻的悲剧之自居过程衬托下的肤浅的喜剧之复得感功能的两个来源之一，辨认与部分认可的快感，部分应用有限尺度的人类真理的快感；在严肃深刻的悲剧中被毁灭的自我又在轻松平凡的喜剧中得以

---

① sense of regain：复得感。行文中根据上下文语境，有时还需要翻译成下列意思：复活感、重获感、回归感、恢复感、更新感，或者平衡感。这个概念在西方喜剧美学理论中极为重要，被认为是所有种类的喜剧的根本特征。大意是说，"世间万物，其理想都是抒情诗的，其命运都是悲剧的，其存在都是喜剧的"。就是说，如果我们私下里对这个世界进行深沉的悲剧性思考，会导致个体生命挺身反抗命运的不公而导致自我毁灭，从而失去这个世界和自己的生命安全感。而喜剧场景则会中断这种思考，将我们拉回日常生活的层面，从而使我们重新回到这个世界，找回自己的生命的安全感，得以重生，再次开始正常的生活，所以叫复得感。详见《文艺理论研究》1991 年第 6 期《生活的喜剧观》，于传勤译，是罗伯特·W. 柯里根（Robert W. Corrigan）为他所编的《喜剧：意义与形式》（*Comedy：Meaning and Form*）一书所写的导言的第二部分。此类注释为译注。下同。

② Harold H. Watts，"The Sense of Regain：A Theory of Comedy，" University of Kansas City Review，Vol xiii No.1（Autumn 1946）pp.19‒23. 哈罗德·H. 瓦茨，《复得感：喜剧理论一种》，《堪萨斯城市大学评论》第13卷第1期（1946年秋），第 19‒23 页。后被收录于罗伯特·W. 柯里根（Robert W. Corrigan）编辑的《喜剧：意义与形式》（*Comedy：Meaning and Form*）（115‒119 页）。此文观点极为重要，译注①中提到的柯里根那篇影响极大的喜剧美学重磅经典论文《生活的喜剧观》主要即根据本文的论点而成。此类注释为原注。下同。

复活。

【关键词】　复得感;辨认;部分认可;自居过程;深刻永恒的悲剧人生观;平凡流行的喜剧人生观

The Sense of Regain: A Theory of Comedy

Harold H. Watts

【Abstract】　Using the methods of comparative literature, audience psychology, new historicism, classical hermeneutics and so on, based on a detailed research on the performance and research history of tragedy and comedy, this paper puts forward a crucial concept in the study of western comedy: the Sense of Regain. This feeling can maintain the security of individual life. Robert W. Corrigan's influential classic thesis on comedy aesthetics, "The Comic View of Life", is mainly based on this thesis. Its working principle is like this: at certain critical moments, deep in our minds, we will have deep tragic thoughts about the world, causing the individual to stand up against the injustice of fate and go to self-destruction, thus losing the world and our own sense of security of life. The comic point of life will interrupt this kind of thinking, pull us back to normal daily life, find us the security of our own life, cause us to be reborn, and start a normal life again. It is also found in this paper that: Firstly, Aristotle systematically discussed tragedy, but his lack of systematic commentary on comedy led to the modesty of comedy writers. Secondly, profound tragedy can transcend time; Comedy can only be limited to contemporary popular life, so it has to be humble. Thirdly, one of the two sources of recovery function of superficial comedy under the background of the identification by the profound tragedy is the pleasure of recognition and partial recognition. Fourth, the second of two sources: The pleasure of partially applying a finite scale of human truth. Fifth, the self destroyed in serious and profound tragedy is revived in light and ordinary comedy.

【Key Words】 the Sense of Regain；Recognition；Partial recognition；Identification；Deep, eternal Tragic View of Life；Common popular Comic View of Life

一、喜剧作家的谦逊与亚里士多德对悲剧的认知①

亚里士多德沉默了。② 所以，有关喜剧本质的讨论就缺少了一个亚里士多德的顶峰存在，那种控制着探索悲剧本质所有的旅程中的制高点。③ 我们对于悲剧的所有讨论，因为有了亚里士多德这个神圣的制高点，其不足就可以通过我们与这座圣山的差距衡量出来；然而，对喜剧就不可能进行这种衡量了。开始追溯喜剧的心理效应的努力——我们不妨坦白承认——主要是我们这个时代的产物。当一个人写关于喜剧的文章时——事实上，当一个人创作喜剧时，他应该知道自己只能触碰或评估当代人对滑稽可笑的事物的敏感性。至少，喜剧作家并没有胆大妄为，去梦想着自己能够写出伟大的作品。写特里斯坦和伊索尔德④相互带来痛苦的故事叙述者可能会夸口说，他们的悲伤将

---

① 全文中的五个小标题皆为译者添加，以使全文概念、结构更加清晰。

② 亚里士多德《诗学》的大部分篇章都集中在对悲剧与史诗的讨论中。对于喜剧，他只是在第五章说了这么几句："喜剧，正如我们说过的，是对于比一般人较差的人物的模仿。所谓较差，并非指一般意义的'坏'，而是指具有丑的一种形式，即可笑性。可笑的东西是一种对旁人无伤、不至引起痛感的丑陋或乖讹。例如喜剧面具虽是又怪又丑，但不至引起痛感。"其他地方对于喜剧基本都是一带而过。

③ 此句指亚里士多德对悲剧所做的那个众所周知的定义。亚里士多德的这段话原文是希腊语，有很多的英文翻译版本，也有许多汉语翻译版本。每个版本都有自己的长处，当然也会有自己的不足和失误。鉴于目前的汉语版本均有遗憾，所以，现根据网上各家英文与汉语版本，综合起来，重新翻译出一个准确的定义，关键词汇都以黑色斜体标出，请大家多多指正："悲剧是对一个严肃而完整且有一定庞大气势的故事的摹仿，在其不同场景中分别使用几种特色的、变化的诗意修辞手段美化过的语言，借助演员的表演，而不是叙述，通过引发怜悯和恐惧，使这些激情得到宣泄升华。"附：关键词英文释义：庞大气势（magnitude）；故事（action：an event or series of events forming a literary composition；the unfolding of the events of a drama or work of fiction：plot）；演员（character：character in a play）；表演（action：an actor's or speaker's deportment or expression by means of attitude, voice, and gesture）；激情（emotion）；宣泄升华（purgation, katharsis）。

④ 《特里斯坦和伊索尔德》是中世纪流传很广的一个爱情悲剧故事，标题中的名字是故事中的男女主人公。故事里，勇敢漂亮的侄儿特里斯坦爱上了美貌的公主婶母伊索尔德，两人最终殉情而死。它是在西方流传了近1000年的古老故事，而且被改编成为各种戏剧，故《特里斯坦和伊索尔德》和《罗密欧与朱丽叶》并称为西方两大爱情经典。

会世代流传。事实上，谦逊可能不是主要的美德；而且也根本不是悲剧诗人①的美德。但是，某种特殊的谦逊支配着喜剧作家的心灵，即使他的戏剧像生殖之神普里阿普斯的象征一样粗俗下流，他也是这样。

二、不得不谦逊与深刻悲剧性

这样一来，某种谦逊就是喜剧作家的写作指南。他可能知道、也可能不知道有它存在，但只要他写喜剧，它就会指导着他。这种谦逊并不能阻止他对当代的恶习和蠢行做出大胆的评判；而是让他可以在公共广场②里的芸芸众生之中大胆发言。但这也把他限制在了公共广场里；这样我们才能理解这种谦逊。也许喜剧作者离不开公共广场里的人群；永远无法登上神山，根本不可能用永恒的语调与卡皮托利尼神山上的朱庇特对话。他的谦逊限制他做出下面这个断言，但是，如果他真的要成为一个那样的悲剧诗人，这种悲剧诗人**必须**做出这样的断言，悲剧诗人断言：他本人真实又深刻地看清了神的旨意、人类的伟大和卑鄙，以及人与人之间的纽带。至于人们如何穿衣打扮、如何娱乐开心、如何勤恳谋生、怎样去找一个又一个的占卜者算命之类的事情，悲剧诗人只是写出很少一点，或者根本没有触及。人类顽固地拒绝理解自己的同类，悲剧诗人也不去理睬。而且，就此而言，他自己有种更顽固的胆怯，那使他没有将自己的误解结果推向令人厌恶的极端，他也不去理睬。这些都是属于喜剧作者的范畴。③

同样，正如悲剧作家讲述特里斯坦和伊索尔德的爱情一样，他(我们觉得)至少应该把对挂毯和餐桌礼仪的描述压到最低限度。当我们演出一部古老的悲剧时也是如此。我们尽量避免考古的种种混乱的麻烦；我们的目标是一种朴素而永恒的表演风格。所

---

① tragic poet，悲剧诗人，此处指优秀的悲剧作家。英语中的 poet 有时会涵盖整个文学艺术领域。poet：①写诗的人，诗句的创作者；②具有极强想象力和表达能力并对媒介特别敏感的人(例如创意艺术家)。poetics：①诗歌文学：研究诗歌的性质、形式和规律的文学批评；②诗学：关于诗歌或美学的论文或研究；③诗歌创作：写诗的实践；诗意的成分。

② forum(论坛)：原指古罗马城中的一块公共空地。在古罗马城中，在帕拉蒂尼山和朱庇特山之间的一个小山谷中，在几座政府建筑之间有一块空地，这块空地就是著名的"罗马广场"(Roman Forum)，在现在的罗马遗址中依然能找到。这块空地原本是一个市场，古罗马人将其称为 forum，在拉丁语中是"市场、公共场所"的意思。该词来自拉丁语 foris(户外)，同源的单词还有 forest(森林)、foreign(外国的，外乡的)。在数百年的历史中，这块空地一直是古罗马人公共生活的中心。古罗马人在这里举行庆祝，进行选举、演讲、审判以及角斗表演。这里还是各种商业活动的枢纽。英语单词 forum 就源自古罗马人对这块空地的称呼，中文一般翻译为"论坛"，其实就是公众集合活动的场所。因为讨论和交流是公众集会的主要内容，所以 forum 一词的含义逐渐演变为公众讨论的场所。这个词有时可以和广场，市场，大街互换。因为广场四周都是大街、广场本身就是市场，又是公共场合，是讨论政治的地方。

③ 此段可以参阅亚里士多德为何说"悲剧描写比一般人好的人，喜剧的摹仿对象是比一般人较差的人"；"喜剧的目标是把人描述得比我们今天的人更坏，而悲剧则是把人描述得比我们今天的人更好"这一论点。

有这一切都表明我们确信伟大的悲剧带给我们的享受，应该是自然而直接的——如果不这样，则错在我们而不是悲剧诗人。正是我们自身存在的一些缺陷，使得我们无法完全认同那些已故诗人的作品，他们一直都是满怀信心地期待着被我们认同。

诚然，我们也可能无法抓住另一个时代的喜剧精髓，比如，哥尔多尼、马里沃或谢里丹的喜剧。但我们并不为此感到羞愧。为什么这种失败并不会让我们感到烦恼呢？我们也许无法对此作出正式系统表述，但我们会欣然承认我们真的是无能为力。经过一番仔细推敲之后，我们发现"该故障的原因"在于喜剧的本质本身。它是谦逊的副产品，正是这种谦逊，让喜剧作家只能够在公共广场漫步于芸芸众生之间，并禁止他与各种圣地进行交流沟通，无论是寺庙还是大教堂，也无论是犹太教堂还是小礼拜堂都不可以。通常，我们只是乐于说，过去的那些喜剧太古雅了；我们当然会对另一个时代的轿子和润发油一无所知。但也许我们没有看到，正是这些东西，曾经一度挤满了人们的脑海，显示出过去那个时代的生活特征符号，是一种弥漫在所有喜剧中的那种特殊类型的谦逊的表达方式。这种谦逊很可能会抑制深刻的洞察力，只会鼓励那种报告文学样的东西。[①]

在某个特定的时刻，在某个特定的街道或府邸，我们所看到了另一个时代的种种陌生现象，这就构成了一道屏障，堵住了读者阅读一部古老喜剧的道路。有时，那些古老的戏剧看上去似乎全是报告文学一样的东西，我们读不出任何意义来。在阅读莎士比亚的某些喜剧场景时，我们会清楚地感受到这一点，尽管我们已经意识到喜剧，因为其本质的缘故，这些场景可以只是这样报告文学一样的特质。事实上，不存在与此相反的情况，即缺乏报告文学式的东西的喜剧场景是不存在的。因为我们无法想象，莎士比亚喜剧《第十二夜》中的玛丽亚、托比·培尔契爵士和马伏里奥[②]除了坐在詹姆士一世时期的橡木桌子旁边以外，还能坐在其他什么样的桌子旁边；我们无法想象提泽尔夫人[③]躲在后面的那张屏风，上面除了风景纸屏以外，还能用什么别的东西来覆盖它。简而言之，要欣赏过去时代的喜剧，我们必须首先培养古玩的热情，那种当我们走进博物馆，这热情驱使我们开心地感叹："他们真的就是乘坐这样的马车吗？"

---

① *Reportage* 法语，意为：①纪事：记录观察到的或记录在案的事件的文字；②报告文学：运用文学艺术，真实、及时地反映社会生活事件和人物活动的一种文学体裁。这里用来强调喜剧的特点：真实、及时地反映社会生活事件和人物活动；与下文悲剧的私下的、退隐的、悲剧性特点形成对照。

② 玛丽亚、托比·培尔契爵士和马伏里奥皆为莎士比亚喜剧《第十二夜》中的角色。

③ 谢立丹《造谣学校》中的一个角色，一个穷乡绅的女儿，梦想进入上流社会，并因此嫁给一个上流社会的老人狄泽尔爵士为妻。她到伦敦后渐渐沾染上社交圈中的一些恶习，挥霍无度，搬弄是非，致使自己差点失身，最后终于悔悟与丈夫重新和好。

　　只有这种后天习得的品位,才能让我们超越以前时代的喜剧作家的谦逊所设置的初始障碍。即使有先见之明,他也无法摆脱这种过多的通讯报道一样的东西、这些缺陷。如果硬要摆脱这些,他就会离开公共区域;他早就不会再创作喜剧了。

　　由此可见,我们只有在欣赏我们自己时代的喜剧时才会有那种自发的激情。喜剧从未想要跨越时代,它只是给我们欣赏的戏剧演出。我们经常光顾某些特定的商业重地和娱乐场所,我们阅读某些特定的书籍,并且(与我们的祖先不同)我们的发音中茶(tea)和蜜蜂(bee)押韵。正如毛姆所说的那样,一出喜剧必须在一定的年头之内写作,而不能指望其在 10 年或者 20 年之后还能自然地流行而经久不衰。

　　以上所叙述的情况指出了喜剧的心理价值观,这与一些更著名的悲剧心理价值观形成了鲜明的对照。而人们关于喜剧做出的任何断言的正确性,只有在我们自己这个时代的喜剧里才能证实,只有在我们自己的公共场所才能证实。别的时代的喜剧,则只能提供令人止步不前的证据,我们可以怀疑喜剧在别的时代可能会有某种心理功能,但是我们不能断言它就是如此。

三、复得感功能的来源之一:辨认与部分认可的快感

　　我们当代的喜剧——那些不要求做考古挖掘准备工作的喜剧,那些我们能够做出真实的天真反应的喜剧——给我们两种直接的快感:辨认与部分认可(recognition)①的快感;部分应用有限尺度的人类真理的快感。人们往往发现这两种分开来的快感是在一块儿的;他们几乎可以产生一种单一的效果——唤起一种我们将其称为复得感的感觉。这种感觉是什么我们现在还不能正确地叙述,这要等到我们分别单独地研究了每一种刺激产生了这种感觉的快感以后才能做到。

　　辨认与部分认可的快感,是由我们自己时代的喜剧里的某些事物、某种观点给我们带来的乐趣。正是这些事物和观点,将来会给未来的文物工作者出难题,会让未来的学生灰心丧气。他们的悲哀与我们无关了。我们只是感觉到在今天的喜剧里,主人公必须过着和我们一样的生活,或者至少像我们的某些熟人那样生活,主人公们必须遵守现代生活的模式,依赖着我们依赖的各种生活器具,说着我们正在说的时髦用语。他们必须谋生——常常是那么愚蠢的节省——就像我们谋生的方式一样。他们一定也同样地把某些错误的东西误认为是重要的东西。我们去看喜剧就是要去观看我们自己这段时

---

　　① recognition 是个多义词,可以表示:认出,识别;承认,认可,接受等。这个词本身没有"部分"的意思,此处"部分"一词与其语境有关。

代精神上的或是物质上的各种乱七八糟的新奇小玩意儿。

至此,事情已经很清楚了——这一系列的条件已经将事情确定——辨认与部分认可过程和悲剧所必须具备的自居过程(identification)(全部或是部分)完全不同。如果我们不是带着平静的或欢快的喜悦,而是带着什么任何别的感情去"辨认与部分认可"的话,剧作家就不再是喜剧作家了,他已经涉入了附近神庙的阴影。因为辨认与部分认可的过程中,总是会有关键的保留。有些东西是我的部分经历,但不是直接的那部分经历。即使我们在一出喜剧中辨认出自己时,那也是几年前的我们,而不是现在的我们。(悲剧,自然而然地,会引导我们去正视自己目前的道德本质。)我们自己过去的种种小过失出现在自己面前时,没能引起我们多么深刻的情感波动,其感觉最多不过是像在旧照片上看见了我们过去的脸,或是在录音机里听到我们过去的声音。即使在我们辨认出并认可这种相似时,我们私下里也都不认可这些。我们自己现在最真实、最本质的自我已经逃避开了喜剧的矢石交攻,那部分草草处理的(所以我们才会那样开心)没有逃避掉的自我,却都变成了我们那些可爱的亲友们的自我了。我们早就怀疑他们很愚蠢,而现在剧作家已经把他们的蠢行公布在光天化日之下了。剧作家的原型竟然没能看出自己身上发生了什么事情!这就又给这种辨认与部分认可过程添加上一份最终的、颇具讽刺意味的调料。

四、有限尺度的人类真理快感

实际上,这种快感是与喜剧作家给予我们的另一种快感交织在一起的:那就是极其有限地应用价值观的快感,顺口随便地说一句,"多么符合人性啊!"的快感。这种快感,无可否认,依然潜伏在我们身边,潜伏在那些古老的喜剧中的那些报告文学似的东西的后面。但是在我们自己时代的喜剧里,这种快感是立竿见影的,也是令人愉悦的。看到我们的某些价值观被证实,我们因此而欣喜若狂,我们的反应是如此"自然"、如此强烈,以至于我们对于到底发生了什么事情,倒是视而不见了。剧作家,靠了精巧意外和强烈的对比手段,用迫使我们发出"自然的"感叹;然后,当我们严肃地去了解喜剧之时,就没有任何喜剧是真正符合人性的,但剧作家的独创性技巧却成功地对我们隐藏了这个事实。只有当我们(与充当了导游的剧作家一起)从在公共场所里的匆忙行走中体会喜剧时,喜剧才是符合人性的。当喜剧真的是最人性化的时候,它就根本谈不上符合那种人的本性了;一旦它真的充满了人情味儿时,它就会变成一种私下的、退隐的、悲剧性的东西了。正是喜剧本身的把戏,使得我们坚信我们肤浅的判断是正确的;它必须使我们忽略掉那些我们认为是深刻和永恒的事物。

　　我们的判断，是那些我们与我们的伙伴、与那些和我们有相似的背景、受过同样的教育的人所持有的共同观点。在16世纪，人们相信蠢行是由体液及其力量决定的。在18世纪，人们相信理智及其力量可以避免蠢行。20世纪的人，也许，都相信完全的依赖性及其力量，能够带着敌意阐释出那所有极为强大的依附性的原因，不管是依附过时的传统还是新的教义都是如此。这些根深蒂固的信念普遍持有的观点使我们与邻人和平共处，常常使我们忘掉了作为个体的我们到底是什么人。当我们分享一部喜剧时，用不着问自己下面这些问题：我们已经偏离了正常观念有多远？我们已经偏离了当代正常信仰有多严重？大家看着很过瘾的那些喜剧一次次重申，只有这些信仰才是值得追求的；喜剧灵巧地暗示出来那些人的蠢行，这些人思考的是一种衡量邪恶和美德的标准，但是没有使用那种敷衍的区别对待能力，而正是这种敷衍的区别能力稳定了国家大局、会计室的大局，（甚至）心灵的大局。马弗里奥可能是哈姆雷特的嫡亲堂兄弟，但因为他是在喜剧中扮演一个角色，所以我们和玛利亚、托比爵士一起发出了一阵让人可以放心的大笑。同样，我们很高兴地看到莉迪亚·兰桂絮确定自己胸中那种种无名的心血来潮，其实是烟雾般的幻想。而且我们很感激像毛姆这样的剧作家，他向我们保证，为了发现行为准则和以此准则行事而作出的努力是"沉闷乏味的"；因为当我们有时也会有这种怀疑：我们的生活除了快乐而自由的流畅进展以外，一定还有别的让人厌倦的东西。

　　悲剧，或多或少地更伟大一些，并没有使我们更加确认我们的那套传统价值观，相反，却动摇了我们对其的信心。它给我们的是哈姆雷特而不是马伏里奥①，是契诃夫笔下的女主角②而不是莉迪亚·兰桂絮③，还有——或者说奥尼尔大概是这么想的——是

---

　　①　马伏里奥，莎士比亚《第十二夜》中的一个十足荒唐的角色，身为管家，却爱上小姐，不仅制造了妄想症一样的笑料，同时讽刺了他想翻身做主，爬上上流阶层的野心。马伏里奥假装爱上奥利维亚甚至娶了她，只是为了获得更高的地位，从而能够命令托比爵士，并获得更高的地位。随着剧情的发展，他变得越来越迷人，也越来越有趣，讽刺地刻画了地位在伊丽莎白时代社会中的重要性。

　　②　典型的契诃夫笔下的女性人物都来自中小城市不同的社会阶层，被打上了环境和教育的深深烙印。她们的人生完全不同，但共同点是都要试图改变自己的生活状况，争取自己的独立。与其他两位女性相比，安娜的处境和遭遇比较惨，但她还是希望自己能过得"幸福"，即使这种幸福会让她蒙上"并非体面"的阴影。改变妇女的地位和争取妇女的独立，在工业革命初期已经成为社会的一个重要话题，而这一话题在契诃夫的作品中就化为各种类型的女子，并通过这些女性形象表现了作家本人对女性的理解、同情和支持。

　　③　莉迪亚·兰桂絮，谢立丹《情敌》(1775)中的女主人公，生性浪漫感伤，为迎合她的浪漫情趣，贵族青年阿苏卢特上尉假装成贫穷的少尉军官贝弗利向她求婚。历尽重重波折，莉迪亚与其结婚，但仍为没有私奔等浪漫情节而遗憾。当时受小说影响社会上盛行感伤主义的风气，上层社会许多年轻女子沉溺于感伤的浪漫幻想中而贻人笑柄。

尼娜·利兹①而不是毛姆的女主人公。② 对于这些礼物，人类只能从精神上拒绝接受，否则就是自我冒险。因为所有这些礼物充分或是不充分地表明了，我们头脑深处都有否认公共场所流通的价值观的思想。悲剧人物比喜剧人物更能完全影响我们。悲剧人物刺激我们去思考那样一些问题，那些在我们的时代的公共广场中③（以及在喜剧中）不便沉思的思想。人与神或者上帝的真正关系、对自己的责任，所有善与恶的概念正确与否是悲剧的内容，这些是我们自己秘密的生活内容，而且常常是——幸亏有了喜剧和我们自己对喜剧的参与。我们满足于辨认与部分认可的过程，我们很高兴对那些真理发出一声随便的欢呼就算了事。我们急于在喜剧作家为我们提供的那个世界里找到一块永久的安居之地。那是一个充满了熟悉事物和不痛不痒的观念的世界。居住在那儿，就像巨婴一样，为了享受被长辈抱在怀里欢快晃悠的乐趣，放弃了思想与精神上的成长。

五、严肃深刻的悲剧与轻松平凡的喜剧

我们常常和最伟大的喜剧作家一样，不情愿地滑进悲剧中去。我们和这些喜剧作家还有那些自称悲剧作家的人，向着高耸于商业与庆祝活动之上的圣山漫步而去。然而，因为我们是相当有限的人——不是悲剧诗人，所以我们必须从悬崖峭壁上撤退，不能站在那里与众神交谈。正是喜剧作家教给我们如何退却，如同谚语所说的那样，呼唤我们"回归自我"。令人欣慰的是，他为我们提供了辨认与部分认可的那套方法和一套平凡的价值观。他为我们提供了一种平庸的理智以取代悲剧和我们隐秘的部分本性所

---

　　① 尼娜·利兹，"美国现代戏剧之父"尤金·奥尼尔《奇异的插曲》中的女主人公。尼娜对女性从属地位的大胆抗争及最后其对男权中心文化的无奈屈从的描述，再现了西方女性在现代社会中的生存困境。女主人公尼娜普遍被评论家称为一个"狡诈地操纵她的男性崇拜者"的"妖女"。也有人认为，尼娜是一位敢于追求自我实现、自身幸福的有强烈女性意识的现代女性，她对女性从属地位的大胆抗争及最后对男权中心文化的无奈屈从揭示了西方女性在现代社会中的生存困境。在整部剧中，她追逐着她暂时获得的幸福。在获得幸福之后，有什么东西侵蚀了幸福，她又开始追逐幸福。这种情况一直持续到她彻底失望，不再渴望幸福。
　　② 应该是指作家毛姆本人最得意与最喜爱的一部小说《寻欢作乐》里的女主人公罗西。这是一位出身卑微、性格复杂的女士，她被称作毛姆所有小说中最鲜明生动、光彩照人的女性形象。迷人的罗西，生性风流，处处留情，但却有着毫无矫揉造作的善良，以及蓬勃、真实的生命力。可是，这样的人物如果出现在现实生活中，出现在你我的身边，我们一定会站在道德法庭上对她"施以重刑"。这些被我们排挤到价值观外围的人群，他(她)们所经历的一些切切实实的悲欢和精彩也同时被我们屏蔽了。
　　③ marketplace，与汉语中所说的"市场"不同。英语里 market 指：①集市：城镇中开放的区域或广场，在那里设有公共市场或集市。②商业世界。③市场：价值、观点和思想被提出进行辩论或得到认可的场合或场所，如新思想的市场，文学市场。该词约等于 forum，就是公众集合活动的场所，公众讨论的场所。在市场上讨论国家大事、哲学等是古希腊留下来的传统。

拥有的那种毁灭性真理。无论善恶,他在我们思想深处激发起了一种复得感。熟悉的生活环境重新出现了,当代流行的陈词滥调有了意义。正是这些东西给了我们一种复得感,使得我们重新获得了自身更为懦弱的那部分本性。准确地说,是拿回我们自身本性的某些部分将要毫不惋惜地与之告别的那些事物。

但是我们当中很有人准备毫不惋惜地与之告别。我们并不想转向一种始终具有深刻悲剧性的人生观。当其来势汹汹地想要支配我们心灵的时候,我们欢迎喜剧的力量在我们心中激起一种回归感、一种被修复的平衡感。我们乐意忽略这样一个事实,即欲要获得平衡,须得有所摒弃。我们根本不在乎摒弃了什么,只是渴望能再一次去公共场合在芸芸众生中漫步,渴望能重新回到当初悲剧和自我认识将我们诱惑走的那个平凡的世界。

在悲剧(还有宗教)中,我们逐渐看清了人类本来的性格;而在这个做事轻松且处处妥协的喜剧世界中,我们学会了如何对人类本性看上去的样子感到满意。人们应该注意到那些只愿意生活在喜剧世界里的人早已承认,对他来说,他只会采用这样的生活态度。除此以外,他的思想深处继续保留着某些别样的冲动,只是早被弄得残缺不全,不会导致任何行动。我们用不着仇视喜剧也能观察到:现代喜剧的欢快和其没有实效的怀疑态度,对于这种早已被弄得残缺不全的别样的冲动来说,绝对具有伤害作用。

【作者简介】哈罗德·H.瓦茨(Harold H. Watts),美国普渡大学教授,主要从事文学、戏剧理论研究。

【译者简介】鲁跃峰,河南师范大学外国语学院讲师,主要从事英语语言文学研究与莎士比亚戏剧舞台研究。

第四编

《哈姆莱特》研究

疯癫与理性:《哈姆莱特》中的疯癫书写

李 波

【摘 要】 疯癫在莎士比亚的悲剧《哈姆莱特》中占据着重要的地位。借助福柯的疯癫理论,在疯癫与理性的关系中把握《哈姆莱特》中的疯癫书写。首先,哈姆莱特的疯癫作为一种话语,是理性的另一种表达形式;其次,以克劳狄斯为代表的理性作为一种权力,对疯癫进行规训与惩罚;最后,在这场理性与疯癫的较量中,理性显示出自身的脆弱与失败,疯癫没有回归理性,而是走向痛苦和死亡。

【关键词】 《哈姆莱特》;疯癫;理性

Madness and Reason: The Writing of Madness in *Hamlet*

Li Bo

【Abstract】 Madness occupies an important role in Shakespeare's tragedy *Hamlet*. This paper aims to grasp the writing of madness in Hamlet in the relationship between madness and reason with the help of Foucault's theory of madness. Firstly, Hamlet's madness as a discourse is another form of expression of reason; secondly, reason represent by Claudius as a kind of power disciplines and punishes madness; finally, in this battle between reason and madness, reason shows its own fragility and failure, and madness does not return to reason, but goes to pain and death.

【Key Words】 *Hamlet*; madness; reason

一、引言

《哈姆莱特》作为莎士比亚最著名的作品之一，世人给予了极高的评价。柯尔律治认为《哈姆莱特》"是每一个国家英国文学的最爱"①。约翰·肯布尔(John Kemble)注意到，《哈姆莱特》似乎是莎士比亚作品中阅读次数最多的剧本。确实，《哈姆莱特》包含着丰富的内容，如宗教、政治、社会、服饰、性别、植物等，反映了英国文艺复兴时期的社会图景，具有极大的阐释空间。而"疯癫"作为其中心情节，在剧中具有重要的作用。几乎所有的情节都围绕着"疯癫"展开，莎士比亚通过哈姆莱特和奥菲莉亚的疯癫及以克劳狄斯为代表的理性对疯癫的看法，最终展示出疯癫的结局。

从理性时代开始，疯癫与理性形成了二元对立的局面，理性对非理性进行征服，使非理性成为疯癫的真理。经过笛卡尔、康德和黑格尔等人的不懈努力，理性主义最终确定了其统治地位。而后随着古典哲学的终结，理性主义开始衰退，以叔本华、尼采等为代表的非理性主义开始崭露头角。几个世纪以来，理性与非理性此消彼长，互相对立。但是在文艺复兴时期，疯癫与非疯癫、理性与非理性是一种未分化的体验，它们互相依存，不可分割，却在交流中被区别开来。在福柯看来，疯癫在文艺复兴时期的文学与艺术中拥有着一种特权。在社会中，疯癫被划归到道德领域，成为被排斥、被禁闭和被惩罚的对象，而在文学艺术中，疯癫占据着至关重要的甚至是中心地位，《哈姆莱特》就是如此。

二、疯癫对理性的表达

哈姆莱特的疯癫是整部剧的中心情节和关键因素，构成了情节纠葛和戏剧转折，是推动故事向前发展的催化剂。关于哈姆莱特是否发疯是历来争论不休的话题。约翰逊认为哈姆莱特的疯癫是为了复仇而装出来的；同样，T. S.艾略特认为哈姆莱特也是装疯，但其动机并不是复仇，而是"一种情感流露形式"②。海涅认为哈姆莱特在佯装之后进入了真正的疯癫。斯达尔夫人则指出："我们在阅读这部悲剧的时候，完全可以在哈

---

① John Conolly, *A Study of Hamlet*, London: Edward Moxon & Co., 1863. p.4.

② S. Sulochana Rengachari, *T. S. Eliot: Hamlet and His Problems an Analysis*, Bharat Offset: Delhi, 2013. p.7.

姆莱特假装的疯癫中清楚地看出真正的疯癫。"①通过对剧本的分析,可以看出哈姆莱特是在装疯,但是在装疯的过程中表现出一些类似疯癫的症状,这是意志被激情、幻想控制后的反应,比如忧郁症。这一复杂性恰恰反映了哈姆莱特的丰富性与深刻性。

在剧中,哈姆莱特不止一次地承认自己是在装疯:在与鬼魂接触后,他的脑袋变得混乱不堪,他对霍拉旭等人说"我今后也许有时候要故意装出一副疯疯癫癫的样子"②(第一幕第五场,303 页),并让大家不要对他的表现感到好奇;在经历了国王克劳狄斯、他的两个朋友罗森格兰兹和吉尔登斯吞、波洛涅斯和奥菲莉亚,以及她母后葛特露的交流与验证之后,哈姆莱特告诉王后:"我所说的并不是疯话,要是您不信,我可以把我刚才说过的话一字不漏地复述一遍,一个疯人是不会记忆得那样清楚的"(第三幕第四场,354 页)"告诉他(克劳狄斯)我实在是装疯,不是真疯。"(第三幕第四场,355 页)尤其是在与罗森格兰兹、吉尔登斯吞谈话的时候,当要谈论到一些真相的时候,哈姆莱特总是答非所问,"总是用假作痴呆的神气避而不答"(第三幕第一场,328 页)。哈姆莱特也知道他们二人是奉命而来,在一些无关紧要的问题上他又恢复了正常,而在与霍拉旭的交流中没有表现出疯疯癫癫的样子。所以,一个疯癫的病人不会这样在疯与不疯当中游刃有余。同样是装疯,《西班牙悲剧》中的西埃洛尼莫的装疯是为了躲避国王的注意去调查真相从而实现其复仇计划,而哈姆莱特装疯,是"为了引起国王的怀疑并不去阻止它"③。

哈姆莱特是有意堕落的疯癫,这种堕落是他行动延宕的原因,是为实现其复仇计划的缓兵之计,是他理想破灭后的选择,也是他性格软弱的结果。福柯指出疯癫与人的弱点和幻觉相联系。作为一部"性格悲剧",哈姆莱特爱沉思且软弱的性格与小福丁布拉斯和雷欧提斯形成了鲜明的对照。三人面对相同的处境——父亲的去世,却表现出不同的结果。福丁布拉斯是挪威王子,和哈姆莱特一样,父亲去世后叔父继承王位,而他积极在国内招兵买马,准备要回被割让的土地,甚至为了弹丸之地去挑战命运与死亡。雷欧提斯面对父亲的死亡,表现了他的坚决:"死也好,活也好,我什么都不管,只要痛痛快快地为我父亲复仇。"(第四幕第五场,369 页)哈姆莱特为他们的表现所震撼,但他的情况比他们更复杂。就外部情况而言,小福丁布拉斯目标明确,他清楚地知道自己的敌人;雷欧提斯目的明确,不管敌人是谁都不能阻止他报仇的决心;而哈姆莱特既未能确

---

① 杨周翰:《莎士比亚评论汇编》(斯达尔夫人:论莎士比亚的悲剧),中国社会科学出版社 1979 年,第 370 页。

② 本文有关《哈姆莱特》的引文均引自《莎士比亚全集 5》,朱生豪译,译林出版社 2016 年。后文出自该著作的引文,将随文在括号内标出引文出处页码,不另作注。

③ S. Sulochana Rengachari, *T. S. Eliot: Hamlet and His Problems an Analysis*, Bharat Offset: Delhi, 2013. p.10.

定自己的敌人，又不能坚定自己的决心，且要直接杀死一个由护卫保护的国王也不是一件容易的事，况且杀人的手段，对民众的交代以及国王杀死国王的证据如何显现等都是未定的因素，这就导致了他的疯癫与延宕。就内部而言，小福丁布拉斯和雷欧提斯头脑简单，目标坚定，没有过多的心理活动，而哈姆莱特颇爱沉思，这种沉思也常与幻觉相联系。哈姆莱特不顾众人反对，要与父亲的鬼魂进行交流。霍拉旭说："幻想占据了他的头脑，使他不顾一切。"（第一幕第四场，297页）对于鬼魂的出现和说出的真相，哈姆莱特是相信的并要想办法去验证，而且在第三次鬼魂出场时，哈姆莱特与鬼魂对话，王后既未看见也未听见，她说："这是你脑中虚构的意象；一个人在心神恍惚的状态中，最容易发生这种虚妄的幻觉。"（第三幕第四场，354页）在这种幻觉中，他的头脑受到幻觉的指引，认为自己无限接近真理。与其说是幻觉，不如说是疯癫。疯癫使真相大白于天下，是解开谜团的方式。正如福柯所言："疯癫是对某种虚假结果的虚假惩罚，但他揭示了真正的问题所在，从而使问题得到真正的解决。"①

在疯癫中，人实现了自由。疯癫的话语是一种理性的表达方式，以至于波洛涅斯在与哈姆莱特的对话中不禁感叹道："这些话虽然是疯话却有深意在内……他的回答有时候是多么深刻！疯狂的人往往能够说出理智清明的人所说不出来的话。"（第二幕第二场，314页）这种疯癫话语参与了对理性的评估，表现出对自己命运的把握以及对真理的探索。福柯认为，疯癫是对过度的惩罚，过度地追求知识，过度地追求真相，对貌似合理的理想充满激情与幻想，却在绝望中发了疯。求知是"人的本性"，是对人自我存在的确证，也是人作为一种高贵的理性动物与禽兽的区别所在。哈姆莱特表现出对知识与真理的强烈追求，在这种过度的追求中理想与现实发生冲突。德国威登堡大学作为哈姆莱特的留学地，重点是教授哲学和神学，是宣传新教思想的主要阵地。哈姆莱特"出身王室，却在当时新文化中心的德国接受人文主义教育"②，这使他对社会抱有美好的憧憬。哈姆莱特因父亲去世回来守孝，并表达了守孝期满后继续回威登堡学习的愿望，但是他的叔父却说："至于你要回到威登堡去继续求学的意思，那是完全违反我们的愿望的；请你听从我的劝告，不要离开这里，在朝廷上领袖群臣，做我们最亲密的国亲和王子。"（第一幕第二场，287页）此时，对知识的追求与对政治的追求产生了矛盾。父亲鬼魂的出现使哈姆莱特认为这其中必有奸计，他说："罪恶的行为总有一天会被发现，虽然地上所有的泥土把它们遮掩。"（第一幕第二场，291页）这是时间的问题，也是决心的问

---

①　［法］米歇尔·福柯：《疯癫与文明：理性时代的疯癫史》，刘北成译，生活·读书·新知三联书店2019年，第33页。

②　朱维之：《外国文学史》，南开大学出版社2014年，第136页。

题。当鬼魂招他前去，众人担心哈姆莱特因恐惧而变得疯狂，对他的行动进行阻止时，哈姆莱特表现出他的坚决："我的命运在高声呼喊，使我全身每一根微细的血管都变得像怒狮的筋骨一样坚硬……凭着上天起誓，谁要是拉住了我，我就让他变成一个鬼！"（第一幕第四场，297 页）这种对知识与真理的过度追求使快乐的王子变成了忧郁的王子，并表现出抑郁的精神特征。福柯认为疯癫的具体形态有四种：忧郁症、躁狂症、歇斯底里和疑病症。"忧郁症和躁狂症是思想完整性与真理之间的基本联系受到了干扰。忧郁症总是伴有悲伤和恐惧，而躁狂症则表现出放肆和暴怒。"①父亲鬼魂所带来的真相和母亲过于迅速地结婚使他产生恐惧和悲伤的情绪并郁结于心，母亲的改嫁为他所接受的宗教思想所不允。忧郁症的世界是阴湿、滞重的，这也是导致哈姆莱特行动丧失的生理原因。在这样的忧郁中，他认识到了"这是一个颠倒混乱的时代"（第一幕第五场，303 页），"在这一种抑郁的心境之下，仿佛负载万物的大地，这一座美好的框架，只是一个不毛的荒岬"（第二幕第二场，317 页），以至于那"宇宙的精华！万物的灵长"都不能使他"发生兴趣"，这一切都意味着哈姆莱特美好的人文主义理想完全破灭，也表明了疯癫是对知识的惩罚。

所以，通过对哈姆莱特疯癫的分析，可以看出疯癫是一种话语，作为理性的伴侣，是对理性的另一种方式的表达。

三、理性对疯癫的惩罚

在剧本中，克劳狄斯作为理性的代言人，对哈姆莱特的疯癫一直处于一种审视、评判和惩罚的位置。这里存在一种"疯癫宣言意识"，即一个人只要宣布某人是疯子，那他自己就是正常人。针对这种意识，陀思妥耶夫斯基认为"人们不能用禁闭自己的邻人来确认自己神志健全"②。然而，在人类历史上，理性总是通过这种方式对疯癫进行支配和控制，在交流中使自己与疯癫相区分，这就是帕斯卡所说的"另一种形式的疯癫"。

对于哈姆莱特的变化，克劳狄斯一直持怀疑态度，他想一探究竟，目的是对症下药。首先是他自己用话语进行劝说：对于哈姆莱特首次表现出的忧郁和悲伤，克劳狄斯认为"固执不变的哀伤表现出一种不肯安于天命的意志，一个经不起艰难痛苦的心，一个缺少忍耐的头脑和一个简单愚昧的理性"（第一幕第二场，286 页），并且认为这"在理智上

---

①　［法］米歇尔·福柯：《疯癫与文明：理性时代的疯癫史》，刘北成译，生活·读书·新知三联书店 2019 年，第120 页。

②　同上，第 1 页。

是完全荒谬的"（第一幕第二场，287页），这是理性对疯癫的评判，理性的人不应该被非理性操控。在哈姆莱特表面的顺从之后，依然表现出一副疯癫状，国王派哈姆莱特的两个朋友、波洛涅斯和奥菲莉亚相继去试探后，他的理性再次发挥作用，认为"他的精神错乱不像是为了恋爱，他说的话虽然有些颠倒，但也不像疯狂"（第三幕第一场，332页），克劳狄斯决定当机立断，将他放逐到英国。这是理性对疯癫的惩罚方式。

　　随着十字军东征的结束，麻风病在西方消失了，但是排斥麻风病的结构却被保留下来，随即穷人、罪犯和精神错乱者将接替麻风病人在社会中的角色，成为被禁闭、被排斥的对象。对待这些人有两种方式：要么被关到禁闭所，要么被驱逐。正如波洛涅斯所说的那样："要是她（王后）也探听不出他（哈姆莱特）的秘密来，您就叫他到英国去，或者凭着您的高见，把他关禁在一个适当的地方。"（第三幕第一场，333页）最终，克劳狄斯选择了驱逐的方式。哈姆莱特被驱逐再现了"愚人船"（Narrenschiff）的意象。在文艺复兴的想象图景上，"愚人船"占据了重要的位置。"愚人船"是一个文学词语，可能出自伊阿宋去海外求取金羊毛的英雄传说，这些舟船的故事具有或浪漫或讽刺的色彩。但"愚人船"是真实存在的，它"载着那些精神错乱的乘客从一个城镇航行到另一个城镇"[①]。这种航行使水域与疯癫保持着长期的联系。水域不仅将人从一个地方带到另一个地方，还具有净化的作用，在航行过程中，净化疯人的疯癫，继而寻找理性。克劳狄斯所说的"也许他到海外各国游历一趟以后，时时变换的环境，可以替他排解这一桩神情恍惚的心事"（第三幕第一场，333页），正是暗示了水域的这一作用。

　　哈姆莱特的航行路线是从丹麦到英国，表面上是让哈姆莱特去要未缴纳的贡物，实则是借英国之手将哈姆莱特置于死地。哈姆莱特与小丑的对话也揭示出被送去英国的隐含原因：哈姆莱特询问小丑为什么要把他送去英国，小丑说"英国人不会把他当作疯子；他们都是和他一样疯的"（第五幕第一场，384页）。莎士比亚在这里指出了英国人普遍的忧郁性格，这种忧郁在他人看来就是一种疯癫。因为英国属于温带海洋性气候，寒冷潮湿的水汽侵入人的身体，使人体组织变得脆弱而松垮，易于发疯；同时这种忧郁也是那个时代世纪病的反映——对社会动荡与混乱的不满。

　　哈姆莱特所表现出的忧郁与变化无常的行为，在民众看来与英国人的疯癫别无二致。那么，为什么克劳狄斯不将哈姆莱特禁闭起来，而要采取驱逐的手段？据调查，在文艺复兴时期，欧洲大部分城市都有专门的疯人拘留所，在剧中，波洛涅斯和国王都曾指出对哈姆莱特实行禁闭，这也就表明疯人不一定要被驱逐。关键在于疯癫（哈姆莱

---

　　① ［法］米歇尔·福柯：《疯癫与文明：理性时代的疯癫史》，刘北成译，生活·读书·新知三联书店2019年，第10页。

特)对于理性(克劳狄斯)来说,是一种公然的威胁,一种巨大的不安的象征。克劳狄斯明确表示:"就我的地位而言,他的疯狂每小时都可以危害我的安全,我不能让他留在我的近旁。"(第三幕第三场,347 页)哈姆莱特作为王位的直接继承人,深受民众喜爱,一旦克劳狄斯的奸计败露,这一切对他来说就是致命的打击。另一方面,疯癫是一种时时刻刻的、捉摸不定的存在,这种不确定性也是导致克劳狄斯不安的原因。

说到底,疯癫是一种社会行为,是渴望被医治的象征。在这一社会框架中,疯癫是受到惩罚的对象,而且疯癫对这种惩罚只能服从。对疯癫的惩罚"说明了什么是被禁止的,也证明了始终存在着的越界力量,所以必须被钳制"[①]。然而,莎士比亚表明在文艺复兴时期,理性并不能治愈疯癫,以克劳狄斯为代表的理性也并非要治愈疯癫,而是对它进行规训与惩罚,直至将它杀死。这是一种权力,既是政治的权力,也是知识的权力。那么,在这场疯癫与理性的较量中,疯癫的结局是什么?

四、疯癫的结局

在理性时代,疯癫变得沉默不语。而在文艺复兴时期,莎士比亚给予疯癫以终极地位,疯癫得以自由呼喊并显赫一时。哈姆莱特第一次出场就表现出忧郁和悲伤,此时他并不知道父亲死亡的真相,克劳狄斯和葛特露觉得哈姆莱特的悲伤是因为他父亲的死亡。但是细读文本,我们就会发现哈姆莱特的悲伤另有隐情。王后安慰他活着的人死去是一件很正常的事情,哈姆莱特听后的回答是令人深思的。他说表面的悲伤是给人瞧的,"可是我的郁结的心事却无法表现出来"(第一幕第二场,286 页)。当他与国王、王后的谈话结束,他用大段的独白说明了他郁结的心事:"啊!罪恶的仓促,这样迫不及待地钻进乱伦的衾被。"(第一幕第二场,288 页)这就表明表面的悲伤是因为父亲的去世,郁结的心事是由于母亲改嫁。可见,克劳狄斯和葛特露所代表的理性并没有认识到非理性的真相与本质。哈姆莱特行为上的延宕也从反面证明了理性的失效。当哈姆莱特在戏中戏里证实了鬼魂的话,他决定开始复仇计划的时候,他的理智却不起作用了:"当然要我们利用上帝所赋予我们的这一种能力和灵明的理智,不让它们白白废掉……可是我还在说一些空话,始终不曾在行动上表现出来。"(第三幕第四场,363 页)这是理性的失败,也是其本身的缺陷。

在《哈姆莱特》中,疯癫并未被理性制服,表现出潜藏在人本性中的兽性面目。古希

---

① [英]罗伊·博伊恩:《福柯与德里达:理性的另一面》,贾辰阳译,北京大学出版社 2010 年,第 33 页。

腊时期，"人是万物的尺度"，人因为具有理性而成为高级动物，动物成为被训诫、被符号化的对象。经过中世纪的禁欲主义，文艺复兴重新确立了人的地位，人的本性及兽性重新获得自由。戏中戏上演之后，哈姆莱特本意是要确认国王在看到伶人的演出时会不会有所变化。国王从惊慌中站起来，匆忙地回到自己的寝宫，这让哈姆莱特大为惊喜。这一局面是对鬼魂言语的证明，克劳狄斯的确是害死父亲的真凶。他的血液在沸腾，他的意志被激情控制，他下定决心要"干那白昼所不敢正视的残忍行为"（第三幕第二场，347 页）。在这样的状态下他要去见王后，此时他的理智告诉他不要做一个凶徒和逆子，只需在语言上指责她，但不能做出过激的行为。但是，当他去见母亲时，他"疯狂得像彼此争强斗胜的天风和海浪"（第四幕第一场，357 页），并对王后的理智进行指责："你不能说那是爱情，因为在你的年纪，热情已经冷淡下来，它必须等候理智的判断；什么理智愿意从这么高的地方降落到这么低的所在呢？"（第三幕第四场，352 页）这是哈姆莱特对理智的嘲弄。

哈姆莱特在与母亲言语相激时，将波洛涅斯当成耗子杀死了，此时他根本没有思考的时间，他的激情不受理智的控制，疯狂揭示了兽性的秘密，使人回归到最原始的本性。面对这种疯癫的兽性，理性要对其进行训诫与惩罚，哈姆莱特作为一种异己力量被放逐了。克劳狄斯忽视非理性，把自己变成衡量或评判他者的尺度，这种行为在蒙田看来是愚蠢的："这世界上最无可救药的愚蠢，莫过于把那些事物放到我们自己的力量和能力的尺度下进行衡量。"[①]然而，哈姆莱特从船上逃跑并再次返回丹麦，这是对克劳狄斯的巨大嘲讽，也象征着疯癫获得自由，取得胜利。

同时，疯癫也并未回归理性，反而走向痛苦，甚至是死亡，奥菲莉亚的绝唱便是如此。福柯将疯癫的类型归纳为四类：浪漫化的疯癫、狂妄自大的疯癫、寻求正义惩罚的疯癫和绝望情欲的疯癫。浪漫化的疯癫与幻想和想象相联系，堂吉诃德就是最典型的例子。狂妄自大的疯癫最大的特征是自恋，在自恋中赋予自己本身没有的品质，这种疯人没有文学典型。寻求正义的疯癫相对于另外三种疯癫就在于它的真实性，疯人在虚妄的幻觉中说出真相，并意识到自己将受到惩罚。

麦克白夫人属于这一类疯癫。绝望情欲惩罚的疯癫是单方面的过度的爱没有得到回应，只能诉诸疯癫。奥菲莉亚是这一种疯癫的典型。哈姆莱特的善变和波洛涅斯的死造成了奥菲莉亚的疯癫。当哈姆莱特是快乐的丹麦王子时，他追求奥菲莉亚，使这个"不曾经历过这种危险的不懂事的女孩子"陷入了爱情的甜蜜。此后在波洛涅斯让奥菲

---

① ［英］罗伊·博伊恩：《福柯与德里达：理性的另一面》，贾辰阳译，北京大学出版社 2010 年，第 47 页。

莉亚试探哈姆莱特是否真疯那一场中,哈姆莱特说了绝情甚至诅咒的话,将他们过往的爱情一笔勾销。如果这是哈姆莱特装疯所用的策略,那么在他返回丹麦后,在奥菲莉亚的坟墓前说一些爱她的话,又作何解释呢?国王和王后都认为这是他的疯话。对奥菲莉亚来说,她心爱的人杀死了她的父亲,这是致命的打击。可以说,哈姆莱特造成了奥菲莉亚疯癫,他不仅拒绝了她的爱还杀死了她的父亲。奥菲莉亚的疯癫表明男权社会下女性受到压迫直至发疯死亡的悲剧,这是对社会无声的抗议,也是对社会的惩罚。奥菲莉亚死了,疯癫走向了死亡。然而死亡并不能摆脱疯癫,胜利不属于理性,也不属于死亡,它属于疯癫。疯癫的胜利标志着对生存的质疑以及忧虑的内在转向。

基督教以"创世论"和"末世论"为基础的线性时间观使人们对最终来临的死亡感到恐惧。文艺复兴时期,疯癫消解了对死亡的恐惧,因为被排斥的疯人无异于死亡,而疯癫也是死亡被征服后的结果。发疯后的奥菲莉亚从树上掉到水里淹死了,这种自杀的方式违反了基督教的教规,作为一个有身份的人,她的葬礼仪式超过了她应得的名分。奥菲莉亚的自杀表明文艺复兴时期的人开始消除死亡的恐惧,转而思考生存的虚无的问题。正如哈姆莱特所言:"生存还是毁灭,这是一个值得考虑的问题。"(第三幕第一场,330页)当哈姆莱特开始思考这一问题的时候,他还在为死后的恐惧所担忧,直到第五场在墓地与掘墓人的交流以及看到生前显赫之人在死后只是一个骷髅的场景,哈姆莱特感受到了生命的无常与存在的虚无。这也许可以解释为什么哈姆莱特在第三幕第一场拒绝奥菲莉亚而在奥菲莉亚的墓地前又公开表示对她的爱。这一变化见证了哈姆莱特处境的转变,从一开始刚刚得知真相的装疯卖傻到经历了一系列事情之后感受到生存的虚无,他说:"一个人既然在离开世界的时候不知道他会留下什么,那么早早脱身而去不是更好吗?"(第五幕第二场,395页)他不再恐惧,不再逃避,不再装疯,决定行动起来。值得注意的是,他行动的第一件事是与雷欧提斯决斗而不是复仇。在决斗过程中,因王后中毒,哈姆莱特杀死了国王。可见,文艺复兴初期对欲望、感官享受的宣扬,到莎士比亚这里已经转向对人的生命,对存在的虚无的深度思考。在这场疯癫与理性的较量中,一方面理性显示出自身的脆弱与失败;另一方面疯癫并没有被压制,也没有被治愈,剧中主要人物的悲剧表明疯癫只能导致痛苦和死亡而不会回归理性。

总之,通过在疯癫与理性的关系中分析哈姆莱特和奥菲莉亚的疯癫,可以看出莎士比亚对疯癫的看法。一方面,疯癫作为理性的伴侣,是对真理的探索,对理性的另一种形式的表达;另一方面,理性对疯癫进行压制和惩罚,通过排斥手段欲使疯癫服从社会规范化的管理,而在这一过程中不仅表现出理性本身的脆弱,也揭示了理性的失败。最后,疯癫不仅没有回归理性,反而导致了痛苦与死亡。通过《哈姆莱特》的疯癫书写,莎士比亚展示了文艺复兴时期疯癫的悲剧性体验，给予疯癫一种无上的地位与自由。而在 17 世纪以后，便形成了一种断裂，断裂后的疯癫经验使"疯癫在人世中是一个令人啼笑皆非的符号，使现实和幻想之间的标志错位，使巨大的悲剧性威胁仅成为记忆。它是一种被骚扰多于骚扰的生活，是一种荒诞的社会骚动，是理性的流动"①。

【基金项目】本文为四川外国语大学青年项目"《亨利六世》中的疯癫书写与秩序建构研究"（项目编号 sisu202149）的阶段性研究成果。

【作者简介】李波，女，山西大同人，首都师范大学文学博士在读，主要从事文艺复兴时期文学研究。

---

① ［法］米歇尔·福柯：《疯癫与文明：理性时代的疯癫史》，刘北成译，生活·读书·新知三联书店 2019 年，第 37 页。

从《哈姆雷特》中对鬼魂的诸多称呼细看莎翁及其同时代英国人的鬼魂观

北　塔

【摘　要】　在《哈姆雷特》一剧中,莎翁借多个剧中人物的口,用了近十个不同的代词、名词称呼丹麦老国王的同一个鬼魂,尤其是用了两个截然不同的代词,即表示人的"他(he)"和表示物的"它(it)"。从鬼魂等级说(the theory of ghost grade)受到启发,以人性比例之从低到高为尺度,笔者将这些称呼排列如下:thing、true-penny、figure、illusion、spirit、apparition、boy。在这个序列中,从老国王鬼魂的纯物性开始,逐步加强人性的比例,中间是兼有物性和人性,到最后是纯人性。从这些对同一个鬼魂的众多称呼的取名法中,我们也隐约可见莎士比亚把鬼魂再人化(rehumanize)的良苦用心,进而把握他作为人文主义思想家的基本价值取向。

【关键词】　莎士比亚;《哈姆雷特》;鬼魂观

A Scrutiny on Shakespeare and His Contemporary English People's Views on Ghost

Bei　Ta

【Abstract】　Through mouths of various characters in *Hamlet*，Shakespeare used almost ten different pronouns and nouns to name the same ghost of the passed King of Denmark，especially the two pronouns distinct to each other："he"（indicating a man）and "it"（indicating a thing）. Inspired by the theory of ghost grade，the author of this article orders these appellations according to their proportions of humanity as

follows："thing""true-penny""figure""illusion""spirit""apparition"
"boy"。In this sequence，the first ones begin with pure physicality，
and the middle ones are mixed with humanity and physicality and the
last one has got pure humanity（again）. From the naming principle of
the sorts of the appellations of the same ghost，we can get a vague
view on Shakespeare's strenuous efforts of rehumanizing ghost so as to
grasp his basic valuation as a humanistic thinker.

【Key Words】 Shakespeare；*Hamlet*；views on ghost

一、同一个鬼魂，为何既被称为"他"又被称为"它"

　　莎士比亚是善用鬼魂形象的高手，在《哈姆雷特》《麦克白》《查理三世》《裘力斯·凯撒》《辛白林》等剧作中，他都让被谋害不久之后的人的冤魂出现，以报深仇。在《哈姆雷特》中，老国王哈姆雷特的冤魂出现了三次（另有一次只是被提及）。其中前两次出现于第一幕，莎士比亚通过马塞勒斯、贝纳多、霍雷修和哈姆雷特相互之间的对话，对鬼魂进行了侧面描写。

　　笔者注意到，在舞台说明中，剧作者对鬼魂的称呼用的都是 ghost，那是专指人死后所化作的鬼魂或幽灵（soul or spectre of a dead person），且明确指老国王的鬼魂。但是，在鬼魂第一次出现时，马塞勒斯、贝纳多、霍雷修三人均以表示"物"的第三人称单数代词"它"（it）来称呼鬼魂，即他们都认定那是"东西"（this thing），而不是"人"。而当霍雷修去向哈姆雷特汇报时，两人对话中用第三人称称呼那同一个鬼魂时，用了两个截然不同的代词，即表示人的"他"（he）和表示物的"它"，意指鬼魂既有人性又有物性；而且霍雷修一个人称呼同一个鬼魂时用的是这两个不同的第三人称代词。且看第一幕第四场中哈姆雷特与其好友霍雷修的对话：

> 哈姆雷特：　看在上帝爱我的份上，说来让我听听！
> 霍雷修：　　这两位绅士［贝纳多和马塞勒斯］
> 　　　　　　连着俩晚上值班守夜。在午夜
> 　　　　　　无边的死寂里，他们遇到了
> 　　　　　　一个鬼影，<u>他</u>可真像您的父王，

从头到脚，全副武装，出现
在他们面前，迈着庄严的步伐，
缓缓地、稳稳地走过他们身边。
他三次走过他们面前，相隔
不过他的权杖那么长的距离。
他们惊恐万分，连眼都不敢抬；
他们几乎被那恐怖的一幕
摄去了魂魄，成了一摊肉冻，
目瞪口呆地站立着，不敢跟他
说话。他们把这可怕的秘密
透露给了我。于是在第三个晚上，
我跟他们一起守夜；就在那儿，
那**东西**的样子跟他们所说的
一模一样；这证明他们的每句话
都真确无误。那个鬼东西又来了，
我觉得它啊像极了您的父王：
正如我这两只手之彼此相像。

哈姆雷特： 可**它**在哪儿呢？

马塞勒斯： 殿下，就在我们守夜的平台上。

哈姆雷特： 你没跟**它**说话吗？

霍雷修： 殿下，我跟**它**说话了；但是**它**没有
搭理我。不过有一回**它**似乎抬起了
脑袋，动了动嘴巴，好像要开口
说话；可就在那时司晨的公鸡
高声叫了起来；一听到这叫声，
它就急急退缩了，消失了影踪。①

在这段哈姆雷特与霍雷修关于鬼魂的对话中，他们交叉使用表示"物"的第三人称代词"it"（它）和表示"人"的第三人称单数"he"（他）来指代鬼魂。霍雷修对鬼魂的称谓

① 本文中的莎剧译文均为作者自译。特此说明，下文不再一一标注。

有变化。一开始他用的是"he"(他),但哈姆雷特接他的话,对鬼魂的称谓用的却始终是"it"(它)。于是,后面霍雷修随哈姆雷特改称之为"it"(它)。

　　问题来了:对于同一个鬼魂,霍雷修用的称呼为何由"他"而"它",哈姆雷特又为何只用"它"? 霍雷修用的称呼之所以一开始是"他",是因为他倾向于相信那是老国王的阴魂,见其魂如见其人,或如见其人影(figure)。figure 属于"人",本指"人影"或"人形"(form or body of a human being),但此处由于老国王这个人已经由人变成鬼,所以笔者以为应该翻译为"鬼影"。也许是为了不至于吓着年轻的王子朋友,霍雷修在向哈姆雷特介绍其见鬼情形时,措辞和用词都极为小心,即他尽量不把"鬼魂"这个词说出来。他采取了两个修辞策略。一是采用倒装句,再加上两个副词短语,这样他就可以尽量拖延时间,之后才点到这一段的鬼魂主题;二是哪怕到了必须提到主角的时候,他也用了替代名词 figure(鬼影)而不直接说出 ghost(鬼魂)。另外,他可能认为鬼魂原就属于人,在离开人不久的情况下,其形尚有相当明显的人形和丰富的人性,同时为了表示对老国王及其鬼魂的尊重,霍雷修用"他"这个表示人的第三人称代词称呼那鬼魂。但紧接着霍雷修又称"鬼魂"为"那东西"。这表明他转而觉得那鬼魂不是老国王的阴魂——可能是别的什么鬼怪(比如山鬼、树精),属于物的范畴。

　　在这段话的最后,霍雷修用了一个兼具人性和物性的称呼——"鬼东西"(apparition)。apparition 既可属于"人",也可属于"物",非物质但又显实物性(An apparition of a person or thing is an immaterial appearance that seems real),无人形但又见人影(埃兹拉·庞德的名诗《在地铁车站》云:"人群中的这些面影/湿而黑的枝干上的花瓣"(The apparition of these faces in the crowd/Petals on a wet, black bough),用的正是这个词。

　　可见,在这一段关于同一个鬼魂的描写中,霍雷修对鬼魂的称呼就有曲折性的变化——由近人到近物到在人与物之间滑动,这表明他对那个鬼魂的存在性质的认知具有不确定性,或者说他认为那个鬼魂的归属具有人与物的两可性。

　　哈姆雷特用的称呼始终是"它",这是因为当时他还没有看到鬼魂,只是听霍雷修的叙述,而且他倾向于不相信那是他父王的阴魂,或者说他觉得那个鬼魂是跟人没有什么关系的"东西",故而用"它"来称呼。哈姆雷特倾向于不相信那是他父王的阴魂,还有一条内证。尽管在第一幕第四场中,哈姆雷特对着鬼魂已经说"我要称你为/ 哈姆雷特,国王,父亲,丹麦的/明君。"而且在第一幕第五场中,那鬼魂也跟他说:"我是你父王的魂灵。"也许哈姆雷特所说的"我要称"带着些许试探的口吻,但国王的口气是明确的。也就是说,在第一幕的最后,相当于父子俩已经隔着阴阳相认。然而,哈姆雷特还是在霍雷修等人面前,在用"它"称呼那鬼神。也许出于他疑虑重重的性格,他在得到直接的证据之前,仿佛是遵从疑"鬼"从无的基本原则,他怀疑那鬼魂不是他父亲的阴魂。霍雷修一听哈姆雷特那样称呼鬼魂,觉得自己把那鬼魂等同于老国王的阴魂,有点冒失,或者,他觉得连哈姆雷特作为王子都称其父王之魂为"它",他也就跟着重又用起了"它"。

有意思的是,到了第二幕第二场,哈姆雷特一方面还在担心他看到的鬼魂可能是个魔鬼,伪装成他父亲生前的样子,来试图诱使他杀害无辜的人,从而引他下地狱;另一方面却开始用"他"来称呼那鬼魂;这意味着他开始有点倾向于怀疑那鬼魂是他父亲的阴魂,或者哪怕跟他父亲没有关系,也跟"人"有关:

> 　　　　　　我所
> 看见的幽灵可能是一个恶魔;
> 他有魔力伪装出悦人的形态;
> 唉,也许他很善于抓住软弱
> 和忧郁这些心态,而我就是
> 既软弱又忧郁,所以他会欺蒙我
> 引诱我下地狱。我要找到比这
> 更加直接的证据,那出戏是关键,
> 通过它,我要抓住国王心中的贼。

二、关于这同一个鬼魂的其他多个称呼

在《哈姆雷特》一剧中,除了上面所引这段对话里的这些代词和名词,莎翁还用了多个不同的名词称呼那同一个鬼魂:illusion、spirit 和 boy。这三个称呼各自有特殊而丰富的含义,或隐或显。且让我们来一一解析。

1. illusion(幻影)

这个词指由想象力创造的概念或影像,没有客观现实性。这种幻影或幻象既可属于人,也可属于物。在《哈姆雷特》第一幕第一场中,霍雷修直呼鬼魂道:

> 　　　　　　站住,
> 你这幻影! 如果你能弄出声音,

或发出噪音，那么请跟我说话。

2. spirit（鬼魂、灵魂）

这个称呼最具有丰富的辩证意味。spirit 有两种存在状态。一是外在于人体的超自然存在（a supernatural being），意为"精灵"（相当于 elf）或"鬼魂"（相当于 ghost）；二是内在于人体的自然存在，意为"灵魂"（相当于 soul 或"精神"）。前者既可属于人，又可属于物（如鳖精和狐狸精等）；后者属于人。因此，多数情况下，它属于人的范畴。

在《哈姆雷特》一剧中，spirit 基本上指向人，既指外在于人的"幽灵"，又指内在于人的"魂灵"。它既有单数形式（一），又有复数形式（多）；既能出入内外，又能寓多于一。

我们先来看 spirit 作"幽灵"解的例子。虽然舞台提示中称老国王的鬼魂为 ghost，但哈姆雷特等剧中人物对它的称呼用得最多的是 spirit。在第一幕第一场中，霍雷修对鬼魂道：

> 或者，如果你生前曾经把敲诈
> 勒索来的财宝埋藏于大地的子宫
> （他们说，你们这样的*幽灵*往往
> 会为了财宝而在大地上到处走动）

"你们这样的幽灵"（you spirits）指的是老国王的鬼魂那样的存在，显然是在身体死去之后的"身外之物"。再如，在第一幕第四场中，那鬼魂自己对哈姆雷特王子说："我是你父王的阴魂。"（I am thy father's spirit）这个阴魂也是出离肉体的。

再来看 spirit 作"灵魂"或"精神"解的例子。在第三幕第二场中，哈姆雷特夸赞挚友霍雷修说：

> 在我交往的人中，你是最正直的一个。
> ……
> 不，你别以为我是在奉承你；
> 我能指望你给我什么进益呢？
> 你又没什么收益，只有善良的
> *精神*是你的食物和衣服。

此处"你善良的精神"的原文是"thy good spirits"，是内在于霍雷修的身体的。也是在第三幕第二场中，戏中戏的国王对戏中戏的王后说：

> 这誓言太重了。亲爱的，你先出去，
> 让我独自呆一会儿。我的*精神*困倦，
> 我只能用睡眠来消磨这沉闷的白天。

此处"我的精神"对应的原文是"My spirits"，是内在于那国王的身体的。比较有意思的是，老国王的鬼魂的自我称呼也是 spirit。他刚见到哈姆雷特的时候，自我介绍说："我是你父王的魂灵。"尽管已经阴阳相隔，但毕竟老国王的鬼魂返回了人间，毕竟是父子相见面谈，他没有自称为"鬼魂"，或许是因为他恍然觉得乃至期望自己的存在状态不是鬼魂或幽灵，而是跟生前一样的"魂灵"——只是暂时离开肉体的那种，而鬼魂是永久离开肉体的。

1517 年，德国神父马丁·路德提出《九十五条论纲》，主张人可以直接和上帝对话，每个人对《圣经》都可以有自己的理解，开启了欧洲宗教改革运动。该运动奠定了新教基础，瓦解了天主教会所主导的信仰体系，打破了天主教的许多信条，包括关于鬼神以及炼狱等内容。天主教的鬼魂观带有祖灵崇拜等原始宗教的观念，人死后，因为原罪或其他罪行，鬼魂要在炼狱里经受硫磺火的"烤"验，然后等待所谓"最后的审判"，只有被判定所有罪行都已经涤除或救赎，才可能进入天堂。鬼魂被"烤"验的过程非常漫长且痛苦，其间他还可以返回人间，一般是趁着黑夜返回，天一亮就得回到炼狱里去；因为他们见不得阳光。而在新教观念中，人死后灵魂要么上天堂，要么入地狱，不会返回人间。

新教观念很快很早就传入英国。早在 1533 年 1 月，在没有获得教皇许可的情况下，英国国王亨利八世就成立了圣公会，宣布脱离罗马教廷，也即脱离天主教。1553 年，玛丽女王曾短暂恢复天主教。但是，1558 年，伊丽莎白女王重新巩固了圣公会的地位，正式宣布基督新教为英国国教，彻底与天主教分道扬镳。

然而，在《哈姆雷特》中，老国王的鬼魂对哈姆雷特王子说：

> 我是你父王的*魂灵*。被判定有一个
> 时期要在夜晚游走，白天被禁锢
> 在火焰里，忍受禁食的饥饿，直到
> 生前所犯下的罪孽全都烧掉、清除。

　　这个老国王的鬼魂的自我描述反映的是天主教观念，而不是新教观念。那么，此处是莎翁无意间犯了时代错位的毛病，还是有意为之？

　　如果是有意为之，那么有两种可能性。第一，剧中历史年代早于莎翁当代，而且早于新教，所以呈现了天主教的传统鬼魂观。第二，尽管到莎士比亚写作《哈姆雷特》的年代（1599—1602），新教已经传入英国长达七八十年了，而且已经被奉为国教；然而，恐怕还是有许多英国人的鬼魂观没有从天主教转变到新教范畴。他们还是相信鬼神的存在，并且认为在平常状态下，"灵魂"内在（或寄寓于）于身体，肉体灭失之际，灵魂离开，单独存在，称为"鬼魂"。

　　不过，在某些非正常状态下，灵魂也会离开活人的身体，由内于人转为外于人，类似于我们中国人所说的"出神""灵魂出窍"。出离身体之前称为"灵魂"，出离之后称为"鬼魂"。这跟朱熹在《朱子语类》卷六十三所言相似："精气就物而言，魂魄就人而言，鬼神离乎人而言。"《哈姆雷特》第三幕第四场中，也有这样的关于"灵魂"暂时离开肉体的描写。当哈姆雷特看着父王的鬼魂发呆时，王后因为看不见那鬼魂而莫名其妙，对儿子哈姆雷特说："Forth at your eyes your spirits wildly peep."这可能是本剧中最难理解的一行。如果不深入细致、设身处地地去分析 spirits 这个词和这句话的内在含义，很难准确翻译。其难点在于这里的眼睛不是看的主体，而是被看的客体；最难理解的是，看的主体是"魂灵"。这对于很多习惯于固定的所谓科学思想和常规思维的现代读者来说，好像是有悖常理的。首先他们不承认魂魄的存在，其次哪怕魂魄存在，也只能是被看的客体。但对于伊丽莎白时代的英国人来说，这可能是比较正常的一种观念和思维：人有魂灵，魂灵与肉体在某些特定的时间可以分离，即魂灵会短暂离开肉体，并且能反观自己的肉体。这行诗说的就是：魂灵离开了肉体，甚至会让旁人看见（如王后虽然看不见其前夫老国王的亡魂，却能看见儿子哈姆雷特的跑出肉体的灵魂）；但灵魂并没有远走，而是隔着一小段距离，回望着肉眼，或者说，哈姆雷特自己的灵眼与肉眼在对视。其实，从语法上说，这句话的结构很简单，就是一个倒装句，正过来应该是：Your spirits wildly peep forth at your eyes.其主谓宾是非常清楚的。正是因为很多人不容易跳出思维定式，所以没有能正确理解这句话，有些译文也就出了问题：看似正常化了，实质译反了。如梁实秋译为"你的眼里光芒四射"，朱生豪译为"你的眼睛里射出狂乱的神情"，卞之琳只把朱译改了一个字，译为"你的眼睛里显出狂乱的神情"。

　　三人的译文的共同点是：眼睛由受动者被译成了施动者。梁没有译出 spirits 这个词。朱与卞把"神情"（spirits）由施动者译成了动词宾语。这与原文的动作关系正好相反。把 spirits 译为"神情"也是有问题的，因为"神情"一般指一个人表面（尤其是脸面）

上所显现的精神状态,可以专门属于眼睛,所谓"眼神"者;而 spirits 是与整个肉体(远远不止是肉眼)相对的存在复合体,不是"神情"一词所能概括。"神情"的英文一般是 expression,与 spirit 尤其是 spirits 相差甚远。

莎翁另一部戏剧《特洛伊罗斯与克瑞西达》(*Troilus and Cressida*)第四幕第五场第 56 和 57 行有极为类似的表达:"her wanton spirits look out/ At every joint and motive of her body."。梁实秋译为"她身体上每一活动关节都流露出淫荡的神气。"朱生豪译文的思路和结构跟梁如出一辙:"她身上的每一处骨节,每一个行动,都透露出风流的心情来。"他俩都把施动者 spirits("神气"或"心情",这两个译文都不准确或者说简单化了)变成了受动者,相应地,把受动者 every joint and motive("每一活动关节"或"每一处骨节,每一个行动")变成了施动者。这都是为了使中文显得更加正常,更能迎合中文读者对现存语法、思维和惯常性期待,但与原文正好相反。joint 与 motive 之间是并列关系,梁却译成了修饰"活动"与被修饰"关节"的关系;原因在于他并没有好好理解 motive 这个词。这个词的含义不是"活动",而是"动机"(内在的,可通过表面活动显现出来)。朱生豪意识到两者之间的并列关系,但他在梁的基础上直接把"活动"改成了"动作"(action)。

历代英语诗人都热衷于或者说善于把抽象名词具象化、拟人化,从而用作施动者,用作主语。莎翁是这方面的突出代表。比如,就在紧接着此处的后边,哈姆雷特对他母亲说:"不要太确信那说话的是我的疯癫/而不是您自己的罪愆。""疯癫"和"罪愆"这两个抽象名词会说话,成了施动者。

梁和朱的共同问题是:竭力避免把似乎是抽象的 spirits 当作施动者,从而当作主语。而他们甚至不惜把抽象的心理名词"动机"改成具象的外化的"动作"。这从某种程度上表明中国人比较不喜欢也不擅长抽象思维的特点。另外,"神气"和"心情"云云也没有译出 spirits 成分的复杂性和存在的主动性。

笔者认为这句话应译为"她放荡的*魂魄*向外望着/她自己肉体的每一个关节和动机"。这句话非常有助于我们理解《哈姆雷特》里的这一行。克瑞西达的魂魄可能尚未跳出她的肉体(主要指"眼睛",所谓"眼睛是灵魂的窗户"也),但似乎是探出了脑袋,不过,探脑的目的是看她自己。王后眼中的哈姆雷特则不同,他的魂魄仿佛真的飞出了肉体,不过其目的还是反观自身。本来身体是魂魄的寓所,魂魄寄居于身体之中。然而,当魂魄的眼探出肉眼,肉体俨然成了一个外在之物。forth 在这里的意思是"向外",peep forth 的意思类似于 look out。

孙大雨和黄国彬译比较"大胆地"把 spirits 译为了主语,但他们的译文离原文的含义和结构还是相当有距离。孙译为"你神魂向你瞳仁外惶恐地窥视"。黄译与孙译基本雷同:"你的灵魂在眼中惊惶外望"。"神魂"和"灵魂"当然比"神情"更接近"灵魂"和"魂魄",但恐怕不会让读者联想到原文的复数所指向的丰富内涵,因为这两个词都意味着单数。

wildly没有"惶恐"或"惊惶"的含义。at your eyes是介词宾语组合,"眼睛"是被窥视的对象,不是灵魂寄居的场所。孙和黄都译成了表示位置的状语。"向瞳仁外"的意思是神魂本来在瞳仁里面,正如"灵魂在眼中"。诚如是,我们要问:"神魂如何向瞳仁外窥视瞳仁? 灵魂在眼中又如何惊惶外望眼睛?"这里我们中国译者只有学习西方诗人,更大胆地想象魂魄已经夺眶而出,才能设想它们回望自己的眼睛。综上所述,这行最难解的诗就可"迎刃而解"。笔者主张译为"你出窍的魂魄狂野地窥视着你的眼。"

笔者之所以用"魂魄"而不是"灵魂"或"魂灵"翻译此处的spirits,是因为无论是霍雷修的还是戏中戏国王的还是哈姆雷特的,"精神"或"灵魂"都是复数spirits,而不是单数spirit。莎翁其他作品中也多次用spirits。这表明莎士比亚时代的英国人认为,一个人的精神或灵魂不是单一性的存在,而是多元性的复合体,比如,可能包括心之神、眼之神甚至掌管别的器官的神。它们组合成为一个"精神共同体"(spiritual community),被称为spirits。笔者用"魂魄"翻译spirits的另一个原因是中国古代关于"魂魄"的极为丰富的思想文化资源。中国古人认为,人的肉体里精神性的存在不止有魂,还有魄,魂和魄还可以进一步细分;魂魄有别又相合。

关于魂魄之差异,中国古代有十多种认知。比如《左传》从魂魄产生的时间先后提出"先魄后魂论"。《左传·昭公七年》说:"人生始化曰魄,即生魄,阳曰魂。"人刚刚生下来的时候,就兼有"身"与"神","神"最初的形态是"魄",附着于形;后来随着人在人间或者说阳间的时间增多,接受更多的阳气,便产生了"魂",魂更多依赖的不是形,而是气。孔颖达疏解道:"人之生也,始变化为形,形之灵者名之曰'魄'也。既生'魄'矣,'魄'内自有阳气。气之神者,名之曰'魂'也。"[①]"魄"的性质以形为主,带有灵气,即物质性为主,兼具精神性;"魂"呢,正好相反,人之精神在阳世的成长过程中,不断地在养气,而且养的是阳气,养到一定的程度,物质性大幅度消退,精神性大幅度增多,于是有了"魂",也即,"魂"的性质是以抽象的"气"为主,以"形"为辅。总之,魂魄兼具物质性和精神性。这与莎翁时代英国人观念中"鬼魂"(ghost)的性质相似。当"鬼魂"是"魄"时,可以用"它"指代;当"鬼魂"指"魂"时,则可以用"他"指代。

再如,后来道教阴阳学说发展了"阳曰魂"说,发明了"阳魂阴魄论"。《淮南子》高诱注曰:"魂者阳之神,魄者阴之神。"还如,《关尹子》从五行学说出发提出木魂金魄论:"水

---

① 《春秋左传注疏》(四),《四库家藏》丛书,山东画报出版社2004年,第1296页。

为精为天，火为神为地，木为魂为人，金为魄为物。"此外，道家关于灵魂的种类还有更细的分法，至少包括"三魂七魄"说和"五藏皆藏神"说。三魂七魄说源自葛洪《抱朴子·地真》，其曰："欲得通神，当金水分形，形分则自见其身中之三魂七魄。"①但葛洪没有具体说到底是哪三个魂哪七个魄。《云笈七签》卷五十四"魂神部一"说人身有三魂七魄，并分别列举了出来。其中三魂是"一名胎光，太清阳和之气也；一名爽灵，阴气之变也；一名幽精，阴气之杂也"。七魄分别为"其第一魄名尸狗，其第二魄名伏矢，其第三魄名雀阴，其第四魄名吞贼，其第五魄名非毒，其第六魄名除秽，其第七魄名臭肺。此皆七魄之名也，身中之浊鬼也"。此间有贵魂贱魄之意：魂之气清浊相杂，而魄之气则只浊不清。

有分必有合。尽管在理论上中国古人对魂和魄进行了区分和再分，但在实践上一般人都主张或呼吁众多魂魄共存相合于一身。如《黄帝内经》认为，一个完整的人必须"魂魄毕具"。其《灵枢·天年》篇载："黄帝曰：何者为神？岐伯曰：血气已和，营卫已通，五脏已成，神气舍心，魂魄毕具，乃成为人。"②陆云则倡导同一个人同时要怀抱魂与魄。其《逸民赋》云："载营抱魄，怀元执一。""营"者"魂"也，"载营"与"抱魄"为互文。笔者以为，中国古人之所以认为众多魂魄能够共存相合于一身，是因为魂魄本为一体，或者说魂本身就是由魄演变而生。前面所引"人生始化曰魄，即生魄，阳曰魂"最后一句可以理解为"阳化曰魂"，即魂是由魄经过充分的阳化之后产生的。两者只有先后之分，没有贵贱之别；中间可能会分开，但最终要相会相合。

在现代汉语中，"魂魄"已经成为一个词，而不是两个有着区分的字；其内涵符合"多"与"一"结合的辩证法。而这正好符合 spirits 这一个英文单词复数形式的复杂内涵。

3. boy（男孩，伙计）：可能是最有隐情的称呼

在《哈姆雷特》第一幕第五场中，当鬼魂在回到地下之际，喊着要霍雷修他们发誓保守秘密的时候，哈姆雷特对着那鬼魂喊道："啊哈，小伙计，你也说要发誓？你在那儿吗，/老实鬼？"此处原文，哈姆雷特称呼他父王的鬼魂为 boy（男孩、家伙、伙计），第二人称单数也用了普通的 thou（你），而没有用敬辞 you（您），还开玩笑给对方取绰号为 true-penny（本义是"真便士"，喻义是"老实鬼"）；他似乎对死去的父亲大为不敬——"孩子"本来应该是父亲对儿子的称呼，这里却成了儿子对老子的（鬼魂）的称呼。这到底是为何？

---

① 《抱朴子 金楼子》，《四库家藏》丛书，山东画报出版社 2004 年，第 141 页。
② 《素问 灵枢经 难经 伤寒论》，《四库家藏》丛书，山东画报出版社 2004 年，第 74 页。

　　有学者解释说,这是因为哈姆雷特此时已经基本认可那鬼魂就是他父亲的亡魂,预感到鬼魂所说的事情无比严重,他当机立断,不打算让任何人知道其中的详情,而且他要故意淡化霍雷修他们所认为的那鬼魂就是他父王的亡魂的观念。^① 也有学者解释说,此时哈姆雷特还没有完全认可那鬼魂就是他父亲的亡魂,所以没必要加以尊敬。笔者以为,从整个语境来看,哈姆雷特不仅不告诉霍雷修他们实情,还一再要求他们保密;因此,还是前面一种解释比较合理。

　　尤金·马洪(Eugene J. Mahon)等莎学家提供了一个独特的阐释视角:哈姆雷特隐指莎士比亚夭折的儿子。1596 年,莎士比亚 11 岁的儿子哈姆内特(Hamnet)死于鼠疫,大约四年后他创作《哈姆雷特》(*Hamlet*)。斯蒂芬·格林布拉特(Stephen Greenblatt)等多名学者都认为,从这两个名字的高度关联度来看,《哈姆雷特》(*Hamlet*)隐隐显露莎翁对爱子哈姆内特的深深怀念。^② 笔者以为,莎士比亚此处通过戏剧的幻觉,甚至把自我幽灵化,写到老国王这个父亲的鬼魂与其儿子相见并交谈的情景时,实在是情不自禁,以至于让他笔下的父子关系与他自己生活中的父子关系颠倒易位,他恍惚成了剧中的儿子哈姆雷特(因为都活着),他儿子仿佛成了剧中的父亲(因为都死了)。本来,按照常理,此处儿子哈姆雷特应该尊称老国王的阴魂为"父王",采用第二人称代词"您";但思子心切的莎士比亚此刻已经控制不住自己的笔,直接让自己沉浸于自己编造的戏剧情境,把老哈姆雷特的阴魂错当作爱子哈姆内特的阴魂,故而直呼"孩子"。这一呼叫来自莎翁内心最深处,是直觉和无意识作用的结果,可以看作莎翁对儿子的招魂之词。莎翁之所以让老国王和王子同名,都叫哈姆雷特,也出于这个饱含深意的动机。

　　或许有人认为,此处用 boy 可能是莎翁的笔误。那他为何之后没有修改呢? 笔者以为,作为文豪的莎翁,对自己的文章盛事的永恒性一向高度自信。其十四行诗第十八首结尾云:"但你永恒的夏季却不会消亡,/你优美的形象也永不会消亡。/死神难夸口说你深陷其罗网,/只因你借我诗行可长寿无疆。/只要人眼能看,人口能呼吸,/我诗必长存,使你万世流芳。/"(辜正坤译)。作家莎士比亚就是要通过这样一个故意设置的嵌入式笔误,以这种极为隐晦的方式,正如这部戏及其主人公的取名方式,让夭折的儿子在他自己的笔下获得永生。

　　从修辞策略的角度来说,很显然,天才莎士比亚用了他最擅长的双关语手法,即 boy 兼具"男孩"和"伙计"二义。双关语是翻译的拦路虎,并不是所有的译者都能充分准确

---

　　① William shakespeare. *Hamlet*, T. J. B. Spencer ed., Penguin Books, 1980, p. 141.
　　② Stephen Greenblatt. *The Death of Hamnet and the Making of Hamlet*, *New York Review*, 2004, October 21, issue.

译出。卞之琳和孙大雨知难而退，干脆没有译 boy 一词。朱生豪译为"孩儿"取了前一义，梁实秋译为"伙计"，黄国彬译为"好家伙"取了后一义。笔者以为，此处译为"小伙计"，庶几能兼得双关。更且，这个三字格词与同一句中另一个称呼的中文译名"老实鬼"相互对应。

三、结语

《哈姆雷特》中不同的人（加上老国王的鬼魂自己）对老国王的鬼魂的不同称呼达十多种。人称代词有"我""你""他"和"它"等，名词有 thing，figure，illusion，spirit，apparition，boy 和 true-penny 等。

这些名词大致可分为三类：一是只指向人的，如 figure 和 boy，可以"他"代。二是只指向物的，如 thing，可以"它"代。三是兼指向人和物的，如 illusion，spirit 和 apparition，既可以"他"也可以"它"代。

所有这些称呼表示鬼魂的属性或近于人或近于物，或两者皆近。在莎士比亚时代，英国人之所以对同一个鬼魂既称"他"，又称"它"，大概是因为在他们看来，鬼魂是介于"人"和"物"之间的存在，既不是人，也不是物，既有人性又有物性，有时是纯粹的物质，没有人性的成分；有时是不纯粹的物质，掺杂人性的成分；有时又仿佛复活了，只有人性，没有物性。物性和人性的比例很重要，这个比例决定鬼魂的属性是偏向人还是偏向物。有时人性的比例高一些（以"他"代称），有时物性的比例高一些（以"它"代称）。中间有一些阶梯式的过渡状态。关于鬼魂的等级（ghost grade）有许多学说，从鬼魂身上所含人性和物性的比例的角度，我们也可以把鬼魂进行分类和分级。且以人性比例之从低到高将本剧中的这些称呼排列如下：thing，true-penny，figure，illusion，spirit，apparition 和 boy。在这个序列中，从老国王鬼魂的纯物性开始，逐步加强人性的比例，中间是兼有物性和人性，到最后是纯人性。由此，从这些对同一个鬼魂的众多不同称呼的取名法中，我们隐约可见莎士比亚把鬼魂再人化（rehumanize）的良苦用心，进而把握他作为人文主义思想家的基本价值取向。

【作者简介】北塔，中国现代文学馆研究员，主要从事诗歌创作与翻译研究。

第五编

文化与翻译研究

从《第十二夜》管窥英国文艺复兴时期的"姐妹情谊"

戴丹妮　赵育宽

【摘　要】　因其狂欢化叙事特征加之传统的大团圆结局,《第十二夜》自初登舞台后就被视为一部经典莎氏浪漫喜剧。然而,鉴于这出异性恋戏剧中的异装元素和暗涌的女同性恋特性,剧中奥丽维娅一角的结局显然并没有如其副标题所言"各遂所愿"。以女同性恋女性主义的视角重新阐释《第十二夜》中奥丽维娅的性取向,以及她与西萨里奥/薇奥拉之间的关系,揭示这部经典喜剧中的女同性恋存在和女同性恋连续统一体,以及当时社会对女性同性社会关系的态度,观照英国文艺复兴时期的"姐妹情谊",解构这部为异性恋话语所主导的浪漫喜剧。

【关键词】　《第十二夜》;女同性恋女性主义;英国文艺复兴;姐妹情谊

Glimpsing the "Sisterhood" during the English Renaissance in *Twelfth Night*

Dai Danni　Zhao Yukuan

【Abstract】　Since its premiere, *Twelfth Night* has been considered a classic Shakespeare romantic comedy because of its carnival narrative features and traditional happy ending. Nonetheless, considering the cross-dressing and lesbian characteristics implicit in this ostensible heterosexual play, this paper argues that the character of Olivia in *Twelfth Night* finally does not obtain what she wants as the subtitle *What You Will* indicates. Through the lens of lesbian feminism, this paper reinterprets Olivia's sexual orientation along with her relationship with Cesario/Viola in *Twelfth Night*，revealing the lesbian existence and lesbian continuum in this classical comedy and showing the attitude of a community responding to the female homosocial relationship，which may provide a glimpse of the "sisterhood" in the English Renaissance and deconstruct this romantic comedy that has long been dominated by heterosexual discourse.

【**Key Words**】　*Twelfth Night*；lesbian feminism；English Renaissance；sisterhood

一、引言

　　"姐妹情谊"(sisterhood)曾一度作为追求女性之间团结一致的"一个标语、格言和战斗口号"为女性主义者所提倡。[①] 伊莱恩·肖瓦尔特(Elaine Showalter)、杰梅茵·格里尔(Germaine Greer)、贝尔·胡克斯(bell hooks)等女性主义学者围绕这一概念都展开过相关研究。从广义上而言，"姐妹情谊"意指女性间的友爱；从狭义上而言，则特指女同性恋关系，一种"女性之间友爱的极端形式"[②]。虽然"女同性恋"一词直到19世纪晚期才作为社会学术语正式载入辞典，女同性恋者也由此成为独立群体逐渐步入大众视野，但对女性同性社会关系，又称为"浪漫友谊"(romantic relationship)的讨论早在18—19世纪就一度成为英国社会研究的一个焦点。女同性恋历史学家先驱莉莲·费德曼(Lillian Faderman)更指出，欧美女性间的"姐妹情谊"实则可以追溯到文艺复兴时期。[③]

　　近年来在后现代主义思潮的影响下，莎士比亚的经典喜剧《第十二夜》(*Twelfth Night*，*or What You Will*，1601)[④]因其对性别、性向等时兴话题的戏剧性呈现又重回争议中心。通过文本细读，重新解析剧中人物奥丽维娅(Olivia)模糊的性取向，以及剧终她同薇奥拉(Viola)建立的姐妹关系，可以发现这出异性恋喜剧背后实则暗藏着一部女

　　① 贝尔·胡克斯：《女权主义理论：从边缘到中心》，晓征、平林译，江苏人民出版社2001年，第52页。
　　② 郝琳：《难以构筑的"姐妹情谊"》，《河北大学学报》(哲学社会科学版)2004年第6期，第31页。
　　③ Lillian Faderman.*Surpassing the Love of Men*：*Romantic Friendship and Love Between Women from the Renaissance to the Present*. New York：William Morrow and Company，1981：16.
　　④ 关于《第十二夜》的创作年代，本文采取乔纳森·贝特(Jonathan Bate)的研究成果，详见Bate，Jonathan，and Eric Rasmussen. *The RSC Shakespeare*：*The Complete Works*. London：Palgrave Macmillan，2007：649.

同性恋潜文本，因此将其置于女同性恋女性主义理论（lesbian feminism）的视角下，以美国现当代理论家艾德里安娜·里奇（Adrienne Rich）的"女同性恋存在"（lesbian existence）和"女同性恋连续统一体"（lesbian continuum）这两个理念为立足点，或许能对奥丽维娅这个身处异性恋主义框架中的人物形象，以及她和西萨里奥/薇奥拉之间的关系进行解构，既为这部文艺复兴时期的经典浪漫喜剧提供不一样的解读视角，也能一窥彼时英国社会中存在的"姐妹情谊"。

二、奥丽维娅：《第十二夜》中的女同性恋

《第十二夜》主要取材自英国作家巴纳比·里奇（Barnaby Riche）的短篇故事集《里奇告别军旅生涯》（*Riche His Farewell to Military Profession*，1581）中的第二篇故事《阿波洛尼厄斯与茜拉》（"Apolonius and Silla"）。故事主线剧情相对简单：一场海难令双胞胎兄妹西巴斯辛和薇奥拉（Sebastian）分离，妹妹薇奥拉女扮男装，化名西萨里奥，投身伊利里亚公爵奥西诺（Orsino）门下做侍童。奥西诺深深迷恋伯爵小姐奥丽维娅，遂派遣西萨里奥/薇奥拉前去奥丽维娅面前代为传达自己的心意，不料一来二往，奥西诺的心上人却爱上了送信的侍童。所幸结尾双胞胎哥哥西巴斯辛的出现及时解开了这一段三角纠葛——奥丽维娅将其错认成西萨里奥并与之结婚，揭破自己异装真相后的薇奥拉则成功与自己心爱的公爵结成一对，无声熄灭了奥丽维娅先前对她燃起的爱火。

在这段因薇奥拉的异装造成的混乱三角恋情中，奥丽维娅无疑遭遇了性别身份困惑，她含混的性取向由此也为这部传统异性恋文本的女同性恋女性主义解读提供了沃土。西方女同性恋主义（lesbianism）自 20 世纪 60 年代发端以来，就依附于女性主义理论而不断发展壮大，常常被单独列为"女性主义理论发展演变中的一个派别"[①]，即女同性恋女性主义，其代表人物是美国当代著名诗人兼批评家艾德里安娜·里奇。众所周知，女性在父权社会中被建构为第二性，是男性的附庸，而女同性恋者兼具女性与同性恋双重身份，在性别与性取向方面难免面临双重压迫。因此，相较女性主义而言，女同性恋女性主义既继承了它"在性别纬度对父权制中两性权力不平等格局的批判"[②]，也更突出强调女同性恋者在性取向层面遭遇的不公，矛头直指父权制和异性恋中心主义。

尽管女同性恋直到 19 世纪晚期才成为一种身份认同，但早在 16—17 世纪的英国，尤其是在涉及性别身份混淆的异装戏剧中，借助戏剧性的异装表演打破性别的二元对

[①]　陈静梅：《西方女同性恋主义的历史回顾与当代发展》，《兰州学刊》2007 年第 5 期，第 111 - 115 页。
[②]　同上，第 111 页。

立乃至性取向的分野,就常常暗示了"对现存的性别标准和性行为的质疑"①,以及女同性恋存在和性别身份困惑等问题。《第十二夜》即为其中典例。依据里奇的界定,"女同性恋"一词"事实上并不单指涉两个女性同榻而眠那么简单",它还意指"女性之间最原始的强烈情感,一种为多数世人所轻视、所讽刺或被邪恶所包围的激情"。②可以看出,里奇将女同性恋的定义泛化到了情感与精神层面。这也正是她所提出的"女同性恋存在"和"女同性恋连续体"这两个概念的依托所在。所谓"女同性恋存在",里奇指出,它"既表明了女同性恋者的历史存在,也暗示了我们对其内涵的不断构建","就像为人母一样,是一种深刻的女性体验,遭受着特殊的压迫,有着特殊的含义与潜力"。③而所谓"女同性恋连续体"则涵盖"一系列女性互相认同的体验","贯穿于每个女性的生活以及整个历史"④,包括"她们在共同工作和游戏中建立起来的情感联系、彼此的心理支持以及共有的快乐体验等","一个女人在她的一生中可能在女同性恋连续体中时进时出,也可能终生置身其中"。⑤上述两个理念,都是里奇"对女同性恋传统的追溯",超脱身体和性欲的局限,偏重"女性之间交往的各种方式和以其生活为中心的各种活动",将女同性恋的定义"延伸到了智力与政治层面"。⑥下面就将从女同性恋女性主义的视角出发,立足文本,重新解读奥丽维娅的性取向,揭示她和薇奥拉之间暗藏在异性恋互动模式之下的同性爱恋情节。

奥丽维娅与公爵奥西诺两人门当户对,堪为良配,却一直拒绝奥西诺。依据奥丽维娅自己的说法,她要为自己死去的哥哥守丧七年。但值得注意的是,这样的声明在拒绝奥西诺的求爱的同时,实际上也意味着拒绝所有其他男性的接近。对于一位处于伊丽莎白时代且风华正茂的未婚伯爵小姐而言,守丧七年显然为时不短。就连奥丽维娅的叔父托比爵士也对她的决定感到困惑,抱怨道:"我的侄女见什么鬼把她哥哥的死看得那么重?悲哀是要损寿的呢。"⑦此外,如果奥丽维娅此举果真是出于对自己兄长真诚的

————————

①　何昌邑:《西方女同性恋文学及其理论构建》,《云南民族大学学报》(哲学社会科学版)2013 年第 6 期,第 119 页。

②　Adrienne Rich. On Lies, Secrets, and Silence: Selected Prose, 1966 - 1978. New York: W. W. Norton, 1979: 200.

③　Adrienne Rich. "Compulsory Heterosexuality and Lesbian Existence." Women: Sex and Sexuality, 1980, 5(4): 648 - 650.

④　同上,第 648 页。

⑤　罗伊丝·泰森:《当代批评理论使用指南》,赵国新等译,外语教学与研究出版社 2014 年,第 324 - 325 页。

⑥　许庆红:《激进主义与乌托邦——艾德里安娜·里奇的女同性恋女性主义思想评析》,《学术界》2013 年第 2 期,第 160 - 161 页。

⑦　威廉·莎士比亚.:《莎士比亚全集(四)·第十二夜》,朱生豪译,人民文学出版社 1978 年,第 9 页。如无特别说明,本文中的译文均引自该书,以下随文标页码。

爱,那为何不久之后她又愿意揭开面纱、抛开自己的誓言,热切渴望嫁给西萨里奥?将奥丽维娅的违诺放诸女同性恋女性主义的视角下或许能窥得几分真相。里奇提出,女同性恋存在应当被视为"一种现实,一种女性可以获取知识和力量的源泉"①,换言之,"一种反抗父权制的形式"②。学者罗伊丝·泰森(Lois Tyson)也指出,"拒绝男人接触她们的身体,也就意味着否决了父权制的利器——异性恋",因为"父权制和异性恋密不可分,要想抵抗前者,就必须抵抗后者"③。事实上,奥丽维娅也的确一直设法在抵抗父权制的压迫。继父兄先后逝世后,伯爵府名义上的父权代表只剩托比·培尔契爵士一人。他不能理解奥丽维娅守丧不婚的行为,并试图插手自己侄女的婚姻,不遗余力要帮安德鲁爵士向奥丽维娅求爱。奥丽维娅对此自然是断然回绝,丝毫不愿被父权掌控。换言之,奥丽维娅公然拒绝所有男性的接近实则是在挑战父权制的规范,也恰恰与女同性恋者排斥异性恋的行为有异曲同工之处。如此来看,奥丽维娅身上多少暗含女同性恋隐喻。

有鉴于此,女扮男装的薇奥拉能成功俘获奥丽维娅芳心的背后显然是值得挖掘的。依据学者南希·林德海姆(Nancy Lindheim)的分析,奥丽维娅对西萨里奥的独特或可归因于两个方面。

一方面,对于奥丽维娅而言,西萨里奥/薇奥拉"雌雄同体的年轻外表"④相较颇具男性气质的奥西诺无疑要更有吸引力。奥西诺曾如此赞美西萨里奥的外表:"狄安娜的嘴唇也不比你的更柔滑而红润;你的娇细的喉咙像处女一样尖锐而清朗;在各方面你都像个女人。"(14)可见,这位侍童所具备的女性特质要远胜于其男性特质。此外,读者也能从管家马伏里奥口中一窥西萨里奥身上流露出的"不具威胁性的男子气概"⑤:

> "说是个大人吧,年纪还太轻;说是个孩子吧,又嫌大些;就像是一颗没有成熟的豆荚,或是一只半生的苹果,又像大人又像小孩,所谓介乎两可之间。他长得很漂亮,说话也很习钻;看他的样子,似乎有些未脱乳臭。"(21)

---

① Adrienne Rich. "Compulsory Heterosexuality and Lesbian Existence." *Women*; *Sex and Sexuality*, 1980, 5(4): 633.

② 同上,第649页。

③ 罗伊丝·泰森:《当代批评理论使用指南》,赵国新等译,外语教学与研究出版社2014年,第324-325页。

④ Nancy Lindheim. "Rethinking Sexuality and Class in *Twelfth Night*." *University of Toronto Quarterly*, 2007, 76(2): 681.

⑤ 同上。

结合奥丽维娅曾经立过的誓言,"她不愿嫁给比她身分高、地位高、年龄高、智慧高的人"(13)——换言之,她不愿同自己驾驭不了的人结合,不愿让夫权有机会凌驾于自己之上——显然奥丽维娅所心仪的对象绝不是彼时世人眼中像奥西诺那样颇具男性气质的人,相反,她能为西萨里奥倾倒恰恰证明了女性气质对她的性吸引力。这也正是女同性恋者的共性之一。

另一方面,林德海姆指出,西萨里奥之所以能博得奥丽维娅的青睐还得益于"他""热情而动人的言辞"①学者雅米·艾柯(Jami Ake)也持类似观点,她首先指出奥西诺的彼特拉克式求爱诗作为一种"激励性话语",表面上是为"称颂美"而创作,实则"在很大程度上是代表了男性之间的一场争斗,而其战场所在无论是从其象征意义还是字面意义都是一个女性'被称颂的'身体",因此,奥丽维娅之所以屡次回绝奥西诺的求爱,或许正是因为她已经看穿这种诗体的华而不实——作为"一种旨在获取公众认可或自我推销的传统男性诗学",它既无法表达女性的心声,也无法"诱发女性的欲望"。② 相比之下,代为送信的西萨里奥似乎也认识到了这种彼特拉克式诗体的空洞匮乏,于是凭借自己的"直觉和想象力","或许还有自己的经验",创作出了自己从女性角度出发也觉得动人的诗句③:

> "我要在您的门前用柳枝筑成一所小屋,不时到府中访谒我的灵魂;我要吟咏着被冷淡的忠诚的爱情的篇什,不顾夜多么深我要把它们高声歌唱,我要向着回声的山崖呼喊您的名字,使饶舌的风都叫着"奥丽维娅"。啊! 您在天地之间将要得不到安静,除非您怜悯了我!"(21)

值得注意的是,在上述诗篇中,西萨里奥/薇奥拉并非简单地在代替奥西诺向奥丽维娅求爱,而是把自己想象成奥丽维娅的追求者,"像[她]主人一样热情地爱着[奥丽维娅]"(25),但却又使用了"一种她认为能够吸引像自己一样的女性的语言"④。换言之,有别于男性话语主导的彼特拉克式诗体,西萨里奥的求爱诗篇实则暗含两个女性的互动往来,而真正打动奥丽维娅的也正是隐藏在文本背后、能同她一样勇敢追求爱情的女

---

① Nancy Lindheim. "Rethinking Sexuality and Class in *Twelfth Night*." *University of Toronto Quarterly*,2007,76(2):681.

② Jami Ake. "Glimpsing a 'Lesbian' Poetics in '*Twelfth Night*.'" *Studies in English Literature*,1500 - 1900,2003,43(2):377 - 381.

③ 同上,第380页。

④ 同上,第380 - 381页。

性薇奥拉。

至此,伯爵小姐舍公爵而取侍童的背后缘由可以说是显而易见——为兄守丧不过是拒绝所有男性接近的借口,而西萨里奥之所以能打动奥丽维娅,正是因为"他"身上流露出的女性气质隔着一层男性异装唤起了伯爵小姐可能都未曾发觉的同性倾向。这也暗合里奇提出的"女性认同"(woman-identification)和"女同性恋连续统一体"的理念。

具体而言,通过在诗篇中的互动,两个女性携手冲破了男性语言的樊笼,在解构彼特拉克式求爱诗里的父权体系过程中建立了认同关系,从而短暂形成了里奇所构想的女性共同体,即能够共享情感和经验的"女同性恋连续统一体"。因此,尽管鉴于文艺复兴时期妇女性意识受到压抑,奥丽维娅即使对同性产生欲望,本人可能也浑然不觉,但从上述角度分析,无论奥丽维娅是否存在同性性行为或欲望,她对西萨里奥/薇奥拉燃起的爱火都不仅质疑了男女性别的二元对立,也在消解异性恋与同性恋之间的分野,揭示了英国文艺复兴时期女同性恋者的边缘化存在。

三、英国文艺复兴时期的"姐妹情谊"

可惜的是,尽管戏剧开场时,奥丽维娅是以掌控伯爵府的女主人形象出现,婚姻大事不容其男性长辈置喙,但她最终仍旧把自己对西萨里奥/薇奥拉的感情埋藏心中,接受突然出现的西巴斯辛做自己的丈夫,并匆匆以一句"你是我的妹妹了"(A sister — you are she)(21)为自己对西萨里奥/薇奥拉超出异性恋制度框架外的情感画下了句点。换言之,敢于拒绝伊利里亚至高统治者并不顾身份悬殊欲嫁与送信侍童的伯爵小姐,最终还是"凭着命运的吩咐"(26),屈服于父权体制下的强制性异性恋主义(compulsory heterosexuality)。

在 16—17 世纪的英国,于男性而言,即使他们熟知并承认萨福诗歌中的女同性恋因素,他们也很难想象没有阳具参与的性爱发生在英国女性之间的可能性。[①] 对此,彼时的英国女性基本持同样观点,没有阳具参与的爱情是不存在的,如薇奥拉在得知奥丽维娅爱上自己后所言:"可怜的小姐,她真是做梦了!"(21)奥丽维娅显然也相信"女性之间的爱是绝无可能的"[②]。此外,林德海姆指出,由于西巴斯辛是薇奥拉的孪生兄弟,因

---

① 　Lillian Faderman. *Surpassing the Love of Men*:*Romantic Friendship and Love Between Women from the Renaissance to the Present*. New York:William Morrow and Company,1981:27.

② 　Nancy Lindheim. "Rethinking Sexuality and Class in *Twelfth Night*." *University of Toronto Quarterly*,2007,76(2):680.

此,按他自己的话来说,奥丽维娅"现在同时是一个女人和一个男人的未婚妻了"(93),换言之,或许"西巴斯辛的外表多少能满足奥丽维娅潜在的同性恋情结"①,毕竟兄妹二人生就"一样的面孔,一样的声音",即使"把一只苹果切成两半,也不会比这两人更为相像"(91 - 92)。费德曼就文艺复兴时期的女性同性关系也曾提出类似观点:两个女性若想共度一生,除非她们中的一个变成了男人。② 这其实也正是《第十二夜》在戏剧化女性同性关系后为修复占主导的社会秩序使用的手段,即通过安排一个男性替身的出现打破僵局,以符合异性恋常态的要求。

因此,奥丽维娅"对西巴斯辛未经权衡的接受"可以说不过是"这类传统喜剧结局所必需的无法宽恕的手段"。③ 值得注意的是,在屈从于社会所要求的异性婚姻、抛却曾对西萨里奥生出的爱恋后,奥丽维娅却以"妹妹"这个"与性欲无关的同性关系词"和薇奥拉"重建了一段社会所允许的友谊/姐妹情"。④ 考虑到她曾经对西萨里奥投入过的真挚而炽热的情感,两人之间的这段姐妹情谊果真能够如愿达成吗?

伊利里亚虽然是一处虚构之地,戏中人物的名字也属典型的意大利命名风格,但"从挥舞着酒杯的骑士到清教徒管家,再到穿着小丑服的专业愚人",无一不表明伊利里亚实则和莎士比亚的许多其他戏剧一样,是以他熟悉的英格兰社会为背景所构造的。⑤因此,伯爵小姐奥丽维娅可以说是伊丽莎白时代的贵族化身。下面从社会历史批评的角度出发,进一步梳理英国文艺复兴时期的"姐妹情谊",探索奥丽维娅和薇奥拉构建姐妹情谊的可能性。

英国女性间的"姐妹情谊",或称"浪漫友谊",是 18—19 世纪英国女性同性社会关系研究的一个焦点。彼时的女性"常常相互表达深切的情感和甜蜜的爱意,但没有确凿的证据能表明他们之间有性行为或性欲望"。⑥ 然而考虑到 20 世纪以前的浪漫爱情和性冲动并不构成相关关系,加上女性性意识和性行为基本都受到了严格限制,即使彼时的"姐妹情谊"中缺乏明显的性表达,也不应该"低估女性对彼此热情的严肃性和强烈程

---

①　Nancy Lindheim. "Rethinking Sexuality and Class in *Twelfth Night*." *University of Toronto Quarterly*,2007,76(2):682.

②　Lillian Faderman. *Surpassing the Love of Men:Romantic Friendship and Love Between Women from the Renaissance to the Present*. New York:William Morrow and Company,1981:32.

③　Nancy Lindheim. "Rethinking Sexuality and Class in *Twelfth Night*." *University of Toronto Quarterly*,2007,76(2):680 - 682.

④　刘田:《〈第十二夜〉与戏剧性的酷儿》,《复旦外国语言文学论丛》2015 年第 2 期,第 83 - 86 页。

⑤　William Shakespeare. *Twelfth Night*. London and New York:Bloomsbury Arden Shakespeare,2008:2.

⑥　罗伊丝・泰森:《当代批评理论使用指南》,赵国新等译,外语教学与研究出版社 2014 年,第 324 页。

度"。① 据此,费德曼指出,欧美女性间的"姐妹情谊"实则可以追溯至文艺复兴时期。② 但不同于 20 世纪以来女性性观念与性表达的日趋开放,16—17 世纪的"姐妹情谊"更倾向于精神之爱。其中缘由或可归因于如下两个方面:其一,和奥丽维娅与薇奥拉一样,彼时的女性深受阳具中心主义的影响,坚信两个女性之间的性行为是无法达成的。这一点在菲利普·西德尼(Philip Sidney)的《彭布罗克伯爵夫人的阿卡迪亚》(*The Countess of Pembroke's Arcadia*,1593)中体现得尤为明显。国王之女菲洛克丽娅(Philoclea)爱上了伪装成亚马孙族女战士的年轻男子派罗克勒斯(Pyrocles),但她深陷痛苦,因为在西德尼的时代,菲洛克丽娅不仅无法与另一个女性共度一生,两个女人也不可能在性方面圆满她们的爱。巧合的是,同奥丽维娅一样,菲洛克丽娅也曾设想男扮女装的派罗克勒斯能成为她的妹妹,以此凭借亲属的纽带名正言顺地同"她"生活在一起。不同之处在于,菲洛克丽娅最终能和恢复男装的派罗克勒斯结成良缘,奥丽维娅却只能以"姐妹"的名义重构她与薇奥拉的关系。其二,英国文艺复兴时期的诸多思想观念深受古希腊、古罗马作家的作品影响,尤其是在建构同性情谊方面,不论男女都推崇柏拉图主义,认为灵魂的吸引要远胜于感官的愉悦。换言之,对文艺复兴时期的英国女性而言,灵魂的契合是她们的"姐妹情谊"中最重要的部分,以至于她们可能常常忽视了生理方面的需求。③

那么,冠以"姐妹情谊"就能掩藏奥丽维娅真正的心之所向吗? 事实上,英国文艺复兴时期的女性同性关系往往要比男性同性关系更让人易于接受。因为男同性恋意味着男性中的一方可能会采取女性行为、流露出女性气质,这在当时的父权社会本身就是不可取的,而女同性恋则意味着女性的一方可能会展露出男子气概,这在男性看来,就像被希腊人击败的亚马孙族女战士一样多少是值得称赞的。④ 此外,在 16—17 世纪的英国,部分男性甚至会以同情的目光看待女性间不同寻常的亲昵,因为在他们看来,女性同性恋行为(tribadism)不过就像是"一个孩童对成人游戏的模仿",她们终归会厌倦这种同性"游戏",转而投入异性的怀抱,因为"女性必须与男性建立联系才能生存"。⑤ 加上文艺复兴时期的"姐妹情"通常会罩以"友谊"的外衣,因此,彼时女性基本不会遭受当代女同性恋者曾经受到过的压迫。但世事无绝对,当时男性宽容女性同性关系的前提

---

① Lillian Faderman. *Surpassing the Love of Men*:*Romantic Friendship and Love Between Women from the Renaissance to the Present*. New York:William Morrow and Company,1981:19.

② 同上,第 16 页。

③ 同上,第 72 页。

④ 同上,第 29 页。

⑤ 同上,第 29-31 页。

是,女性不曾以此试图挑战他们的权威。譬如一个女性在女扮男装的情况下进行了女同性恋行为,男性对此便不会一笑置之,因为异装下的女性会被视为在性方面的行为同样具备男性特质,因而具有性侵犯性,而一个具有侵犯性的女性如果和另一个女性构建了亲密关系便极有可能会侵犯"男性对女性身体的假定财产权"。① 换言之,在父权社会的男性看来,一个女性异装癖者的同性行为表明她在企图颠覆社会赋予她的角色,并尝试索取男性特权、挑战男性中心主义的权威,这无疑会被视为一个令人不安的存在。这也是为什么奥丽维娅在莎士比亚的时代绝无可能同女扮男装的薇奥拉相结合,唯有以"姐妹"的名义才有可能继续她的爱恋。

四、结语

关于性别、性向的研究是近代才兴起的,但将其放诸英国文艺复兴时期的语境,奥丽维娅看似收获良缘的喜剧结局背后同样有许多值得挖掘的东西。但如瓦莱丽·特劳勃(Valerie Traub)和艾伦·布雷(Alan Bray)所指出,16、17 世纪之交同样是"研究英国乃至欧洲社会性别文化的重要时期",彼时"一些偏离异性恋传统轨道的性文化和性别展现",如女同性恋(tribade)文化圈,开始逐渐渗入主文化圈内。② 以《第十二夜》为例,虽然奥丽维娅最终未能同自己真正所爱之人结成良缘,但倘若在两人互动之时把薇奥拉的女性身份从其男性伪装中解放出来,就能感受到这两个女性角色之间存在的世俗规范外的"姐妹情谊"。

当然,英国文艺复兴时期的"姐妹情谊"显然和当代人眼中的女同性恋关系有所差异,但费德曼认为二者之间最主要的区别不在于性意识的觉醒以及公开的性表达,而在于 20 世纪以来父系文化逐渐遭到解构,女性的独立性日益彰显,因此即使没有男性的参与,两个女性之间同样能够建立一段和异性恋情侣别无二致的情爱关系。③

【基金项目】本文为武汉大学自主科研项目(人文社会科学)"莎士比亚戏剧与节日文化研究"研究成果,得到"中央高校基本科研业务费专项奖金"资助,为武汉大学核心

---

① 同上,第 17 页。
② 同上,第 83 页。
③ Lillian Faderman. *Surpassing the Love of Men*：*Romantic Friendship and Love Between Women from the Renaissance to the Present*. New York：William Morrow and Company,1981：20.

通识课"莎士比亚与西方社会"、武汉大学一般通识课"莎士比亚戏剧导读"、武汉大学规划教材项目"莎士比亚戏剧与西方社会"、武汉大学研究生导师育人方式创新项目"中国大学莎剧教学与研究生助教创新模式探索"、武汉大学与南京大学横向项目"莎士比亚戏剧在中国大学舞台上的演出研究"、武汉大学本科教育质量建设综合改革项目"英语一流本科专业建设：规划教材建设项目《莎士比亚戏剧赏析》"的阶段性成果。

【作者简介】戴丹妮，武汉大学外国语言文学学院副教授，戏剧影视文学博士，主要从事莎士比亚、翻译理论与实践、跨文化研究。

赵育宽，复旦大学外文学院博士，主要从事莎士比亚戏剧与性别研究。

衍变与操控:莎士比亚历史剧 《亨利五世》的汉译

覃芳芳

【摘　要】　莎士比亚戏剧堪称世界文学中的瑰宝,是人类戏剧艺术的巅峰之作。然而目前我国对莎士比亚戏剧的研究多集中在悲剧和喜剧,对其历史剧的研究相对薄弱,对《亨利五世》翻译的研究更为鲜见。自从我国 1916 年首次译介《亨利五世》以来,该历史剧多次被复译,翻译体裁、翻译语言、翻译策略和标准发生了巨大的衍变。本文旨在对《亨利五世》在中国的翻译历程进行综述,梳理归纳 100 余年来《亨利五世》汉译的进展和特点,运用勒菲弗尔的操控理论,剖析其汉译发生衍变背后隐藏的原因,旨在推动莎士比亚历史剧翻译研究的进一步拓展。

【关键词】　莎士比亚历史剧;《亨利五世》;复译;衍变;操控

Variation and Manipulation: On the Chinese Translation of Shakespeare's Historical Play *The Life of King Henry V*

Qin Fangfang

【Abstract】　The Playwrights of William Shakespeare(1564 – 1616) are treasures of the world literature and enjoy a world-wide reputation. However, studies of Shakespeare's plays in China are focused on his tragedies and comedies, while research on historical drama is relatively weak and on the translation of *The Life of King Henry V* is rarer. Since the first translation of *The Life of King Henry V* in China in 1916, the historical play has been retranslated many times with tremendous variations in translation style，translation language，translation strategies and standards. This paper aims to summarize the progress and characteristics of the Chinese translation of *The Life of King Henry V* in the past 100 years，and analyze the reasons behind its retranslation based on the manipulation theory of Andre Lefevere in hope of promoting the development of research on the translation of Shakespeare's historical plays.

【Key Words】 Shakespeare's historical play；*The Life of King Henry V*；retranslation；manipulation theory

一、引言

在莎士比亚创作的所有戏剧作品中,有 10 部以英国历史为题材的戏剧,评论家把这 10 部戏统称为"历史剧",它与"悲剧""喜剧"形成三足鼎立之势。与莎士比亚的历史剧在西方所受到的重视和研究相比,中国的莎士比亚历史剧研究是很不全面的。长期以来,国内学者将研究重心放在莎士比亚的四大悲剧[《哈姆雷特》(*Hamlet*)、《奥赛罗》(*Othello*)、《李尔王》(*King Lear*)和《麦克白》(*Macbeth*)]和四大喜剧[《仲夏夜之梦》(*A Midsummer Night's Dream*)、《威尼斯商人》(*The Merchant of Venice*)、《第十二夜》(*Twelfth Night*)和《皆大欢喜》(*As You Like It*)]等剧目上,而他的历史剧则受到了冷落。事实上,莎士比亚在历史剧的写作方面也具有极高的天赋。"莎士比亚的 10 部历史剧,在数量上超过其创作总数的 1/4;在思想上饱含了强烈的爱国主义和民族主义精神;在艺术上,它呈现出一种特殊的、复调式结构,并塑造了让人过目难忘的人物形象;在风格上,它亦悲亦喜,独特而复杂。"

《亨利五世》(*The Life of King Henry V*)是莎士比亚于 1599 年基于英国国王亨利五世的生平创作的一部著名的历史剧,是其历史剧中被公认为成就最高的代表作之一。自 1916 年该剧首次在中国翻译传播至今已有 100 多年的历史,其间被多次复译,各译本中的翻译体裁、翻译语言、翻译策略和标准发生了巨大的衍变。那么,《亨利五世》在中国的翻译进程具有什么样的趋势和特点? 是受到什么因素的操控形成了诸多不同版本衍变出的不同特征的译文？《亨利五世》的翻译对未来研究有什么启示？本文将梳理 100 余年来《亨利五世》汉译的进展和特点，运用勒菲弗尔的操控理论，剖析其汉译发生衍变背后隐藏的深层原因。

二、《亨利五世》的汉译历程

　　我国从很早就开始译介莎士比亚历史剧。它具有别具一格的语言、历史文化和艺术审美特征，而《亨利五世》作为其中的代表性作品更引起了翻译界的关注。到目前为止，《亨利五世》共有 10 个译本，分别是林纾和陈家麟的 1916 年译本，虞尔昌的 1957 年译本，梁实秋的 1967 年译本，方平的 1978 年译本，朱文振的 1987 年译本，刘炳善的 1998 年译本，方平的 2014 年译本，张顺赴的 2016 译本，傅光明的 2020 年译本和苏福忠的 2021 年译本。

　　1904 年，林纾和魏易翻译了英国兰姆姐弟（Charles and Mary Lamb）所著的《莎士比亚故事集》（*Tales from Shakespeare*），题名《英国诗人吟边燕语》（下称《吟边燕语》），由商务印书馆出版发行。两位译者开创了中国翻译莎剧的先河。《吟边燕语》对于莎士比亚戏剧在中国的译介和传播功不可没，获得学界不少嘉评。郭沫若称赞其为"童话式的译述"，并让他"感受着无上的乐趣"，无形之间给了他很大的影响。但值得一提的是，《吟边燕语》只收入了莎士比亚的 20 个悲剧喜剧故事，后来林纾与陈家麟接着合译了莎剧中的几部历史剧，其中包括 1916 年联手译出的《亨利第五纪》，1925 年刊发于《小说世界》第十二卷。这是最早的《亨利五世》汉译本，林陈二人采用了汉语文言文的陈词和习惯规范进行翻译，译文同样是相关原作的故事梗概。在此版本的翻译过程中，由于林纾不懂外语，采用了口授笔译的方式，由陈家麟进行口述，林纾进行文字整理，译文中有大量的删改，与原作的内容出入较大。

　　1936 年，朱生豪抱着为国争气的精神开始翻译莎剧。1944 年年末，他因病早逝，年仅 32 岁的他独立完成了 31 部半译稿。1947 年秋，上海世界书局分三辑（喜剧、悲剧、杂剧）出版了朱译《莎士比亚戏剧全集》，包含了 27 部剧本。1954 年，由作家出版社出版的《莎士比亚戏剧集》，在世界书局版的基础上增加收录了历史剧 4 部，共计 31 部剧本。而《亨利五世》因为只留下了第一幕和二幕的译稿，没有在这个版本中得以出版。朱生豪翻译莎剧时志在神韵。他在《译者自序》中这样写道："余译此书之宗旨，第一在求于最大可能之范围内，保持原作之神韵；必不得已而求其次，亦必以明白晓畅之字句，忠实传达原文之意趣。"1957 年 4 月，台北世界书局出版了包含 37 部剧作的五卷本《莎士比亚全集》。其中前三册为朱生豪译的喜剧、悲剧和杂剧共 27 部,后两册为中国台湾著名学者虞尔昌教授补译的 10 部历史剧(包括《亨利五世》)并附莎士比亚的评论和朱生豪生前编写的莎士比亚年谱。该版本是中国第一部完整的莎士比亚戏剧全集,问世后受到台、港、澳地区和海外读者的广泛欢迎,至 1980 年已印行 3 版。

梁实秋是中国第一个系统完整地独立译介莎剧的翻译家。他从 1930 开始翻译莎剧,到 1967 年才最终完成出版,历时 38 年。这套《莎士比亚全集》(戏剧 37 卷、诗歌 3 卷)由远东图书公司出版,历史剧《亨利五世》的译文也收录在其中。该译本以克雷格(W. J. Craig)编的牛津本为底本。该译本以"白话散文为主,但原文中之押韵处以及插曲等则悉译为韵语,以示区别"。

1964 年,为纪念莎士比亚诞辰 400 周年,人民文学出版社组织国内专家在朱生豪翻译的基础上进行校订并补译 6 个历史剧和诗集 4 种,但直到 1978 年,《莎士比亚全集》才得以正式出版。该版本共分 11 卷,包括了莎士比亚的 37 个剧本和全部诗歌,于 1994 年获第一届国家图书奖,这是迄今为止大陆公认的权威版本,先后于 1995、2010、2014 年进行了重印。该版本中的《亨利五世》由方平所译。

1998 年,译林出版社出版的八卷本《莎士比亚全集》是基于朱生豪的翻译,由裴克安、何其莘、沈林、辜正坤等校订,索天章、孙法理、刘炳善、辜正坤补译的增订本。这套《莎士比亚全集》收了莎士比亚的 39 个剧本和他的长诗、十四行诗及其他抒情诗,包括在 1974 年出版的《滨河莎士比亚全集》(*The Riverside Shakespeare*)中收入的《两个高贵的亲戚》(*The Two Noble Kinsmen*)和 1997 接纳的《爱德华三世》(*King Edward the Third*)及一首长诗,再加上《托马斯·莫尔爵士》(*Sir Thomas More*)的片断,是迄今为止最全的莎士比亚作品的翻译版本。在翻译中恢复了因为曾经被认为"不雅驯"而被删除的内容,以尽量保留莎士比亚作品的本来面目。该版本中的《亨利五世》由刘炳善所译。以上几个版本的《亨利五世》译文虽然产生于不同的年代,但都采用了白话散文体进行翻译。

朱生豪先生去世之后,他的二弟、四川大学外文系教授朱文振先生遵其兄长遗愿翻译未译完的剧本,将《亨利五世》《亨利六世(上篇)》《亨利六世(下篇)》《理查三世》等五个剧本中的若干场次,仿照戏曲体形式译成中文。由于文笔与风格不一致,未被 20 世纪 50 年代拟重印朱生豪译《莎士比亚戏剧全集》的人民文学出版社采用。后来,部分译文于 1987 年刊载在四川大学出版社出版的《翻译与语言环境》一书中。虽然此书中只刊载了《亨利五世》的片段译文,但朱文振先生另辟蹊径,力求渗透原意,将原诗精神情态融为一体,以能赋予中国读者美感的民族形式即戏曲体进行移译,的确是一种别开生面的大胆尝试。

2000年,由已故莎学家、著名翻译家方平先生主编主译,8位翻译家采用全诗体翻译的10卷本《新莎士比亚全集》先后由河北教育出版社和猫头鹰出版社推出,这是我国第一套莎士比亚全集的诗体译本,其中的《亨利五世》由方平先生所译,是基于1955年由平明出版社出版的《亨利第五》的修订版。《新莎士比亚全集》出版后,方平先生一直在进行修改,直至2008年去世的最后时刻。2016年上海译文出版社在该版本的基础上进行修订、改进、增补和提高,推出了《莎士比亚全集》。方平的翻译坚持以诗体译诗体,尝试了以音组代音步等翻译方法,在前人所取得的成就上再跨出了一步,不仅文学样式与原剧一致,语言艺术风格也更加接近原剧。2016年,外语教学与研究出版社依据英国皇家莎士比亚剧团推出了主要依据英国皇家版《莎士比亚全集》的译本,由莎士比亚研究会会长辜正坤任主编,其中的《亨利五世》部分由四川师范大学副教授张顺赴翻译。该版本以诗体译诗体,以散体译散体,从节奏、韵律、措辞三方面还原莎翁剧文的格律性。

2020年,天津人民出版社出版了《新译莎士比亚全集》,该译本由中国现代文学馆研究员傅光明翻译,包括了目前认定的全部莎士比亚作品共38部。傅译本是中国大陆以一人之力翻译的莎士比亚全集。为了帮助读者理解作品中的隐含意义和时代背景,该版本注重副文本的增补,每部作品都有一篇深入细致的长篇导读,并在文稿中添加了大量注释。译文接近现代人的阅读习惯,是当代读书人再次接近莎翁的佳径。

2021年新星出版社出版了《莎士比亚全集》,该版本选用朱生豪经典译本,朱生豪未翻译的部分,由人民文学出版社编辑、翻译家苏福忠完成。该版本具有两大特点,其一是篇目完整,收录了英国莎学界近期新认证的剧作《两位高贵的亲戚》《爱德华三世》《一错再错》,其中《一错再错》抢先发售根据莎学界权威的阿登莎士比亚丛书版本译为中文。其二是选择拥有影响力的朱生豪译本,并由很接近其风格的资历翻译家苏福忠主编并翻译朱生豪未译篇目,为各篇目撰写背景与提要。

三、《亨利五世》汉译中的衍变

在100余年的汉译历程中,《亨利五世》的译本众多,从翻译体裁、翻译语言和翻译策略上看,发生了多方面的衍变。

从翻译体裁上看,《亨利五世》的汉译经历了故事梗概、散文体、仿戏曲体和诗体的衍变。总体而言,翻译体裁越加接近原作。莎士比亚戏剧原本是用素诗体(blank verse)写成。素诗体尽管不大用韵,但有内在的格律,是无韵的诗。过去翻译的体裁无法体现原作的节奏和韵律,这便吸引着翻译家用新的方法进行尝试,力求原汁原味地再现莎士比亚戏剧的本来风貌。方平是主张以诗体形式翻译莎士比亚戏剧的代表人物。他的翻译理想在 1984 年河北石家庄召开的英语诗歌翻译座谈会上有所流露:"我们已有了莎士比亚全集的散文译本,为什么还要呼唤新的沙剧全集的诞生呢? 这是因为莎剧的艺术生命就在于那有魔力的诗的语言。对于莎翁来说得心应手的素体诗是莎剧的主要体裁。既然莎剧是诗剧,理想的莎剧全集译本应该是诗体译本,而不是那在普及方面作出贡献、但是降格以求的散文译本。"

从翻译语言上看,《亨利五世》的汉译经历了从文言文到白话文的发展变化。林纾的翻译运用了文言文,而"五四"新文化运动提倡用白话文代替文言文,莎剧的翻译也由此进入一个新的阶段,出现了用白话文翻译的散文体莎剧译本。

从翻译策略来看,《亨利五世》的翻译逐渐规范化,从之前的大量删改,到恢复之前删除的"不雅驯"的内容,逐渐接近原作,更加真实地再现了原文本的面目,体现了国内译者和读者对外来文化愈加包容。

四、《亨利五世》汉译衍变背后的操控

自从《亨利五世》在中国开始译介以来,不断得以复译,不同译本的体裁和风格也大相径庭,产生这一现象的主要原因来自不同的诗学、学者、翻译家和出版方,以及意识形态等多方面因素的影响,下文将基于勒菲弗尔的操控理论进行分析。

1. 诗学的操控

勒菲弗尔的诗学含义是在编辑、改写、翻译及批评中得出的,它显示了改写人在这一过程中所起的作用。诗学关注的是文学应该或者可以是怎样的。诗学有两个组成部分。一是文学要素,包括文学手段、文学样式、主题、原型人物、情节和象征等;另一个是功能要素,即在社会系统中,文学起到什么样的作用,或者应该起到什么作用。功能对所选的文学主题十分重要,即所选主题一定要符合社会系统,这样的文学作品才能受到重视。社会体制决定特定社会和特定时期的诗学。一旦主流诗学发生变化,某些文学作品能够在短时期内很快被提升到"经典"的地位,而另一些作品则受到冷落。一些文学经典在不同时期被重译,也是受当时译入语文学中占支配地位的主流诗学的影响。

《亨利五世》汉译时产生了不同文体的译本,如文言文体和散文白话体,不同译者所处时期的主流诗学形式无疑发挥了极大的作用。林纾翻译《亨利第五纪》时,正处于在

新文化运动前期。在当时的文言文与白话文之争中，维护旧文学和文言文的守旧派文人仍占上风。旧派文人的代表人物林纾在《论古文之不宜废》一文中指出："知腊丁（拉丁文，欧洲的古语）之不可废，则马、班、韩、柳（司马迁、班固、韩愈、柳宗元）亦自有其不宜废者。"所以林纾在翻译莎士比亚作品时，坚持使用文言文进行翻译，实践自己的文学主张，也体现了对当时主流诗学的适应。而随着新文化运动的发展，白话文虽然受到保守文人的攻击，但受到了更广泛的倡导，很快风行并走向成熟，迎来白话新诗创作的高潮，开创了一个以白话为主体的新时代。《亨利五世》白话散文体版本的出现，正是适应了这个时期的主流诗学，让当时的目的语读者更容易接受，从而保证翻译的可读性。可见，由于文学系统是动态的，不同时期的译者由于所处的时代和地点的不同，受到当时接受语文化中主流诗学的影响，采取的改写策略也不同。

2. 学者、翻译家和出版方的影响

《亨利五世》在中国得以不断重译，中国学者、翻译家和出版方均起到了重要的推动作者。胡适是梁实秋翻译莎士比亚作品最重要的支持。1930 年，任职于中华教育基金董事会翻译委员会的胡适制订了莎士比亚全集的翻译计划。他建议梁实秋以散文体进行翻译，对此，梁实秋曾评价胡适说："因胡先生与我们是同一时代的人，我们很容易忘记他在学术和道德领域的巨大贡献。"而朱文振先生仿照戏曲体形式翻译的译本，就因文笔与风格不一致，未被 20 世纪 50 年代拟重印朱生豪译《莎士比亚戏剧全集》的人民文学出版社采用。

方平前后将《亨利五世》翻译成两个版本，诗体版（1955 年平明出版社出版）和散文版（1978 年人民文学出版社出版）。方平认为理想的莎剧译本首先应该是以相应的诗体格律来移译原来的诗剧，对于语言的艺术形式给予更多的注意。他 1955 年完成的初译本《亨利第五》就是采用了诗体形式，但是为何 1958 年翻译的译本是散体本呢？这其中最主要的影响因素就来自出版方。1978 年的译本是人民文学出版社组织的一次翻译活动。该版本对 1954 年出版的 12 卷的《莎士比亚戏剧集》进行了全面校订和补译，前言部分有该出版社的翻译要求："力求既保持原译的特色，也尽可能订正错误，补上删节部分，使译本比过去有所改进。朱生豪未译的六个历史剧和全部诗歌也都译出补全。"可见，人民出版社本次翻译的总要求是尽量保持朱生豪版原译的风格，所以方平作为补译历史剧的译者，也采用了散文体进行翻译，由此可见出版方对翻译体裁的影响。

外语教学与研究出版社是张顺赴译本的出版方。该出版社对莎翁全集皇家版的翻译质量提出了严格的要求，不仅要求莎翁翻译作品做到忠实原文内容，不得阐释，而且要求风格、体裁对等，在形式上必须行对行翻译，不能跨行，因此莎翁全集皇家版翻译项目极具挑战性。我们看出出版方对译本的风格、形式等起着指挥棒的作用。

3. 意识形态的操控

翻译不仅依赖语言文化,更受到意识形态的影响。特定文化中译本的选择、译文内容的删减、译本的传播都有显性或隐性权力因素的作用。勒菲弗尔所指的意识形态是一种包含传统、惯例、信仰等宽泛意义上的含义。通过意识形态的影响可以发现,翻译过程中什么被改写了,在翻译中突出了什么。

在《亨利五世》的翻译中,意识形态影响了译本的选择,如朱生豪选择译莎是抱着为国争光的信仰。朱生豪胞弟朱文振来信告之,侵华日本人对中国没有莎士比亚译本而嘲笑中国是无文化的国家。血气方刚的朱生豪慨然接下翻译莎士比亚的任务,这里既有他对侵略者的仇恨,也有他书生报国的一腔壮志。这一年是中国人同仇敌忾的 1936 年。是年 1 月 3 日,平津学生南下宣传抗日;1 月 28 日,东北抗日联军成立;2 月 17 日,中共发布《东征宣言》;2 月 20 日,东北抗日联军杨靖宇、赵尚志等联名发表《东北抗日联军统一建制宣言》等。我们能够想象,在风起云涌的历史背景下,朱生豪读过胞弟来信之后,胸中滚动怎样的激情热血。他不会预料,当时的这一毅然决定,竟使一代代中国人通过他走进莎士比亚的艺术殿堂。同时,意识形态还会导致译者翻译时对原文内容的删减。1967 年远东图书公司出版的梁实秋译本,例言中交代了对原文中猥亵语的处理方式:"原文多猥亵语,悉照译,以存其真。"1998 年译林出版社出版的《莎士比亚全集》,在翻译中恢复了因为曾经被认为"不雅驯"而被删除的内容,以尽量保留莎士比亚作品的本来面目。

《亨利五世》在不同时期被翻译成多个译本,还存在许多不为大众所承认和接受的版本,都可以体现出意识形态对文学作品的影响。目前,市面上流行的中文译本由梁实秋、方平、张顺赴、虞尔昌等译者翻译。这些译者在意识形态的多方面影响下,行文风格与语言特色各有千秋。比如,李春香深度探究了梁实秋和方平的译本,发现梁译本尽量遵循原文,亦步亦趋,忠实而委婉,译笔准确明快、信实可靠。方译本相当幽默而且生动、口语化,充满了神来之笔。透过两位译者,我们能够看到意识形态的影子,这也正是经典文学作品一直不断重译的原因。

五、结语

莎士比亚历史剧《亨利五世》在中国历经 100 年的翻译,受时代背景、翻译思想、目的受众等因素的影响,不断得以重译,发生了多方面的衍变。从翻译体裁上看,《亨利五世》的汉译经历了故事梗概、散文体、仿戏曲体和诗体的发展变化。总体而言，翻译体裁越加接近原作；从翻译语言上看，《亨利五世》的汉译经历了从文言文到白话文的发展变化；从翻译策略和标准来看，《亨利五世》的翻译逐渐规范化，趋于忠实。不同重译本的出现，体现出各个时期诗学、出版方、译者对"他者"的文化态度带来的操控，使得《亨利五世》的各种译本展现出了不同的风格与特点，为莎士比亚历史剧在中国的传播发挥了不可忽视的作用，也为莎士比亚历史剧研究打下了坚实的基础。

　　虽然《亨利五世》的翻译取得了较大的成果，为后人的研究打下了坚实的基础，但较之于我国对莎士比亚悲剧和喜剧的研究以及世界莎学界对莎士比亚历史剧的研究，有关《亨利五世》的翻译研究还处在初步发展阶段，有待于从研究范围、研究视角和研究方法上继续拓展和深入。

　　【基金项目】本文为湖北省高等学校哲学社会科学研究项目"衍变与重构:《诗经》意象英译的多维阐释研究"（项目编号 21Y048）研究成果。

　　【作者简介】覃芳芳，翻译学博士，三峡大学外国语学院副教授，主要从事典籍翻译、文学翻译、翻译史研究。

莎士比亚戏剧的跨文化演绎
——论中国越剧与日本宝冢歌剧的异同

王雅雯

【摘　要】　中国越剧与宝冢歌剧改编的莎剧,无论是美学形态,还是艺术呈现方式都有某些相同或相异之处,主要表现在他们对莎士比亚戏剧从不同的文化认知、艺术创作风格的重点把握和舞台呈现方式方面表现出不同的美学特征。本文从越剧《马龙将军》和宝冢歌剧团的《罗密欧与朱丽叶》的美学形式和舞台呈现入手,对显在的艺术审美形式进行分析,进而得出越剧和宝冢歌剧某些内在的深层次差异。

【关键词】　舞台改编;《马龙将军》;越剧;《罗密欧与朱丽叶》;宝冢歌剧

A Cross-Cultural Production of Shakespeare's Plays: On the Differences and Similarities Between Chinese Yue Opera and Japanese Takarazuka Opera

Wang　Yawen

【Abstract】　There are some similarities or differences between Shakespeare's plays adapted from Chinese Yue Opera and Takarazuka Opera in terms of aesthetic form and artistic presentation, which are mainly reflected in their different cultural cognition of Shakespeare's plays, key grasp of artistic creation style and stage presentation. Based on the aesthetic form and stage presentation of *General Malone* and *Romeo and Juliet* of Takarazuka Opera Company, this paper analyzes the artistic aesthetic form, and draws some deep differences between the opera and Takarazuka Opera.

【Key Words】 Stage adaptation；*General Malone*；Yue Opera；*Romeo and Juliet*；Takarazuka Opera

一、引言

越剧和宝冢歌剧自诞生起,便与各自的文化有紧密联系。中国古典美学理论与传统文化为越剧提供了发育的沃土,而与越剧不同的是,宝冢歌剧则起源于日本商业文化和作为"舶来品"的西洋文化。但两者却以清一色的女性扮演方式,搭建起了互文、互识的桥梁。在其发展的百年中,基于莎翁戏剧的世界影响及自身创作推陈出新的需要,两者都不约而同地将目光投向了改编世界文学经典——莎士比亚剧作。

在这里,尽管我们观照的是中国与日本改编的不同的莎剧,但是,通过这两部不同的莎剧改编,我们应该看到的是这两部莎剧所具有的不同民族的文化传统,所依托的不同的戏剧形式,所建构的不同的舞台表现空间,所呈现出的不同的审美理念,所表现出来的不同的对莎剧原作人性的刻画,以及对原作内涵的深刻性理解和给观众带来的不同的审美感受。《马龙将军》在传统越剧的基础上,沿用了传统戏剧的表现方式,加上对现代舞台艺术的思考,以"诗化"的美感呈现出莎士比亚戏剧的原作精神。而宝冢歌剧改编的《罗密欧与朱丽叶》则以现代舞台的呈现方式,以人物的青春靓丽的形象,以剧本的歌舞演绎为主要特色,在视听快感中与莎士比亚进行着浪漫的对话。

二、不同审美形式下的莎剧呈现

中国越剧是一门综合性的传统舞台表演艺术,其秉承了戏曲"写意性"的品格,并加以"诗化",达到一种在虚实间"言意"的效果。这恰恰能与女子越剧产生灵魂深处的契合,女性天生柔美灵动的形象在舞台扮演中呈现出未辨雌雄的"朦胧美"和"幻觉美"。2001年,绍兴小百花越剧团将莎士比亚四大悲剧之一《麦克白》搬上舞台,以一种虚实相生的呈现方式将《麦克白》(以下简称《麦》剧)重构为《马龙将军》(以下简称《马》剧),实现了跨时空的演绎。《马》剧作为一部成功改编自莎剧的越剧作品,主要以一种虚实结合的表现手段,呈现出"写意"的美学形式,这也是《马》剧具有"诗化"美感的重要原因之一。这种"诗化意境"的营造,可以说正是发挥了中国传统戏曲美学的长处,相对于追求现代社会迎合大众审美趣味的宝冢歌剧团改编的莎剧来说,中国的莎剧改编更为注重通过隐喻阐发作品的深层次意义,以便更为准确、合理地揭示了人物的心理矛盾和情感世界。

《马》剧在布景服装方面使用大片的红色元素,舞台上虽然只有一方可供旋转的空间,但在大量镶嵌着面具的红色幡布出现后,舞台环境和气氛已形成:红色是欲望、是杀戮、是血液、是视觉的盛宴。马龙内心的欲望以一种写意性的舞台渲染方式被放大出来。随后,马龙将军更是先声夺人,开口即唱"八百里狼烟俱扫尽,河山万里齐欢腾"。他身着一袭红色披风,手拿一柄长刀以繁复的做功和肢体语言将"打"发挥到极致。程式化的动作符号加之大段的唱腔,马龙将军在一出场就被奠定出意气风发、战功累累的大将军形象,为后面情节的建构打下基础。在欲望的支配下,马龙和姜氏由辉煌走向堕落。此时,"血"作为一种意象和隐喻,象征着马龙和姜氏的恐惧和死亡。从马龙"见叔班满身是血来索命,顿时间魂飞魄散九天外,凄惨惨鬼呵神斥惊我心,昏暗暗阴风袭人乱我态……"到姜氏"这满手的鲜血难难难洗清","鲜血"不仅诉说着两人的罪孽和贪欲,同时也通过隐喻加强了人物的悲剧色彩。观众从中可以看到"诗化意象"背后的人物性格特征和内心世界。

越剧长于抒情叙事的特点,极大地以诗意的唱段唱腔的形式来展现。如在《马》剧中马龙将军眼看姜氏死去后,大段唱"见皇后一命归西目紧闭,恨苍天将我欺,风刀霜剑齐来袭,外患内忧相煎急,相煎急……",以反复强调的语气陈述抒发出马龙灵魂发出的绝望的哀叹。在《麦》剧的第五幕第五场,同样在麦克白夫人死去后,也有大段的独白:"明天,明天,再一个明天,一天接着一天地蹉步前进……""熄灭了吧,熄灭了吧,短促的烛光! 人生不过是一个行走的影子,一个在舞台上指手画脚的拙劣的伶人,登场了片刻,就在无声无息中悄然退下;它是一个愚人所讲的故事,充满着喧哗和骚动,却找不到一点意义。"①莎翁将麦克白的一生比喻为"短促的烛光""行走的影子""拙劣的伶人""愚人所讲的故事",并重章复沓"明天,明天,再一个明天""熄灭了吧,熄灭了吧!"不断深化和加强麦克白的悲叹和绝望。此时的叙事与抒情已经不是单纯的叙事和抒情,而是通过上述"诗化意境"的表现凝聚为对戏剧主题的阐释。

莎士比亚在《麦克白》中不断运用的重复、比喻、用典等各种修辞手法,使《麦克白》剧语言充满诗性和美感。而《马》剧在改编过程中,同样在语言上灌注了一贯的诗性,以越剧的"诗形"化莎剧的"诗魂"。因此,"莎剧与中国戏曲的结合将获得更加诗意化的表

---

① [英]莎士比亚:《莎士比亚戏剧集:悲剧 I》,朱生豪译,江苏凤凰文艺出版社 2019 年,第 591 页。

现"①。追求诗化的意境，采用写意的美学手法塑造人物的性格，展示人物的内心矛盾，抒发人物复杂的情感，成为越剧改编莎剧所要遵循的首要艺术原则，也是中国戏曲美学原理的生动体现。

在《马》剧改编中，对于《麦》剧中三个巫神形象的塑造，以越剧独特的审美和文化建构，进行了充分的改编和深化。原著中神秘的女巫，在越剧中幻化成三个个性鲜明的巫神，他们担任着预言、引诱、报信、刺杀的任务，分别以左右将军、太医和丫鬟的身份出现。这三位亦庄亦谐、戏里戏外的丑角为马龙推波助澜，"他若心存良知，我们就帮他，帮他做好人，助他成英雄；他若心生邪念，帮他做坏事，帮他杀人，他就成罪人"。在《麦》剧中，也就映射为"美即丑恶丑即美"。美与丑在一念之间不断徘徊与转化。同时，《马》剧中的三个丑角，反映了中国传统戏曲审美中"由于受传统文化'哀而不伤''天人合一'思想影响，传统剧目几乎没有纯粹的悲剧收尾（按西方的悲剧观），并且讲究将悲剧的内容纳入喜剧的形式，反映了传统审美的要求"②。

《马》剧虽然舍去了原著中阴森诡谲的氛围，但以插科打诨的中国化审美形式映射原著中三个巫神对麦克白人性中"恶"的推波助澜，反而增强了马龙将军潜意识中"恶"和"丑"的一面。恶与丑通过具象化的"巫神"形象得到了展示，观众通过这些具象化的形象，感悟到的是从外形到内心的丑恶、邪恶，从哲理的角度映射出马龙将军（麦克白）由于内在野心的膨胀，以及受到"巫神"蛊惑以后美、丑之间的转化。可以说，在哲理层面，越剧《马龙将军》从具象化的呈现到隐喻的悟解，更加深刻地挖掘出了莎士比亚原作《麦克白》之中对人性的洞察，显示出莎士比亚戏剧深刻的哲理意识。在这一点上，越剧改编莎剧相对于宝冢歌剧莎剧的改编，更为准确、深入地把握并阐释了莎士比亚原作中的深刻内涵。

宝冢歌剧深深植根于日式文化下的西式文化，在不断探索自身文化身份和空间的过程中，宝冢歌剧在改编外国经典戏剧名著的道路上走出了一条独属于自己的道路。早在小林一三创建宝冢歌剧团之初，便定下"以歌舞伎为基础，引进西洋歌剧和舞蹈，创立全新的国民歌剧"③的路线，但在西风东渐的过程中，宝冢歌剧已然成为"比起欧美正宗的音乐剧来也毫不逊色"④的歌剧。

越剧充分发挥了写意和虚拟的美学原则，宝冢歌剧带给观众的则是更为现代化和

---

① 李伟民：《中国莎士比亚批评史》，中国戏剧出版社 2006 年，第 396 页。
② 孙强：《越剧麦克白——我的〈马龙将军〉》，《戏文》2001 年第 5 期，第 48 页。
③ 渡边裕：《〈国民文化〉の盛衰と宝塚歌》，《悲剧喜剧》2007 年 10 月号，第 29 - 30 页。
④ 《細かな集客戦略が生む 宝塚・長寿なビジネス》，《东洋经济周刊》2004 年第 3 期，第 143 页。

浪漫化的舞台体验。但是,这种现代化与浪漫化的对莎剧改编的理念和实践,在使当今观众充分获得审美视听享受的同时,却失去了对莎剧主题阐述的深刻性与哲理性。如果说华美炫彩的舞台表现形式一直是宝冢贯彻的原则,那么宝冢歌剧改编莎剧也就同时失去了莎氏悲剧的厚重感,以及毁灭给人看的莎氏悲剧的力量。1933 年,莎翁名著《罗密欧与朱丽叶》(以下简称《罗》剧)被搬上宝冢舞台,同源于西方的两种艺术,即舞台艺术和文本艺术,在融合过程中具有极强的适配性。为此,在宝冢改编的《罗》剧中,其实最重要的并不是情节的架构,而是对于舞台形式的创新性呈现,让观众在视觉和听觉上都拥有极致的情感体验。例如在视觉呈现方面,服装的构建和叙事是最有冲击力和直观性的。《罗》剧中的服装色彩整体以蓝(冷色调)、红(暖色调)为主,分别代表着蒙太古和凯普莱特两大家族的对立。因此在人物出场之时,强烈的对立和冲突将通过演员服装这种直观性的视觉传递给观众,同时,服装对于舞台氛围的形成、情节展开的需要、人物性格的塑造都具有极强的推动作用。如在宝冢《罗》剧中,新加入的爱神和死神两个人物,以“白”和“黑”的色彩凸显人物身份。白色象征着圣洁、哀悼,黑色象征着严肃、庄重和死亡。爱神和死神就像是月亮和太阳,相互吸引又相互排斥,营造出浪漫神秘的舞台氛围,又暗喻着罗密欧与朱丽叶爱情的矛盾性和悲剧性。

　　除服装色彩之外,《罗》剧对于服装设计也充分尊重了莎翁原著中意大利贵族极尽奢华的服饰传统,如剧中男性人物的长袍、带有排扣的外套及男性高跟鞋,女性人物夸张的裙撑,繁琐的裙摆,典型的领饰、裙饰,都从一定程度上满足了观众对每一个剧中人物的幻想。除服装外,其他舞美呈现方面包括灯光、布景、道具方面的应用,都以华美隆重的视觉呈现为主要目的。如前所述,包括宝冢歌剧团改编的莎剧《罗》剧在内,无论是强调视觉的冲击力,还是注重服装的华美、音响的刺激,对莎氏悲剧内涵的把握与阐释,不能不受到影响。

　　与其所遵循的注重视觉听觉冲击力的戏剧理念一致,在宝冢歌剧中,舞蹈作为一种肢体叙事语言而存在,主要用于烘托气氛、推进剧情发展、体现人物情感等。因此舞蹈在《罗》剧中的运用,等同身段、水袖在越剧中的运用。《罗》剧中的舞蹈,大多以双人舞、群舞(团体舞)的形式出现,如在叙述蒙太古和凯普莱特两大家族对立的场景,通过群舞对抗来展现两族之间的世仇;在舞会场面的展现中,先以小范围的群舞烘托舞会热闹的气氛,并阐述不同人物之间的关系,随后通过大群舞的方式衬托出罗密欧与朱丽叶两人相遇和相爱。在这段舞蹈中,全程并无对白参与,但是《罗》剧通过不同形式、不同特点的舞蹈,自由灵活地将莎翁原著中罗密欧与朱丽叶两人从相遇到相爱的过程展示了出来。此外,宝冢在舞蹈的编排上大量运用“反差过渡”“动静结合”的手法,并且呈现出一种"情合为事而发""情合为时而出"的快感。例如《罗》剧以死神和爱神的双人芭蕾与单人芭蕾舞开场，营造出一种娴静柔美的舞台氛围，但随后，独舞追光悄然的场面戛然而止，两大家族群舞高歌。这种由静转动的场面往往能带来视觉上极大的震撼和冲击，与宝冢长期贯彻的华美绚丽的舞台呈现方式相互呼应。

同样是对莎剧的改编，越剧称之为"转型"，而宝冢则称之为"润色"，这也是两者在改编莎剧中最大的差异。显然，日本宝冢歌剧改编莎剧吸收了西方音乐剧大量的表现形式，其目的是迎合日本大众普通消费者的审美口味，尽量在所改编的莎剧中掺入普通观众所追捧的音乐与歌舞形式，通过音乐、歌舞叙述故事情节，表现人物情感，但却对如何深入挖掘人物的内心世界、情感特征，尤其是如何深入挖掘莎士比亚原作对人性的深刻描写，对人心的天才洞察，通过外在的华丽形式带给观众深沉的哲理思索不感兴趣，甚至也不必感兴趣。

三、莎剧舞台改编呈现出类型化特点

"一切以审美方式被完成化的东西都具有独立、自足的形式。"[①]这些"独立""自足"的形式基于程式化的艺术呈现。无论是中国越剧还是日本宝冢歌剧，在跨文化呈现另一种艺术形式时都离不开本身所特具的表现技巧，《马》剧和《罗》剧的互文性才能"通过自身揭示出所有不在场的世界和土地"[②]。越剧作为我国一种戏曲，本身就具"虚拟""音舞""写意"等特点。宝冢歌剧也兼具西方歌剧和日本本土戏剧"小巧精致，多愁善感"的显著特点。而正是拥有这些既定的"程式"，两者才能以其自身吸引更多眼球来拓展当代审美空间。

"从最表层来看，首先能把宝冢歌剧团和东方戏剧联系在一起的是一个叫做'行当'的词。"[③]世人所谓"娘役""男役"以区分男女角色。而相对的，越剧所称"行当"，如《马》剧中马龙定位于越剧中的文武生，姜氏则为花旦，叔班为花脸。从这种角色制的区分来看，这一点宝冢歌剧团和越剧是有异曲同工之妙的。在这种比较宏观的区分方式下，日本宝冢歌剧和中国越剧都有着浓郁的东方色彩。但在行当类型化的同时进行表演，两者的表演模式又不尽相同。越剧的表演模式是中国戏曲独有的"梅兰芳体系"，可析为

---

①　M.巴赫金：《巴赫金文论选》，佟景韩译，中国社会科学出版社1996年，第265页。

②　杰姆逊：《后现代主义与文化理论：弗·杰姆逊教授讲演录》，唐小兵译，陕西师范大学出版社1986年，第168页。

③　邹慕晨：《宝冢歌剧团研究》，广西师范大学出版社2013年，第123页。

"间离性"的表演模式。这种"间离性"的表演，来源于演员和观众之间有一套特定的观演"符号"，就越剧表演来说，唱、念、做、打都有各自的程式，人物的喜、怒、哀、忧、思、悲、惊、恐都需要程式化的表演来展现。

《马》剧中马龙自刎的那场戏中，饰演马龙的吴凤花高声喊出"天神，你怎么如此捉弄于我啊"，并将做和打发挥到极致：跨步、踢步、蹀步、疾走再到抢背、僵尸倒。一系列行云流水般的动作，尽显马龙将军的豪迈悲壮之气，此时悬挂于舞台之上十几米的血色红绸轰然落下，寓意着一代悲雄的落幕。除此之外，《马》剧中最具程式性的角色莫过于丑角的表演，而担任丑角的正是以巫神形象出现的彩婆。在彩婆这位巫神的形象塑造上，演员运用戏曲中特殊的台步——矮子功来表演。"'矮子功'是戏曲'步法'中一门要求极高的功夫，演员在走这种台步时双腿要完全蹲实，臀步坐在脚跟上，上身挺直，双肘夹肋下，腹部收敛，前脚脚跟离地，亮鞋底，踏平，后脚跟上，步步着实。"[①]矮子功的表演，是戏曲丑角 26 种步法中的一种，以程式化步法和做功来刻画巫神"亦庄亦谐"的形象，将喜剧元素纳入悲剧叙事，既符合中国传统审美的要求，又能在审美之余将警醒传递给观众。对越剧而言，舞台表演带着规范性的表现形式，是"成法"。就宝冢歌剧而言，其舞台表演形式也同样兼具程式性。

"地域性和民族性是歌剧重要的审美特色"[②]，宝冢歌剧在西化的进程中保留了本土小巧精致、多愁善感的民族特点，同时吸收西方歌剧细腻深沉的特点，形成了独树一帜的华美表演风格。小林一三在建团之初，就以"清、正、美"三字校训来规范宝冢学员。清纯、正直、美丽蕴含着东方审美的内核。宝冢作为一个"性别模糊的代言团体"[③]，在舞台形象方面，男役和娘役演员力主写实，贴近生活。尤其是男役演员，包括化妆、行走方式、坐姿、站姿、神态都以突出男性特征为主，以"身型辅正"的方式隐藏自己女性的特征，力主塑造一个英俊潇洒、温文尔雅的完美男性形象，但是这种写实并非对《罗》剧中社会背景、人物形象，甚至内心矛盾的写实，而仅仅是追求对外在"男性形象"的酷似。

在动作塑造中，宝冢有一套固定通行的模式，如男役走路的步幅和娘役的步幅大概是多少厘米；男役在面对观众多少度能展现脸部线条的最优面；娘役在站立和行走时手和肩膀如何配合才能塑造出楚楚可怜、温柔美丽的形象，这是宝冢在长期实践中得出来的舞台经验转化的表演程式。在《罗》剧中，如男主角罗密欧，前期以衬托其少年感和对爱情的美好憧憬为主，因此在罗密欧的台步上，会增加小跑、跳跃来丰满罗密欧的形象。

---

① 韩建龙：《试谈"矮子功"及其运用》，《剧影月报》2006 年第 2 期，73 页。
② 顾春芳：《戏剧学导论》，广西师范大学出版社 2020 年，第 40 页。
③ 邹慕晨：《宝塚歌剧团研究》，广西师范大学出版社 2013 年，第 89 页。

而后期在家族仇恨的干涉下，罗密欧则以内心独白和深沉含蓄的动作表演为主。由此可看出，宝冢的舞台表演程式是在无数次的舞台实践中定型定性并保留下来，既有通行的程式也有个人独到的程式，也就是自我和角色的双重言说。

舞台造型设计是舞台作者的美感体验和生命体悟，不仅能为剧目中的叙事提供必要的舞台环境，还能向观众传递出舞台作者对于剧目的理解。这种理解，来源于"文本意像"所幻化出的"审美体验"被应用于舞台造型上。例如在莎翁笔下，《麦克白》的整体意像是"欺骗性的欲望让灵魂迷失在荒野"①，《罗密欧与朱丽叶》的整体意像是"对立仇恨下的爱情解放"。越剧和宝冢歌剧虽同为东方的戏剧艺术，但两者却在各自本土文化的影响和改造下，形成两种截然不同的风格，并且形成了一定的类型模式。越剧舞台贯以"虚境生真境"的舞台造型方法，取消对外部事物的模仿，从而观众在欣赏过程中不被舞台幻觉左右，而是跟随舞台"移步换景"，幻化出更为广阔和自由的空间。

在《马》剧中，舞台造型以"虚而不实""假而非真"为主要理念，只以一方能够旋转的倾斜台面作为每一场戏的主场景。并通过《麦》剧的文本意像幻化出"欲望"的形象种子——呈现在《马》剧中则为多次出现的假面布幡：假面布幡选择兽面为主体纹饰，兽面之相毫无和善之态，在狞厉与丑恶之中表现出一种伏魔般的威力之美，本能地使人敬畏。这种来自石器时代的造型感，在剧中更是一种对权力的讴歌对欲望的颂扬。这种原始的审美形式幻化出了丰富的故事内容和舞台意象，带给观众由虚至实的审美体验。而宝冢的舞台设计则以"造型"和"技术"为主，力求一种剧场幻觉，并使观众产生一种既身临其境之感，又形成了跨越时间区隔现代审美。例如《罗》剧中造型设计主体以立体和平面相结合。主场景是一个占据舞台高约十几米的欧洲柱式建筑，幽深的长阶、粗大的柱子，在外观上呈现出鲜明的线条，既神秘又庄严、既寂寥又强烈，传达出深厚恢弘之感，很好地诠释出故事发生的背景。在局部造型的设计中，布景则通过故事的走向进行调整，如朱丽叶的闺房用纱幔来装饰，教堂的呈现则架构出一个十字架，这是一种"极具意味的形式"。形式中积淀了社会内容，令观者和演者的官能中积淀了观念性的想象、理解。总体来说，越剧舞台和宝冢舞台，是表现和再现，是写意和写实的审美差别。

无论是中国越剧还是宝冢歌剧，两者都是时空高度融合的舞台艺术。时间和空间是两者舞台上不可分割的概念。正是所谓"时间中的空间和空间中的时间"②具有高度融合的特点。但由于越剧和宝冢歌剧在审美形式上的不同，以至于两者在舞台时空观念和表现形式上具有差异性。关于客观时空的差异性，这个时空是观众可以目见的时

---

① 顾春芳：《戏剧学导论》，广西师范大学出版社 2020 年，第 175 页。
② J. L. 斯泰恩：《现代戏剧理论与实践》（二），刘国彬译，中国戏剧出版社 2002 年，第 254 页。

空,是演员进行表演的客观物质性时空。从越剧和宝冢歌剧的舞台布景中即可观之,前者为"空",后者为"实",正是因为客观舞台空间的样式,"空"的舞台空间更具空间和时间的延展性和模糊性,例如《马》剧中多次出现的贯穿于舞台十几米的倾斜台面,时而为战场,时而为树林,时而成皇宫,亦是马龙和姜氏的葬身之地。不依靠实物和实景,却能打破时空的限制,展现出高度自由的时空解放。而"实"的舞台空间将剧场置于逼真的幻觉中,时间和空间被限制在客观舞台中,演员的表演也被限制在物质化的布景和道具中,显得僵化和单一。在《罗》剧中,当带着纱幔的欧式小洋楼出现时,观众都能看出这是属于朱丽叶的舞台空间的主观时空的差异性的呈现。"戏剧艺术在展示现实时空的存在及运动的过程中,还必须致力于突破生活的规范,表现在现实生活中并不存在的时空结构及运动形态,或对现实生活中的时空因素按舞台美学法则进行切割、变形和重新组合。"[1]

相对于客观时空来说,越剧的主观时空比起宝冢歌剧对现实的切割、变形和重新组合有着更大的自由,因为越剧的主观时空不必严谨地遵守现实法则,它具有时间的虚拟性和空间的虚拟性。例如《马》剧中三个巫神随意穿梭的时间、地点以及不断置换的身份,巫神甲和乙可以成为军营里的左右将军也可以是皇宫里的太医,巫神丙也可以用丫鬟、门官、太监的身份出现在不同的时空中。这必须通过演员的主观表演来告知观众环境的不同,因此演员是越剧舞台时空不可缺少的因素。越剧舞台时空观是通过"空"的空间,再以演员们程式化的表演传递给观众,是一种传递再传递的过程;而宝冢的舞台时空观则通过舞台时空环境,直接正向传递给观众。由此观之,宝冢的舞台时空因为其"物质的再现可以单独存在"[2],是一种正观式的动态传递方式,不同于越剧的反观式的传递,宝冢主客观时空所营造的幻觉,是可见的、再现的和此在的。

四、经典与流行:越剧为体与歌剧为体

"西方戏剧借用亚洲戏剧美学的时候,常常显得不够正宗,亚洲舞台上对西方戏剧的诠释,也常常离原作很远。"[3]因此,跨文化演剧"只有在借鉴原著创造出属于自己的戏剧才有最好的效果"[4]。社会存在给予艺术丰沃的土壤,艺术作品随着历史、社会、政治

---

[1]　赵英勉:《戏曲舞台设计》,文化艺术出版社 2000 年,第 50 页。
[2]　蓝凡:《戏剧舞台时空的奥秘》,《上海戏剧》1987 年第 6 期,第 22 - 24 页。
[3]　金润哲:《由跨文化舞台演出引发的思考》,蔡芳钿译,《戏剧》2008 年第 5 期,第 40 - 45 页。
[4]　张玲茹:《20 世纪 80 年代以来戏曲改编西方戏剧研究》,中国戏曲学院 2019 年硕士论文。

和文化环境的不同,被不断予以重新解释、创新。

跨文化戏剧在"大戏剧观"的双向交流中,其呈现方式从宏观来讲只有两种,一是"原样照搬"法,二是"本土"改编法。越剧和宝冢歌剧从创作形式来看都属于后者。那么如何将以"语言"叙事的西方文学嫁接到以"歌舞"叙事的东方舞台上来,达到"求新、保魂"的目的。从越剧艺术来看,其在保留西方戏剧核心的基础上,将现代艺术所推崇的的观念移植到传统戏曲艺术上,以形成独特创新的"诗化"风格。而宝冢歌剧则是以浪漫欢愉的歌舞形式为主,加之多元的阐释方式,将莎剧的精髓展现得淋漓尽致。对于莎剧的改编创新,下文将从背景时空的嫁接、情节结构的建构来阐释一二。

中国戏曲与西方戏剧同源祭祀,但由于地理环境、社会背景的不同,让两者走上了截然不同的道路。因此,戏剧改编如何成功本土化的首要任务就是解决时空背景的嫁接问题。中世纪后的欧洲迎来了相对自由、浪漫的复兴时期,莎剧的出现更是将文学、戏剧的创作推上了顶峰。莎剧作为西剧改编的第一大对象,莎剧中所适应的时代背景与中国五千年来的历史背景遥相呼应,因此本土化的背景嫁接可以使不同种族、不同文化带来的疏离感有所削弱。1989年越剧将《罗密欧与朱丽叶》一剧嫁接为《天长地久》,2001年将《麦克白》改编为《马》剧,诸如此类的改编还有许多。其中,《马》剧无疑是较为成功的新时期改编。一方面,它将大环境置于春秋战国时期,这与莎翁原著中那个离乱、血腥的年代达到了灵魂上的契合。另一方面,《马》剧将创新性的现代元素,如现代化语言、舞蹈与越剧的传统美学相结合,如巫神出场时面对马龙战场厮杀,由衷发出感叹"哇,刀光剑影排山倒海,真带劲"。通过现代化形式的尝试,既拉近了越剧与现代观众的距离,能够清晰地对照时代的影子,又解决了"莎味过浓"带来的疏离感问题。

但并非所有的莎剧改编都应将本土时空背景作为主背景,也并非所有以本土背景为主背景的改编是一定成功的。相较于越剧,宝冢歌剧走的大都是相契合于莎翁原著的改编形式,大到背景时空,小到着装打扮、人物姓名,都与原著出入不大。这种完全忠于原著的改编在东方舞台上并不常见,但由于宝冢歌剧在明治维新思想影响下,在大正的自由民主之风中,掌握着一种象征进步、自由的时代之风,因此在此大背景的影响之下,加之宝冢所特有的气质,作为时代的急先锋,宝冢歌剧忠于原作的改编不仅不会使观众感到分裂,反而会引领起时代的潮流,达到广泛的社会认可。

背景时空的嫁接只是莎剧改编中的第一环,其最为明显的主要还是关于改编文本的情节架构。这种改编往往是显性的,情节架构的改编不能仅仅停留在迎合观众的欣赏趣味和欣赏习惯上,而应该充分调动现代科技手段,为当下阐释莎作的主题,塑造鲜明的人物性格,挖掘莎氏作品中的现代性,使今天的观众感受的经典在历经400多年以后,仍然能够以其思想的光辉,照亮当代社会的人的精神世界,而不是仅仅满足于单纯的娱乐和欣赏。

这两部莎剧往往以其复杂的精神世界,曲折浪漫的舞台事件而著称于世,因此对于它们的核心价值的取舍是至关重要的。越剧和宝冢歌剧与以语言叙事为主的西方话剧有所不同,除在正常串联故事情节,展现戏剧矛盾冲突的前提下,还需表现其固定的内容,如越剧中的唱、念、做、打,歌剧中的声、腔等表演艺术。因此如何在有限的空间内展现庞大的篇幅,这是莎剧在现代改编过程中的难题。20世纪80年代末,上海虹口越剧团上演以莎剧《罗密欧与朱丽叶》改编的《天长地久》,取得了不俗的成绩。但以现在的眼光看来,依旧存在着"现代意识的失落""文本建构的偏离""莎剧悲剧精神的缺失"[①]等问题。本土化的价值取舍或在一定程度上造成原著精神的失落。这样看来,《马》剧和《罗》剧在本土化的进程中对于原著核心思想的把控还是恰到好处的。这除在文本建构上的成功,还离不开现代科技对舞台创新性的加持。总之,中国越剧改编莎剧与日本宝冢歌剧改编莎剧在文化背景的建构取舍、主题的阐释、人物性格的塑造、人物内心的展示、人物情感的抒发、舞台氛围的营造等方面的成功与不足都应该引起我们的思考。

五、结语

中国越剧和日本宝冢歌剧团虽是不同国度的艺术产物,但两者在表演理念上有着千丝万缕的联系,也常被专家学者们比较研究。可以说,越剧和宝冢歌剧改编莎剧都作了有益的探索。作为中国第二大剧种的越剧,和作为日本演艺产业的宝冢歌剧,能够把莎剧搬上当下舞台,并受到目标观众的喜爱,是与其丰富特殊的艺术形式和演出模式分不开的。以莎翁戏剧为代表的西剧跨文化演绎,不仅仅是越剧和宝冢歌剧走向世界强有力的证明,更是两者走向现代化、保持艺术长青的关键。他山之石,可以攻玉,艺术的形成需要相互学习借鉴,也应当具有科学合理的认识和评价。时代在不断革新,艺术也必当齐头并进。

【作者简介】王雅雯,浙江越秀外国语学院莎士比亚研究兴趣小组,宁波报业传媒集团记者,主要从事戏剧与莎士比亚的学习。

---

① 参见李伟民:《在建构中失落的悲剧审美——越剧〈罗密欧与朱丽叶〉评析》,《四川戏剧》2017年第11期,第12-16页。

第六编

续史贯珍

莎翁传略

朱文振[*]

莎翁名威廉,公元一五六四年四月生于英国爱文河上之斯厥来福城(Stratford-upon-Avon)。父名约翰,任当地邑长,而以买卖羊毛及制手套为业,小康之家也。或谓业屠宰,恐即与毛织相关而经营者。母玛丽阿顿,瓦里克郡望族女,一五五七年来归莎氏。威廉有姊妹各二,仲叔季三弟,二姊一妹皆幼折,弟辈亦均卒于其先。翁于一五八二年娶同邑近村海色威氏安妮为妇,时年十八,而安妮已二十有六,然以其为倾心之交,且翁之身心成长速于常人,固佳偶也。婚后五六年,赴伦敦,初为舞台演员,继即自编剧本,渐亦参加著名剧院经营剧务,其戏剧生涯先后几三十载,故里退归之时,已近五十岁。其晚年以名业已成,颇享优游之乐,惜不久即谢世,卒于一六一六年四月二十五日。年五十三岁。(以其诞生日期不传,故未能确定是否已足五三寿辰,惟拟信其受洗礼,为生年四月二十六日,当时习尚,生后一二日即须受洗,故诞辰可能在二十四五之日。)有二女一子,子早殇,二女成年而嫁,然亦一二世而绝传,一生著作,有剧三十七部,大诗五篇,十四行诗一套百五十又四首,杂作歌词六阕。

莎翁事迹,后世得而确传者极尟,以此一代巨人,而有关记述散失至此,金信下述数事,有以致之。翁卒后二十六年,英国内战突起,仇对行动,即家与家、族与族间,亦纷然嚣然,而戏剧一业,当时议院派既恨之入骨,王党复嗤之以鼻,翁为剧人,其有关文物,自之易遭受摧残。死前三年,与翁密切相关之京师环球影院,曾毁于火。一六一四年,翁故里亦遭大火灾,焚屋凡五十余栋。翁挚友琼生氏(Ben Jonson)之宅,其后亦曾遭回禄。惟正以是故,不甚可靠之传说既繁且多,亦复成为"莎学"人士聚讼纷纭之对象。即以其姓氏之拼法言,据计有十种之多,即"Chacksper""Shaxpere""Shaksper""Shakespeyre""Schakespeire""Schackspere""Shackspeare""Shakspeare""Shakespeare"是,虽普遍均用最后一式,然仍不乏炫奇之士,执持其他拼法者。据考翁

* 朱文振(1914—1993),四川大学外文系教授,朱生豪胞弟,主要从事英语语言文学、翻译研究。

本人所用之签署亦不一致。实者拼音文字，但须音近，形式本在其次，而当时亦未如近代之讲求固定拼法，盖尚在"中古英文"嬗变为"近世英文"余波未已之际。于其体貌俊伟，资质聪敏，则众无异词。于其少年曾获充分教育，然其后并未博通群籍，则亦人所共认。然而若干事虽经多人力斥其伪，而终仍流传不已也。

谓其所以遄往京师，乃窃公园鹿子为人追捕所至，其一也；谓其初至伦敦无以为生，遂伺于戏院门外为客执马，剧散客出则交还之，以获微资免冻馁，其二也；其长女之生，距其婚期不足七月，其三也。诸如此类，不一而足。而其尤重大者，厥为以威廉·莎士比亚其人根本不善写作，后世所谓莎氏作品者，实多为当时名人培根（Francis Bacon）托名之物。凡此种种，爱莎翁敬莎翁者恒多方考证以斥其诞，而若无由考证，则更极力揣断，谓其必无。实者窃鹿可为少年任性所使；执马可为怀才未遇之权宜；婚前合好之在彼恋爱公开习俗之中，又岂必为莫赎之巨愆，况其并未始乱终弃？此而固谓为玉中之瑕，则亦惟为微尘而已，纵不去之，亦无伤于其莹洁也。至于"培根问题"，所涉诚较广大，斥之驳之者诚亦出于爱与敬，然就纯粹艺术欣赏之立场言，则此三十七部剧及百数十章诗，无论其为威廉·莎士比亚或法郎西斯·培根所著，其本身既不朽，尚何求哉。

莎翁著述，自以戏剧为主。其题材皆取自已有故事或他人著作，而其润改增删之巧，足夺天工，足垂万世，足化"抄袭""剽窃"为无上艺术之创作：天分使然也。论其内容，虽所叙为远古或异域之人之事，而人性事理之形诸楮墨现诸舞台者，不仅伊利沙白时代之英国睹之如身历其境，即在任何年月之任何境域，亦绝无隔阂疏外之感：盖其对人情事态观察深锐，感触敏快，天分使然也。论其文字体式，剧本用"无韵诗"（blank verse）在英国始于马劳氏（Christopher Marlowe），然马早死，未显大功，而同时其剧作家若干辈亦皆未能善用之；独莎氏能运变自如，一反前此僵硬板滞之作风，使戏剧体制上放一异彩：此非莎氏精研声韵博通诗理所臻，天分使然也。虽然，伊丽沙白时代当乱后承平，百姓安乐，乃授戏剧以发展之因缘；戏剧发展，及授天才以表现之因缘：莎翁天才，半亦由时世而乃成"英雄"也。莎剧之性质分类，殊无定规。最概略者，分"喜剧""史剧""悲剧"三类；大概后二类甚少异议，而"喜剧"中可分"悲喜剧"及"纯喜剧"二种，或亦分"喜剧"为"浪漫剧"二种（浪漫）为"romantic"之音译，意实为"富于奇趣妙想"。于各剧编著之次序，亦乏确证，复无定论。若干剧技术略次，大致均成于早年，若干剧神功圆熟，必可判为晚期之作。版本众多，世皆视牛津版为圭臬。

莎翁子夭于幼年，故嫡系未有传。长女素珊娜归豪尔氏，育一女，名伊丽莎白；此女夫死再嫁，惟均无所出。次女珠第斯嫁昆内氏，生子女三人，惟皆夭亡。西俗女系后裔亦称直系，而莎翁则于此亦绝传。翁三弟均早世，故亦无侄从旁系；惟长妹琼恩一支，繁衍长久,但亦已终断数十年于兹。琼恩于一五九九年嫁同邑哈特氏,其子孙均居故里,无籍籍名,仅一查尔斯者,曾为演员负誉甚盛;其最后一传中,有一女老而不婚,于一八二五年入居莎翁诞生之宅屋,恒为访古之客历数家珍,且同时以其自撰剧稿一部相示焉。噫,岂上苍以威廉所得已过厚,而于莎氏一族正旁各支若斯之薄乎!

关于朱文振先生《莎翁传略》的编辑说明

《中国莎士比亚研究》第五辑部分刊登了四川大学朱文振先生给大嫂宋清如女士的《对"译者小志"拟商数点》。朱文振先生的《对"译者小志"拟商数点》全文刊登在李伟民与杨林贵编纂的《云中锦笺——中国莎学书信》(商务印书馆)一书中。为此,朱尚刚先生提供了《对"译者小志"拟商数点》这封珍贵的来信和朱文振先生为出版《莎士比亚全集》撰写的《莎翁传略》。该《莎翁传略》在李伟民和学生陈欣阅的辨识、录入的基础上,已经再经朱尚刚先生亲自订正,可谓完善准确无误了(朱文振先生的《莎翁传略》,原件现藏浙江工商大学档案馆)。

2022 年 11 月 19 日,李伟民带领在读和已经毕业的学生又专程赴嘉兴参观朱生豪故居,屈指算来,这已经是李伟民第六次赴嘉兴参观朱生豪故居了。在朱生豪故居,朱尚刚先生亲自接待了李伟民一行 7 人,亲自为师生讲解朱生豪与宋清如的译莎故事,并为赠给每位同学的《朱生豪情书》题签。尚刚先生那深沉而略带伤感和自豪的情感感染着所有的参观者。同学们听得认真,记得仔细,深深地为朱生豪矢志译莎的坚韧精神和"才子佳人,柴米夫妻"凄美的爱情所感动。周碧莹发表了《与百年前的秋风再相逢》(《嘉兴日报》2023 年 4月 23 日);张昌德发表了《焚膏继晷 爝火薪传——朱生豪故剧沉思录》(《天籁阁》2023 年 2 月刊);朱思伊发表了《嘉兴的朱生豪,中国的朱生豪》(《烟雨楼》2023 年 3 月刊)。参观过程中想起了尚刚先生传给我的朱文振先生的《莎翁传略》原件,还没有来得及辨识,更无从录入电脑了,故从嘉兴返回后始着手辨识、录入这一拖了一年多的工作,以备今后发表于《中国莎士比亚研究》中。

朱文振(1914—1993),浙江嘉兴人,为朱生豪先生胞弟。1937 年毕业于中央大学外文系,先后在中央大学、广西大学、重庆大学任教,并任四川大学外文系教授、系主任。主要著作有《康第达》（青年书店 1944 年版）、《英语简史》（四川大学出版社 1994 年版）、《翻译与语言环境》（四川大学出版社 1987 年版）。20 世纪 50 年代初，朱文振已经采用元曲体译出多部莎氏历史剧，但因所译风格与朱生豪译莎风格不同，未被出版社接受，译稿遗失。

以下为朱尚刚先生口述：

文振叔还特地为《全集》写了一篇《莎翁传略》和一篇《附记》，于 1946 年 3 月 10 日寄给母亲，同时也对母亲的《译者小志》提出了 16 点"拟商"的意见，其中除有个别似为抄写中的笔误外，大多是认为应当增补的内容，包括父亲的秉性、经历、背景等诸多方面。现在看来，这些内容若单独来看，都是值得一提的，但若全部都加进去，这篇《小志》就会变成《大志》了。可能母亲当时也是这样考虑的，所以只采纳了其中的一小部分意见。

《莎翁传略》和父亲的《莎翁年谱》虽然体裁不同，但在《全集》中的作用是一样的，不可能两篇都用。文振叔因为远在千里之外，不知父亲已经写就了《莎翁年谱》，才有此举。

文振叔写的那篇《附记》相当长，约有 8000 字左右，主要内容是关于翻译体式的讨论。因为莎剧原本是英国古典的诗剧，文振叔一直认为用白话散文体来翻译英文的 blank verse（无韵诗）无法表现出莎剧的原有韵味，只能算是"详解式的翻译"，而要做到"艺术性的翻译"，则一定要采用另一种和英文 blank verse 相对应的语言形式（文振叔认为用元曲体最为适当）。这是文振叔坚持了一生并且为之付出了大量心血进行实践的观点。实际上，像这种鱼和熊掌孰取孰舍的问题，本来是可以见智见仁，放开探讨并留待实践来进行检验的，但按我现在的看法，将如此篇幅的一篇论证散文体译文之不合理想的论文作为散文体译本的附记，实在是不合适。不知母亲当年是否有过我的这种感觉，也许她也感到为难，因为要对文振叔花了很大的心血且倾注了极大热情写的这篇东西表示否定是很难开口的。后来母亲复信文振叔时，除了将父亲《莎翁年谱》的稿子抄了寄去请他作进一步查校外，还建议将《附记》刊在《全集》之末。这倒是一个恰到好处的建议，因为那么长的附记本来不可能每一单行本甚至四辑本的每一辑都刊登，而《全集》的最后完成则还有待于文振叔补译全其余的剧本。若那些剧本用元曲体译了，那么《附记》加在后面，正好作为前后体例不同的一个说明，倒也合适，如果文振叔也用散文体译了，那么想来他自己也会改写这篇附记的。

三月二十七日，文振叔来了回信：

手示及《莎翁年谱》稿已到数日，以仍仅能每天略抽时间对付，故至今日始克查校竣事。尊抄稿因已有多处增补移改，故另抄一份寄上。所作小增或小改，大致目的均在求清晰，大体均仍原有。其他弟意可去者未去，可增者未增（唯莎氏同时代诸家中有 T. Heywood 者，手头二文学史中均未提及，无从查得其生卒年份，暂删去）。前未知森兄有此年谱故作传略，今既底稿未失，抄校付印，则传略或可免刊，以省重复，可请裁决也。云附记刊全集之末甚是。尊抄年谱稿暂存弟处，免信件过重。底稿仍寄上，请善藏之……

在信的末尾又加了一段文字：

又森兄对三李之奇才（义山之丽、长吉之鬼、太白之逸）均曾有极大喜爱，或可插入《译者小志》中否……

这样，关于《年谱》《传略》和《后记》的问题就算是处理定了。关于父亲的"义山之丽、长吉之鬼、太白之逸"那几句话，大概因为《译者小志》总体框架已定，所以也没有收入。不过那几句话确是对三李诗歌艺术风格极为精当的评价，大概也属于夏承焘先生为之"一唱三叹"的"前人未发之论"吧。母亲晚年所写介绍父亲生平的文章中经常引用这几句话。

那篇《译者小志》，后来正式出版时改称《译者介绍》。

见朱尚刚：《诗侣莎魂——我的父母朱生豪、宋清如》，商务印书馆 2016 年版，第 269—271 页。

在此，我们在先行刊发了极为珍贵的朱文振先生的《对"译者小志"拟商数点》的部分内容及信件第 2 页的影印件的基础上，再全文发表朱文振先生的《莎翁传略》以飨读者。（朱尚刚、李伟民）

谈历史剧

孙家琇[*]

自从抗战以来，话剧日成立一日，人们对于话剧的态度也渐渐严肃了，因当它确能宣传抗战，鼓励爱国精神。不过抗战剧的题材始终有它的限制，要想把题材范围扩大，我们觉得历史剧实在有提倡的必要。在鼓励民族意识与爱国情绪上讲，历史剧实在比抗战剧更为有力。抗战剧是以当前的事实为题材，力求激发现众们御侮卫国的情绪；历史剧则表现以往时代大人物，指出一国所以不能泯灭的真精神，在人们灵魂的深处燃起敬爱祖国的火花。不同的地方在历史剧并非以"宣传"为大前题，其中人物事迹的伟大多为现众所熟习，不偏重新奇和刺激，因此对于观众的感动，更可以比较深刻。再者当前的局面，使人们的注意力，完全集中于战争及保卫祖国，在这种情形下，话剧必须能迎合人们的爱国心情，而好的历史剧一定都有一种爱国情绪洋溢其间，为观众热烈接受。莎士比亚初写剧时即看重此点。当时西班牙舰队被英国海军打得落花流水，激励了全英国民众的爱国情绪，所以他到伦敦后，先写出《亨利第六》[①]的三出戏来；以后更不断地把英国历史搬上舞台。据 Bishop Corbett 所述，莎士比亚的历史剧对英国人民的影响非常深刻，即如一般孤陋寡闻的人，谈起这类戏来，也都头头是道。英国名将Marlborough 曾坦白的承认他对于祖国的爱赏，和主要的历史知识皆得之于莎士比亚的历史剧。由此可见历史剧的力量多么伟大。

历史剧到底是什么？初看来历史剧当然是以历史的事迹为剧情，以历史上的人物为角色的戏剧。这样的说法，不算错误，但太笼统。17 世纪时，英国剧院复兴以后，除了时髦的 Comedy of Manners（暂译为衣冠喜剧）以外，有一种特殊的"英武悲剧"（Heroic Tragedy）盛极一时，为当时知名诗人 Dryden 最得意，最努力的事业。该种剧本虽然以

---

* 孙家琇(1915—2001)，中央戏剧学院教授，博士生导师，曾任中国莎士比亚研究会名誉会长，主要从事莎士比亚研究。

① 现多译为《亨利六世》。此译法为原作者所译，此文发表时莎剧的剧目并没有统一的译法。此处尊原作，不作统改。下文出现的《哈姆雷特》《里耳王》《麦克贝斯》等剧名及其他专有名词译法均属此情况。全书此种情况，均保持原作，不作统改，特此说明，下文不再一一注明。

历史的事迹为剧情，以历史上的人物为角色，可是没有人承认他是历史剧；主要原因乃彼此性质之不同。"英武悲剧"专以达到最高的惊奇、英勇和一种假的浪漫情调为目的，不顾真实，不重教诲，其中英雄都有超人的猛勇和义气，能变身战胜多数敌人。"英武悲剧"并侧重爱情，但其表现之方式不外荣誉与爱情的争执。此外多多益善的穿插，舞台，衣饰的炫耀，甚至于歌舞的利用，皆非纯粹历史剧的特性。那么法国 17 世纪名剧家 Corneille 所写的富于哲理的，*Le Cid*，*Andromede* 等剧是不是历史剧呢？又不然。剧中的历史事迹只是被用为隐约的背景，其中的哲理也非那种古今一贯的历史哲理。剧中英雄美人也是被放在荣誉和爱情冲突的重围中。不过作者充分利用这个机会表现主角们内心的争斗，以至理性和美德全胜的地步。这种悲剧当然不是历史剧。在法国文学中，它们被称为"古典悲剧"。莎士比亚的《哈姆雷特》《里耳王》《麦克贝斯》等剧也以历史为背景，不过它们都是人性弱点和优点的表露，是绝好的"独一英雄悲剧"（One Hero Fragody），而不是历史剧。中国平剧中如《八大锤》《四郎探母》《杏元和番》等戏，同样的不能成为历史剧，因为它们的范围都是过于狭隘，以致将历史兴趣转移到某一轶事的穿插上去。《杏元和番》一类的戏，取材于仙术，奇迹更是缺乏真实。这些例子都证明上述历史剧的定义过于含糊浮浅。

英国浪漫诗人柯乐瑞吉（Coleridge）曾说历史剧是介乎史诗和戏之间的产物。他说诗的最初形式为史诗，其特性在于事迹和人物的陆续表现，由一个叙述者完全客观地讲述出来。以后演变为戏、诗（或通称戏剧）。史诗与戏剧皆以"天意"与人类"意志"的关系为出发点；但有一不同处，即史诗表现"天意"箝制"意志"，使之成就"天"的计划。戏剧则表现"意志"与"天意"或命运的斗争，而最悲痛、最动人时即由于人性的某一弱点，致使人的反抗归于失败，因而反映出更崇高、更明慧的"天意"。由上所述，可知柯氏以为历史剧必须包含史迹和人物的陆续表现，"天意"驱使"意志"，与"意志"之随时反抗及错误等原素。这的确是一番深刻的讲释。柯氏又以为史迹量的多寡，不能绝对规定剧本的性质，譬如莎士比亚的《麦克贝斯》所用的历史事迹与《瑞卡德第二》相似，然而前者并非历史剧，而后者却是最纯粹的历史剧。其主要的分别乃在历史同剧情（plot）的关系上。这种关系可以有三种：一、在纯粹的历史剧中，历史就是剧情。二、在混合的历史剧中，历史导引剧情。三、在假历史剧中，历史仅陪衬剧情。莎士比亚的《亨利第四》，其中太子与畔浮鲁斯达夫的穿插，并非是 Coinic Reeie 而是与历史部分混合，并受历史导引的剧情。至于《哈姆雷特》《里耳王》，"英武悲剧"及许多中国旧戏，其史迹虽多，但其剧情不以历史为中心，所以是假的历史。

好的历史剧除剧情人物、结构、对话等以外必须得有几种特殊的因素兹仍借莎翁作品以明之，莎士比亚的 10 出英国历史剧包括 9 个朝代紧要史实关键。除去约翰王的事迹与其他的相隔 200 余年，英国 15 世纪的整个历史都顺序地表现出来。百年的内乱外患丰瑞，饿荒，尊荣，羞辱，以及君臣们的忠义奸狞，无一不公平而客观地、活跃地呈现给观众，使他们惊羡慨叹，使们直觉本身与历史的关系，使他们感谢自由同社稷稳固的可贵。在这中间利沙伯文女皇的威严也反映得愈发明显。这里我们可以看出一个因素：即历史剧，最后的鹄的不在娱乐，而在教诲（Edification）；不在直言不讳的训教（Didacticism），而在隐隐含蓄的指导（moral guidauce）。瑞卡德第三诡谲多端，然而莎士比亚暗示智力完全克服道德时的憎狞可怖；瑞卡德第二皇位欲望虽重，然其品性脆弱，无雄才魄力以胜统治英土的重任，其皇位终于被篡；亨利第五幼时虽放荡不羁然而生的意志同幽默，决未有损于其德性。在罗马戏中柯瑞奥兰俄斯忠心耿耿为国为民，品格之高，应使人人景仰，然终不敌小人的嫉妒，和"群众"的盲从；凯撒被刺后，罗马公民们齐声欢呼布若托斯的义为，然而安顿尼的几句感情话立时令他们为凯撒掉眼泪，要使凶手们伏诛。像这种教诲和一种永远存在的公平，我们可以找出无数的例子。Emile Legonis 曾说莎士比亚的历史剧与英国中世纪的宗教剧实相串，其主要点即在彼此都含有这种因素。莎翁之用历史剧教诲观众，犹如那些宗教家之用圣经，其感人之意念，虽极单纯却极伟大。

　　前面已提到莎翁历史剧对于激发观众爱国心情的功效，这一点与"教诲"是紧紧相关的；因为忠于国即忠于公平自由，忠于一切维持共同生活的社会组织。不过剧中的"教诲"是若隐若现的。观众因知识经验之不同，所领会到的可有天渊之别。爱国情绪则可用激昂慷慨的话语表现出来，同时全剧自头至尾都需要这番情绪洋溢着，充沛着。马楼（Marlowe）的《爱德华第二》与莎翁的《瑞卡德第二》相仿，然前者绝不能动人，其主要原因即马楼本人——上帝和宗教的叛徒——对于社会国家全无热情，莎士比亚恰恰相反，他忠于皇室，忠于国家的心情非常坚深，连他的罗马剧都可以使人感到同样的爱国精神。《瑞卡德第二》因剧情有"篡位"的关系曾被禁演，其实伊利沙伯若能明了这出纯粹历史剧的真精神也可以不计较了。试听下面对于英国的赞语：

> 这个帝王的尊荣宝位，这个秉着朝笏的岛，
> 这个威严的疆域，这个战神的交椅，
> 这个另一半天堂的"爱登园"，
> 这个堡垒，大自然为她自己所造，
> 抵抗着腐化，和战争的魔手；

这一群快乐的人民，这小小世界，

这个镶在银海里的宝石，

有如被一道墙垣，

或一条堑壕环围着。

抵御穷追国家的嫉妒；

这块蒙恩的地，这个疆域，这个皇土，这个英国，再看约翰主的收尾。

这个英国从来未曾，也永远不会，

横卧在一个征服者的脚下，

除非她先已创伤了她自己：

现在她的王子们又重返故乡，

让全世界的各个角落武装前来，

我们也要使他们振惊：没有能使我们追悔的事，

假如英国对内保守着真实。

在兹英国国运危急存亡之际，像莎翁这些历史剧岂不是一种深刻的抗战剧本？

"英武悲剧"所以失散的最大原因，即缺乏"真实"，相反地，莎士比亚所有的剧本，尤其是他的历史剧之所以伟大者，主要地，就是具有"真实"。Legonis 曾说旁的写剧家往往把历史弄假，莎士比亚甚至于能够保留浪漫故事的"真实"，而其所以能如此者，多半是因为他在历史剧中使历史重演，使过去事实复活的努力所养成的习惯，这种解释也许委屈了莎士比亚的天才。无论如何他告诉了我们历史中不可缺的另一因素——"真实"。这种"真实"绝对不是一笔一画的抄历史，而是 Legonis 所谓的"史诗基础"（Epical Basis），一种内在的"真实"。柯乐瑞吉则称之为"属诗的"（Poetical）"真实"。历史剧固然不应有大错误，因为其中的穿插是被视为已往的实情，而最重要者并非事迹，因为事迹是一种点缀或一种内在灵魂的外衣。所以历史剧应该还取人性中最恒久，最普遍，因而对各时代都有兴趣的一部分来戏剧化。这样即或事迹的秩序被破坏或被缩紧，迹中却有一种更深奥的联络，使观众不仅注意事迹的本身，却留心事迹的推动者。历史剧中的"真实"即已往事迹中"因""果"的探讨和表现：使我们明了以往大人物的动机和所造成的结果。我们可以把这种因果当作历史剧的枢纽。含有这种因素的历史剧才对我们有益，因为人生的规律是不变的；以前有此"因"而生此"果"，现在和将来有此"因"谁取断曾不会亦有此"果"。萧伯纳也看清了这个因素，所以在他的圣者安，凯撒和克利欧佩揣命定的几出历史剧中，他抛弃了圣女和超人英雄等一般观念，而由人的观点分析他们的动机,以获得一番深的"真实"。不过因为教诲和爱国精神的缺乏人物,对话的过于理智化,使萧伯纳的历史剧沦为次等的作品。

有了上面三种因素,历史剧的特殊内容仍然不算圆满,盖一国的文学必须表现该国或该民族的传统精神。历史剧则尤甚,因为剧中所选的历史关结,往往是国题所系,国中上下奋发或骚动之际,因之也是该民族独具的精神表现得最明显的时候。柯乐瑞吉曾说最合适的历史剧应该是把观众自己的历史搬上戏台。英国人士们深信在莎士比亚的历史剧中,时时可以看到他们民族的刚韧倔强冒险性重视礼智,寡言语而多作为,以及上下一贯的幽默等。这的确不是彼邦人士的自高自傲,我们读莎士比亚也未尝不能体会得到的:虽然所感觉之程度或较浅显。不但如此,我们也可以看出剧中还有属时代的精神,15世纪中英国受了人文主义的影响,至莎士比亚的时期文艺复兴运动已达最高点,这些影响和现象,也在莎士比亚的历史剧中澎湃着,衬托剧中人物的动机,使全剧更形逼真。《瑞卡德第三》虽然诡谲但在反面也能表现出英国民族性同15世纪精神。

至于历史剧的"准确"问题,许多人似曾为之纠缠过。上古人如何谈话,中古人如何行动等,其实写剧家不是考古学者,莎士比亚一笔勾销了20个世纪,对于各国风俗习惯等细节从未深虑过,但结果并无损于其作品,前几年纽约某剧院试验以时装表演莎士比亚的《凯撒》,公认其结果一若以古装上演者相同。与莎翁同时的本·约翰逊（Ben Johnson）写历史剧最求"准确",然其作品几被人遗忘殆尽。故所谓"本地色彩"（Local Colour）在历史剧中并非一重要因素。

（原载《当代评论》1943年第3卷第13期）

论莎士比亚及其遗产

A. 斯米尔诺夫　著　沙可夫[*]**　译**

一

直到最近一个时期在我们与真正的莎士比亚之间还是存在着两重帷幕，使我们不能看清楚这一位艺术巨匠。

这两重帷幕之一——以唯心的观点来估量莎士比亚的许多解释，这在19世纪的西欧特别盛行，不仅见之于英国，而且在德国（哥德对此种解释的发展给了有力的推动），即在俄国革命前的文艺批评领域中也可找到此种观点的全部反映。在这些各式各样对莎士比亚的推论中（即以近百年来所提供的关于《哈姆雷特》一剧的多样说明来说亦可），我们可以指出它们的一个共同点来：这里的莎士比亚是与其历史的实际环境，隔绝着的，或者，多少有了联系的话，那么也只是完全错误的，是一种布尔乔亚"社会学"的见地。莎士比亚被送到一个抽象心理学或抽象哲学的领域里去了，他又被抬高到他的时代上面，甚至一切时代的上面，他好似一个什么"绝对的"天才，"全人"，能说"永恒的"道德与心理的真理。这样的一个莎士比亚，不用说，失去了任何具体的内容。他成了各种唯心主观主义的一座堡垒，这样的莎士比亚和我们是完全不相干的。

另一种帷幕悬在相反的一方面。这好像是以马氏观点来解释莎士比亚，如不久以前B. 弗理契所提供的而几年来已为我们的批评界所击破了的。纯粹机械式地分析莎士比亚的作品，从这里掘取零碎的文句，由此作出片面的与完全不正确的结论。甚且不懂得马、恩两氏关于莎士比亚的作品及其所处时代的特质的见解，更不幸地是在传记上来假定莎氏作品的著者乃一纯粹贵族莱德伦特伯爵。在此种关于莎士比亚创作的怪论方面，弗理契可谓登峰造极了，不管其如何"理论化"，这始终和所有莎氏戏曲中的每一

---

[*]　沙可夫（1903—1961），原名陈明、陈微明，又名维敏，字树人，号有圭，笔名克夫、古夫、明、冥冥等多种。早期马克思主义理论家，曾任中央戏剧学院党委书记、副院长。

个字里行间所洋溢着的道德的健全,毅力与爱自由的感觉格格不入的。

在弗理契的论述中,莎士比亚是一个封建地主的贵族阶层的思想家,最恶毒的反动者,为受到正生长起来的资本主义与新布尔乔亚文化打击的陈腐封建理想的死灭而悲泣,绝望的消极者,咒诅着世界与渺茫的"无穷期"。布尔乔亚及其利润的争逐对于莎士比亚是轻蔑与疾恶的对象,农民与民众——仇视的对象。合意的人物,英雄,具有高贵思想与善良行为的,在莎士比亚看起来只有贵族。但也不是一切贵族都是如此的!莎士比亚时常把宫廷贵族描写得极卑劣而丑恶的。好的仅是乡村贵族,旧式封建地主,他们保持着纯洁的、族长式的世风,完整无缺的高尚与美德。他们的优裕而漫不关心的生活——不用说,不发生战争时——简直是由节日与娱乐所组成的,在这一社会里,钱币是用不着的:这里满是宽容大度,敦请善行。诚实可靠的老仆人侍奉其主人不是贪图利益,而纯是由于赤胆忠心。一切都建立在对君主(国家)、贵族(社会)与父母(家庭)的信仰与顺从上面。这便是"旧时快乐的英国"世界及其罗曼蒂克封建主义的灿烂的光辉。

依据弗理契的见解,莎士比亚便是这样的垂死世界的一个歌颂者。却又因为这个世界受着发展着的资本主义打击而日渐破灭,莎士比亚悲痛着迎面而来的死亡。由此——忧郁的痕迹发现于他的许多作品中,而一贯地深印着他的全部创作。由此——安乐尼奥(《威尼斯的商人》*The Merchant of Venice*)无谓的愁苦,杰克(《任君所欲》*As You Like It*)消沉的不平,哈姆雷特的咒诅,蒂蒙的阴郁厌世。作者假口于这些主人公来说话,对封建旧世界的没落惋惜悲痛。这也就是哈姆雷特所说"时代的联系破裂了……"一句话的意义。

这里用不着详尽地指斥此种根基于对莎士比亚时代及其创作的不正确分析所得到的了解。从莎士比亚那里采取了合于他的见地的典型与文句,扬弃了不合他脾胃的一切,弗理契即对于这些典型与文句在一般戏曲的主旨中的思想倾向也还是弄不清楚,无怪他完全绕出了莎士比亚写实风格的问题,看不到他是个伟大人道主义者,新道德与新宇宙观的战士。归根结底说,弗理契只是穿上假冒马氏主义者的外衣,把布尔乔亚莎氏学者极普遍的见解之一——所谓莎士比亚的"贵族主义"——重说一遍罢了。

但这不能使莎士比亚更接近,而只是更远离了我们。如果莎士比亚真是一个没落阶级的理论家(有如16—17世纪英国的封建地主贵族),那么,当然,为了他创作中的精妙入微的艺术逻辑学,还是有可能为我们利用的。不过这样的利用当然是很有限的,因为我们所利用的作家的阶层性对我们是不能漠然无关的。如果莎士比亚在其所处的时代中是一个落后反动思想的号筒,如果他的视线不是向前而是往后,那么我们在他那里就没有什么可以学的了吧。并且75年前马、恩两氏又何必劝告拉萨尔(在很有名的

1859 年给他的信中)奉莎士比亚作为模范呢。这样捏造出来的超保守主义者与最反动的贵族莎士比亚对现代法西斯的西欧倒是怪欢喜的,如不久以前在法国巴黎喜剧院里所排演的《考里沃兰芮士》(*Coriolanus*)不用说是经过相当"改译"的,在这里莎士比亚的悲剧被作为"赤色危险"(!)的信号与暴露。这样的莎士比亚和我们是全不相容的。

幸而,实际上并不是这么一回事,首先,如马氏在其对这一个时代研究中所告诉我们(最详尽的在 *On Capital* 一卷廿四章中),那个阶层,即弗理契企图把莎士比亚作为这一阶层的理论家,也就是古典的、封建地主的、寄生的、无作为的、骄奢淫逸只求享乐的、恃遗传的高贵品格以自傲的阶级,到了莎士比亚的时代在英国差不多已经不存在了。因为这个时代的贵族以暴力夺取了"初期资本积累"急剧地转变着,获取新的品质,使其和布尔乔亚相结合;如果像弗理契那样绘声绘形地说这个落于时代后面的封建贵族阶层还是存在的话,那么这一阶层在政治上与思想上也是力薄得很,无论如何也不能产生如莎士比亚那样一个充满活力的天才艺术家来。

弗理契对莎氏著作的分析也同样是根本不正确的。实际上在莎士比亚那里见到的一些悲观动机,万不能作为主宰着他的倾向:这是——附属的东西,须以特殊的原因来解释,且终于沉溺在莎氏乐观主义的大海中而看不到了。因为莎士比亚彻头彻尾是乐观的,所以他总是向着未来,而不执著过去。恩氏在写给马氏的信中说过:"在《温德沙的风流娘儿们》(*The Merry Wives of Windsor*)的第一幕中所存的生命与动作较之全部德国文学中的更要多,只要一个龙士及其克莱勃狗[①]就可抵得过集在一起的所存德国喜剧的价值。"还有什么比这更清楚地来说明莎士比亚喜剧的无限欢快与他最"阴郁的"悲剧的勇敢英雄精神呢? 恩氏且曾在兰夏夫特(Land-schafi)一文中更清楚地指出莎士比亚"神圣喜剧"感人至深。当然,要是莎士比亚是个愁苦的意气沮丧者——反动者,那么马氏决不以他的"孩子经常阅读莎士比亚"为可喜,当也不会把莎氏列入他最喜欢的三个诗人中而与爱斯西尔(Eschyle)及哥德(Goethe)并驾齐驱了。每个没有为狭隘的教条所毒害的读者,读了莎士比亚都会感到一种健全的生之快乐与无限的毅力。

全部莎士比亚创作的主题——新道德与新的宇宙观的确认,弃去了一切封建宇宙观的原则与准绳,有时我们在他那里也见到有封建贵族观念与趣味的余波,那么这应以16 世纪英国历史发展的特殊条件来解释,而不应在这里来寻找他的创作的实质。恩氏写道:

---

① 《两个佛龙那的绅士》(*Two Gentlemen of Verona*)一剧中的人物。——斯米尔诺夫注。

想从高乃依（Corneille）那里寻找罗曼蒂克中世纪的根源，或以同样态度来处理莎士比亚，此种企图不能不认为是矫揉造作的（凡是他从中世纪借用来的普通材料作为例外）。

讲到处理莎士比亚的态度问题时，我们最不应忘了下面恩氏的名言至论，不错，这是关于哲学的，但完全适用于论断表现某种宇宙观的大艺术家：

> 谁要是判断每个哲学家不是根据在他的活动中所有的有价值的、进步的，而是根据过渡时期必须有的、反动的、循规蹈矩地来判断——那么他还是把嘴闭起来吧。

布尔乔亚唯心主义对莎士比亚的见解是把他夸张着，以致使他失去了一切实际历史的轮廓，变成了形而上的"全人"（大圣贤）。相反，弗理契的见解异常地缩小了他，把他囚禁于那个时代所有社会集团中最狭隘而无前途的一个里面。很难说，这两种见解中哪一种是更有害——所谓有害，不仅因为理论上的错误，并且因为对莎士比亚所持的错误观点足以妨碍着看见他真正的丰富内容。

莎士比亚——最有天才的他那时代的表彰者，同时也是恩氏所说的"复兴时期"的产物：

> 这是给从来人类不曾经历过的伟大进步的转变，这个时代，需要伟人，并产生了伟人，在思想力上，情绪与性格上，在多方面性与博学上说都好。

依照出身与人道主义的实质来说，莎士比亚是布尔乔亚最大代表之一，是一个如恩氏说过的："奠定现代布尔乔亚统治的人，不管什么都好，但只不定是局限于布尔乔亚的。"伟大的思想力使他——使莎士比亚，也使雷奥那多·达·文西（Leonardo da Vinci）、米盖朗吉洛（Michelangelo）、乔达恩·勃罗诺（Giordano Bruno）及其他许多伟人——冲出他的阶层意识的范围，高出于它，并着实望到更远之处，同时虽并没有和他的阶层根源割断但已从褊狭头脑的市侩那里解放出来了。由此——莎士比亚的异乎寻常的深奥与远大，不用说，这和所谓"绝对性"与无阶层性，大部分布尔乔亚研究者所企图说明的，丝毫不相同的，莎士比亚不是无限制的：他有他的界线，但这些界线非常宽广——正因其宽广所以在他与我们普洛立达革命的现代有了交流的可能。

二

在英国——"古典型"的资本主义发展的国家——16 世纪历史过程的特点在于,我们在这里除了布尔乔亚与贵族间阶层斗争的基本路线以外,更看到这两阶层极大的一部分密切地接触与合作(经济的,政治的,意识的)。因为,我们没有在当时其他任何一个国家内那么急剧的过程,一方面——贵族阶级的布尔乔亚化,另一方面——布尔乔亚阶级的贵族化。

大的封建战争①吞噬了旧封建贵族,而新的却成了当时代的产儿。钱币对于这个时代是一切力量的力量。

恩氏也曾有与此类似的说明:

> 布尔乔亚在和贵族不断的斗争中得寸进尺地夺取了后者的地位,一直到它在所有最发展的国家内成了统治者为止,在法国它公开地打倒了贵族阶级,而在英国它逐渐使后者布尔乔亚化,并使之成为对己的一种名誉的装饰品。

另一方面,我们更看到布尔乔亚上层分子强烈的贵族化的过程。显然的,在没收寺院地产以后(1535 年"维新"的结果),一大部分的贵族为布尔乔亚所收买,后者一方面迅速地和邻近地主贵族亲近并与之通婚,但另一方面从事于完全新的布尔乔亚方法的经济,并根本保持了它心理上的布尔乔亚特质,在伊利沙白朝代中市民领受贵族教育成了极平常的事,大半是为了充足皇室国库的目的。

由此——产生"新的贵族",不用说是比较进步的,尤其——那种"乡绅"(小的与中等的资本主义的土贵族)是当时最坚强而很先进的阶层。

我们对于马克思所说,旧封建阶层的全部根绝及其转变到适应于资本主义文化的轨道,这样的话不能太死板地咬文嚼字来了解。在经济较为落后的英国西部与北部,苏格兰的边境地方,还保存着不少典型封建主,在经济与政治方面都是反动的,不顺从时代精神,顽强地逆流而行。莎士比亚在《亨利四世》(*Henry IV*)一剧中所描写的粗暴的毛蒂梅(Mortimer)与格林道魏(Glendower)在伊利沙百朝代中不曾转换。他们虽拥有

---

①　英国蔷薇战争,1455—1488 年。——斯氏注

表面的名衔,享受许多特殊的权益,甚至——当他们卜居首都的时候——得到高级的职位,但是他们始终只能生活在中央政权谨严监视之下,而所代表的已不是实际文化的力量,而是失了光辉的实质上无用的过去破片,在他们与新的资本主义土贵族,特别是与所谓乡绅之间时常表现着极大的冲突。此种乡绅参加国会,掌握着省区的全部行政权,并和工商业的布尔乔亚亲密地来往。

此种分化同样在其他阶层中可以看到。小布尔乔亚与大的倾向于贵族的布尔乔亚之间,商业的与工业的布尔乔亚之间也时常相互倾轧。在两种手工业者——旧的合作社工场里的,与工作于新的制造业生产中的——之间也存在着矛盾。最后,这也存在于农民的各阶层之间——被剥削的贫农与生活优裕,甚至在新的条件下得以成为富农者。因此,不同阶级的个别阶层之间的结合常有所闻,到了后来,17 世纪布尔乔亚革命时代,表现得更清楚。但在这一切大的与小的矛盾的复杂错综之下显著地起着领导作用的是布尔乔亚与乡绅这两大阶层,并且在表示他们合作的两种过程中,即贵族布尔乔亚化与布尔乔亚贵族化的过程中,重音当然应该落在"布尔乔亚"这一个字上面。

皇室政权的政策以及时代本身的政治体系,整个地说起来,完全适应着此种阶层力量的配置与正在完成着的过程的一般性质。自 15 世纪末起,在英国迅速发展着专制主义。到处都是一样,这个制度,为布尔乔亚发展所助成,便是阶层的君主制度,在生长起来的资本主义关系的条件下侍奉着中小贵族(在英国——乡绅)的利益;如果这个制度有利于布尔乔亚的话,那么它一定会和压迫那布尔乔亚的大封建主作斗争。

在蔷薇战争中,那个阵营(约而克辈)依靠着工业的与经济上前进的东方伯爵们就已获得了胜利,至于与此相对的阵营(兰加斯脱辈)则由西区与北区的男爵们所拥护。爱多亚四世,属于约而克一类(1461—1483)——第一个"布尔乔亚的"英国皇帝,他——商人的庇护人。在他的治下第一次在英国产生了经济领域中的重商主义,政治方面——专制主义;爱多亚四世治下差不多没有顾及国会。当约而克一派倒下了以后,窦多尔皇朝代之而兴,继续着原有的政策,致力于国内生产力的增长。亨利七世(1485—1509)治国,索性取消了国会,代之以官僚机关及由其建立起来的最高皇室法庭——"星法院"(Star-chamber)。在这一方面前进更远的是亨利八世(1509—1547),其主要事业是实行"维新"与没收寺院土地。至于上院,也有乡绅霸占着,而窦多尔辈极力企图中立封建集团,指派了新的公卿:亨利七世有 20 个这样的新公卿,亨利八世 66 个,伊利沙白——29 个。在爱多亚六世(1547—1553)与血玛利(Blood Mary)(1553—1558)治下受西班牙奥援的短期间的反动很少影响到国内的经济生活。

在伊利沙白(1558—1603)治下,英国专制主义达到了它的顶点,但到了这一朝代的末年也开始衰落起来了。伊利沙白朝的"工厂法"将工人完全交给制造厂主管理,这是谁都知道的事。她在商业方面的政策也是如此。在她的治下,英国商人以自己在汉堡的工厂业作为根据(绕过佛朗特里、尼特兰与刚石),深入地中海,并开了一条到俄国的北海航路。1584年拉莱在美洲建立第一个英国殖民地,称为" Virgin'"(贞洁)以尊敬皇后,即伊利沙白本人,直接或经过代理人,也参加作为一个殖民地航海企业的股东。其中的一个,"西班牙人的恐怖",特莱克曾荣受她尊为骑士。她在长期间注意地听从伦敦商界的意见。在20年间,她的亲信顾问(实际上的"总长")是大商人汤麦斯·格雷兴,驻安佛尔本的皇室商业代表,伦敦交易市场的创始人(1571年)。为了国家支出的需要,伊利沙白已不用向国外,而是向国内富商订立借款。英国海洋与殖民地政策也就带着此种倾向,曾进行和西班牙的多年战争,在"大亚尔玛达"崩溃以后,使英国完成了外部的解放而开始了它的"海上霸权"。

布尔乔亚有了极大的机会得进身于伊利沙白的宫廷与行政中,影响到了国家的律法与一般政策。但当然我们不能故意夸张它的地位。当时政治生活的中心还是宫廷,这要比国会的权力着实大,但它却是一幅五光十色的图画。贵族阶层,其中也有着旧式封建贵族的残余,在宫廷里占着首要的地位,除了进步的政府显要人物,正生长起来的资本主义的支持者以外,还有不少横蛮的野心家、阴谋家、"贞洁"女皇的宠臣。因此我们就没有可能来把这一时代的宫廷贵族看成一个完全整体的东西。宫廷成了一个焦点,在这里汇合着(也倾轧着)国内一切比较重要的社会集团的利益。

总而言之,英国的专制主义,主要的依靠着中小贵族,首先便是侍奉着这一贵族阶层本身的利益,而不是布尔乔亚。这一点更可以从一切工业或商业特权与垄断都给了贵族这一事实来证明。但垄断制度,在资本主义生长的初期为了刺激工业与商业是必需的,而在资本主义更向前发展中却只能起阻碍的作用。16世纪末英国的布尔乔亚实已超越了这个制度,虽伊利沙白在其末后十年的生活中,尤其在她以后的斯徒亚德朝:曾执行封建反动政策的约可夫一世(1603—1625)与考尔一世(1624—1649),曾日甚一日地滥用这个制度。由此,自1597年起——在皇室政权与国会之间起着多次尖锐的冲突,后者要求取消或仅限止垄断——此种冲突很可使人预感到未来布尔乔亚的革命。过去在布尔乔亚新兴贵族地主(乡绅)与宫廷贵族集团之间的友好关系至此便宣告结局了。

三

那么,在我们上面所述的社会矛盾与错综现象中,莎士比亚的社会立场是怎样的?

他的著作的社会等值又是怎样的？

最简单的回答，好似即从上面描写的图画中引出来的，便是如此：莎士比亚——维新着的，在和发展着的布尔乔亚的接触中获得了新的品质，这种贵族的思想家。这，似乎也曾为梅林格（Mehring）所指出过，当（但）他不很明显地写道：

> 莎士比亚不是宫廷的，也不是布尔乔亚的剧作家。和莎士比亚同时代的戏剧在贵族的、可是勇气勃勃的青年中找到支持，在伟大过程中，当展开着宽广的地平线的时候，这些青年总算是广大民众的先进部分。在莎士比亚的悲剧中听得到海潮的雄伟呼声，而在高乃依的里面——则听到人工喷泉的淙淙声。（《关于莱辛格的故事》）

只是对这种引人入迷的定义，似乎说在莎士比亚著作中无条件地存在有"贵族"的成分，难以同意。我们很知道，在这一个时代倾向于人道主义的先进的贵族的诗学是怎样的。在 16 世纪的法国，这是龙沙尔德（Ronsard）与全体普立亚特（Pleiades）的诗，充满着唯美主义与快乐主义，乐天的，但缺少真正英雄的意志，和任何悲剧问题不相干的。在英国，这是和普立亚特相像的抒情诗（塞莱"Surrey"与华安特"Wyat"）斯宾赛（Spencer）的诗，西特尼（Sydney）的田园小说（《亚尔加第亚》）。同样的路线可以在极复杂，富有各种倾向的伊利沙白朝的戏曲中找到；这便是卜蒙德（Beaumont，1584—1616）与佛莱吉尔（Fietcher，1579—1625）的戏剧。

再不用说，在这些戏曲家的作品中我们经常遇到和莎士比亚冰炭不相容的思想动机（恢复贵族的名誉，几乎"神化"了皇室政权，截然不同于莎士比亚的"批判的"君主主义等等）即他们的艺术方法也和莎士比亚的方法各异。卜蒙德与佛莱吉尔的宇宙观赤裸裸享乐主义者的超道德主义，抹杀一切道德的与悲剧的问题。他们的戏曲的宗旨绝对是舒畅娱乐，敏锐的，富有趣味的印象。由此——着重于精致，高明地运用穿插，布景效果的丰富。相反的性格的处理，人物行为的说明都被置之于脑后。典型地找出一切不常有的不普通的尖锐的事物，佛莱吉尔喜欢以公然蔑视既成道德的态度来描写低能，乱伦，性的歪曲等。依佛莱吉尔的意见，戏院——舒畅地娱乐的地方，而不应使观众出了戏院门，还留着深重的感想。因此，激动的社会问题几乎都被逐出他的著作以外，并且在那里也没有真正英雄的人物。仅两三个卜蒙德与佛莱吉尔的剧作可以称为悲剧。其余一切——或者轻松的与极微妙而浮薄的喜剧，或者对此种社会集团最典型的一种格调——以快乐为出发点的戏曲——悲剧（tragedy）。

这一切和莎士比亚的紧张的、深刻有力的英雄的艺术不知要相差几千万里。无疑地,莎士比亚著作的根源不应在这些享乐贵族的圈子里去找,而应在汹涌的,革命的布尔乔亚的思想与情绪中来寻找。但在这里还得要求慎重的正确性,使不致混淆了极不相同的事物。

我们在这个时代中发现了颇广泛的戏剧文学都是特殊的小市民性的,从其题材上说也好,从所有格调手法上说也好。在这方面我们可以指出和莎士比亚同时代的一整个剧作家集团,为首的是汤麦斯·赫河德(Heywood,1570—1640)与特凯尔(Dehker,1572—1632)。在他们的剧作中,都是平常生活的自然主义,平民层的描写,家庭生活,敏感性与颇天真的道德化独创地结合着爱冒险的,近乎通俗戏剧,带耸动性的,从报章上摘取下来的材料(疯人院与妓院里的场面等等)。

这两个作者的主人公——或者说是上古的市民,或者说是全然布尔乔亚化的乡绅代表。

赫河德与特凯尔的戏剧是有趣的,情感的,素朴的,但是在这里面完全缺少了英雄斗争的激情,真正悲剧的成分。出色的赫河德的《死于行善的妇人》一剧是18世纪末市民家庭悲剧的真正预示。在其《来自西方的小美人》一剧中描写着全部急剧的冒险,但以贵族对一简单酒店女人的恋爱作为快乐的结局。特凯尔的作品《鞋匠的节日》(题材方面及其全部性格的描写很近乎和他同时的台朗的"生产"小说《光荣的手艺人》)有趣地描写着伦敦鞋匠的生活与显贵的贵族和一鞋匠工场老板女儿的结婚。

这一切比之卜蒙德与佛莱吉尔的剧作更使我们远离着莎士比亚的戏曲。莎士比亚,具有莫大思想范畴的一个人道主义者,提出全盘道德的、政治的与哲学的问题,企图颠覆这个世界。而在赫河德与特凯尔那里——小市民的薄弱的意志,安分守己的生活,株守着在这社会一角地位上的权利,捡拾一些贵族特权阶层唾余的小小幸福,或小心翼翼的迟缓工作,及其和平的,不与人争的小市民固有的道德理解:一般地说——局部的,离开革命的成熟尚远的清教主义。此种人物全然"布尔乔亚地局限着",由此产生不出真正"文艺复兴"首创者的恩氏所谓"伟人的"性格。

另一条布尔乔亚戏剧的路线是由裴琼生(Ben-Jonson,1572—1637)所代表着。思想的勇气与宽度,极大的气质,在道德问题的提供与解决中的激进主义——这一切使这一伟大艺术家多少接近着莎士比亚。但是裴琼生也带有——虽比以前的一群剧作家要差些——布尔乔亚的局限性。他所从事处理的他那个阶层的道德问题仅限于当时的,在他附近的任务,他太忠实于这些当前的利益,而不能超越他们:他就没有莎士比亚的道德的与哲学的敏锐的洞察力,也没有他的远大性。

　　作为一个理性论者,在其观念中有些玄学的,裴琼生——任何"罗曼蒂克"的敌人,对于后者他曾不怀好意地讥笑讽刺。他认为,值得描写的仅是在生活中遇到的人物,由此可以得到教训的日常事件。在所有他的作品中,他首先便是倾向于合理思想的遵循,真实性,(在生活的,自然主义的意义上)及教化性。

　　好似莫里哀一样(有不少共同点,)"以笑料来改正习俗",裴琼生在其喜剧中(《各有各的性情》《爱比苏》或《静默的妇人》等等)给我们写出了各色各样人物的性情习俗的整套集锦,其中有白痴,或愚蠢的怪物,多半是从贵族社会里找出来的。在《亚尔西密克》一剧中他暴露了一个不健全的时代——迷信及与此有关的欺诈。在《华尔福市场》一剧中他讽刺着胸无点墨的贵族浪费者,以及贪婪的虚伪的清教徒(差不多是莫里哀剧作中的主人公泰笃夫的原形)。在《恶魔—驴马》的喜剧中他描写出了约可夫一世时代"上层"社会的丑恶与虚伪这一幅极有趣的图画。

　　裴琼生的喜剧除了在题材方面为单单日常生活、琐事、现成事物所限制着(加之多是眼前急迫的问题。甚至于达到为莎士比亚所绝无仅有的"肖像画化"的地步)以外,更有他眼光的局限性适应着。最明显的是表现于他那些人物的构成上。正如莫里哀的人物一样,在这里面主宰着一个什么特点,在其一切感觉与行动上染了色。这便是——他们所犯的单方面性与公式主义:倾向于诙谐与狂妄代替了在莎士比亚那里所有的实际现象的广泛与深刻的反映。

　　裴琼生是个极有学问的人,在教化与博学的意义上说是十足的"人道主义者"。他的罗马悲剧(《赛扬》《嘉蒂林》)连篇累牍都是正确的历史材料,他的文学技术也是无可非难的。但他不能成为像莎士比亚有的那种宽度与深度的一个人道主义者思想家。他没有后者的那种远大性,裴琼生仅仅表现了他的一个时代,但也还是有限的,莎士比亚才原原本本地表现了极大的时代及其未来的伟大光明。

　　这里还有布尔乔亚戏剧的第三条路线的一个集团,代表着莎士比亚最近的前辈或其同时代人的长者,以玛尔劳(Marlawe)为首,而莎士比亚正是属于他的。

　　克里斯托夫·玛尔劳(1564—1593),早年夭寿的英国"文艺复兴期"的"绝世天才",在其著作中表现了初期资本积累时代正成长起来的英国布尔乔亚的伟大憧憬。一切激情,一切饱满有余的力量,一切年轻阶层为争取世界首位,为了获得整个世界所有的乌托邦思想与意志的果敢,统统可以在他的戏剧中找到反映。

　　玛尔劳第一个创立英雄悲剧的形式,具有强烈个性的激情的悲剧,其中伟大的斗争充实并结合了一切动作。"通晓一切并占有一切"——这便是玛尔劳的主人公的格言。他在第一篇悲剧《汤伯兰》(Tamburlaine)的序言中即已许愿给一种超脱于粗野与"希伯来诗人的饶舌"。的确,一个平原牧人,因专心致志于功名及信任着自己的命运,成了半个世界的统治者,这样一种性格始终不渝地在雄伟的声调中描写着。这是16世纪的一个真正开拓者,靠着自己的力量,渴望着并沉醉于争取世界的事业。汤伯兰什么也不顾,甚至"天意"也不在他的心上。在悲剧的结局中他至死不变,并对"命运与死亡"作高傲的号召。可是汤伯兰不仅是一个伟大爱权力者,而且是一个思想者:他渴求了解世界"奇异的结构,测知每个星辰的运行"——因为知与力对于一个"复兴"时代人物——如培根(Bacon)所教给我们的——是分隔不开的。

也是这样的一个超人——玛尔劳的《浮士德》(*Faustus*)的主角,将整个灵魂交给了争取尘世的幸福,知识与权力的魔鬼,但是他的权力是用于实际目的上的,用于国家与社会的建设上:他想把他的祖国造成无隙可乘的,周围建立铜墙铁壁,组织百战百胜的军队,创设许多大学等等。也是这么一种伟人性格——不过这次用一个反角——《马耳太的有钱犹太人》(*The Rich Jew of Malta*)一剧中的华拉瓦,用他唯一的工具——黄金来和全世界周旋,做了难以相信的恶事,甚至为了报复一个基督教徒的侮辱,以致牺牲了亲生的女儿,并且也是和汤伯兰与浮士德一样至死不变。恰恰与此种典型相对立,玛尔劳在《爱多亚二世》(历史纪事,在这里,和莎士比亚一样,也论述到基本的政权与国家问题)中描写了薄弱的个性,而在其周围起着沸腾的激情。

布尔乔亚的批评家称玛尔劳为罗曼蒂克戏剧的创始者。但在"罗曼蒂克"的基础上玛尔劳留置着有力的写实主义,他的坚强的似花岗石雕成一样的人物,他的作品的一切思想上与心理上的结构,他的语言与作诗法(应用无韵诗,比之旧戏曲家的雕凿成的有韵诗着实要灵活而富于表现力)——这一切统统都是写实主义的。但最写实性的还是他所反映的他那阶层在"初期积累"时代的燃烧似的——颇带无政府主义的与超道德观的——意向,而这一个时代,依恩氏的话,"损毁了一切旧社会的联系,并动摇了遗传下来的观念"。

玛尔劳——16世纪末英国大商业布尔乔亚的一个理论家。但作为一个真正人道主义者,他不被利用作布尔乔亚的"主题",他在纯粹的形式中反映了他那阶层意向的实质,没有穿上他阶层实际的庸俗的日常生活的外衣。

也就是这一点结合了莎士比亚与玛尔劳。当然,在他们之间存在着极大原则上的异点:无比的更深湛而成熟的人道主义者,莎士比亚能克服了玛尔劳的无政府主义的超道德观。玛尔劳的盲目自发的冲动恰好和莎士比亚的明确与贤智对立着,这适应着他创作较后的时期——布尔乔亚人道主义意识的成熟。莎士比亚的眼光更无限地宽广与锐利,他更无限地深入到客观的实际中。但是莎士比亚的根源我们还得在玛尔劳那里去找,他们之间的继承关系更可从玛尔劳对莎士比亚早期作品上所表现的极大影响来证实。莎士比亚在玛尔劳那里不仅采用了无韵诗与许多个别风格上的特点,而是"高超的"悲剧问题的提供。莎士比亚在其许多早期作品中都踏着玛尔劳的足迹的:他的《里却特三世》(*Richard Ⅲ*,1592)《蒂脱斯·昂特洛尼克斯》(*Titus Andronicus*,1593)在很多地方契合着《马耳太的有钱犹太人》(1589—1590),由此,无疑的,又产生了《威尼斯的商人》(*The Merchant of Venice*,1596)的夏劳克(Shylock),而《里却特二世》(*Richard Ⅱ*,1595)在其本质上是抄袭《爱多亚二世》(1592)。嗣后在几个悲剧中,莎士比亚也还是取法于玛尔劳的:《李尔王》(*King Lear*,1605)与《麦克贝蒂》(*Macbeth*,1606)中有许多感觉着是出自《汤伯兰》。

由此便可懂得,我们在莎士比亚那里找不到特殊的布尔乔亚生活的主题,这差不多在一切伟大布尔乔亚人道主义的时代艺术家那里常付缺如的。我们不但可以引玛尔劳为例,还可举出他那个集团的其他几个剧作家来(如基特,没有存世的莎士比亚以前的哈姆雷特与题目极相似的悲壮的《西班牙的悲剧》的作者)。我们在其他国家的布尔乔亚人道主义者诗人那里也可发现同样的情形。这种主题对于辟脱拉尔克(Petrarch)完全异趣的。如果它在卜迦邱(Boccacio)那里有的话(《十日谈》与《考尔巴邱》的一部分),那么不应忘了,这是他的遗著的一小部分,而其另一部分,绝对不能说不大重要,但不幸为他的普及流行的《十日谈》所湮没了,这里有:许多以骑士传说为题材的史诗小说,但在论断上是写实的并在意识上是极进步的,以及在思想内容上真正革命的出色的田园诗(《西密多》与《女神菲索莲》),最后,菲亚梅达,开辟了一种新的欧洲的现实心理学小说。在这一切作品中相似的动机是没有的,他们在时代的大画家那里也是找不到的:拉斐尔、米盖朗基罗、雷奥那多·达·芬奇,在当代贵族的、神话的或者甚至基督教的主题外衣中,来实行革命的布尔乔亚人道主义的理想。这一主题对于他们表现思想是不需要的,他甚至会以其小市民局限性来约束着他们,况且他们的眼光所及着实要深刻而远大。

莎士比亚也就是这样的,并且对于他更自然与更容易,因为英国历史发展的条件——贵族与布尔乔亚间的相当"结合"——造成了适合于此的环境。莎士戏曲中贵族典型与主题占极大多数,由此我们不能作结论说,他不是封建主义的,也得是新的"布尔乔亚化的"贵族的思想家。相反,我们都看到这新的贵族,不弃去其封建的实质,而欲占有全部初期积累的"实际精神",尤其要垄断地获得人道主义的文化,莎士比亚对于此种企图给以有力的反抗——甚至在好几条战线上。封建题材与典型对于莎士比亚由于各种原因(戏剧情节的传统性,贵族与大布尔乔亚分子的实际交织,远离小市民的局限性)

成了便利的"形式"，在这里他投入了纯粹布尔乔亚的"内容"。（当然，正是这种"形式"是由于接触了那新的"内容"，才实实在在地转化形成了！）

莎士比亚——他那时代的布尔乔亚的人道主义思想家，对于他重要的不是他的"戏曲的材料"（正如恩氏所说，他可以借用中世纪的材料），而是，他由此材料中来写成剧本。这绝对不是表示他"聪明地"放弃在他周围的实际，也不是表示，他是属于那种"空谈的"人道主义者，如恩氏在分析这个时代中说："这或者是第二与第三等的人物，或者有头脑的俗物，不愿烧痛自己的指头（如爱拉士姆）。"

他有力而尖锐地处理着他周围的实际，在他附近所发生的事件与社会政治潮流的转换，但他的反应是繁复而深刻的，并且它们的表现并不在于直觉的冲动，也不在于对日常生活直接的反响中，而是在于深刻的内部挫折，在于他对整个生活过程与人的评价的改变中。

因此，莎士比亚的著作中，在其基本思想路线的内部一致性与坚定性之一，可以划分三个时期。

第一个时期（约至 1601 年止）正是国内先进势力结合的时候：布尔乔亚的广大阶层，皇室政权，乡绅与甚至一部分改弦更张了的大地主贵族。由此，莎士比亚的著作深印着欢快的乐观主义，健壮而快活的人生观，并且它里面带有不少贵族的成分。在这一时期中它的主要两种题材——新的，专制主义的与民族国家的建立，及由于从封建中世纪的人格解放中所得到的快乐生活的沉醉。

关于第一种题材写了些"历史记事"的东西，第二种——魅惑的皆大欢喜的喜剧。但在这一时期的最后几年（约 1597 年）中已发现了社会"同盟"的分裂。宫廷中开始分化了，清教徒日渐猖獗起来了，布尔乔亚与贵族之间的斗争更加剧烈了，由此——在《储理斯·凯撒》（*Julius Caesar*，1595）中国家政权问题的悲剧论点，没有全然明晰的结论，没有阳光的前途，并已有少些在喜剧《徒劳无益》（1596）中带着阴郁的腔调。

第二个时期（至 1609 年止）是在伊利沙白朝衰落的结局时代与约可夫一世治下的反动年代，分裂已经完成了。皇室贵族这一个集团与布尔乔亚阶层加上极大一部分先进乡绅彼此对立着，准备作坚决的斗争。动摇，联盟，妥协更不可能了：谁要是不怕"烧痛自己的指头"，应该选择一下了。莎士比亚就这样做了。他坚决地丢弃了周围的文雅贵族的情绪，停止写作快乐的喜剧与过去事实的图画，而准备着"光荣的"真正伟大的悲剧，以及另一种形式的、有尖锐的戏剧性的喜剧，以致成了为布尔乔亚人道主义的英雄理想。

但莎士比亚没有在这个立场上坚持到底，实际环境反对了他。人道主义的时代告终了。布尔乔亚阶级逐渐渗透着幻想的、拘束的清教主义,于是莎士比亚足下站不稳了。因此不得不在没落颓废的王党与仇视莎士比亚的"小商人"神怪清教徒的革命党之间来选择了。这里还得顾到生活,纯粹"职业"方面的原因。近1610年由于当时皇室政权对戏院的庇护与清教徒对它不相容的仇视的结果,产生了一切伦敦戏院有力的贵族化。在戏曲方面统治着上面为我们所申述过的卜蒙德与佛莱吉尔的风格,其普及程度日甚一日,以致他们开始排挤着莎士比亚。心理的分析,行为的动机微弱起来,严峻的写实主义让位于幻想的故事、传说。莎士比亚从事于错综复杂的,巧妙的穿插(《辛倍林》,Cymbeline)这是当时戏剧观众所急迫要求的,于是在他的作品中又重新出现了纯粹布景的、唯美的东西,正如我们在他的第一个时期中所遇到的而完全在第二个时期所没有的(假面,牧人歌剧、梦幻剧的成分)。这——那句名言"与生活协调"一般布尔乔亚莎氏研究者所乐于称道的,而在我们的眼中看起来无非是一种相当的妥协,及由此所致的莎氏著作力量的减弱。对此种暴力的感觉,莎士比亚似乎不能久于忍受,因此——他的人道主义政纲最后一次在《怒潮》(The Tempest)中极有力地大声疾呼以后——他死前四年中,他的创作力已到了全盛期,最后他离开了剧院(1612)。

可是,不管这种转机怎样重大,在莎士比亚著作全部领域中,在其所有三个时期中,他的宇宙观的基本特点及其风格始终没有变动。这便是战斗的、革命人道主义的特点,敌对着一切封建的规范,理解与制度。在这里我们将简要地列举出这些特点,并将在下面以具体的材料来说明。

首先,这是新道德,不是根基于宗教的信仰或者封建法律的传统上面,而是在人的自觉上,在其内心上以及在其对于自己与世界的责任心上。由此——一个人感情与人权的解放,尤其是——妇女的解放(妻或女),子女从父母那里的解放。由此,更不应忘了的,个人主义——"复兴期"最显著而典型的特征之一,在莎士比亚那里得到最有力的表现。

在社会方面,和这有关的是对人与人之间的关系,对国家的结构以及对政权的本质的新的观点。最高政权形式对于莎士比亚专制君主,但这最高政权在他的想象中与其说是权利的,不如说是义务的。君主应对自己与国家负责;他表现着国家的集体意志,并实现其集体的幸福;只有他执行了这个任务的时候,他才算称职,本身才有意义存在着。

此外,对于世界,生活与实际的"科学的"观点,采取了一切自然的、社会的与心理的现象的有原因的说明,而扬弃了一切形而上的与不合理的。当然,对于实际观察能有此种科学的态度可说在莎士比亚时代是极少见的;可是这一态度始终成了莎士比亚艺术方法的实质与基础。

最后,也是对于"文艺复兴期"极端典型的活力主义与肯定人生的乐观主义。莎士比亚不许人有灰心与冷淡:斗争对于他是人生内容的全部意义。因此创作的斗争——为了某种人格的实现,如果不是具有高尚理想的,那么,至少限度,也得是个人主义本性所特有的需要比较有限止的人格。不活动的天性,为抽象的幻想或幸福所昏聩了的,对自己与人类毫不负责的天性,都为莎士比亚所唾弃,或对之嘲笑(《任君所欲》中的杰克),或注定以死亡的命运(《里却特二世》,安东尼),同时这也就是莎士比亚理解中的新的人道主义道德的要点之一。

四

如果要彻底观察表现于莎士比亚著作中的主要思想,最适当还是将他的剧作分成几个基本类型。这并不是因为这些类型有什么"特殊性",而是因为,这些类型在莎士比亚创作的各个阶段的过程中变换着,并且适应着思想的进程与变化。

在第一期中莎士比亚写的多半是所谓"历史剧"(以英国历史为题材的剧本)与喜剧——"浪漫主义"或"写实主义"的。在这个时期中只有三个悲剧:《蒂多斯·昂脱洛尼克斯》(此剧是否属于莎士比亚颇有争议)、《罗米欧与朱丽叶》(*Romeo and Juliet*)及这一时期末的《储理斯·凯撒》(1599)。

第二期差不多完全充满了悲剧,在这里只有三部喜剧,但也具有强烈的"戏剧性"并站在向悲剧形式去的路上:《善始必有善终》(*All's Well that Ends Well*)、《脱劳伊勒斯与克莱茜达》(*Troilus and Cressida*)与《以牙还牙》(*Measure for Measure*)。第三时期莎士比亚专写悲喜剧:《辛倍林,冬日故事》(*The Winter's Tale*)、《怒潮》,此外他是否参加了历史剧《亨利八世》(*Henry Ⅷ*)与悲喜剧《两个高贵的亲戚》(*Two Noble Relatives*)尚成问题。

在这些类型约略的说明中我们只能论及到几篇最主要的剧本及其所包含的基本思想,在这里还得留心着不要重蹈了许多莎氏批评家所常犯的错误。由于他特有的客观性,他时常借口于其"正角"人物注入以正确而深湛的思想,同样的,他也时常赋予他那些"反角"人物以个别好的性格。因此决不能从莎士比亚那里剽取个别的文句,而不去顾到这是谁,什么时候与在怎样的条件下说的这些话,他们的功用与整个内部的比重又是怎样。必须从剧本的一般倾向中出发,分清楚由其整个概念中产生的基本的与偶然的、附属的,或许甚至"争论的"东西。有时,为了认识莎士比亚的"技术",必须知道他这样一个特点：那些可以作为了解剧本全部构思之"钥匙"的慎重的叙述，有时他喜欢放在最先的场面中（开场白），有时在结局，在"收场"中，这里——也是他明显的、"信实的"写实主义表现之一。

莎士比亚的历史剧在极完整的形式中反映了他的政治哲学及其对于历史过程的了解。

莎士比亚在所有历史剧的创作过程中所从事的基本问题便是中央专制政权的问题，并对这一政权加以本质的探讨，即对它的批判，这一个问题在莎士比亚写作他的历史剧的那个时代是非常实际的（约在 1590 年代以前），因为当时英国的布尔乔亚在其基本群众中还是勤王主义的，企图与皇室政权结合着以反抗封建主。莎士比亚完全和这实际相适应地描写着那些大封建主——所有那些格林道魏尔、贝尔西、哥茨丕、脑顿伯尔兰的一般人——都是些高傲而顽强的人，总想在国王面前显示自己的力量，组织阴谋与叛乱，成了国家与民众的最大祸根。

君主——全民的保障，他们的意志的表现者，他们的幸福的守护者。在莎士比亚眼光中的理想君主——这是亨利五世，依靠广大的民众，战胜封建主而统治着。将王子哈利（Prince Harry）和形迹可疑的福尔斯塔夫（Falstav）及其派别一块在街上与宿店中流浪的结果说得很好：他接近了"民众"（《亨利四世》一剧中），接着他便这样行动起来了：在法人决战的前夜（第四幕、第一场）他改了装束，绕着英国兵营，虚心地和下级军官及士兵谈天，以得知他们的真正思想与感觉。实质上，他的父亲，鲍林勃洛克（Bolingdroke）的策略——正和封建典型的君主相对立——也是一样的，当他被逐出境，最后一次走在街上时，如里却特所说，"抚爱着庶民""对奴隶滥用敬礼""见了工匠言笑献媚""在牡蛎铺子的老板娘面前脱帽行礼"等等（《里却特二世》第一幕、第四场）；无怪，当他凯旋归来时，全体人民对他欢呼祝颂，"可是他，由这边转到那一边，光着头，比他那高傲的骏马的颈项还低，回敬他们说'谢谢你们，国人'"。（同一剧第五幕、第二场）这便是莎士比亚那里所有的好的君主典型！但是亨利四世的儿子就已经不用"低头致敬了"；他保持着所有他的尊严，不必拘束地和民众接触了。

亨利五世的军队在其德谟克拉西的成分中表现得很清楚。不是偶然的，莎士比亚并不作为一种生活的涂饰与天真喜剧的效果来描写简单士兵与下级军官：弗柳伦、杰米、麦克美理斯、贝茨、威廉。他们是君主的政治工作所依据着的堡垒与基础。在科学历史产生以前的二三世纪中，莎士比亚以其天才的直观，已能懂得，在亚新哥尔下不是一群名门的英雄所能取胜于人，而是英国的 Yoemen（小地主，富农）战胜法国衰颓着的封建骑士。莎士比亚用两个连接的场面来明显地写出在决战之前的英法阵营（《亨利五世》第三幕,第六与第七场);一方面——法国骑士的空虚磊落,夜郎自大,轻举妄动;另一方面——英国军队的紧严集中,实事求是,每个士兵都有极大国家责任的感觉:此种对比与其说是民族的,不如说是社会层的。并且亨利也知道重视他的平民士兵的:默认着弗柳伦对无耻自大的辟士托尔·福尔斯塔夫的"第二"、密斯魏克莉的丈夫的凌辱——这还不是一个封建主而是垂死封建主义的回光返照。(同一剧,第五幕,第一场)

亨利五世不仅限于一种德谟克拉西的同情而已:莎士比亚把他描写成本身便是一种德谟克拉西的天性。《亨利五世》最后一幕中(莎士比亚时常把剧本的基本构思放在最后一幕),亨利对法国公主表达其感想时,着重地显露出他的和宫廷虚饰不相容的"平民的"爽直与单纯。他对她说了一个君主所不会说的话:

> 我不懂得诗韵,也不惯于旋律,所以在跳舞中总难以合拍,可是……要是为了爱人需要磨拳擦掌决斗一下子,或为了她驰马疆场时,那末他跳上马背,好似骑着长尾猿一样,决不会从马鞍上掉下来……我不会狡猾,也不善于辞令……我以最坦白、和一个小兵似的来和您说话,如果您喜欢这样,就爱我……嘉德,奉劝您嫁一个简单而忠诚的人一您如果喜欢这样的人,就嫁我;就嫁给我,嫁给一个士兵,嫁给一个国王!

在这亨利对自己的性格自述中,莎士比亚有力地强调了他的几个特性(根据历史记载,也和莎士比亚观察的一样,亨利五世绝不是和那些简单愚蠢的没有分别),我们更发现与此相同的——只是在更展开,更带社会性的形式中——在皮龙(Berowne)的独白中(《失败的恋爱》第五幕,第二场):反抗一切贵族的诈伪与空虚,而主张德谟克拉西的单纯与感觉及其表现的自然性。便是此种性格使亨利五世和弗柳伦及威廉排在同一行列里,并依莎士比亚的意见,使他变成了"民众的"国王。

但是如果一个"法定"君主不好的话:或是儒弱无力(亨利六世)或是没有分寸,卑劣,在思想实质上为荒谬绝伦的封建主义所拥戴的(里却特二世),又或者他是个凶恶的强暴者(里却特三世),怎么办呢? 回答只有一个:必须将他打倒! 莎士比亚不很情愿,苦痛地下着这样的结论,因为这样的决定破坏了中央政权的"合法性"的原则,将使封建反动势力更形放肆起来(复夺了里却特二世的皇位以后,在亨利四世治下的叛乱),但他还是趋向于这样的决定。显示着深刻矛盾的两重立场正是当时君主主义的布尔乔亚的思想特质。但是我们得注意,莎士比亚所描写的"坏"君主的数量比"好"君主的数量超过了那么多! 更不是偶然的,在艺术方面说专制主义的辩护(亨利五世)对于莎士比亚并未成功:这是他所有历史剧中最无光彩的一点。

　　对于莎士比亚对历史过程的实质的理解,有不少人以为,在他那里一切事件都是取决于个人的意志与个别"英雄"的力量。如果可能从他所描写的决战、图谋等等中举得出这样的印象,似乎说一切均由别个人物的主动与善德来解决,那么这是一种幻想,这应归咎于那个时代的戏剧技术的传统条件。实际上,对于莎士比亚个别的"英雄"——仅是某种更广大的群众力量的集中的焦点。这一点他在他的作品的许多地方表达得非常明白。一个例子我们已在上面举出过:在亚新哥尔下的胜利,这是由农民及贫民层军官所组成的英国全民军队精锐而无力的法国封建骑士的一群所获得的胜利(亨利五世)。另一个例子,如果不是更深湛,也得是更锐利:(《脱洛伊尔与克莱西达》第五幕,第八场)亚契耳(Achilles)站在旁边,命令其朋辈去向海洛托尔(Hector)进攻,当他们把后者杀死以后,便以此作为他自己的"光荣的"胜利而自傲。

　　但还有比这些个别事实更重要的,莎士比亚的历史剧渗透着主宰历史的"必然性"的观念(如有一个地方里却特二世所说,"厉害的必然性")。他的历史剧深印着"时代"以及"时代精神"的斑点。

　　在《亨利四世》(第二部,第一幕,第三场)中威士特毛伦(Westmoreland)对起来反抗国王的封建主们的告发作了如下的回答:

> 哟,我亲爱的莫勃莱,要知道在时代与环境之间存在着联系——
> 那你就明白,不是国王
> 你们一切不幸的罪人,而是时代。

叛乱者赫斯江格士也是这样来确认他的行动(同上剧,第一幕,第三场):

> 时代喜欢这样——是它的奴隶。

在事件发展中的个别人物的性格不是例外。但他没有能力来做些和环境的力量不协调的事情。约尔克(York)议论脑顿伯伦的叛变时便道出了这种意思(同上剧,第三幕,第一场)。

> 在所有人的生活中有一种共同的规律,
> 隐匿着往日往事的解释。

> 懂得了它,便差不多容易
> 预见事件的潮流。

关于君主性格的变更,在《亨利五世》(第一幕,第一场)中的大主教(Archbishop of Canterburg):

> ……现在一切神怪的事过去了,
> 我们得看一看世界上所有现象
> 到底是怎么一回事。

但莎士比亚不仅宣布了关于历史事件的原因条件性的论纲——他更以其所擅长的方法将它显示出来了。其他方法之一便是恩氏所谓"深刻的社会背景"的揭露。这样的背景——仅是最显著的例子——是《亨利四世》中——福尔斯塔夫的场面,描写着生活的纷纭,在此环境中与在此基础上成熟着大事件,在《亨利五世》中——军营的场面,在《里却特三世》中——里却特"篡夺"皇位有新兴公卿参加着的场面,等等。类似的背景也可见之于莎士比亚的罗马悲剧或以历史传说为题材的剧本中——如果不是在开展场面形式中,那么也曾在剧中人物的对话中用一种非常敏锐正确而明晰的暗示方式衬托出来。它在《哈姆雷特》中特别丰富,这里我们看到宫廷社会被彻底的揭露,与此连带着——多数显著的民众情绪的表现。在《奥赛罗》与《考里沃兰药斯》中背景都很开展。最后,此种背景在莎士比亚的喜剧中也有,这里一般地说它作为动作的"低层",间或用开玩笑的话来表出。

伟人的个人主义者、莎士比亚的主人公的历史——都不是个人的,而是他们社会的历史。

莎士比亚的罗曼蒂克的喜剧给许多批评家以更多的材料,认为,莎士比亚是封建贵族安闲柔弱而毫无作为的生活与理想的歌颂者。此种意见——真是荒谬绝伦。首先,恰如这种舒适的欢快生活已不能为当时衰落下去的封建阶层所有。恰恰相反,这是带有高度"复兴时期"的性质,而属于当时抬起头来的新兴年轻阶层。不是偶然的,正是这种追求生活的美丽与快乐的氛围,我们也发现于布伽邱的诗与小说中。说到恋爱题材的充斥问题,那么必须知道,在个人感情问题中为了自决的斗争是中世纪末过渡到"文艺复兴时期"中反抗封建的、宗法社会制度的一种普通方式。所有这一部分莎士比亚的喜剧中充满着此种求解脱家长或族长制度及一般社会束缚的个人感情的辩护。最明显的例子——《仲夏夜之梦》(*A Midsummer Night's Dream*)在这里面男女恋人为反对"雅典的婚姻旧法"而斗争着,因为这种法律给为父者以权利强迫女儿嫁给由他选定的配偶,不服时得置之于死地——他们的斗争终于胜利了。

莎士比亚在其早期作品中已表现着极少雅致的贵族气味,我们在其早期喜剧《失败的恋爱》中可以看到这一点:这里他讥刺贵族想把人道主义文化夺获在自己手中的企图。在此剧中,莎士比亚展示了当时流行的宫廷贵族的风格,即所谓"粉饰主义"。莎士比亚自己对此种雄辩的风格曾有多量的贡献,其回响甚至还可以在其"伟大的悲剧"中听得到,但最初的时候他却企图克服它,而主张健全的自然性与单纯性。在《失败的恋爱》中皮龙拆弃了脱离自然生活的"哲学研究院"的贵族功夫,并在剧本结局的独白中说,他要拒绝一切那些"书本上的天鹅绒似的夸张",而从此为了"表达感觉",他只要说"是与不是",用不到什么"功夫"(第五幕,第二场)。我们已经提出来说过,亨利五世也是"去",任何时髦雅致而"取"健全与自然的感觉的。在这些剧本的字里行间莎士比亚以最高限度的力量与真实性来大声疾呼他的主张。

在《任君所欲》一剧类似的、虽是在比较隐蔽的形式中,暴露着对生活的倦怠。此剧带一种优柔的牧歌的腔调,但这牧歌的声调一下子便迟缓起来了,在剧作的"下段计划"中(在莎氏喜剧中非常重要),带着粉饰主义的牧女菲贝(Phebe)对立着土头土脑的、有健全感觉的奥特利(Audrey)与惠林(William)。这里更出现了杰克——实际生活的绝不相容的敌人,人类社会的仇视者,忧伤抑郁的"哲学家"。

这种有趣的"下段计划",有时作为补充"上段计划"的动作,有时作为了解它的一个钥匙,我们在《十二夜》中也看得到:这"下段"是由玛丽亚(Maria)小丑贵斯特(Feste)与潘平(Fadian)所组成,他们对夸大的、自以为"尊贵的"马尔优里奥(Malvolio)尽情讥笑。至于在"上段计划"中则给了这样的对立:勇敢聪明的斐奥拉(Viola)对奥尔西诺(Orsino)的热烈的、纯粹现实的爱情——奥尔西诺对荷丽维亚(Olivia)的深思熟虑的、雄辩的激情。

超出于爱情的题材我们见于《威尼斯商人》,在这里提出了极大社会道德的问题。这里两个世界相互对立着:一个——欢快、美丽、大度、友爱的世界[安东尼奥(Atonio)及其友人巴沙尼奥(Bassanio)、宝姐(Portia)、菊丽莎(Nerissa)、璇茜茄(Yessica)];另一个——吝啬、刁恶与贪暴的世界[夏劳克(Shylock)、都巴尔(Tubal)及其从属]。无疑地,他们之间的矛盾并不是种族的(如不少布尔乔亚的批评家所想象的)。而弗理契认为,这是封建贵族与资本主义的两个世界间的矛盾,这种见解也是绝对错误的。

安乐尼奥及其整个集团决不能认为是封建的。这里的斗争是开展于同一个布尔乔亚阶级的两个阶层之间。同时,安乐尼奥——发展着的商业资本的代表,勇敢而有力的,照莎士比亚的意思是具有美学的、人道主义的生活感受,而夏劳克——最凶暴的与最不生产的,还是从中世纪遗留下来的在初期积累时代的资本形式的代表——高利贷资本。"有权威的商人"安东尼是莎士比亚人道主义理想的体现,具有"天上音乐"的灵感(第五幕),这是为夏劳克阴郁的灵魂所不可企及的。宝姐也是以此种理想在法庭上发挥其关于请求"赦免"的雄辩,这样的请求和基督教的"悯怜心"与封建的"仁慈"没有丝毫相同之点,莎士比亚在这剧本中并不悲悼着(如弗理契所想)那种"美满生活"在夏劳克打击之下将告破灭,相反地,莎氏终于使之转败为胜,璇茜茄的逃亡,夏劳克在法庭上被侮辱,而最重要的是全剧五幕充满着乐观的抒情诗风格。

在《威尼斯商人》一剧中也提出了种族的问题,只是虽经提出,而立刻又取消了。这里莎士比亚取消这个问题比在《奥赛罗》中不大自然,可以说——有些勉强。这是突然出现于夏劳克在其实际生活中最为我们所痛恨的时候,他所说的一段有名的独白中:

> 他侮辱我的民族,妨害我的事业——这都是为的什么？为的我是一个犹
>
> 太人！那么难道犹太人没有眼睛的吗？难道犹太人没有手、感觉器官、热情、
>
> 忠实……(第三幕第一场)

此种不平之声在莎士比亚那里可以听到不止一次,特别是为了那些不公正的被压迫者热烈地打抱不平(见后面详论《考里沃兰药斯》剧中)。世界文学中为平等待遇犹太人的辩护不知道有比这更好的吗？夏劳克作为一个社会的典型固然为莎士比亚所歧视,但作为一个人,作为一个犹太种族人,莎士比亚却拥护他的生活的权益。

莎士比亚喜剧中最重要的一部是《温德沙的风流娘儿们》。它的重要是在你能将《亨利四世》中已出现过的那个福尔斯塔夫的典型揭发到底。

世传的骑士福尔斯塔夫,不用说是个封建主。他的左右饰着骑士的徽章,企图以骑士的尊号来诱惑温德沙的半市民妇人,他的头脑里与行为上充满着封建骑士的名词与理解。最后和他的一群仆从——尼姆(Nym)、辟斯托尔(Pistol)、巴道尔夫(Bardoiph)——不是靠薪金生活,而是依照"家臣制度"来侍奉其主人,靠劫夺来的食料过日子。这完全是对中世纪封建诸侯的一种模仿。不过要知道,这不是旧的古典型的封建主,而是改头换面了的:染着初期积累时代的一切恶劣习惯与精神的一个封建主,"钱币成了一切力量的力量"这一个时代的封建主之一。

这一个没落的、分化了的封建主失去了他那阶级的一切幻想。譬如他说:"我们是

夜间的骑士，森林之神，黑暗中的绅士"，暗示着他们夜间路上的行动（《亨利四世》第一部，第一幕，第二场），他蔑视讥笑一切封建骑士的观众。但表现得更清楚的是他的关于骑士光荣的一种见解（这又使我们想到夏劳克关于犹太人与基督教徒的一番独白，在这里不用说莎士比亚放进了他自己的一部分意见）：

> 如果光荣把我送到了那个世界，怎么办？怎么办呢？难道光荣可以加上一条腿吗？或者助一臂之力吗？又或许可以治愈创伤吗？不。那末，光荣不是外科医生吗？不。那末光荣到底是什么东西？是一个字。光荣这个字又是什么东西？空气。倒是出色的事物！谁有光荣？死了的人才有。他能感觉得到它吗？听得到它吗？不。那末，光荣是捉摸不到的了。光荣不是别的，好似刻在棺材上的一块盾形纹地。在这里也就说说完了我的问答教授法。（《亨利四世》第一部，第五幕，第一场）

助成福尔斯塔夫改弦更张的是什么？那是在中世纪骑士的实际与布尔乔亚初期积累的"利润的骑士"之间所有的共同点。前者是在其堡垒中或康庄大道上劫掠，后者在海外，在殖民地国家中。可是在真正的，大的一种骑士那里——大的侵略者那里一样——这采取了冠冕堂皇的形式。在颓废着的，分化了的封建主福尔斯塔夫那里，这融合而为一种过渡的、愚钝的海盗冒险的形式。他甚至依靠可疑的宿店老板生活着，而他的结果是：和垃圾一样被装进放置污黑衣裤的筐子里，投入恶臭的泰晤士河湾中。

<h1 style="text-align:center">五</h1>

我们现在再来看莎士比亚的悲剧。

其中最早的（争论的《蒂脱斯·昂特洛尼克斯》除外）要算《罗密欧与朱丽叶》。在这里比在莎士比亚的喜剧里面，更适用上面关于恋爱题材的社会性质的话。这一悲剧的基本主题，全部充塞着的——新人、"复兴期"的人在要求个人感觉的绝对自由的形式中和封建制度的斗争，反对宗法道德规律的斗争。在恶人与其周围一集团人之间的斗争——布尔乔亚人道主义与封建主义之间的斗争，也就是"文艺复兴"与中世纪的斗争。

在旧的与新的世界之间的冲突宽广地展开于深入的社会背景上面。这里表现出这一冲突的一切阶段与步骤。两个老人，孟台格（Montague）与嘉普雷特（Capulet）都怀着百年来的世仇，依照一种情形地把它维持着。仆从们迫不得已而对家主忠心耿耿。但世仇始终没有消灭：彼此两家常会闹出事情来，甚至在年轻人（梯巴尔特 Tybalt）中也有想重新燃起仇恨之火来。罗密欧与朱丽叶便做了它的牺牲品。在悲剧终结一幕中所感觉到的，并不是悲观主义，而是肯定新的生活的一种蓬勃精神。在一对恋人的基地上来进行和解。谁来主持两家的和解？王公，专制主义者，新生活与政权的建设者与守护者，新的，反封建道德的表现者。

《哈姆雷特》——是莎士悲剧中最难于释明的一剧，因为他的命意与结构非常复杂而深奥。此剧的基本主题和在《罗密欧与朱丽叶》里面一样，是封建的（其根源归于社会，而还没有达到阶层的）世仇。但这次这一主题缩减到极点，几乎完全取消了。哈姆雷特始终没有解脱于复仇思想，但他已表现了这种冲动，因为在实质上，他已经是一个新人，一个人道主义者，莎士比亚为了浓化这点，两次在这悲剧中提出世仇的问题：一次是和赖尔德（Laertes）有关的，另一次——福丁勃拉斯（Fortinbras）。他们两者的反应和哈姆雷特的截然不同。赖尔德知道了他父亲的死，正和一个封建主一样地行动起来：他带一队武装党徒冲入宫中，要求国王答复。福丁勃拉斯不同了，始终没有世仇的观念，好似一个手段圆滑的法律家与外交家，他不过利用它来作为有利于政治行动的一种表面的口实；他从头至尾是一个初期资本积累的代表。哈姆雷特采取了他们中间的一个立场：他艰苦地解脱于旧的封建观点而走上新的、人道主义的道路。在这条路上他生长成了伟大的人道主义思想家，而福丁勃拉斯则依旧是一个平凡的实际行动家，被其时代所限定。

除了父亲为一个凶恶的篡夺者所谋杀的恐怖以外，在哈姆雷特的意识上更展开了其他许多恐怖：他的母亲的变节，"弃履未恐不及"地改嫁给了这个篡夺者，全宫廷中的难以相信的虚伪与卑污（包括爱他的奥菲丽亚）。在他的眼中综合成了一幅全世界的虚伪卑污的图画。但在他的意识中没有一种以个人残杀的手段来复仇的迫切感觉。这是因为第一，他爱父亲，不是当作他的父亲，而是作为一个贤君，好人，绝不像克劳第斯（Claudius）那样卑劣可恶；第二，此种私人谋害在哈姆雷特看起来只是一般时代的损毁（"时代的联系破裂了！"），无可补救的、普天下的灾害。这里私仇是不中用的，所以也不需要。哈姆雷特克服了自己所有的偏狭的、主观的感情，而成为整个时代的无情审判者。和奥菲丽亚的破裂（他的一切虚伪而贪婪的行为如今更在另一个妇人——直到此时为止，他以为是纯洁道德的典型，他母亲的——行动中发现出来了），对他无疑的是非常痛苦的。但此种感情的破裂在哈姆雷特那里并不引起忧伤，表面上轻易地过去了，因为这种痛苦已沉溺在他为了全人类的更大的痛苦中了。从这样的思想中可以产生怎样的一种行动呢？没有别的：内心的断念，并引离于全世界；他完成这一行动对于哈姆雷特，一个世袭的王子，富于热情与毅力的性格，最高限度地适于摄取一切生活的欢乐与美丽，这——应是最大的力量的行为。

和一切其他莎氏作品（只有《雅典的蒂蒙》除外）不同，《哈姆雷特》真正渗透着深刻而阴郁的悲观主义。但此种悲观主义的性质绝对不是如弗理契所想的，悲痛着旧的封建世界的没落。它的性质完全不是如此。首先在写成这《哈姆雷特》（1601）一剧时，起着历史方面的作用。这是专制主义分解与伊利沙白朝末年所表现的宫廷颓废的时期。由此在悲剧中对宫廷生活从各方面进行极尖刻的批判。

但这样的悲痛有更深切的内容：在由人道主义所提供的伟大革命口号与它们实现的可能性之间不相配合的一种感觉。因为提出此种口号的阶层，在其走向未来的统治道路的初步中即已将普遍真理的口号改变为庸俗欺骗的口号，一般自由的口号——奴役在其下面的阶层的口号。对这样的变节的悲痛不仅莎士比亚一人而已：它在全部"文艺复兴期"辉煌的乐天性中涂上一大污黑点，深印在这一时代的绝世天才艺术家的作品中。由此——在米开朗基罗作品中愤怒忧伤的阴影，由此——雷奥那多·达·芬奇画面上的苦笑，由此——彼得拉尔克诗中的困惫，由此——莎氏哈姆雷特的"哀世"。

莎士比亚用了哈姆雷特的眼睛，已经看到封建道德的旧世界的崩毁。他并不为此哭泣，恰恰相反，他自己也主张尽力把这旧的宇宙观破坏到底。在哈姆雷特的独白中"存在还是不存在？"——可说达到了当时可能的自由思想的终极（甚至狂放的玛尔劳也不曾这样公然主张过）。哈姆雷特的那种见地："胖胖的国王和干瘦的乞丐——仅是不同的交替，同一桌上的两样肴馔"，或"亚历山大·麦克唐尼的腐骨变成了樽上的塞子"，一下子击破了封建君主的理想以及一般关于封建阶层制度的教条。"国王与英雄——哈姆雷特对洛生克兰茨与基尔庭斯端恩说——不过是贱民的影子""土佬儿用鼻子来替贵族擦脚——哈姆雷特对掘墓人说（关于农民的暴动）一为了可以解除他的癣痒"——他并不愤慨地这样说着，当然并不是对着"土佬儿"讥笑。从一切姿态、行动、言词（其中虽有不少"悲壮"的成分，却没有丝毫矫饰的痕迹），哈姆雷特——反封建的、人道的、德谟克拉西的。他不会怜惜旧世界的毁灭。和当时代最优秀的份子一样，他对此恐惧起来。他更为了没有看到足以满足他所希望的新世界的来临而战栗起来。由于一方面痛恨着在他周围的宫廷生活与正抬起头来的市侩的虚伪，可是另一方面他不能信任民众力量的成熟（对于当时——是不可免的），哈姆雷特觉着自己好似落在没有空气的空中，对他的出路只有一条——半假装疯狂与情性的行动，结果，偶然地"自动式"地实现了他不需要的复仇，终于结束自己的生命，而让位给更"健壮的"而不更严峻的福丁勃拉斯。

在《奥赛罗》中莎士比亚重新回到恋爱题材上去了。在第一幕中所有的好似《罗密欧与朱丽叶》的一幅缩图：爱情和敌对着它的社会环境，以及宗法封建思想的斗争。但这里爱情立刻便获得了胜利，而其胜利是非常灿烂的，因为他破除了种族成见的锁链。

《奥赛罗》的故事来源，莎士比亚是从意大利小说中找到的，但他并不机械地复制这一种族的动机，而很巧妙地依照他自己的见解来重新创造。勃拉巴契奥（Brabantio）为了自己的女儿去爱上一个"皮肤黑色"的男子，觉得惊奇愤怒，而亚加（Jaga）则总是触到奥赛罗的痛处，挑拨起他的妒火，好几次当面以他的皮肤颜色来刺激他："她要把您的面貌和他的同国人来比较呢"，但这——仅是"未遂的"谋害。黛斯特梦娜（Desdemona）爱着且将永远爱着奥赛罗，他的皮肤颜色在所不顾。剧中在她与他之间种族问题不起丝毫作用（当然也不会影响到奥赛罗的皮肤），这里莎士比亚第二次摄取种族问题。比在《威尼斯的商人》那里更彻底而激进：那里——仅一独白，奇特地夹入全剧的结构中，而这里——剧本整个的情节便是关于这一个问题。

奥赛罗——完完全全直到他的骨髓，是一个新人，在其宇宙观方面说也好，甚至在其"传记"方面说也好。他是一个来历不明的人，偶然来到威尼斯地方，仅以其自己所有的才能与刚毅的性格而获得了高级职位及一般人对他的尊敬。他是个新人，他，黛斯特蒙娜也是一样，在爱情中是一个人道主义者。他去她父亲的家里时细诉他的事业，他的生活，而黛斯特梦娜倾听着他，并了解她爱我的勋功伟业，

我爱她为的是同情。

了他的意思与心情。由此——他们的爱情：

结合他们的不是什么计较，不是父母之命，甚至也不是彼此一时自发的冲动（如罗密欧与朱丽叶一样），而是互相深切的了解，内心的接触——人类爱情的最高形式。

与此完全相适应的是奥赛罗的妒嫉心：这不是贵族的有辱名誉的观念（如在加尔特龙 Calderon）的诗剧《自尊的医生》（*Medecin deson honneur*）中那样，也不是市侩的女人为丈夫私有的观念；这——是极大悲痛的感觉，由此却产生了绝对的真实性与相互信任，结合着奥赛罗与黛斯特梦娜。（在这里——第一幕全部的构思，说明他们恋爱的历史。）黛斯特梦娜的"不真实"——这压迫了奥赛罗！问题并不在名誉，而是在正直。他的嫉妒和他的爱情一样是关于道德方面的。

真正的革命激情可以在《李尔王》一剧中感觉到。这一悲剧的主题——旧式王的死灭，他幻想着无上权威，不顾人民的需要与痛苦，以国家作为个人私有的封土，得由他喜欢随便分割，他对于周围亲信人所要求的不是真理与诚实，而仅是奴隶式的服从。

　　和李尔对立着的是郭黛丽亚(Cordelia)——她是新时代的"女人道主义者",只知道一个原则:真理与自然的原则。她听见两个姐姐对父亲表示孝心的时候,在一旁自言自语道:

> 哇,可怜的郭黛丽亚! 可是
> 她的孝心要强于这些言词。

　　因此轮到她时,她只是简单回答父亲说,她将尽应有的责任来爱他:

> 李尔:您是这样年轻而为什么有这样冷淡的心?
> 郭黛丽亚:我虽是年轻,但我倒并不害怕真理!

　　于是,李尔悲痛地,舍弃了她。

　　我们更知道,后来的情形就不同了。李尔的自欺的云霓逐渐消散了。他受到残酷的谋害。在实际的教训中他自新起来了,他开始懂得过去许多事情的错误,而对其政权,生活,人类取了另一种观点。他感到封建贵族制度——即他所维持的那个制度的可惊的不公平:

> ——穿过破旧的衣衫,
> 一个小洞呈现在眼前;
> 在锦绣的袍褂上当不会有破绽。
> 将罪恶镀上黄金,
> 法律的铁枪无害地破损;
> 穿着褴褛———他也可死于
> 侏儒的空心稻草的一刺。
> 没有人犯罪,我说世界上一个也没有犯罪……

　　这里就是李尔的复活——他的崩溃与痛苦的全部意义。莎士比亚在这悲剧中反映出了他那个时代的巨大历史过程:产生新人的苦痛。

　　莎士比亚在《麦克白斯》一剧中又重新回到了历史剧的政治题材上去了。

　　和里却特三世(对于鲍林勃洛克)一样,麦克贝蒂的流血篡夺开了一条路给反对他自身的一种篡夺行为而里却特与鲍林勃洛克没有自觉到,或只到了弹簧开始松下来的时候才觉得已经太迟了,可是麦克贝蒂一开始就估计到了这一点。还是在谋杀国王顿康(Duncan)之前,他就认定这一条铁的规律:

> ……在这里我们将受到审判:
> 流血的功课一开始,
> 它将反过来加在教师头上,
> 这里便是法庭,以公正的手
> 递给我们以放着毒药的杯子。

这里的"杯子"含有两种含义:良心的苛责与实际的打算。

在完成了罪恶与夺取皇位以后,而远在任何骚乱征兆发生以前,麦克贝蒂即已开始防卫起来了——对自己防卫,对其自觉着那条铁的规律不可免的念头防卫。用什么方法呢? 新的屠杀与暴力,即只能加强与加速不可免的"反复行动"的方法。可以说,这样他给反过来对他的篡夺造成了必需的条件。

莎士比亚的一部分"罗马悲剧"给许多批评家以论证,认为莎士比亚经常"痛悼旧封建世界的死灭"对此种见解,我们无论如何是不能同意的。

在对《储理斯·凯撒》的分析中,必须估计到,这里莎士比亚和在其历史剧中一样,并不是一个渊博的历史家,能在古代罗马的社会政治方面加以研究。他并不以为,储理斯凯撒是当时进步的专制主义思想的代表,而勃罗脱斯(Brutus)表贵族的反动。对于他,凯撒——一个暴君,沉溺于荒淫无道的幻想中,而勃罗脱斯——真正的英雄,自由的战士。因此,莎士比亚把历史上的勃罗脱斯所有的不好特性都弃去,而把他写成一个追求真理的忠信者,争取人民幸福的献身者。在勃罗脱斯这一个典型中什么"封建的"也没有。

相反地,在《安东尼与克莱奥巴脱拉》中才真正提出了两个政权形式的问题,以安东尼与奥克塔维斯两个人物作代表。在这里安东尼是一个出色的冒险主义者,没有任何国家观念,任何责任心,把一切事情服从于他的利己主义的憧憬。他正和一个精干的政治实际家、真正治理国事的权威者相对立着。克莱奥巴脱拉在安东尼的眼中是世界上最宝贵的,为了她,他准备牺牲一切。到了最后重要的生死关头,他虽明知他的力量是在陆上,但他为了要接近克莱奥巴脱拉,还是在海上作战,不愿离开战舰。在有一个地方,他说:"让整个帝国灭亡吧,对于我,全世界就是您。"

　　莎士比亚抑抵了作为毁灭安东尼的力量的克莱奥巴脱拉这个典型,而给安东尼以极大的魅惑性,依照着他平常的写实主义的方法:暴露强大的敌人,从不把他压抑着相反的,他的全部力量都表现出来了。

　　体现于安东尼的封建主义,在 16 与 17 世纪之际,离开它后来达到的那种程度的颓废没落还很远,而结果消灭它的那种力量在当时也还没有形成。但他已经受到此种力量在各方面的莫大打击。这是伟大历史悲剧的第一幕,对此马氏曾说过(见《赫格尔哲学的批判》一文中):“此时旧制度还是现存的世界制度,和刚才生长起来的世界斗争着,在前者那里是全世界历史的过失,但不是个人的。因此它的死亡是悲剧性的。”为了写此种“悲剧性”,莎士比亚尽可能地提高了安东尼,而不给他的胜利者,奥克塔维斯以极大的魅力。是的,对于他,奥克塔维斯已经没有什么“魅力”了,因为此时莎士比亚已经发现专制主义以及一切企图据此为基础的资本主义文化的阴暗面。在这里——正体现莎士比亚的极大道德的敏锐眼光与贤明的见解,他的伟大的客观性。

　　莎士比亚感觉到安东尼的伟大悲剧性,他或许悯怜他,和悯怜着垂死的李尔王一样,但他决不会,依照着他全部的宇宙观看起来,为了李尔王与安东尼统治的崩溃而悲痛。

　　关于《考里沃兰芮斯》一剧发生了不少误解,过去西欧的甚至苏联的批评家对此剧都曾有绝对不正确的意见,如勃兰台斯(Brandes)轻易地把《考里沃兰芮斯》的主人公看作莎士比亚“爱好的英雄”,并似乎说这是极度贵族同情的明显表现者。考里沃兰芮斯——确是莎士比亚的英雄,始终是正直的、“他的真理”的勇敢战士,但也只有在他对立着卑劣虚伪的罗马贵族社会——梅涅男士亚格伯与其他的元老(考里沃兰芮斯自己的母亲也在内)的时候。也只有在这个时候,莎士比亚才和他携着手。一到考里沃兰芮斯和平民冲突的时候,作者便丢弃了他的主人公。

　　莎士比亚不仅以极深切的同情来描写平民(在全剧中连他们极细微的一点行动或粗鲁的一句话也注意到了!),并且丝毫也不怀疑到他们的道德的正当。在第一幕第一场中(通常在莎士比亚戏曲中特别重要),一个平民喊道:“一句话,正直的公民!”另一个平民接着说:

　　　　你说的是那些正直的公民! 穷人是不会被人称为正直的:只有贵族才是正直的啦。他的肚子饱得连路也走不动了,我们却挨饿。即使他们能把剩余的一小部分给了我们,那我们也得“谢谢”他们的慈悲;但他们将以为这对于他们的损失太大了。……苦痛呀,公民们! 趁我们还有这一口气——举起枪来吧! 求求上帝作证———我这样说是为了要面包充饥,而不是为了复仇。

这样的话决不是捏造出来的，不是虚假的，莎士比亚写下这样的话时不能不表以同情。"穷人不会被人称为正直的——只有贵族才是正直的啦！"在表现的力量上（与声调上）能与此相比的只有夏劳克独白所说，犹太人——也是人。同时我们还可记起醒悟过来的李尔的同情之声：

　　……穿过破旧的衣衫

　　一个个小洞呈现在眼前；

　　在锦绣的袍褂上当不会有破绽。

莎士比亚把考里沃兰芮斯写成客观高贵的，本质的英雄的性格，同时赋予他社会道德的盲目，不仅促成他的死灭并为作者所斥责。在这里又表现了莎士比亚的极妙的客观性。

由此看来，所谓《考里沃兰芮斯》中的"封建主义的辩护"实在是无稽之谈。

和《考里沃兰芮斯》特别有关系的在这里我们要提出来说明的，便是莎士比亚关于民众方面怎样描写的尖锐原则问题。关于这方面他写得很多。《亨利六世》（第二幕、第四幕的一部分：凯特的暴动）《储理斯·凯撒》《考里沃兰芮斯》等剧中的许多场面给了极丰富的材料。布尔乔亚的莎氏学者——有的出之神秘的喜悦，有的出之愤慨——着重地指出说，莎士比亚"蔑视"并"仇恨"民众，把他们描写成黑暗、易变、危险的力量。但他们并不曾认真地研究过莎士比亚对民众的关系及其原因。

首先，我们应该说，莎士比亚作为一个正抬起头来的，初期积累时代的布尔乔亚的思想家，不能也不应具有对民众特别温柔的"爱"。他所处的正是在生长起来的资本主义与被它所剥削的民众之间残酷斗争的时代。对"民众"的一种轻蔑态度差不多每个人道主义者——"理智的贵族"——都有。这早见之于英国人道主义始巧奢（Chancer）那里；这更见于莎士比亚同时代的德谟克拉祖西的剧作家赫诃德与特凯尔那里。相反地，在16—17世纪间封建主常唱着"与民同乐"的高调，这无非是用以和专制主义斗争的一种便利借口。马氏关于17世纪上半期的"封建社会主义"曾说过："贵族阶层煽动极微一部分的无产者，以集中民众在它周围。但每次民众跟着它在一起时，立刻在它的后面发现了旧时封建的尾巴，于是哈哈大笑，一哄而散。"我们知道，此种策略由来已久，在宫廷贵族与布尔乔亚斗争的初期已经有了。不是偶然的，对民众表同情的描写我们在莎士比亚同时代的贵族剧作家——卜蒙德与佛莱吉尔——那里也看到不少。

可是，无论如何，莎士比亚是爱民众的——没有感情作用与惺惺作假，而是出于健全的爱。在他那里我们找不到对民众取蔑视态度，或嗤笑诽谤他们的地方。为民众造福是他剧中的国王最大责任之一。如"光荣的城市居民""良善的 Yeomen"等语在他的剧作，特别是历史剧中不一而足。平民——戏子，奴隶或简单的农民呈现在我们面前的经常是健全思想与道德真理的体现者，并由他们来揭露公侯王卿的虚伪与卑劣。在莎士比亚那里民众时常作为伟大时代的审判者。在《里却特三世》中，当篡夺者宣布自己为国王的时候，民众故意"沉默无言"，而在《里却特二世》中，当鲍林勃洛克凯旋地登上皇位时，民众欢呼狂喜。克劳特斯也承认说："哈姆雷特见爱于民众。"

但是在另一方面，我们看到：莎士比亚深痛地指出民众没有独立行动的能力，他们的顺从性与轻信以及政治上不成熟，（最明显的是在《储理斯·凯撒》一剧中）他那个时代的英国"民众"实际上确是如此。凯特的暴动（1450 年）在资本主义发展的观点上来说是反动的，并且我们知道，16 世纪中很多次农民暴动是被天主教派与不满于专制政体的封建主所利用与唆使以达到其反动目的。莎士比亚剧中的叛乱者所起的也就类似此种作用。因此，哈姆雷特虽"见爱于民众"，但为了实现其计划，并不去求这些"民众"的帮助，明知他们是没有希望，没有成熟，易受欺骗的煽惑，甚至会跟了不足道的赖尔特后面跑。同样的情形我们以遇到于《考里沃兰芮斯》中。

莎士比亚最后一篇悲剧《雅典的蒂蒙》充满着和《哈姆雷特》中同样的忧郁情绪，这是可以近 1607 年莎士比亚的道德观念发生尖锐的危机来说明：当时在斯窦亚尔特朝约可夫一世治下他的文化与社会政治理想的破灭已经全然无疑的了。这里，莎士比亚在对阶层批判方面，暴露了钱币的权力，如马氏所谓"将一切人类与自然的实质成了对立"。（见《雅典的蒂蒙》第四幕，第三场，蒂蒙的独白，曾为马氏引用于《资本论》中《论钱币》的一章以及后来在其《哲学与经济》札记中。）

莎士比亚的第三时期，他专门写了些带弗莱契尔风格的喜剧，这已是做着没落与部分投降的时候，自己感觉到再没有力量来逆流而行。可是此时他还是企图实现他的人道主义的理想，只是在一种缓和的与掩藏的形式中。整个地来说，这是他的妥协，大概也是因为自觉无能为力而使莎士比亚于 1611 年，他还只有 47 岁，离死前 5 年的时候，便从此离开了戏剧而隐居养息于他的家乡，斯脱拉福尔特。

（原载 1936 年 6 月 16 日《译文》新 1 卷第 4 期）

莎士比亚的故乡

N. 麦耀尔斯基　著　　沙可夫　译

斯脱拉福尔特·昂·爱凤（stratfod-on-Avon）的生活，静寂而呆板，没有任何特色的事件，这一个有 15000 居民的小城市正隐藏在绿色乡村英国的中心。在这完结了的煤岛上面也还有这么一角空气新鲜的地方，大地主们（Landords）到这里他们的别墅来过"星期尾"（Weekend）与较长时期的休假，附近住着小地主的贵族（Squires）与大佃户。爱凤河沿着宽广而多草的牧场缓缓地流着，间或有小小的森林。岸上放牧着良种的牲畜，长毛的绵羊。牲畜出产都销售于邻城——热闹的、人烟稠密的北明翰（Birmingham）城内差不多有二分之一的人或多或少是和肉类业有关的。斯特拉福尔特市长——肥大饱满的一个肉商。

每年一次，4 月 23 日，静默无闻的斯特拉福尔特突然热闹起来，而为全世界注意的目标。372 年前在这里诞生了威廉·莎士比亚。不错，关于这位世界文学天才的个人历史，曾发生了不少的争论。但在斯脱拉福尔特我们明明看到莎士比亚出世的那所房屋，他曾用过的手套与他安葬的坟墓。这些遗物的真实性实际上已被公认，虽然尚有个别的研究者对此怀疑。无论如何，每年总有五六十国的代表到斯脱拉福尔特来访问莎士比亚的摇篮与坟墓所在之处。

由市长招待，典礼于清晨开始。在市参议会大厅里，这位斯脱拉福尔特肉商，胸前挂着市政府的徽章，和一个个外国客人握手。这些客人在厅堂里徘徊着，看看壁上张贴着的自 1553 年起直到现在的市长姓名，在举杯道贺之后吵闹而无秩序的谈话继续了好几分钟。

嗣后这一群人都拥到大路上来了。街道中间是一长列挂着几乎全世界所有国旗的高高桅杆。12 点钟整，断续而急剧的号声响起来了，火箭也轰然一声发射出来了，于是准备好了的各国代表团过来将挂着的旗帜取下来。风似乎在捉住并抚摩着五光十色的旗布。苏维埃的旗帜今年和美国及德国的旗帜做邻居。

经过街道两旁排列着的斯脱拉福尔特居民面前，队伍向莎士比亚故居前进，从外观看起来,很难相信这所房子是远在 4 个世纪以前建造的,或许,经过多次修理之故,但看起来它是那么坚实,好似近代的建筑一样。

但一走进屋内时,立刻便会感觉到,这确是属于古代的。板壁上的油漆完全褪光而变陈旧。天花板狭小得很。窗户也不大,透进有限的光线。一具适用于整块木材来生火的暖炉,简直大极了,甚至可以在这上面烤烘半只牛。旧式的笨重家具补充了这一幅图画。曾在书本上读到过 16 世纪的人物典型及其生活似乎都浮现在我们眼前了。

从莎士比亚的居处约步行 10 分钟光景便到了一所教堂,在这里即埋葬着莎士比亚的遗骸。

队伍拖得很长,成了极细的一行,每个人手里执着鲜花——也有小小几朵的一把,也有满满的一大花圈。留下来的纪念莎士比亚的花圈中,苏联的算是最富丽美观的了。

花圈由一个穿着黑色丝织长袍的教士接收。他的旁边还站着两个助手,捧着盘子,以便来者随缘乐助。

在图书馆里搜集了各种文字的莎士比亚作品,其中也有俄文译本。在室内一角的玻璃橱中放着那双有名的手套,一个特别指定的人为观众作详细的解说,照现代的眼光看起来,这似乎是妇女用的手套,它带着绮丽的黄色橄榄的颜色,且饰着复杂的花样。在那个时代男子的服装在花色方面并不差于妇女。

上面一层楼的房间里陈列着莎士比亚剧中主人公的图画。狡狯而肥大的福尔斯塔夫(Falstaff)[①]威胁着每个参观者;哈姆雷特(Hamlet)[②]为苦思焦虑所重压着,谁也没有注意到;夏劳克(Shylock)[③]以顽强而仇恨的目光注视着我的敌人。

参观过了这些著名遗迹以后,各国与英国的客人一起举行宴会。讲演开始了。有名的文学教授里倍克龙比讲莎士比亚著作永垂不朽。接着诗人约翰·斯克华尔与莎氏戏曲的导演家奥脱倍利说了一大套话。英国人具有一种特别演说的风格,能用一种冷静而活泼的幽默来说最郑重的事情。

今年代表各国外交团致辞的是苏联驻英公使马伊斯基。由此也知近年来一般人对于苏联的一切情形更感到极大的兴趣。宴会席上 300 个人突然停止了个别谈话,转过头去向着演说台上。肃静。侍者都跑近了。甚至厨子也出来听了,当马伊斯基站上讲台时,起着一片友谊的掌声。当他说到,苏联如何宝贵着(重视)莎士比亚,他的戏曲不仅获得千百万读者,并且在各处的戏院里排演着的时候,又是一片热烈的掌声。最后全

---

① 福尔斯塔夫是《亨利四世》与《温德沙风流娘儿们》剧中的人物。

② 哈姆雷特是《哈姆雷特》一剧中的主人公。

③ 夏劳克是《威尼斯商人》一剧中的人物。

体参加者以更大的掌声来表示同意马伊斯基的结论：莎士比亚不仅属于英国，而且属于全世界，我们在文化中需要有国际主义。

　　莎士比亚的生日纪念以排演《徒劳无益》（*Love's Labour's Lost*）一剧告终。参加者起初因为这里没有排演莎士比亚著作中最著名的剧本，觉得有些懊丧。但扮演倍纳第克（Benedick）的杰姆斯台耳与扮演皮亚脱丽丝（Beatrice）的巴尔白古倍尔都演得很出色，所以后来任何懊丧的情绪都消失了。

　　英国社会，其他各国也是一样，在这一天并不来注意到莎士比亚的纪念日及其故乡斯脱拉福尔特；还有两个出名的拳术家彼得生与麦克亚华——出场交锋一事最能轰动一时吧。次日报上连篇累牍记载着关于拳术胜负的消息，而关于莎士比亚的纪念或仅在报角上看到几行，或索性似乎没有这回事，什么也不登。斯脱拉福尔特有一个莎士比亚会，约有会员 385 人。

　　它的任务仅限于保管遗物与主持每年的纪念典礼。

（原载 1936 年 6 月 16 日《译文》新 1 卷第 4 期）

威廉·莎士比亚

米·莫洛卓夫　著　　沙可夫　译

　　威廉·莎士比亚生于 1564 年 4 月 23 日,在艾冯河边的斯特雷福,这里地处英国中部,在华维克西伯爵辖区以内。未来的剧作家与诗人的父亲是个挺富裕的市民:他经营毛、皮、肉、粮食的买卖,在斯特雷福有几所房子,曾一度为市参事会参事,后来并任斯特雷福市长,当时该地约有 2000 居民。在喜剧《温沙风流的妇人》中莎士比亚描写的正是他自己所出生的那个省城市民阶层。

　　莎士比亚在一个本地“文法学校”里念书,学校主要教的是拉丁文。学生们也学希腊文和中世纪繁琐哲学的逻辑及修辞学。莎士比亚未能学成毕业:他的父亲破了产,因而这位未来的剧作家(当时他还不到 16 岁)只好自己来挣钱吃饭。根据一种传说,他曾当过肉店的学徒,根据另一种传说——做过乡村学校的助教。

　　莎士比亚年轻时代同一个农场主的女儿结婚。但不久他就从斯特雷福逃出来,据传说,他激怒了本地一个大地主汤麦斯·柳西老爷而幸免于难:莎士比亚似乎偷偷地到属于汤麦斯老爷的禁猎区去猎鹿,而且在一首讽刺叙事诗里嘲笑了汤麦斯老爷,因此这位被激怒了的地主命令他的奴仆对青年诗人处以肉刑。“他被迫躲避在伦敦”,第一个莎士比亚传记家尼古拉·劳埃曾于 1709 年这样写道。

　　莎士比亚到了伦敦(约在 1585 年),据传说,起初为了谋生而给来剧院看戏的绅士看管马匹(别的传说也是说起初他在剧院里干最低微的职务)。第一次在报上提起莎士比亚约在 1592 年,当时发表了剧作家劳勃脱·格林的论文。格林在这篇论文中猛烈地攻击莎士比亚,轻蔑地提及莎士比亚从事于演员的技艺,并称他为暴发户,“粗俗的平民”,在戏剧创作的领域中竟敢与当代“高尚的天才”相匹敌,用窃取来的“孔雀毛”装饰自己。从格林的论文中显然可以看到,在 1592 年莎士比亚不仅是演员,而且成了剧作家。像当时普遍存在的情形那样,他大概开始时用别人的剧本加以改编后在舞台上演出。可能他自己已经创作了一些戏剧作品,但没有保存下来。那些年代他在伦敦写的剧本流传到现在还不到三分之一。

莎士比亚早期剧本之一,《错误的喜剧》(据最新的研究分析,大约写于 1588 年——比以前设想的要早几年),浸透着 16 世纪的所谓"学校戏剧"的传统。这种戏剧是在大学与学校的范围里创造起来的:它的作者通常就是教授与讲师,扮演者就是大学生与学生。第一个关于《错误的喜剧》的流传至今的记载是 1594 年伦敦一所法学院的学生业余的演出。我们由此可以设想,莎士比亚居住在伦敦最初的年代就已经和学生界接近。这种接近,看起来,一直继续到后来。在《哈姆雷特》(1603 年)第一版书的首页上说,这个剧本"也在牛津与剑桥大学里"排演过。可是,职业的演员法律上被禁止在大学里演戏。因此,大学生们排演《哈姆雷特》,在这悲剧出版前就有了它的手稿。当时的大学生——看起来,成了促进这位斯特雷福人去通晓同时代的先进文化的阶层,否则他以后一切的创作当然就不可思议的了。

还在 1592 年前,莎士比亚进了塞桑普顿公爵的宫殿,公爵是个戏剧表演的爱好者,莎士比亚在 90 年代初写的史诗《维娜斯与阿多尼斯》和《罗克雷西》就是献给公爵的。在这宫殿里装饰着文艺复兴期的艺术作品,莎士比亚能够看到意大利画家的绘画与听到意大利的音乐。值得注意的是莎士比亚作品中许多地方都说明了对绘画,尤其对音乐的爱好。大概,莎士比亚在其创作的初期就已开始写十四行诗(在那个时代十四行诗是抒情诗的一种广泛流传的形式)。莎士比亚写十四行诗是"为了亲近的朋友们",一个同时代人这样指出。这些亲近朋友是谁,我们不知道。当然,他们不是属于贵族社会的人。例如,在塞桑普顿公爵的信札中没有提到过莎士比亚,由此可想而知。一个平凡的演员,初学诗人和剧本的编写者对于这位显贵大人值得什么呢?他已消失在各色人等的宫中来客群里了。

因此,莎士比亚同时地开始了他的创作活动,又作为演员,又作为剧作家,又作为诗人——十四行诗与我们在上面提及的两首史诗的作者。

莎士比亚在演员业务上的成就不大。《哈姆雷特》中的鬼魂与喜剧《如愿》中的老仆人阿大姆算是他演过的角色中最重要的了,那是比二等角色更差些的。但作为一个剧作家他对于剧院就显得那么重要,以致在 1599 年,当莎士比亚所属的那个团体在伦敦建设最大的"寰球"剧场时,莎士比亚被吸收为股东之一。莎士比亚生活的琐事我们知道得少。譬如,仅在上一世纪初才肯定说,1604 年(即在他的创作繁荣时期,《奥赛罗》正是在这一年写成的)莎士比亚在一个理发匠那里租下了住宅。看起来,他是生活在最简朴的条件下。

莎士比亚把一切力量交给了剧院,在顽强的劳动中过生活。他的同时代人称他为"热爱劳动的人"是有理由的。他写剧本,领导排戏(作者照例是要参加排戏的领导的),

自己上台演戏。无疑地他读书很多。有时全剧团出发去省城作巡回演出，在沿途的客店里和在贵族的堡垒里演戏，好像我们在《哈姆雷特》中遇到的那种演员。大约在 1612 年，莎士比亚离开了伦敦而迁回他的故乡斯特雷福，在幽静隐居中度过了他的晚年，也在这里他于 1616 年 4 月 23 日逝世。他在遗嘱中留下了钱来购置指戒，友谊的象征物与纪念品，赠给剧团的第一个演员理查·裴尔贝琪（扮演理查三世、哈姆雷特、奥赛罗、李尔王，大概也有马克白斯等角色），并给舞台上的伙伴赫明琪与康台耳；在莎士比亚死后过了七年他们出版了第一个他的剧本集。莎士比亚安葬于斯特雷福。

　　"再一次，再一次读它！"赫明琪与康台耳在第一个莎士比亚剧本集（1623 年）的序言中对读者这样写道，当然，这些演员是高度地器重他的。就在这一版书里揭载了剧作家与诗人彭江逊的诗篇，以纪念莎士比亚。彭·江逊称莎士比亚为"时代的灵魂"，并且说，他"不是属于一个世纪，而是属于所有的时代"。虽然有了这些个别的评价，莎士比亚还远远没有成为卓越的与广泛知名的作家。他的光荣始于 17 世纪末。

　　如果我们对于莎士比亚的生活知道得不多，那么关于极大多数和他同时代的剧作家的生活知道得就更少了。这可以这样解释，当时剧作家占着微不足道的社会地位。编写剧本不算是真正的艺术，我们可以举个显著的例子来说明，当彭·江逊在其剧本集中称剧本为"文学作品"，这引起了从各方面来的讽刺嘲笑，其中甚至也有从剧作家们那里来的。人们把编写剧本看成是剧院内部的、职业上的事情。虽然莎士比亚的剧本在观众中受到极大欢迎，可是对作者个人，谁也不特别感兴趣（至于莎士比亚的史诗与十四行诗，他在世时也未获得真正的承认）。最后，重要的是记住下面的情况。在伦敦当时存在着两种剧院："私人的"与"公众的"，更确切地说，就是"不公开的"与"公开卖票的"。到第一种剧院去的多数是"优秀的"人物；而"公开卖票的"剧院的戏台三面拥挤着的观众是普通的人民。莎士比亚的创作基本上是和"公开卖票的"剧院联系着的（"寰球"剧院也是属于这一类的）。文学方面的学者名流对"公开卖票的"剧院不无傲慢的蔑视，这种剧院的剧作者在他们的眼睛里是一个不值得特别注意的人。

　　传记材料的贫乏对于否认莎士比亚著作权的耸人听闻的"理论"的产生成为有利的条件。被赞美的作品或者归功于哲学家与政府官员弗兰西斯·培根（1561—1626），或者归功于当时任何一个贵族的剧院常客——雷特林德，兑比，或者牛津等公爵。这一切由耸人听闻事件的爱好者所编造的"理论"是丝毫没有根据的。关于莎士比亚终究还保存着许多他的同时代人（就算那个彭·江逊也行）的叙述，而且其中没有一个人提到有什么"秘密"。没有谁吐露过怀疑的阴影，莎士比亚在其特别引以为骄傲的演员界中的记忆，长久地是活生生的。演员汤麦斯·培脱顿也好，他是著名的哈姆雷特扮演者；在

17世纪末搜集关于莎士比亚最初的传记材料,第一个莎士比亚传记家尼古拉·劳埃也好,对他的著作权都不曾怀疑过。下列的事实是重要的。惯常地总会想到,莎士比亚著作的手稿没有流传下来,可是和他同时代的大多数剧作家的著作手稿也是一样。但是也保存了一个题名为《汤麦斯·摩尔先生》的剧本的手稿(不是抄本,而确实是作者的手稿——带涂改与修正),这大约在1600年。在这手稿中有个别的片段,由不同的作者写成的。这些短短的片段之一按语言与风格来看非常像是莎士比亚的手笔。还有笔迹(对此更大多数的研究笔迹的专家开始趋于一致)也非常像保存下来的莎士比亚签名(在遗嘱及其他文件上的签名)。否认莎士比亚著作的"理论"好像肥皂泡一样破灭了,展示在我们面前的仍然是一幅伟大的斯特雷福人的、在细节部分暗淡的、却唯一可靠的生活图景。

莎士比亚生在一个标志着深刻的经济与社会的变革的时代里。旧的、封建的世界的基础,在几世纪的年代中显得不可摧毁而永远巩固的,开始为新的、资本主义关系所侵蚀了。英国走上了资本主义发展的道路。如果前一百年英国还是过着几乎绝对的自然经济的生活,那么到了所谓"原始积累"的时期就迅速地发展着贸易,不仅在国内,也和海外各国通商。英国基本的出口货是羊毛。大的土地所有者们在懂得了羊毛生意的好处以后夺取了公社的耕地,围起来变成了他们饲羊的牧场。他们把农民从土地上赶走,于是全国充满着贫苦的无家可归的人们。16世纪英国作家汤麦斯·摩尔在其有名的小说《乌托邦》中写道:"羊,平常是驯服的,喂料不多,而现在变成这样贪食与残忍,甚至吃人,破坏与蹂躏田地,房子与城市。"反对流浪的苛刻的法律(犯流浪罪的受鞭笞与烙印,重犯者处以绞刑)怎么也行不通。……这置身法外的无产阶级为发展着的制造业所吞噬的速度,远不是像其出现到世上那样的速度了。不幸的人们"成批地变成穷人,强盗,流浪人——部分是自愿的,大多数是为生活需要所逼迫"。我们记得李尔王,徘徊在阴惨的草原上时,想起"无家可归的,衣不蔽体的不幸人"(第三幕,第四场)。法律不是为这些不幸人存在的。

> 通过破烂的衣衫还是看得到小小的过失。
>
> 而锦袍绸衣可以掩盖一切。
>
> 罪恶镀金——镀了金
>
> 公道的枪刺也会折断,要是把它
>
> 裹在褴褛里——一根芦苇也会戳破它。

这是李尔说的(第四幕,第六场)。

人民群众不止一次地起来暴动反对压迫者。莎士比亚生前发生的暴动最大的一次是在1607年爆发的,波及中部英国的极大部分。暴动者不仅武装不好——连斧头与铁锹也不够用来拆毁围墙与填平壕沟,这些围墙与壕沟分隔着属于大地主的牧场。这些人民的暴动被残酷无情地镇压。莎士比亚时代的英国到处布满了断头台与绞刑架。

原始积累丰富的时代产生了凶狠的冒险家,为了个人牟利不惜犯任何的罪。例如,《奥赛罗》中的亚戈与《李尔王》中的艾特孟就是这样的人。在莎士比亚的剧本《彼利克列斯》中一个渔夫问另一个渔夫:"鱼在海里生活怎么样? ——"也是这样,——另一个人回答道,——好像人们在陆地上一样,大的吞食小的。我们吝啬的富人类似鲸鱼,欢跳玩耍,追逐在它面前的小鱼,然后一下子把它们吞食了。我听说,在陆地上生存着这样的鲸鱼,它们老张着大嘴,一直到它们和教堂、钟楼、寺钟等一起吃光所有得到的东西。(第二幕,第一场)

最后,我们会想起莎士比亚有名的第六十六首十四行诗:

> 我召唤死亡。我难以忍受地看见
> 尊严体面,反而请求周济,
> 单纯质朴受到谎言的戏弄,
> 渺小不足道者穿上富丽堂皇的服装,
> 珍贵的荣誉可耻地误加于人,
> 纯洁贞操也被粗暴地侮辱,
> 完美无缺竟也错误地遭到耻辱,
> 强有力者为无力的弱者俘虏,
> 艺术被权力塞住了嘴,
> 而愚蠢却戴上圣贤、先知者的面具,
> 简单的真理被人误为愚蠢,
> 公正无私竟为恶习毛病服务。
> 我周围看见的,一切都讨厌,
> 假如死了,我丢下我爱人孤单一个人。

要记得这一残酷的时代,以便理解像《哈姆雷特》《李尔王》《马克白斯》以及许多莎士比亚同时代人的作品所笼罩着的那种悲剧的气氛。

我们所描述的时代的一个标记是生长着的资产阶级与帮助巩固帝王政权的新贵族阶级出现在历史舞台上。后者，就是这样，在 16 世纪依靠着年轻的、往上生长的社会力量。帝王政权在政治上统一国家，在和外部的敌人（首先是和强大的西班牙）斗争中也好，在和内部反动势力斗争中也好，这些反动势力幻想把国家拖回到封建的往昔与封建的分割状况。我们还能生动地记忆起英国封建主在 15 世纪的内战，所谓"红色与白色蔷薇的战争"。莎士比亚在其最重要的一个历史剧《亨利四世》中描写了国王对暴动的封建主的胜利。我们也会想起《罗密欧与朱丽叶》，莎士比亚在这里严厉地抨击着两个封建家属的决死的斗争；出来反对这种封建的斗争的是凡龙那王公爱斯卡。在《哈姆雷特》与《马克白斯》中国王的谋杀导致悲剧的后果。李尔王还没有逊位时，我们似乎已听见在考弩哀与阿尔班两个公爵之间准备好的内战（《李尔王》第二幕，第一场）。虽然莎士比亚同情和反动封建势力斗争的帝王政权，但他在王位本身面前，在即位为王者面前决不屈膝。他曾描述身居王位的罪犯（理查三世、克拉夫第、马克白斯），不是徒然的。我们要知道，李尔在悲剧的开头也是个无理的暴君。

英国 16 世纪是在新与旧的斗争的标志下度过的。这一时代在精神文化方面也发生了深刻的变革。过去认为无可怀疑的与永恒的"真理"破灭与粉碎了。在中世纪的繁琐哲学家看起来，一切已经载入宗教的圣书，神不过是"上帝的奴仆"。新时代的先进的人们开始在生活本身中寻找答案。莎士比亚同时代人弗兰西斯·培根号召科学的创造，以现实的研究与实际的经验为基础。他号召拆除繁琐哲学思想的"界牌"。"战胜自然"，按照培根的意见，不能用繁琐哲学的、抽象的议论，也不是祈祷，也不是魔术的咒语，而是要研究自然的规律。"战胜自然——培根写道——可以的，只要它认罪就行了。""在培根，作为第一个唯物主义创造者——马克思写道——在尚属幼稚的形式中间隐藏着这种学说的全面发展的萌芽。物质以其诗意的光辉对全人类微笑。"

我们已经讲过，英国 16 世纪，在社会生活方面发生深刻的变革，是在新与旧的斗争的标志下度过的。当时先进的人们也在艺术方面寻求新的道路。年轻的学者、作家、诗人和艺术家如饥似渴地研究古代世界的艺术，幻想着这种艺术的伟大生动的力量的复兴。因此，对我们所探讨的时代保存着文艺复兴的名称，虽然文艺复兴期的艺术，是在另一种历史土壤上生长起来的，深刻地有别于古代世界的艺术。凡是在文艺复兴期的艺术中最好的东西都是要首先表现人——不是圣像画的形象，这对于中世纪的艺术是典型的，而是有思想、感情与激情的活的人，表现人的生活及其幸福与苦痛。哈姆雷特称人为"宇宙之美，一切生物之冠"（第二幕，第二场）。哈姆雷特关于他的父亲说道："他是具有完全的字的意义的一个人。"（第一幕，第二场）"你是谁呀？"李尔对肯特问道，而后者骄傲地回答说,"人。"(第一幕,第四场)文艺复兴期的艺术赞扬人世的生活,它的美丽与多样性。莎士比亚的前辈中最大的剧作家克里斯托夫·马尔洛(1564—1593年)说过:"我想,天上神仙生活的满足比不上地上帝王的欢乐。"如果在意大利,文艺复兴得到最充分表现是在绘画里——在这样的伟大的油画大师如拉斐尔、列昂拿多·达·芬奇与米开朗其罗的创作中——那么在英国,文艺复兴首先反映在那虽为时短促,却曾繁荣于16与17世纪之间的剧作中,而剧作之冠要算莎士比亚的创作了。

莎士比亚——英国文艺复兴最伟大的代表。在这里我们要再一次记住,他的创作和"公开卖票的"剧院紧紧地联系着的,贵族和戏剧表演爱好者一起,富有的市民和占观众的大多数的平民一起到剧院去看戏。这里面有伦敦的工匠助手,水手,伦敦近郊农村里来的农场主,显贵主人的奴仆。大学生也是看戏的常客。莎士比亚写剧本不是为了"显贵要人"的狭小的圈子,而是提出他的创作给广大观众裁判。"他面向人民",一个早期的莎士比亚剧本的注释者曾这样指出过。

因此,莎士比亚不同于和他同时代的诗人与作家,他们创造作品是为了出身于贵族阶级的"优秀"读者,在单纯外表的风格上面去琢磨,把读者推到远离生活的、假设的、美妙的幻想世界。莎士比亚也不同于当时以血淋淋的传奇剧的"惊险"来"震撼"观众的剧作家。莎士比亚的创作是英国文艺复兴的最好方面的最高的而且也是深刻的民主的表现。

莎士比亚的作品之所以使人深受感动首先是由于它的生活力,它的现实主义。莎士比亚借哈姆雷特之口要求剧院"在自然面前保持一面镜子"(第三幕,第二场)。有些反动的外国莎士比亚学者企图把伟大的剧作家与诗人描述为脱离生活的,所谓"纯艺术"的代表,这是说谎。别林斯基在其《泛论1847年俄国文学》一文中就已揭穿了这种诳语。别林斯基说:"平常总是引证莎士比亚,而有时特别引证歌德,作为自由的纯艺术的代表,但这是一种最不成功的说法。要知道,莎士比亚是最伟大的创作天才,主要是诗人,对此没有任何怀疑,可是谁要是对他了解不好,谁从他的诗中就看不到丰富的内容,对于心理学家、哲学家、历史家、政府人员等都是教训与事实的真正的宝库。莎士比亚通过诗传达一切,但他所传达的决不是只属于一种诗。"

莎士比亚常常写他同时代的人物,但给他们穿上别人的衣服——例如,穿意大利服装(《罗密欧与朱丽叶》《奥赛罗》),穿古代丹麦的(《哈姆雷特》),古代不列颠的(《李尔王》),或者古老苏格兰的(《马克白斯》)。这首先可作如此的解释:莎士比亚为之写作的观众熟习于中世纪口头文学的传统——史诗、传奇、故事。因此当时的剧作家愿意取这些传奇与故事作为题材。莎士比亚剧本的动作不是发生在与他同时代的英国,但他所创造的人物及其思想、感情、对生活的态度、彼此互相的关系——这都属于莎士比亚时代的。甚至在莎士比亚剧本中题材是从古罗马的历史取来的(比方,在《犹利·该撒》与《安东尼与克列奥巴脱拉》中),通过古代的形象清楚地显示出莎士比亚同时代的现实。我已经引录讨彭·江逊的话,称莎士比亚为"时代的灵魂"。

这里还有别的原因。直接说现实是危险的:在国王监狱的刑讯室里一句话不慎,就会把你的舌头割掉,甚至有的被绞杀。弗兰西斯·培根在其《亨利王七世统治史》一书里叙述一个阴谋的组织者企图把一个僭称为王者去接英国的王位,决定不在英国本国开始行动,而在国境以外,在爱尔兰;由此培根指出:"如果他们在英国本国进行乔装,那对于好奇的眼睛距离太近,恐怕容易认出他们的乔装,所以他们决定按照戏剧脚本的习惯先从远方表现。""按照戏剧脚本的习惯"这句话是这位同时代人培根的宝贵的见证。莎士比亚和当时许多其他剧作家一样,不得不"从远方表现"那些对他的同时代人接近的事物。

从莎士比亚的作品中流传下来的是两首史诗(《维娜斯与阿多尼斯》及《柳克雷西》),154 首十四行诗及 36 个剧本(《亨利八世》,按照大多数现代研究者的意见,基本上是剧作家弗列吉尔写作的;莎士比亚似乎在这剧本的创作中只参加了颇少的一部分)。莎士比亚的史诗在其文学遗产中占次要的地位,而十四行诗的意义是重大的:它们充分地说明了莎士比亚也是个伟大的抒情诗人。难怪别林斯基在其《诗学的分门别类》一文中把莎士比亚的十四行诗归入"最丰富的抒情诗的宝库"。

我们来追溯一下剧作家莎士比亚的创作道路,并更详细地说说他的五个最重要的,最有名的悲剧。莎士比亚的创作道路,一般都是把它分成三个时期。第一个时期,到1600 年为止,在这个时期,莎士比亚全部创作中都显示着鲜明的、乐天的色彩。如《驯悍记》《两个凡龙那人》《仲夏夜之梦》《温沙的风流妇人》《无事烦恼》《皆大欢喜》《第十二夜》就都是在这一时期创作的。在这同一时期莎士比亚还创作了些历史纪事剧。《罗密欧与朱丽叶》《威尼斯商人》《犹利·该撒》也都是第一个时期的作品。即使在《罗密欧与朱丽叶》(1595 年)这个莎士比亚早期的悲剧中,令人注目的也是那种充满着鲜明的、乐天的色彩。剧本的中心人物感受着为南方阳光所照耀的青春的呼吸。这里就没有我们在《哈姆雷特》,尤其是《李尔王》和《马克白斯》中所感觉到的那种悲剧的阴暗气氛。

《罗密欧与朱丽叶》的题材的根源是出于古代意大利的民间传说,按照这一传说,莎士比亚所描述的事件在 14 世纪初似乎确有其事,当时统治意大利东北部的小城市凡龙那的是巴托洛密欧·特拉·斯卡拉(莎士比亚所写的爱斯卡就是根据这个人物)。直到如今在凡龙那还流传着"朱丽叶之墓"的传说。这一古代的题材不止一次地在意大利小说中重述。1562 年英国诗人亚瑟·勃鲁克写了一首以《关于罗密欧与朱丽叶的悲剧故事》为名的叙事诗,这首诗曾为莎士比亚所广泛利用。1567 年威廉·品脱把《罗密欧与朱丽叶》收集在其翻译的小说集里,题名为《极乐之宫》,这是莎士比亚案头常用的书籍之一。此外,还在莎士比亚以前,在伦敦的舞台上就上演过关于罗密欧与朱丽叶的一个没有流传下来的剧本。因此,莎士比亚绝不是第一个采用这种题材的人。但他却是第一个由此写出重要的艺术作品的人。

莎士比亚的这个悲剧的基本主题是揭露旧的封建世界,及其对活生生的人的感情所持的残酷而无情的态度,揭露永无休止的内讧(在《罗密欧与朱丽叶》中甚至谁也不知道内讧的原因,对这件事人们好像早已忘掉了;大概这是久远的世仇)。这一世界最重要的代表是傲慢的凯普雷脱夫人及其侄子,阴郁的泰巴耳特,他们时时刻刻都准备着煽起两个家族的仇恨的火焰。这一内讧把凡龙那的生活弄得令人难以忍受。只要两族的仆人在街上一厮打起来,马上就酿成流血的惨剧。此种内讧的反对者是爱斯卡。人民对这种内讧也表示愤恨。在凡龙那街上群众一听到殴斗的吵闹声,就跑着叫唤:

> 拿着棍棒到这儿来吧! 打呀!
> 把孟太基和凯普雷脱一起打倒!

同时,在罗密欧与朱丽叶周围的世界上黄金已在伸展着它的势力。罗密欧向穷苦的卖药人买了毒药,给了他黄金以后,说道:

> 这儿是黄金,这才是最大的毒药,
> 这是世界上万恶的根源,
> 比你那区区的一服药粉更会杀人。

莎士比亚在《罗密欧与朱丽叶》中只指出黄金有害的势力,这一主题在他以后的作品中,尤其在悲剧《雅典的泰蒙》中被发展了。

《罗密欧与朱丽叶》歌颂感情的忠实。莎士比亚常常归结到歌颂忠实:在他的十四行诗中是这样;在华伦汀的坚定不移与普劳脱的变化无常相对立的《两个凡龙那人》中,是这样;在《奥赛罗》中,也就是在台斯特蒙娜的形象中,也是这样;在《李尔王》中也是这样,郭台利亚、肯特与弄臣无论在什么情形之下都是忠于李尔的,爱特加在其父亲遭遇不幸时也不愿离去;在《哈姆雷特》中也是这样,哈姆雷特与霍拉西奥的友情在这个剧本中被描写得十分的亲切。

莎士比亚所显示的罗密欧与朱丽叶的形象不是静止不动的,如中世纪的壁画那样,而是活跃地发展着的。朱丽叶在悲剧开始时是一个忠于凯普雷脱夫人的姑娘。但是朱丽叶在一爱上罗密欧之后,就开始对生活思考了,这里莎士比亚不仅赋予了朱丽叶一颗伟大的心,而且也赋予了她超人的智慧。罗密欧在花园里见到她的晚上,像她自己所说的,她当时正沉溺于自己的"朝思暮想的愿望":

> 什么是孟太基? 难道也这样去称呼
>
> 面孔和肩膀、脚手和胸膛?
>
> 难道再没有别的名称?
>
> 什么是名称? 玫瑰芬芳,
>
> 叫玫瑰,不叫玫瑰,不是一样芬芳?

(第二幕,第二场)

朱丽叶从童年时代起就被灌输这样一种信念,说什么祖传的,世袭的名称与世袭的头衔具有无条件的现实性。封建社会上层人们的意识就是以这种信念为依据。莎士比亚的朱丽叶对名称的现实性竟发生了怀疑("什么是名称?"),因而她的不敢告诉任何人的"朝思暮想的愿望"是接近于莎士比亚时代的先进人物、人道主义者们的思想的。我们眼看着她成长为一个女主人公。她只剩下了一个人:连哺养她的乳母也离开了她。她勇敢地吞服了劳伦斯神父给她的饮料,虽然她怀疑这也许是毒药。在悲剧的结尾她拒绝了劳伦斯救她的建议,留在墓穴里。莎士比亚叙述朱丽叶的忠贞,由于他描写巴利斯这个人物一点也不丑恶,更显得有说服力。巴利斯是个美男子(乳母对他的外表赞美不止),而且他也自以为对朱丽叶是忠诚的("我请求,把我带到朱丽叶的坟墓里去吧。"——这是临死的巴利斯最后的话)。但他的意识为狭隘的封建贵族观点所局限,因而他不了解朱丽叶的感情。

我们也看到了罗密欧的成长:在短促的、但是多事的两星期内从一个痴心钟情于"残忍的"美人罗莎琳的少年(这里"钟情"在那时候的贵族青年中是盛行的),他变成了一个成熟的人。

据普希金的意见,除朱丽叶与罗密欧以外,"墨古西奥——当时年轻骑士的榜样——讲究的、深情的、高贵的墨古西奥是全悲剧中一个最出色的人物"。事实上,读了这个悲剧后,是不能不记住墨古西奥和他的乐天精神,以及他的有趣的讽刺的。在墨古西奥的关于玛勃王后的一段有名的独白（第一幕，第四场）中，有这样的讽刺笔调：

> 对于高官显贵，他们在梦里也卑躬屈膝。
>
> 经过律师们的手，他们在梦里也收受贿赂。

当然，在《罗密欧与朱丽叶》中的讽刺笔调还是很轻松的，没有像莎士比亚后期作品中的那样有力。

劳伦斯神父的形象是饶有兴趣的，他是一个穿着法衣的人道主义思想家。按照中世纪的观点，每种物质的"实体"，每种金属，每种花卉都只有一种在"开天辟地"时就奠定了本性：善或恶。劳伦斯神父企图对自然作不同的理解。在这方面说来，他在第二幕第三场中那段独白是很出色的——这段独白当然是莎士比亚借劳伦斯神父之口来说自己的话的：

> 一切都有用，可是，假如不得其时——
>
> 所有的美德都会变成罪恶。
>
> 譬如说，这一束花朵！
>
> 其中就有好的，也有坏的。
>
> 在花朵里面——有治病的香味，
>
> 可是在根叶中——最强烈的毒药。

向来就被称为"穿裙子的丑角"乳母的形象，还有懒惰的、笨手笨脚的仆人的形象，都被描绘得鲜艳多彩——这些形象使我们想起法兰得斯派大师们的绘画。有意思的是乳母的仆人，彼得这个角色，第一次是由威廉·肯泼扮演的，他是莎士比亚所属的剧团中第一个喜剧演员。肯泼也是第一个扮演《亨利四世》中的福尔斯塔夫这一角色的。从表面上看起来，彼得的习气与性格和"肥胖的骑士"有些共同之处。乳母和仆人——这是莎士比亚时代豪富的贵族家庭中无数婢仆的典型代表。

在《罗密欧与朱丽叶》第一版本（1597 年）的标题页上我们可以看到：这一悲剧在舞台上演出时，曾得到"热烈的掌声"。青年大学生们都很喜欢它。在牛津大学图书馆的阅览室里有一本莎士比亚剧本第一集（1623 年），是本篇幅宽大的书，学生们一再读它，其中被学生的袖拐磨得最破烂的就是《罗密欧与朱丽叶》的篇页。根据这个悲剧演出的印象，英国人民编成了关于罗密欧与朱丽叶的民谣，可惜这首歌没有流传下来。

在 1600 年以前,好像有一阵暴风雨的乌云凝结在莎士比亚的创作上。当我们来读他第二时期(1601—1608 年)的创作时,首先要指出的是他在这个时期创作了四个伟大的悲剧:《哈姆雷特》(1601 年)、《奥赛罗》(1604 年)、《李尔王》(1605 年)与《麦克白斯》(1605 年)。诗人开始更透彻地观察生活,更深刻地揭发,并更无情地暴露他周围现实的惊人的矛盾。他的艺术的"镜子"变得更宽阔了。

在那些年代里不仅是莎士比亚一个人,和他同时代的许多剧作家也都转向了悲剧的题材。在英国舞台上出现了许许多多阴暗的似乎"令人不安的"悲剧,在其中我们常常遇到反抗的英雄——不公正的牺牲者,严厉地斥责笼罩在四周的罪恶,大声疾呼地要复仇。在所有这些剧本中反映了那些年代的阴暗的令人不安的气氛。

伊利莎白王朝的末期已标志着危机,到了约柯夫王朝危机更加深刻化,后者是在 1603 年代替伊利莎白就王位的。宫廷宠臣在最重要的贸易部门中攫取了垄断权。这些垄断给人民加了重担,也损害了资产阶级的利益,妨碍了它自由发展。1601 年,反映资产阶级和一部分贵族利益的国会,第一次和朝廷发生了尖锐的分歧(问题恰好是关于垄断权)。英国资产阶级革命的逐渐接近的暴风雨开头轰鸣的雷声,已经可以从远处听到了,过了半个世纪,终于把查理一世从王位上推下来,于 1649 年把他送上了断头台。国库是空虚的,时常连发雇佣兵士饷银的钱都不够。阴谋成熟了。1601 年 2 月伊利莎白过去的宠臣爱塞克斯掀起了暴动,拼掉了他的头颅。在伦敦的工徒们骚动起来了,他们终于丧失了在中世纪的手工业者帮会里所享有的那种相对的独立性;他们变成了雇佣工人,更沉重地感觉到压在他们肩上的资本主义剥削的挽轭。莎士比亚就在这样的气氛中创作了他的最伟大的悲剧。

《哈姆雷特》题材的根据是一个古代的传说,这个传说是 13 世纪初由一个丹麦人萨克逊·格拉马契克第一次写下来的。这个传说叙述年轻的哈姆雷特假装疯癫,使敌人不防备他,然后对其叔叔报了杀父之仇。传说以哈姆雷特的胜利而圆满结束。在 16 世纪 70 年代,法国作家伯耳福耳在其"悲剧故事"中转述了这个传说。此后 10 年在伦敦舞台上演出了关于哈姆雷特的剧本,大概这是汤麦斯·基特写的,他是题名为《西班牙悲剧》的狂热的传奇剧的作者,当时人们说,这种戏剧是属于"吵闹与流血的悲剧"类型。莎士比亚以前的关于哈姆雷特的剧本没有流传下来。只保存着作家汤麦斯·洛奇关于这个剧本的记述;他在 1596 年曾讥讽说:"鬼魂在舞台上惨惨地叫喊,好像贩卖牡蛎者的叫卖;哈姆雷特呀,复仇呀!"1601 年莎士比亚的《哈姆雷特》问世了。

关于这一悲剧曾写了好多好多的书和文章,提出无数的论证,企图解释哈姆雷特的性格及其行为。可是研究者如果不注意莎士比亚悲剧中所反映的那个时代,那么他们将被注定永远在黑暗中摸索。这里问题当然不是说,哈姆雷特似乎生下来就是个懦弱的人。其实他自己也说过他有的是"意志和力量"(第四幕,第四场)。问题要比这深刻得多。莎士比亚时代产生了人道主义思想家,他们看到周围都是欺骗与虚伪,就幻想另一种公正的人类关系,可是他们锐敏地感觉到自己无力来实现这种幻想。汤麦斯·摩尔将其理想的国家设置在一个不可知的岛上,但不曾指出,也不可能指出走向这个岛的去路。他称它为"乌托邦",按希腊文的意思,就是"不存在的一块土地"。"乌托邦"对于摩尔愈现出光彩,周围的现实对他也就变得愈阴暗。"整个世界就是一座监狱",——摩尔这么写道。莎士比亚的哈姆雷特也重复着这种同样的话。我们已经提到过,哈姆雷特称人为"宇宙之美,万物之冠"。但在国王的城堡内,他在周围看到的都是些愚蠢的、刚愎而自满的人:

> ……人成了什么,
> 如果他的衷心的愿望——
> 只是吃和睡? 那只是一个畜生。
>
> (第四幕,第四场)

哈姆雷特唯一的朋友是那个穷苦的学生霍拉西奥。

在遇见鬼魂以前,哈姆雷特就厌恶地看着他周围的现实了:

> 噢,多么讨厌! 这个荒芜的花园,
> 竟让杂草莠物自由生长。
> 全世界竟这样毫无空隙地
> 充满着粗野的东西。
>
> (第一幕,第二场)

鬼魂的关于卑鄙的暗杀勾当的讲述完全揭开了哈姆雷特的眼睛,使他看到了周围世界的罪行。他常常回复到这样一种思想,周围一切都催促他赶快报仇。杀了克劳第斯,哈姆雷特算报了私仇。但更大的任务是改造现实,这一点,哈姆雷特只能模糊地意识到,想实现,他是不能胜任的。他看不见改造的道路,正像莎士比亚及当代其他的人道主义者看不见这条道路一样。这里原因当然不是在于他们主观的品质,而是在于他们的意识客观上不可避免地、不由他们自主地受着历史的限制,像 16 世纪的所有的人们一样。他们只能幻想公正的人与人的关系。

幻想与现实之间的纠纷,常常惹起深刻的悲哀,苦痛地对自己不满,极度不安的情绪。哈姆雷特完全陷入于混乱,整个儿在寻求中。他急躁,容易从一种情绪转换到另一种情绪。每一次他出现在我们面前都是在一种新的状态中:一下子他哀悼父亲,一下子又陷入绝望中,对鬼魂谈他的那个一直无法解决的问题:"我们怎么办?"一下子又热烈地欢迎霍拉西奥,一下子又奚落波洛尼斯一番,一下子又对被揭穿的国王哈哈大笑……可是哈姆雷特绝不是一个狂妄的"幻想家",透过"罗曼蒂克的云雾"来观察生活。他是以明亮的眼睛来看生活,否则他不会那样苦痛。他是有远见而又眼光敏锐的:辟如,他立刻就猜到罗申克兰茨与基耳顿斯丹是由克劳第斯派到他那里去的,他和娥菲利亚说话时,猜到波洛尼斯在偷听。哈姆雷特是极端真诚的:他对母亲葛特露德说:"我不知道什么'好像'"(第一幕,第二场)。他的话的本身就是朴实而真诚的,尤其是其中有许多被提炼过的民间谚语与俗语。

哈姆雷特在全部悲剧过程中是一个愤慨的揭发者。"哈姆雷特的每句话都是锋利的,涂了毒药的箭头"——这是别林斯基在其一篇出色的文章《莎士比亚的戏剧〈哈姆雷特〉及扮演哈姆雷特的莫却洛夫》中说的。哈姆雷特的力量并不在于他解决了什么问题,而是在于他提出了他周围世界的不公平的问题,他称这世界为监狱,"而且拘留所,监狱与囚室之多也是模范的"(第二幕,第二场),并尽其所能地揭穿了这个世界。

读了悲剧,不难看到,透过古代丹麦城堡的轮廓清楚地现出了莎士比亚时代的贵族城堡。城堡主的侄子出门进了大学,在学校里读到了像汤麦斯·摩尔的"乌托邦"这样一些书籍。等他再回到城堡来,就以另一种眼光来看待周围事物,并感觉自己在城堡里是一个外人了。京城的演员们来到了这个城堡。城堡主人大张筵席——"跳舞跳到精疲力竭,喝酒酣饮到天明"。这里也有城堡的老军事首领,曾在大学里念过书,甚至在学生业余演出中扮演过犹利·该撒(在 16 世纪的"学校戏剧"的一个什么剧本中的人物),而军事首领的女儿,就在城堡附近的草地上采集野花。在我们面前——都是活生生的莎士比亚时代的英国人。像霍拉西奥这样的典型,就是文艺复兴时代"大学天才"之一,他完全沉浸在古代罗马的研究中:当他亲眼看到了鬼魂时,他首先就想到当犹利·该撒被杀时似乎在古代罗马也曾发生过这一类的怪事;霍拉西奥在悲剧结局时就称自己为"罗马人"。

为了把哈姆雷特看得更清楚,需要把他和悲剧中其他的人物,如赖厄梯斯,比较一下。赖厄梯斯原来自以为是个"好小伙子",哈姆雷特本人对他也很好。但激动的哈姆雷特的那些思想和感情对于赖厄梯斯是格格不入的。可以说,他是按老法生活,就像当时其他贵族青年一样。除了他准备不择手段地去报复血仇之外，就再没有什么能够有力地激动他的心的了。他的感情是不深厚的。难怪哈姆雷特对赖厄梯斯在娥菲利亚墓地上的叹息不认为有什么重大意义。在作品的一般图景中哈姆雷特和赖厄梯斯是互相对立的，作为先进的对落后的，宽阔的对狭隘的。葛特露德也不了解哈姆雷特，虽然她自以为是爱他的。葛特露德听到了哈姆雷特的谴责，也似乎同意他，但仍然不能和克劳第斯决裂。葛特露德对其第一个丈夫被杀害的事情当然什么也不知道。（"国王是被谋杀的？"——她莫名其妙地重复着哈姆雷特责难她的话。）只是在悲剧的末尾，突然察觉到骇人听闻的真实情况以后，葛特露德才饮下毒酒。

在作品的一般图景中娥菲利亚占着特殊地位。她不自觉地成为她所爱的人的最凶恶的敌人手中的工具。娥菲利亚的命运比朱丽叶和台斯特蒙娜的命运更加不幸，因为后者毕竟还有过短时间的幸福。娥菲利亚称自己为"女人中最不幸的人"。

罪恶的克劳第斯，哈姆雷特的主要敌人——是传奇剧里边的不公开的"坏蛋"。他狡诈而诡计多端。"尽管他会微笑，但他是个笑里藏刀的卑鄙的家伙"——哈姆雷特这样说他。克劳第斯迷惑住了葛特露德，他为了自己的目的巧妙地利用着赖厄梯斯。他装得宽宏大量，称哈姆雷特为儿子，其实他心里却是怀着嘲笑的。有时在克劳第斯身上也发现有"忏悔"的情绪，但并不很深刻，波洛尼斯是个两面派。他喜欢假装多嘴的头脑简单的人，但他更喜欢偷看和偷听。奥士里克"说话不简单，带着不自然的姿态"，在他的饶舌后面隐藏着阴暗的狡诈，克劳第斯特别派遣奥士里克去召唤哈姆雷特来决斗，这是早就布置好的预谋，绝不是偶然的。奥士里克是决斗的公正人，他就该察看武器。受了致命伤的赖厄梯斯对奥士里克承认说，他是"自投罗网"；由此可见，奥士里克是得到了上了毒药的武器的秘密通知的。在悲剧的末尾，准备为任何主人效劳的奥士里克洋洋得意地通告说福丁勃拉斯就要来临了。奥士里克是个典型的宫廷阶层的代表。

克劳第斯说，哈姆雷特被"众人"与"普通的人们"所爱戴。1604 年莎士比亚的同时代人安东尼·司考劳克写道，莎士比亚的悲剧"感动着平民自发的心"，这里指的是《哈姆雷特》。保留着有关莎士比亚的一个消息，说某些普通的水手在航行时，遇到风平浪静，可以停工休息时，他们就在船的甲板上扮演《哈姆雷特》。我们已经说过，大学里的学生也演过《哈姆雷特》。还在莎士比亚生前，这一伟大的悲剧就已经远远越过职业剧院的墙壁了。

莎士比亚从最大的意大利小说家之一，齐拉耳琪·清旭（1504—1573 年）的小说《威尼斯的摩尔人》那里借用了《奥赛罗》情节的一般轮廓。清旭叙述一个嫉妒的摩尔人，他相信了接近他的一个军官的谗言，杀死了他的无罪的妻子台斯特蒙娜。但莎士比亚给这个题材加进了新的内容。代替了清旭小说中的阴郁的嫉妒者，代替了本质上是个恶毒的、微不足道的人，莎士比亚创造了一个高贵的形象。他赋予了奥赛罗一颗伟大的心和超人的智慧，诚如别林斯基在其《莫却洛夫扮演"奥赛罗"》一文中所写的那样："他创造了一个雄伟而深厚的灵魂，一个幸福与苦痛在巨大而无限的规模中显示着的灵魂。"

当威尼斯共和国危急的时机，奥赛罗被任命为塞普勒斯的总督，这是威尼斯人最重要的一个军港。悲剧事件的原因并不由于奥赛罗像清旭的小说中的摩尔人一样，生性嫉妒，而是由于他的过分的轻信。奥赛罗自己在悲剧末尾说，他"不轻易嫉妒"。原因——不在于奥赛罗的本性，而在亚戈给他的影响，是亚戈终于使聪明的、但是轻信的奥赛罗对台斯特蒙娜的有罪信以为真。如果奥赛罗真是生性嫉妒，那也倒真就像清旭小说中所描写的那样是一个渺小的卑鄙的人，也就不需要一个机智而有力的亚戈来对付他了，实际上，亚戈是尽了最大的努力，用尽心机，针对着奥赛罗的短处——他的轻信，才得以蒙蔽住这个高尚的摩尔人的意识的。奥赛罗杀死台斯特蒙娜，并不是出于一时疯狂的嫉妒的发作，而是经过了一番审问的。"如果她还活着，她还会背叛其他的人"——奥赛罗这么说。（第五幕，第二场）

普希金曾指出，"奥赛罗不是生性嫉妒的——相反地，他是轻信的"。莎士比亚这一伟大的作品不是嫉妒的悲剧，而首先是受骗的信任的悲剧。亚戈很容易使人相信他，因为他善于伪装。大家都称他为"诚实的亚戈"不是徒然的，他不是一个小小的恶棍，而是一个大大的凶狠的野心家。他进行大胆的赌博，追求着一个预定的目的：先败坏凯西奥的名誉，夺取奥赛罗副将的职位（这一点他成功了），然后再害死奥赛罗，以便自己做塞普勒斯的总督。他自己说，他为人效劳并"不是出于爱情和责任，而是为了达到个人的目的，才假献殷勤"（第一幕，第一场）。我们已经说过，原始积累的时代，产生了很多这样的掠夺者。亚戈不是例外。他说，如果他不口是心非，而是一个心胸坦白的人，那么"任何一个头脑简单的人都会伤害他"（第一幕，第一场）。因此，亚戈是以他周围的阶层为依据来证实他的"道德"，或者更确切地说，来证实道德的沦亡的。悲剧的实质在于，高尚的、胸怀坦率的人，像奥赛罗和台斯特蒙娜这样的人，生活在莎士比亚所描述的阶层中，是注定要灭亡的。

"台斯特蒙娜"这个名字在希腊文里，意思是"薄命者"。但台斯特蒙娜不仅是牺牲者——她还是一个悲剧的女英雄。她不顾父命和她所生长的那个阶层的意见，而下嫁给一个黑脸军人。她在夜间到元老院里去，当着父亲和所有出席的元老们的面毫不畏缩地说出她对奥赛罗的爱情。她不愿在军事时期过着"平安无事的蜉蝣生活"，而迫切地要求跟随丈夫到塞普勒斯——准备军事行动的地方去。老勃拉班旭，这位威尼斯保守势力的代表,认为女儿和一个黑脸的人结婚,简直就是一次社会变革。他叫喊说:"如果允许这样的行为,那么奴隶和异教徒也将成为我们国家的执政者了。"(第一幕,第二场)对于历尽艰苦生活的奥赛罗来说,台斯特蒙娜就是人的理想。在悲剧的末尾有卓绝的细节描写。在台斯特蒙娜已经死去后,奥赛罗才知道她是清白无罪的,于是他哭起来了,并把他的眼泪比作阿拉伯药胶树上涌流出的胶液。这喜悦的眼泪——正像照耀着悲剧结局的光芒。

莎士比亚卓越地构思了爱密利亚这个形象。这个看来似乎是一个最平常的妇女,在紧要关头突然变成了女英雄。她不怕死地揭穿了自己丈夫的罪行。难怪爱密利亚临死时,以天鹅比拟自己,这种鸟,根据民间的传说,是一种默默无声的鸟,一生中仅在临死前,才歌唱一回。凯西奥,主帅的副将,后来成为塞普勒斯的总督,是个军事理论家(亚戈以讽刺的口吻称他为"算学大家")。他可以说是个十足地道的佛劳伦斯人。从他那种安静的爱深思的性格、他对"神圣的台斯特蒙娜"的崇拜以及他那种文雅而殷勤的态度看来,就带着莎士比亚时代佛劳伦斯学院的学者与研究家的那种气派。洛特里戈,在1623年莎士比亚第一个剧本集中被称为"被人愚弄的绅士",像他这样的典型,是时常可以在莎士比亚时代的戏剧与文化中遇到的:一个未成年人,内地有钱的地主的儿子,跑到京城里去,想开开眼界,见识见识首都的人们,并且表现表现自己,于是落入了凶狠阴险的野心家的毒手,被野心家玩弄,就像猫玩弄老鼠一样。

我们在前面已经提到过,第一个扮演奥赛罗的是理查·裴尔贝琪。在裴尔贝琪逝世时(1619年),哀悼他的诗文中曾列举了他扮演过的最好的角色:"悲哀的摩尔人(即奥赛罗),年轻的哈姆雷特和善良的李尔。"

关于李尔王及其女儿的传说大概发生在古代的不列颠,在盎格鲁撒克逊人侵入以前(5—6世纪),也可能在罗马人占领不列颠以前(公元前1世纪)。它的原始的形式是不列颠克尔特人的一种传说。在莎士比亚以前这一传说在英文的散文和诗歌中就不止一次地转述过。16世纪90年代初在伦敦的舞台上演出了关于李尔王的一个剧本(剧作者是谁始终不得而知)。这一浸透着基督教训诫精神的乏味的作品,连同某些传说的转述,给莎士比亚提供了题材。但是这些原始材料与莎士比亚的悲剧之间有显著的区别。

在莎士比亚悲剧中,不像在他以前时期的剧本中那样,只描述女儿忘恩负义的简单情况,果乃丽与雷甘的"罪过"。在李尔的不幸中暴露着他周围阶层的真正的实质,每个人都准备消灭别人。怪不得残暴的野兽的形象,像譬喻与比拟的分析所表现的那样,在《李尔王》一剧中,要比任何别的莎士比亚剧本都多。首先,为了给事件以普遍性,为了说明发生的事情不是特殊的,莎士比亚因而把题材增加一倍之多,和李尔的悲剧平行地叙述了格劳斯脱的悲剧(这一平行动作的题材轮廓是莎士比亚从英国 16 世纪作家与诗人菲利普·西特尼的小说《阿尔卡提》借用来的)。同样的事件在不同的城堡的屋顶下发生着。果乃丽、雷甘、爱特蒙——这不是唯一的"坏人"。在莎士比亚以前的《李尔王》作者,写的只是一种训诫式的家庭剧——而莎士比亚却创造了一个悲剧,他加进了好多社会的内容到里边去,并利用占代传说的情节结构,暴露了他那个时代的面貌。

我们知道,莎士比亚时代标志着人民群众可怕的贫困。在暴风雨那一场里,李尔才理解人民疾苦到了可怕的水深火热的地步。他说:"以前我怎么很少想到这些事情啊!"

在悲剧的开头,我们看到李尔是在一个豪华的王宫里。这个骄傲任性的暴君在发怒的时候,竟把自己比作怒龙。他决定放弃王位,以便摆脱"衰老的肩上的世务的重担",并"预防任何争论",这在他死后为了遗产是可能发生的。同时李尔决定安排他的一套倾吐感情的比赛办法,看看他女儿中哪一个最爱他,他就更多地赏赐她。但李尔错了。他把表面上的感情,当作是真正的感情。这是个盲目的人,他看不见,也不愿看见生活,甚至连自己的亲生女儿也不了解。这种"比赛"本身就说明这位暴君的怪脾气,他从少年时代起就认为自己是"上帝加冕"为王的,并习惯于任性。他在盛怒发作之下驱逐了肯特和郭台利亚。在悲剧一开始,李尔的一举一动都引起我们一种愤激的不可容忍的感情。可是后来当李尔徘徊在暗淡的荒野里时,他才生平第一次想起"无处归宿的、赤身露体的可怜虫们"。这时他已经是另一个李尔,开始恍然大悟的李尔。他把弄臣也看作一个真正的人了,"来吧,朋友,你这个无家可归的人"(第三幕,第四场)。接着是李尔发疯的几场戏。他的发疯不是疯病:这是内心强烈感情的压力,就像火山爆发一样,震撼着老李尔的整个身心。就因为他从前是热烈地爱他的女儿的,所以现在他才这样深恶痛绝地憎恨她们。

李尔改变了——我们对他的态度也改变了。杜勃罗留波夫曾在《黑暗的王国》一文中写道:"一开头我们对这个狂妄的暴君感到痛恨;可是随着剧情的发展,和他逐渐像和一个普通人那样和解了,而最后呢,我们的热辣辣的忿恨与敌意已经不是对他而发,而是为他而发,也为整个世界——对于那种野蛮的、非人的境遇而发了,这种野蛮的、非人的境遇,甚至使像李尔那样的人也走投无路。"

在民间的创作中,常常是正经的羼杂着幽默的,悲剧的羼杂着喜剧的。同样在莎士比亚的剧本中,和李尔并立着的有弄臣。这一形象完全是莎士比亚创造的。

弄臣的形象在莎士比亚的创作中占着重要的地位。我们知道,当时在王宫与显要的大臣的仆人中间,必然要有一个弄臣,他的职务就是用戏谑与俏皮话使主人开心。他的处境是最可怜的:大家都不把他当人看,主人或家里任何一个贵宾都可取笑他和随便侮辱他。甚至他自己也认为是"不堪救药的了";弄臣中是没有一个人能出人头地的。另一方面,弄臣又有别于其余的仆人,被允许更自由大胆地说话。一个莎士比亚的同时代人曾经说过,"高贵的老爷们有时喜欢听听实话来开心"。可是,如果弄臣真是过分地直言不讳,他就会受到处罚的。

弄臣从前在英国舞台上就常常出现,但他只是一种诙谐可笑的人物。莎士比亚能够看到在弄臣的杂色的服装下所隐蔽着的超人的智慧和伟大的心灵。我们已经提到过,在《李尔王》中,我们曾遇到为莎士比亚所喜爱的主题——歌颂忠实。除了郭台利亚、肯特和爱特加之外,弄臣也是李尔的忠实朋友,他甚至在暴风雨中也没有离开李尔。弄臣在悲剧的总的情节中占着重要的地位,而且在《李尔王》中他富有独具的特点。正当李尔第一次开始看到他周围一切完全不是他从前所想的那样的时候,弄臣才出现,这是很妙的。当李尔完全恍然大悟时,弄臣消失了。他似乎是随随便便走进剧本,又随随便便走出剧本,在悲剧的形象的行列中,他显得十分地突出。他有时从旁去观察发生的事件,对之加以评论而执行自己的职务,有一部分近似古代悲剧中合唱队的职务。李尔的这个旅伴,体现着人民的智慧。他以锐敏的眼光观察生活,他早就清楚惨痛的真相,而李尔,却在经过了一个长时期的苦痛的过程后才理解它。可是弄臣——不仅是一个观察者,而且是个讽刺家。弄臣曾在他唱的一首歌曲中说到,有朝一日:一切丑恶都将从生活中完全消失,"人们用双脚走路会成为一般的共同的时髦"(弄臣是想说"整个生活都将反常地扭转过来")。

其至在莎士比亚的作品中《李尔王》也以雄伟壮丽见称。悲剧的登场人物力量充沛着,类似民间故事中的勇士。莎士比亚的《李尔王》特别接近于民间创作。《李尔王》中的形象的夸张,一点也不排斥其现实主义,因为这些形象不是任意虚构的,而是生活观察的综合。高尔基论及几个文学家时写道,"他们不懂得,真正的艺术有权夸张,赫尔古列斯,普洛米修斯,董·吉诃德,浮士德——都不是'幻想的果实',而完全是真的事实的合理而必要的富于诗意的夸张。"

在心理描写方面,《李尔王》特别鲜明地显示着为莎士比亚所惯用的将人的外表与实质作对照的手法。郭台利亚起初似乎是有点冷淡无情,完全不符合她的本性,这在她的名字(出于拉丁文 Cor,cordis——心)上也可得到说明。恶毒的姐姐很美丽。果乃丽这名字是从美丽女神维纳斯的名字来的;名字雷甘和拉丁字 regina——王后——同音(也许她的外表看起来有些像王后)。爱特蒙是一个美男子,雷甘和果乃丽都爱上了他。老格劳斯脱,在悲剧的开头是个无忧无虑的打诨者,和肯特扯谈关于搞出私生子来的情况,而在事件描述的进程中似乎又变成了另一个人。

爱特加的形象是很有趣的。这个粗心大意而轻信别人的青年竟在困难的考验中成为一个坚强而英明的人物。他不顾威胁着他的危险,不离开在不幸中双目失了明的父亲,成了他的引路人,而在悲剧末尾,在反对叛徒兄弟的决斗中,为被侮辱的正义报了仇。

要了解爱特蒙,那么,了解他对自然的呼叮,("自然呀,你是我的女神! ……")是非常重要的。像在莎士比亚的《雅典人泰蒙》中所说,"森林,到处是凶猛的野兽"——这是混乱的,阴暗的大自然。粗野的大自然的形象,在莎士比亚同时代人作品里经常遇得见——那是反映封建的联系已经破灭,而展开了原始积累时代骑士们掠夺活动的空间。

这个悲剧中每个人物都有自己的面貌与个性。比方,肯特绝不是一个议论家,不是美德的抽象的化身——他具有独特的性格。他是多么焦急地忙着去执行李尔交给他的任务("在我没有把信送到之前,陛下,我决不闭一下眼睛"),因而弄臣甚至也针对他开起玩笑来了! ("如果一个人的脑子长在脚跟上,那末鸡眼会不会威胁到他的聪明呢?")他是以何等的愤慨当着可恨的奥斯华特的面破口大骂的呀!

某些偶然出现的形象也是内容丰富的。我们只要指出那个为了正义拔刀反对康瓦尔公爵的仆人(在格劳斯脱被挖出眼睛的一场)就够了。在外国反动的批评家的著作中曾不止一次地说,莎士比亚作品中来自民间的人物总是被描述得滑稽可笑的。为证明这一类的谬论,只要记住这个质朴的仆人就行了。何况,莎士比亚所写的弄臣中最有智慧的一个,即在《李尔王》中的弄臣——根本也就是来自民间的人物。

那些所谓"偶然出现的"人物表现得都是很生动的。宫廷进谗言者邱朗(第二幕,第一场)是急急忙忙地跑着,而不是走着来报告消息的。埃特蒙的军官(第五幕,第三场)准备执行其主人的罪恶命令时只说了两句台词。他对爱特蒙只简截地说:"是,遵命。"以后的两句台词是:

> 我不会拉马车,不会吃燕麦。
> 凡是一个人能干的——我都答应干。

在这一句"我不会拉马车,不会吃燕麦"的玩笑话中,立刻揭露了这个凶手的粗野的本性。

莎士比亚在其最悲惨的悲剧之一《李尔王》中描述了他周围社会的矛盾,残酷、不公正的苦景。出路他没有指出,正像当时代的人,16 世纪的人,不能指出出路一样。他的伟大的功绩在于他以强有力的笔触创作了这幅绘画,在这里边,好像在镜子中一样,反映了他当时的时代。

在《麦克白斯》中气氛更为暗淡。麦克白斯王在 11 世纪统治着苏格兰。关于他统治时代的记载,其中的历史事实就是和传说的虚构混淆在一起的,莎士比亚是在 16 世纪英国历史家何林什特著的《史记》一书中读到这篇"苏格兰历史"的。莎士比亚把这篇记载加以许多改变。实际上麦克白斯夫人是为了她祖先的血仇而向顿康家族报复的;但在莎士比亚的悲剧中,麦克白斯夫人犯罪的唯一动机却是她的野心——想看到她的丈夫作国王。莎士比亚连一句话也没有说起,麦克白斯有权即位为王。原来,顿康被杀并不是在麦克白斯的城堡内;而莎士比亚笔下的麦克白斯,却是在其城堡内谋杀了那位来做客的顿康的。这样莎士比亚就加深了麦克白斯及其妻的罪过。此外,莎士比亚还把取自苏格兰古代其他王朝统治的记述中某些细节也加进了他的悲剧中。

莎士比亚这个悲剧的基本主题是对残暴的野心的揭露。悲剧开头时麦克白斯是个善良的将军,可是,一旦被野心所驱使,他就走上了引导他一次又一次地去作恶犯罪的罪恶道路,激起了人们对他普遍的憎恨,直到他不仅在道德上完全堕落,而且整个地趋于灭亡。生命对于众叛亲离的孤单的麦克白斯,好像"只是一个影子",没有意思的玩意儿,"傻子讲故事"(第五幕,第五场)。必须指出,麦克白斯谋杀顿康不光是受了巫女们预言的影响。我们从一幕七场麦克白斯与麦克白斯夫人的谈话中就可以很清楚地看到,在巫女出现以前麦克白斯早就有了谋杀顿康的念头了。按照莎士比亚的构思,巫女们之所以出现在麦克白斯面前,正是因为他心里已经藏着罪恶的念头。

麦克白斯身上一切阴暗的东西都得到麦克白斯夫人的支持,她怂恿丈夫走上罪恶的道路。但是很妙,莎士比亚并没有把她描绘成一个"狰狞可怕的",在犯罪作恶时具有"超人"力量的怪物。麦克白斯夫人当着众贵族们的面昏迷过去(第二幕,第三场)大概不是假装的:因为这太容易被人看出来她同谋杀人的罪证。紧接着血腥的梦又追随着麦克白斯夫人。她终于自杀结束了生命,而麦克白斯仍继续绝望地挣扎。

麦克白斯周围苏格兰贵族们的形象也是这样暗淡的。他们当然容易猜到谁是谋杀顿康的凶手,但他们仍然拥护麦克白斯,选他为国王。莎士比亚描写了如陶那邦所说的"这个蜂窝,到处会置我们于死地"(第二幕,第三场)。这世界的阴暗也体现在女巫的形象中。在悲剧开头时女巫之一的话:"恶即是善,善即是恶",说明了"蜂窝"的风尚。

就故事的集中性、普遍的阴暗气氛的表达力以及中心形象(麦克白斯与麦克白斯夫人)的表现力方面说起来,这个悲剧要算莎士比亚最重要的作品之一。至于对其余的人物心理特征只作了一般的勾画,使他们构成两个中心形象的背景。

莎士比亚创作的第二个时期是以悲剧《雅典人泰蒙》结束的(1608 年)。泰蒙是一个有钱有势的显贵,周围的人都向他献殷勤。当泰蒙破产的时候,"朋友们"却瞬息间全都抛弃了他,于是他一个人居住在荒凉的海边,咒骂着黄金的万恶势力。泰蒙感叹地说:"黄金! 黄色的、发亮的、贵重的金子! 它可以颠倒黑白,以丑为美,假为真、贱为贵、老为少、懦为勇……这黄色的奴隶会建立又会破坏神圣的盟誓,祝福可诅咒的人,使多年的癞病患者受人尊敬。滚开,你这个下贱的尸灰,使无数民族纷争的,人类的淫荡的娼妇!"马克思在摘引泰蒙的这段独白时写道,"莎士比亚绝妙地描写了金钱的实质"。

莎士比亚创作的第三个也是最后一个时期洋溢着童话式的幻想,浸透着对幸福的理想,对人类未来命运的深切信念。所有这一时期的三个剧本——《辛倍林》《冬天的故事》以及《暴风雨》都以幸福的结局收场。

在莎士比亚最后的一个剧本《暴风雨》(1612 年)中,魔术家普洛斯贝罗折断了他的魔杖,在剧终时向观众请求"饶恕"他:莎士比亚以普洛斯贝罗的面目出现向艺术告别。我们已经讲过,这个时候,他回到了斯特雷福,在那里幽静地度过他一生最后的年月。恰好在这几年"公开卖票的"剧院开始失去原有的意义,而"文艺复兴期"的戏剧创作与剧场艺术也开始没落了:戏剧逐渐远离生活,脱离了它的现实主义的根本。

虽然莎士比亚曾目睹其剧本的巨大成功,但他的荣誉却是从 17 世纪末才开始增长起来的。后来百年间,出现了他的剧本的别种文字最初的译本,其中也有俄文译本。从那时起,就不断地继续着对莎士比亚创作的研究工作:在舞台方面是这样,在文学理论方面是这样,在艺术翻译方面也是这样。在目前莎士比亚作品已译成好多国文字,其中要以译成俄文的为最多。

【译者按】本文译自 1951 年苏联出版的《莎士比亚悲剧集》序言。译出后发现原文除刊载在 1951 年《莎士比亚悲剧集》外,又编入 1953 年苏联出版的《莎士比亚选集》中,前后似稍有更改,但译者未及仔细对照而在译文上加以更改。

《莎士比亚悲剧集》序言作者米·莫洛卓夫是苏联有名的莎士比亚学者,另著有《莎士比亚传》《莎士比亚剧本译注》等书。本文仅对作者关于莎士比亚生平及其创作作一个简明的介绍。

(原载 1954 年《戏剧报》第 4、第 5、第 6 期)

看《汉姆雷特，丹麦王子》在列宁格勒的演出

沙可夫

我们这次赴苏参加"五一"国际劳动节观礼，有机会到美丽而光荣的列宁格勒城（曾两次获得勋章）去参观访问，这是每个代表团同志都引为莫大的幸事。而在我们向列宁格勒告别的前夕（5 月 27 日），又有机会去看了普希金典范话剧院新排的《汉姆雷特，丹麦王子》的演出，更使我们喜出望外。这是我们向伟大的莎士比亚的创作学习，向苏联演出古典戏剧杰作的艺术学习最好的一次机会。

莎士比亚于 1600—1601 年写成《汉姆雷特，丹麦王子》一剧，迄今已有 350 多年了。这也就是说，这一世界文学巨著由伟大的莎士比亚所创造的不朽的典型形象，贤智而忧郁的，热爱生活而勇于反抗封建黑暗势力的爱耳西诺尔青年，丹麦王子汉姆雷特，在人类精神生活上起着难以估量的有助于进步的人道主义与民主主义的影响，已经有三个半世纪之久了。但今天我们读《汉姆雷特》剧本，看《汉姆雷特》的演出，仍然强烈地震荡着我们的心，深深感动着我们。这次我们在列宁格勒看到《汉姆雷特》后的感觉恰好在事实上证明了这一点。同时也就证明了列宁格勒普希金话剧院这次《汉姆雷特，丹麦王子》的演出是成功的。我在此谨向该剧院及参加这次演出工作的所有职员、演员同志们致以衷心的祝贺与谢意。

这次演出的导演是斯大林奖金获得者、功勋艺术家 Г. М. 考仁赤夫；由斯大林奖金获得者，人民艺术家肖斯塔可维契配曲；由下列演员扮演《汉姆雷特》中的主要角色：丹麦王子汉姆雷特——斯大林奖金获得者、功勋演员 Б. А. 弗林特里赫，丹麦国王克劳迪斯——斯大林奖金获得者、苏联人民演员 К. В. 史哥洛波哈托夫，丹麦王后葛尔特露——功勋演员 Н. С. 赖雪夫斯卡雅，御前大臣普隆涅斯——斯大林奖金获得者、人民演员 Ю. В. 道陆别也夫，汉姆雷特之友霍拉旭——В. В. 爱仑贝尔格，普隆涅斯之女娥菲利亚——Н. В. 玛玛耶娃，普隆涅斯之子赖尔脱斯——Г. Г. 戈尔布什。无疑地，这样的演出阵容是整齐而有力的。我不准备在此一一介绍以上这些艺术家与名演员，我只想把其中一位，扮演丹麦国王的 К. В. 史哥洛波哈托夫，特别请出来和读者们见见面。

在列宁格勒招待我们的两次欢迎与欢送的宴会中,这位人民演员史哥洛波哈托夫都来出席,并讲了话。他是一个70多岁的高寿老戏剧家,但他的精神与感情是完全年轻的。他以响亮而有力的,好像念台词一样清晰的声调说,他深深感谢苏联共产党与政府对他的帮助与培养,使他荣获斯大林奖金与人民演员的称号,尤其觉得莫大的光荣的是他在舞台上表现了革命领袖列宁的形象。和这位老戏剧家一接触,立刻就会感觉到他是那么温和而善良的长者,我怎么也想不到,在《汉姆雷特》中他扮演了最阴险毒辣的角色——丹麦国王克劳迪斯。这里我就马上想到这么一个问题:当一个演员的气质和他所扮演的剧中人物的气质似乎截然不同的时候,演员如何通过自己的气质,根据剧中人物的性格及其他条件来创造独特的舞台形象,确是一件极其艰巨的工作。记得天才的苏维埃戏剧家、教育家史坦尼斯拉夫斯基和聂米洛维奇·丹钦柯曾不只一次的对演员和他们的学生说过,在创造角色形象时演员必须进入角色中去,置身于所扮演的人物的情景中;同时当一个角色的形象在舞台上形成时,在观众面前要显示出扮演这个角色的演员的气质。聂米洛维奇·丹钦柯有一次和青年戏剧工作者的谈话中曾这样指出过:"如果你演汉姆雷特,这将是你的气质的汉姆雷特,而在别的演员那里将是他的气质的汉姆雷特。你是以你的气质而不是以别的来演出。如果你想成为一个真诚的演员,除了你自己所有的那种气质以外,你将无法演出。"这次 K. B. 史哥洛波哈托夫扮演丹麦国王克劳迪斯时我们明显地看出了他的气质的克劳迪斯——表面上假仁假义,骨子里残暴狠毒。他演得合理而平易近人,一点也不做作、过火。应该说,这是难能可贵的。

我们知道,汉姆雷特这个人物的性格是异常复杂而矛盾的,因而多少年以来全世界各国有无数个历史学家、哲学家、文学批评、理论家与戏剧家曾努力研究过这个典型形象,企图彻底发掘创造者的构思,可是成功者并不多;有的把《汉姆雷特》称为复仇的悲剧;有的说这是意志懦弱的悲剧,因莎士比亚在丹麦王子的形象中揭示了一个人的犹豫动摇,悲愤忧郁不能坚决行动的性格。甚至有的说,汉姆雷特这个丹麦人名字本身就是消极动摇的意思。这显然是和莎士比亚的创作真义完全不相干的,是彻头彻尾的歪曲,我们也知道,只有马克思主义的以及革命民主主义的思想家、文学批评、理论家才能正确的理解并解释这一世界文学名著《汉姆雷特》以及莎士比亚全部的创作。

由列宁格勒市苏维埃文化局出版的一本每周剧院演出节目说明书(5月24—31日)上,开头就揭载了一篇关于《汉姆雷特》演出的说明。在这上面说道:"在莎士比亚的此剧中充分反映了这位伟大诗人所处的时代的精神,——这是个异常动荡,充满着紧张的政治斗争、宗教纠纷与社会风暴的时代。各种各样的反动阴谋诡计,清教徒反对教育的攻讦,反动贵族的奸计——这一切不能不在艺术家的创作中找到直接反映,而这个艺术家(指莎士比亚——引录者注)是非常尖锐地感受着一切有关他的祖国及其人民的命运的事物的。莎士比亚在其悲剧中所写的是过去历史的人物,意大利或丹麦的题材,而他在其构思的实质上从来也不离开现代性,并坚定地成为他的人民的先进政治理想的预言者。莎士比亚所喜爱的英雄是正当文艺复兴时代的人,是具有高度道德的刚毅性与英雄思想的人。”

这里我还想引录恰好在我们去看《汉姆雷特》的演出那天(5 月 27 日)在列宁格勒《真理报》上发表的一篇评论《汉姆雷特》的演出的文章(作者 Ю·戈·洛瓦辛柯)中的一段:“在汉姆雷特的形象中感动人心的是什么东西? ——生活为畸形丑事所包围的,同时却知道他不能改变这个社会的人道主义者的悲剧。热切地向往着人类生存的目的而又看不到这个目的的这么一种意识的悲剧。渴望着爱而又不相信有真正爱情的心的悲剧。汉姆雷特——文艺复兴时代的儿子,他的进步观点和封建主义的可恶的制度相抵触。他由于受到当时时代哲学思想的限制而对人类事业的不朽发生怀疑。……为矛盾所折磨而终于成为一个强烈的个性,汉姆雷特出来和凶恶的封建主义世界作势力不相等的斗争。”

我想,列宁格勒普希金话剧院正是根据以上对于莎士比亚最大的悲剧《汉姆雷特》正确的看法与解释来处理它在演出中的问题。因此,从整个这次演出的效果来看,我觉得演出是好的,正像上述那篇剧评中所说:“演出的中心思想显然是深刻地乐观主义的。它证明了起来为人道主义理想而斗争的人的伟大,虽然可惜剧院还没有完全展开莎士比亚这一巨著,但它对于莎士比亚悲剧处理的态度是宝贵而有意义的。”

这里我只想谈谈两个演员扮演的角色。首先由 Б. 弗林特里赫创造的汉姆雷特的形象在本质上是高贵的,善良的,纯朴的;同时也表现了富于反抗性与智慧的力量。他穿的是带披肩的黑色服装,在外形上看,他是沉着、英武而有力的。他和人民群众,知己朋友霍拉旭,演员们,掘墓人等人物相接触的场面都处理得很好,而且觉得导演 Г. 考仁赤夫和演员 Б. 弗林特里赫有意识地强调了这些场面,因为汉姆雷特的高尚品格与力量正是表现在这些地方。几场重要的戏,如娥菲利亚被指使去和汉姆雷特见面(三幕一场),戏中戏“捕鼠”(三幕二场)、墓地(五幕一场)等等,据上述列宁格勒《真理报》上评《汉姆雷特》演出一文中作者指出了一些缺点:如他认为“生存还是死亡”这一段悲剧中最重要的独白,演员 Б. 弗林特里赫演得不够有力,且使人不能感觉到,这不是丹麦王子本人生死的问题而是对他周围丑恶的现实的裁判,否则,汉姆雷特的反抗不是为了反对暴力与专制的世界,而只是为了替父报仇。其次他又认为,在墓地一场中,失去了汉姆雷特思想的真正的悲剧性(忽然迷失在黑暗中,不相信人类事业的重要性),因而汉姆雷特的斗争本身就失去了哲学的基础。最后剧评者还认为,汉姆雷特对娥菲利亚的爱情的悲剧显得无力:"我曾爱过你"与"我不曾爱过你"这种两重的,矛盾的感情的内心斗争以及汉姆雷特在墓旁对娥菲利亚之死所引起的悲痛都不够强烈。但以上剧评者所指出的缺点在我们看到的那一次演出中似乎已得到了克服,所以恰恰上述三场戏使我最感兴趣,特别是看到墓地一场戏时,我禁不住流了泪,深深感动了。

在这次《汉姆雷特》的演出中我最喜欢的是娥菲利亚的形象,在三幕一场中汉姆雷特对娥菲利亚说了这样的话:"尽管你像冰一样坚贞,像雪一样纯洁,你还是逃不过谗人的诽谤。"娥菲利亚的性格正是"像冰一样坚贞,像雪一样纯洁",而这一性格由演员 H. 玛玛耶娃充分地在其创造的角色中表现出来了。她是那么活泼愉快,温柔美丽的一个女孩子,可是她所遭受的命运是莎士比亚在其所有悲剧中创造的女性典型人物中最为不幸而悲惨的。年轻的演员 H. 玛玛耶娃在娥菲利亚发疯一场戏(四幕五场)中也是演得很成功的:她的真诚而自然的表演博得了许多观众的热泪。

恕我不能把所有参加《汉姆雷特》演出中的演员都列举出来一一加以介绍。最后我还要指出一点:该剧导演 Г. 考仁赤夫给汉姆雷特临死时加了几句十四行诗的剧词,又配上肖斯塔可维契的欢快曲调的音乐,完全把观众引向汉姆雷特的,也就是正义与人道主义的解放与胜利。在这里,我怀着衷心感激的心情再一次说,看了这次列宁格勒普希金话剧院的《汉姆雷特》的演出,感到十分的满意,因为对我来说,这确是一次最好的学习机会。

（原载 1954 年《戏剧报》第 10 期）

莎士比亚风格底发展

G. 赫里逊　著　　宗玮　译

一

当莎士比亚开始为舞台写作的时候，当日演技的水准是由爱林（Edward Alleyn）[①]设立的；当日剧作的准则则是由那些为爱林写剧的人——特别是马罗（Marlowe）、格令（Green），基德（Kyd）——所设立的。爱林最受人欢迎的剧本是马罗的《谭伯伦》（*Tomburlaine*）和《马耳他岛的犹太人》（*Jew of Malta*），格令的《奥兰多之忿怒》（*Orlando Furioso*），"培根教士"（Friar Bacon），及基德的《西班牙悲剧》（*Spanish Tragedy*）——这几篇的气质全差不多的，而莎士比亚把这种凡庸的风格体裁模仿得那样逼肖，以至于引起某些批评家热烈的辩难，讨论他究竟是不是第一对折本中几篇早期剧本的唯一作者。

16世纪90年代的初期，观众的要求还是很单纯的，然而看戏的兴味却极浓厚。他们期望台上的演员，话里尽带着华丽响亮的句子，抓住一个机会就要发表一长篇修辞学的演说，其中填满了神话、传说，以及书本上抄下来的明喻。譬如马罗使女郎柴诺克内（Zenocrate）在内心迸裂的时候，一方面丢不下自己的父亲和以前的爱人，一方面又恋爱着谭伯伦，说出一大段痛苦的独白，其言语的华丽像是位研究委琪尔（Virgil）[②]的文科学生所说的话，固然这样使得读过《伊尼德》（*Aenid*）的人听了很感兴趣，然而出诸于一个哀伤的埃及女郎之口未免不大合适了。

其实用无韵诗（Blank Verse）写作的诸人中，马罗还是比较成功的一个，但是他仍旧不能除去诗行里节奏的呆板，他也不用无韵诗来表达日常的口语，他只是要求文句的堂皇和庄严，充满响亮华丽的字眼，这正投合了爱林一伙演员的所好，因为他们喜欢的

---

① 爱林伊利萨伯时期最大的演员。
② 委琪尔是罗马大诗人，《伊尼德》为其代表作。

就是"音响和愤怒"①。

最初莎士比亚很赞成当时这种风尚，也在字眼的声调、颜色、光泽方面下功夫。他甚至于喜欢韵脚，在韵律的束缚里得到比在自由些的无韵诗中更大的方便，他的喜剧就是在这方面最高的成就，他以极大的安闲和技巧来挑选字句，——这种聪明虽然已经过时，然而以前谁也没有达到这种程度的。《恋爱徒劳》(Lover's Labour's Lost)里面的伯罗尼(Berowne)有一段替"野蛮"辩护的语辞，简直就是一段五光十色，珠玉满目的字句的喷泉。意思本来很简单：如果谁为了求学而放弃任何事功，甚至于放弃了恋爱，他的损失比知识的收获大得多。伯罗尼以光明和黑暗作譬，在这两个字身上弄出千般言语的花样，其中有一行有四个 light，四个字在意义上全有些微的差别。

Light, seeking light, doth light of light beguile. 是一个聪明得惊人的玩意。

这一段既没有深奥的思想，又算不上高明的戏剧——台上每人都站着，一直等伯罗尼讲完；这只是一个选手尽兴的卖弄，他发现能在字句上玩出一切自己高兴的花巧出来。但是这段说辞本身是有极大的意义，因为它乃是那只"走动的乌鸦"②的回击，它只懂得一点点拉丁文，希腊文也赶不上那批以为天下的学问藏在书本里面的知识分子的势利鬼。我们可以说莎士比亚没有读多少书是一个大幸事；他需要用一个譬喻，一个意象时，就在自己的生活经验中去摘取，而不在书本中去搜求。

他早期的悲剧，是不顶成功的，在写作中仍有滞重的倾向，尤其是在想取得效果的时候，在剧本《里却第三》(Richard III)，由梯勒(Tyrrel)③口中叙述了两位小王子的惨死，这本是一个使人悲怆感动的时机：

> 血腥暴虐的事情干下来了；
> 在这罪恶的土地上，罪大恶极，
> 最可悲悯的屠杀出现了。
> 是我来劝诱梯勒和福奈，
> 去做这椿狠毒的谋杀。
> 他二人虽是天生的恶汉，喝血的狗，
> 可是也被同情和天良所软化，

---

① 这是莎士比亚《马克白司》第五幕中最有名的句子。剧中的主人翁说：人生是一个疯子说出的故事，充满了音响和愤怒，却没有一点意思。(第五幕廿七行。)

② 当莎士比亚以一个没有受过多少教育的人在舞台上挣得极大的光荣，别的作家又生气又奇怪，格令就替他取了这一个刻薄的浑名 Upstart crow(走动的乌鸦)。

③ 里却第三是个狠毒有野心的人，不惜杀死一切障碍他坐上王座的人，梯勒是供他驱使的走狗。

像两个听到悲惨死亡的故事的孩子

一样地哭起来了。

"哦,这样把小王子躺着吧,"梯勒说,

"这样",福奈说,"这样交叉着

他们雪白纯洁的小手:

四片唇儿就像枝头的四朵红玫瑰,

在夏日的阳光下成对的亲吻。

把册圣经放在他们的枕旁吧!

啊,我几乎硬不下心肠来杀他们了,

唉,魔鬼啊!"这家伙已哽咽得不能成声。

梯勒就继续说,"我们窒死了自然最甜美的杰作,

上帝创世以来最宝贵的东西。"

于是两人全无限忧伤疚苦地走了,

他们已不能再说话,只好由我

把这消息报告给狠毒地国王。

在这诗篇里我们总有一种拘束的感觉,每一行都经过锤炼以适合诗句的节拍①,

That　e'ver　ye't　this　I'and　be　gu'ilty　o'f

(在这罪恶的土地上……)

甚至于把小王子的嘴唇比成"枝头的四朵红玫瑰"也是太美丽得不恰当了,感伤得过分纤细了。整个这诗篇写来全是为了加强效果,并没有真正的感情,只是画出来的悲苦。

莎士比亚早期的风格是非常明显,可以辨认的:节拍极有规律,韵脚普通,有时韵脚两行互调,更常用对偶句(Couplet),甚至于会把一首十四行诗放在对话里面②。在喜剧里面有许多非常敏慧的言语,特别是少年人开口的时候,可是现在已经不大动人了,因为机智(Wit)这东西最有时间性的。在喜剧中又有许多"三叠的夸张"(Three-piled Hyperboles)以及许多意象,这些用来并不是加强或简明剧情,而是为写它而写的,在悲剧中,尤其是历史悲剧,他的手法常常太宏耀,语言和剧情常常不顶适当,在早年他喜欢

---

① 无韵诗每行有十个音步(foot),重音落在第二、四、六、八、十音步上。举出的例子便是一个顶规则的标本。

② 十四行是种很严格的诗体但莎士比亚也嵌入对白中,最著名的例子是罗密欧和朱丽叶在舞会上第一次的会面所说的情话,一人说一行,每四行换韵。最后殿以一个对偶句。

写漂亮的句子胜过写戏剧。

他未成熟的风格中，最好的优质和最坏的缺点全可以在《罗密欧与朱丽叶》(*Romeo and Juliet*)里面寻出——整个说来这是他早期顶好的一部戏，像卡普莱夫人劝女儿朱丽叶恋爱巴里斯伯爵，整整十二行玩弄一个冗长的比喻——巴里斯手册书，你是他的封面——实在聪明得令人嫌厌了。又如朱丽叶在第三幕等待罗密欧的时候，说出一大段彩丽的情热的诗篇，诗意固然葱茏，可是破坏了完整。

<h2 style="text-align:center">二</h2>

当莎士比亚的经验增多了之后，早期的风格消失，表现能力大有进步。

大约两年之后，他写了《威尼斯商人》(*The Merchant of Venice*)（大约在 1596 年），剧中严肃的对话，也比滑稽的对话写得更好。例如夏洛克(Shylock)吐诉他对安东尼奥(Antonio)的仇恨的言语是极明白，有力，热情的——因为莎士比亚已进入了他的思想，感觉到了他的情绪。

> 安东尼奥先生，有多少次你常常
> 在丽都①叱骂我，因为
> 我的钱，因为我放高利贷：
> 我把肩一扭，忍受了下来，
> （受人凌辱原是我们民族的标志。）
> 你说我是邪教徒、砍头的狗，
> 吐痰在我犹太人的袍子上，
> 因为我取我自己钱的利息。
> 好的，此刻你却来要求我的帮助：
> 你走到我面前，你开口说，
> 夏洛克，我们需要一点钱。
> 你曾经把鼻涕擤在我的胡子上，
> 你踢我就像欺侮一条在你
> 大门前的狗一样，可是你要借钱。

---

①　利多(Rialto)是威尼斯商人交易的公所，又作"丽都"。

> 我该怎样回答呢？我难道不能说，
>
> 狗有钱吗？一条狗借得出
>
> 三百个凯特①吗？还是我
>
> 深深地鞠个躬，用着奴婢的语调，
>
> 一丝也不敢大声大气，卑辱地低声说：
>
> 好先生，上星期三你侮辱了我，
>
> 那一天你玩弄我；又有一回
>
> 你叫我做狗子；正因为你这些礼貌，
>
> 我所以要借你这些钱。

　　在节奏上说来，这一段里面还有些僵硬的地方，读完每一行都可以轻松停一停，然而全篇没有一个多余的字，没有一个不必要的比喻。就是波西亚（Portia）在公堂上关于"仁慈"的那段说白，情绪和境况也是异常的合适。

　　《亨利第四》的第一部（大约 9 个月后写好的）才是莎士比亚完全主宰他的媒介——语言——的成品。这个剧本里有大量个性迥异的人物，每人相互对比衬托着，各人说出与他自己绝对合适的言语。比如霍斯保②在他野心高扬时，是如此尊严地叫着的：

> 凭天发誓，我觉得，从灰白色的月亮上，
>
> 摘取光荣并不是难事，
>
> 或者投身到大洋底深处，
>
> （那里测深浅休想触及海底）
>
> 拿起了沉溺的光荣。
>
> 于是谁是拯救她的人，谁就
>
> 毫无竞争者的占有她底一切，
>
> 不是这样地从属着她。

　　肥胖，狡猾的佛斯塔夫却如此咕噜着：

> 我才不愿意在他没有死之前把钱还清呢！我才不愿意做这样的好人，好，

---

① du cot，意大利钱币，合三先令。

② 霍斯保是起兵叛乱的领袖，人格高尚，雄心奋发。

说不定光荣要叫我把钱还清。那怎样办呢？光荣能够加上一条腿吗？光荣能够生出一双手吗？光荣能够拿开创伤的痛苦吗？不能的！这样说来光荣岂不是连外科医生的本领都没有吗？什么是光荣呢！一个字而已，光荣这个字又是什么东西？光荣这东西又是什么东西？空气而已，这个答案倒也不坏，那末谁有光荣呢？死掉的人才有，他感得到吗？不，他听得到它吗？不，死人岂不是捉摸不到它了？是的，它是不是和活人在一齐呢？不，因此我情愿不要它，"光荣"者，无聊的盾牌而已，我底回答教授法就是如此结束。

两种不同的语调和口气完全说明这两个人性格的对比。

三

在《亨利第四》和《哈孟雷特》之间，与其说莎士比亚的技术改变不如说是向前发展好了，剧本《哈孟雷特》中的对白及诗句的精彩何尝不会以别的形式在前期作品中出现过？不同的只是更纯熟恰当而已，每一个人说出的话，不仅和身份适合，而且在他们言语后面有着他们整个个性和经验的展示。比如哈孟雷特极其戏剧的回到了丹麦之后，他告诉他的朋友何拉修（Horatio），怎样他同着两个奸徒一同坐船到英国去，怎样他发觉了阴谋，和他报复的对策：

> 走出了我的仓房，
> 把海行的袍子披在肩头，
> 在黑暗中我寻找那件东西：
> 得到了我要的，碰到了它的外封，
> 赶快退回我底房间，我竟这样大胆，
> （恐惧叫人忘却法度）折开呈奉
> 英王的国书，在那里，何拉修，
> 我发现了一桩王室的阴谋；
> 它乃是一道严重的命令，
> 捏造了一些奇奇怪怪的理由，
> 颂祝丹麦王底康健，英王底康健之外，
> 凭着这两个人——我一生中倒霉遇到的两个鬼物——

把国书达览之日,不许迁延一刻,

　　甚至与斧头都不必多磨,

　　要把我底脑袋砍下。

何拉修　　:天下会有这样的事?

哈孟雷特:国书就在这里;得空时自己去看吧,

　　　　　可是你要知道后来我怎样办吗?

何拉修　　:我请你说。

哈孟雷特:既然他们在我四面八方安排好奸计,

　　　　　不等我脑筋开始作初步的准备,

　　　　　他们已进行了。——我就坐下来

　　　　　修了一封新国书,写得特别精致;

　　　　　我曾经也和我们底政治家一样,

　　　　　以为写好字是件卑鄙事,费好大力

　　　　　去忘掉那种本领,可是,先生,

　　　　　它此刻替我做了得力的家人了,

　　　　　你想知道我写了什么东西吗?

何拉修　　:正是,殿下,

哈孟雷特:一封丹麦王诚恳的咨文,

　　　　　说英国既是他忠诚的属国,

　　　　　既然二国之间的情爱仍像棕榈一样的繁荣,

　　　　　既然和平女神还要戴起她小麦的花冠,

　　　　　而二国友谊须得更加密切,

　　　　　因此一见到这国书的内容,

　　　　　毫不要辩难,毫不有延捱,

　　　　　英国必须把下书人杀死,

　　　　　连忏悔的犹豫都不准有。

　　以这段话在全剧的作用而言,仅不过是叙述哈孟雷特怎样回来的铺叙而已。可是它的描写是生动的,又完全是哈孟雷特的:同时仅仅在这几十行中显露了他个人的性格和经验,他幼年所受的书法训练,对故意的装腔作势,繁文缛礼的书翰的冷嘲,和他一旦情感激起了之后行动的无忌惮。

表现的能力在《哈孟雷特》剧中之独白中达到最高的完整，独白本是一种老办法，运用到今天的舞台上，不免有点做作，但在当年依利萨伯时代剧院里独白是很平常并且很恰当的。

在早期剧作中莎士比亚运用独白主要有两个缘由：一是叙述事件，也就等于背诵一篇反映内心情绪的诗章。所以里却第三在独白中坦诚地告诉观众他本人确不像别人心目中的那样圣洁，他说：

> 我做了错事，可是我第一个
> 张扬我自己的过失。
> 我并且以此嫁祸他人。
> 我自己把克拉伦送进黑暗之乡，
> 同时却向些傻瓜哀哭他，
> 就是向着史坦利、赫司亭、白金汉；
> 我告诉他们这件事是皇后
> 和她的羽党干的，她们煽动皇上
> 反对我的公爵哥哥，
> 他们竟相信了
> 于是我签诏，并引了一段经文
> 告诉他们上帝教人以善报恶！
> 我把圣经教旨中偷来的语句，
> 穿在我的赤裸的邪德身上，
> 看起来像个圣人，其实我是个魔鬼。

"里却第二"独自在牢狱中时，自由自在地独白60行之多，一篇长长的诗的"生命与时间"的散文。

"哈孟雷特"也是作独白的，而且他的独白同样作为内心思绪的反映，譬如他那段对于自杀的思索——"活着呢？还是死掉？"（To be or not to be）。但是他大部分的独白更展示了他心灵的过程，他的困惑和决断。有时这种表现是这般精妙，莎士比亚已经不光是写出哈孟雷特的思想进程，还体现了思想下面的下意识的行动。在第三幕克劳狄王愤怒地离开戏场，完全暴露他的罪行之后，他只有求诸祈祷，正当他跪着时，哈孟雷特经过，他感到这是替父亲报仇的时候了。他瞄准了这个并不知道他来近的国王，他感到百般期待的时候到了。

> 此刻我可以把他杀了(拔出剑来),可是他在做祷告哩。
>
> 我就下手了吧(走近国王),这一来就送他上了天!
>
> 我的仇也报了:(他正要刺下去。报仇的时刻来了,他也满足心愿了,可是"天"这个字响了起来,把克劳狄送上天国并非报仇,此刻还不是时候。他把刀子放上,而且退回来)这事情还要考虑一下。
>
> 一个恶徒杀了我的父亲,因此,
>
> 我,死者唯一的儿子,把这恶徒送进天国!(他想了有四拍的时间①),这个念头逐渐坚固了。他想起了他父亲的鬼魂对他说的话:"在罪孽最盛的时期把我杀死,既没有用圣餐,又没有行忏悔,临终的圣油不曾涂,满头戴了过失拖去见上帝算账②死亡在此时此地,对克劳狄是种福佑。"
>
> 他把我父亲一下子杀了,满肚子装着面包,
>
> 一切的过失正像五月花木一般的盛开;
>
> 到底是好呢还是坏? 除了上帝之外谁晓得?
>
> 可是根据人们思想的径路来揣测,
>
> 他的罪孽一定很重。因此我报仇了没有呢?
>
> 我在仇人洗心忏悔时下手,这样
>
> 他正是死得其时,过失正好减轻呢!
>
> 不!
>
> 收起吧,剑呀,现在不是杀他的时候,
>
> 要趁他吃醉了,睡觉了,或是发怒的时候,
>
> 或是在床上作乱伦的淫乐的时候,
>
> 赌钱,咒誓,干什么
>
> 十恶不赦的行为的时候,
>
> 一刀搠翻他,他的脚后跟朝天一踢,
>
> 灵魂的黑暗和无耻正同他要去的地狱一样,(于是在一阵感情和理智的挣扎之后,他退回来了。)我母亲等着我呢,
>
> 这药方不过是延长你的苦痛罢了!

---

① 一行无韵诗有五拍。

② 这话是哈孟雷特父亲的魂在第一幕中对他说的。

四

《奥赛罗》是在《哈孟雷特》后几个月写成的,恐怕是全部莎士比亚剧作中结构最完整的了;它可以在此地用来阐明四种不同的莎翁在剧作里运用的体裁:抒情诗、律韵、无韵诗、散文。这四种不同的语言在《奥赛罗》中全以极大的匠心经营着,各自造成迥异的音调、风度和氛围。

在莎翁的作品里,在整个的依利萨伯的戏剧里,散文和无韵诗的运用其不同处是很明显的。散文的对话把场景保持到日常生活的水平,说话的人互相自在地交语,无韵诗则将气氛提高,将尊严和情感赋给说话的人,有种人自然的宜于说无韵诗,有种人则宜于说散文,比如福斯塔夫说的是散文,霍斯保用无韵诗,而霍尔王子^①和福斯塔夫的往来时说散文,在他父亲身旁说韵文。

《奥赛罗》剧本中奥赛罗本人通常说的是无韵诗,他是个英武威严的人,伊亚高这人的品质就卑下得多,他大部分时间用散文说话,有时(特别他独自一人作独白时)则说韵文,其他的说散文的人就不像他,自始至终用散文。比如《无事烦扰》中的彭尼狄^②或者福斯塔夫,他们即使在独白时也是用自己熟悉的语言——散文,伊亚高每一次由散文转到韵文,都有其特殊的意义的,作为一个开玩笑的家伙的伊亚高,作为"诚实的伊亚高"时,他说的是非常迅畅的散文,但是他装出诚实不遇而生气的时候他真正动了感情发泄心中对奥赛罗的怨忿时,他便用韵文了,——韵文在伊丽萨伯时代的舞台上是表现情感的很好的媒介。在剧本中的开始伊亚高正忿恨奥赛罗没有用他而选了卡西欧;这乃是吐叙其真心的伊亚高。从忿恨的修辞的语句间,他喷出自己的狂怒:

> 尽管瞧不起我好了,假使我不恨他。
>
> 这城里二个大人物
>
> (亲自去说情,推举我去做他副官),
>
> 并且向他脱帽致敬,说句良心话,
>
> 我也知道自己的价值,不是不配那位置,
>
> 但是他,一味的骄傲任性,

---

① 霍尔王子(Prince Hoi)就是亨利五世,在他来即位前是一个福司塔夫的玩伴,顽皮的少年。

② 彭尼狄(Benedick)是 *Much Ado About Nothing* 中口齿锋利的青年人。

避开这事不谈,只说了许多

全是军事名词的浮夸的话,

到了最后,

还把荐我的人原案带回。因为他说,

"真是的,我的副官早选定了。"

他是谁呢? 一位大数学家呢,

一个名叫迈克尔卡希欧的,一个佛罗伦斯人,

吊标致女人的膀子,要下地狱的家伙。

从来就没有带过队伍上阵,

战场上面的情形他晓得的

不比一位女郎多,就是有点书本上的

空谈,普通的文官又何尝不能

像他一样说得动听? 只会饶舌

(没有实践,就是他的军人资格。

可是他,先生,选上了;

而我呢——他曾亲眼见过我在

罗得斯,塞普勒斯,①)以及其他基督教,

异教的国土上作战 ——却被淘汰,

被这个账房先生占了上风,

不久这打算盘的就做了他的副官,

而我——上帝瞎了眼——做了摩尔人的旗手而已。

　　一直等到布拉班欧因为女儿私奔发了脾气,伊亚高才控制自己。又装出一个讽刺者(Mocker)的样子,说的是散文了。后来他同奥赛罗在一齐的时候他又假做先生气,用的又是韵文了。

　　在会议室的一场中②,伊亚高一句话没说,只在旁边看。末了,别人全下场,他独自同洛德里高留着,他重新把虚伪的面具罩上,说的是流畅高妙的散文。洛德里高离开他之后,他的真情通过有力动人的无韵诗迸发出来,他的奸谋也同时成熟:

---

①　地中海上两个大岛。
②　这是全剧第一幕第二景,在威尼斯公爵会议室,德斯底蒙娜承认她对奥赛罗的爱。

怎么办,怎么办,让我想想。

过些时候,就欺骗奥赛罗的耳朵,

说他(卡希亚)和他的妻子太亲近了:

他长得漂亮,态度又大方,

天生是引诱女人的——应当留神。

这摩尔人的本性是坦白直爽,

看到貌似诚实人便以为这人诚实。

像一头驴子一样驯良,由人

牵着鼻子走。

于是静默了好一会,思想似乎燃着了火,忽然低低地胜利地叫起来:

我有啦! 主意妥帖了!

地狱同昏夜要把这鬼事送到世上来!

因此注意伊亚高所说的话,我们便对他的态度有个了解,伊亚高用散文诗,表示他正在做假,正控制着自己的情感,故意做出"诚实"而且坦白奥赛罗用散文时则正相反——表示他失去了对自己的把握,只有在他落入昏迷的痉挛的时候,只有在他瞧见他的手巾在卡希欧手中的时候,他才用散文说话。[①]

另外三个散文和韵文的分别好例,就在德斯底蒙娜、伊米利亚之间的对话中。奥赛罗卑鄙地侮辱了德斯底蒙娜之后,走了。在悲伤里,她忽然问道:

难道你真心相信吗,告诉我,伊米利亚,竟有这样辱没丈夫的女人吗?

依米利亚　　:有这样的女人是无疑的。

德斯底蒙娜:纵使把这整个的世界给你,你肯干这事么?

依米利亚　　:怎么? 你不吗?

德斯底蒙娜:不,对着这天光发誓。

依米利亚　　:我也不——不能在光天下,要干也得在暗里。

德斯底蒙娜:纵使把这整个的世界给你,你肯干这事么?

---

①　奥赛罗送了一条毛巾给德斯底蒙娜,伊亚高偷去放在卡西欧身旁,奥见了气昏在地上。

依米利亚　　:世界是个很大的东西,为了这小罪过,代价很不错。

德斯底蒙娜:说真话;我不信你会干。

依米利亚　　:说真话,我想我定干,做过之后再图补救。且慢,为了一个联
　　　　　　锁指环,几尺麻纱,几件袍子,几条裙子,几顶帽子,或者其他
　　　　　　小恩惠,我是不会干的。但是若为了全世界:上帝鉴原,谁不
　　　　　　先叫自己丈夫做乌龟,然后再令他做皇帝? 我甘愿因此入炼
　　　　　　罪所去哩。

　　依米利亚最初被德斯底蒙娜的坚持弄糊涂了,她想把德斯底蒙娜念头岔开,一笑完事;可是德斯底蒙娜还是记在这件事上,他就用极修辞的韵文,把嫉妒的丈夫严正地批评了一场。

　　莎士比亚用抒情诗句来创造一个固定的氛围,这些诗全是唱的,剧本《奥赛罗》有两个显明的例子,第一个在饮酒的那一场,伊亚高唱着:

　　　　让我碰杯响叮璫,叮璫;
　　　　让我碰杯响叮璫。当兵的就是个男子,哦,
　　　　男子的生命不过是一刹那,
　　　　啊,於是让兵士饮一场,

　　　　皇帝史蒂芬是一个明君,
　　　　他的裤子花掉他五先令,
　　　　他嫌贵出了六辨土,
　　　　因此破口就把裁缝骂,
　　　　他是一个鼎鼎大名的人物,
　　　　而你不过是无名人,
　　　　国家倾覆盖由於虚荣,
　　　　还是把你的旧衣服穿。

　　这两支歌全响亮地唱出来,造成一种喧闹的欢笑,正是卡西欧的醉酒的前奏①。

―――――――――――――

① 伊亚高把卡西欧灌醉而肇祸。

第二支是杨柳歌,在奥赛罗对待德斯蒙娜简直像妓女的那场戏之后,观众全惹怒了,莎士比亚安抚我们,以便等候高潮谋杀的到来。因此德斯底蒙娜温柔地唱道:

> 可怜的灵魂坐着叹气,在无花果树旁边
> 歌唱所有青的杨柳;
> 她手抚着胸,头垂到膝,
> 唱着杨柳,杨柳,杨柳。
> 清溪在她身旁,呜咽她的痛苦,
> 唱着杨柳,杨柳,杨柳,
> 她的眼泪下流,泡松了石头,
> 唱着杨柳,杨柳,杨柳,
> 唱着青柳一定要成为我底花冠,
> 谁也不要怪他,他的责嗔我称善。
>
> 我说我底爱人是负心,但他说什么?
> 唱着杨柳,杨柳,杨柳,
> 假使我不爱恋别的女人,你可别陪男人睡。

这音乐的效果如今天舞台上的更换灯光的作用一样。关于韵律的运用,在《奥赛罗》中还可以找到很著名的例子。整个的说来,莎士比亚在他后期作品里很少用律韵的。在每一场末了来一句对偶句(Rhymed Couplet)倒常常出现,可是在每一场之中用它的话,他必是有一个特别的动机。比如在会议室中的那一场,布拉班希欧为德斯底蒙娜出乎意料地对奥赛罗恋爱的自由所屈服,公爵想用几句格言来安慰他,用的是对偶句:

> 当事到了无可挽救,祸到了尽头,
> 依赖着"希望"的忧愁,只有取消,
> 悲掉一个已成过去的祸害,
> 乃是从别一条路进新的不幸。
> 命运要夺取的,我们抗拒不了,
> 但是忍耐可以医治她的伤害。

　　　　如果被偷了东西的人微笑，

　　　　反而占了强盗的便宜；

　　　　而作为伤感的人乃是偷他自己东西的强盗，

　　布拉班希欧被他的这些陈腐的比喻所激怒，也用了几句自己的言语回答了他，以后因为情感的更变，公爵不用无韵诗，用散文说话了。无韵诗把言语提高，并在言语之中渗进情感，有韵的句子只能使言语僵硬，语气特别加重了而已，莎士比亚在此强调一个人浮泛的劝慰，此人根本不知道一个做父亲的无法宽解的哀痛。

　　于是当布拉班希欧走出会议室对奥赛罗说的最后告别的话，它是警告、预兆和诅咒：

　　　　看定了她，摩尔，你若是有眼睛的，

　　　　她欺骗了她的父亲，也会欺骗你，

　　这两行骈韵体给了我们听觉上的裁判，它的回声，响彻全剧。①

五

　　几年以后（1606）莎士比亚写了《李尔王》和《马克白》。熟悉莎士比亚语言的人，都觉得《李尔王》这剧本难读，因为它的思想过分集聚。在剧中的字章异常艰难，他又用字和意象来表现一些根本不容易表达的思想。然而这剧本它本身是一个新的进步，他宁可显示人类行动的意义是什么，而不愿叙述一篇戏剧的故事，他所要说的话，全不能用直接的叙述，而是用暗示，用思想的"电闪"，正如同他早期的创作一样，他意义地把语言实验着，可是以前他快乐发现自己有这能力，现在他是不耐烦地急切，他已不能满足于无韵诗了，他的语句已不是一行一行地写下，而是全篇，一挥而就，甚至于一行 5 个重音的法则也废弃不用，改成整个的吐诉了，同时意像也决不简单直接，而是极端的复杂，在一两句句子里提出十几个不同的意念和联想。

　　最好的例子就是在《马克白》第一幕第七景，马克白在踌躇是不是要去杀国王邓肯（国王住在他家里），自己坐上宝座，他有野心，可是不敢下手。因此，他说：

---

　　①　后来奥赛罗杀了他妻子不能不受到这两句话的影响。

即使把他杀了，事情就了结；

万事大吉的话；

假使暗杀可以解决一切，

假使因为他一死，胜利就来到，

我的这一击可以得到一切，

我情愿站在时间的海岸旁沿，

把未来的生活付诸运命。

可是虽然在此作孤注一掷，

我们还该多作考虑——要知道，

此刻我传授屠杀，而后来

屠杀会回来加害发明者的。

守正不阿的正义，

会把我们自己酿制的毒药，

送到我们的唇旁。

他在此地是有双重保证的，第一，

我是他的亲戚，又是他的臣属，

绝不能做出这种篡杀的罪行来：

第二，我是主人，当主人的

应当锁门防范刺客，决不能

自己手握着刀的，此外这位

邓肯执掌王权时是极谦逊，

极清白的，他的品德

会像安琪儿一样地抗辩，号角。

似地呼喊惩治杀他的人。

“怜悯”会像一个新生的裸体的婴儿，

驾着狂风，（又像一个天使），

骑在看不见空气的马上，

把这可怕的消息吹进每个人的眼中，

使得眼泪沉熄风飚。我没有

马来来驱赶自己的志愿，我只有

架空的野心，——我要跳过马背，

结果跌落在那一边。

这一段的意像实在太稠密，太紧凑，无法分析，无法解释，但却完整地表现了马克白思想里面的骚乱。

六

假使《安东尼和克利巴拉》（*Antony and Heopatra*）的年代（1607）是可靠的话，他便是在《李尔王》以后几个月写就，他已不是在练习一种新技巧，因为他已经是个很熟练的能手了，这剧本的主题不让他作如《李尔王》一样巨大的处理，可是这故事唤起他一种热忱，这热忱在他写《凯撒大将》时是不会感到的。

《安东尼和克利巴拉》诗句里，有一种特别的别处没有的回声（Echo）——乃是一种它独特的深沉的美，这种音响在一些美好的短句出现，它存在于原字之中，与意思无干：

啊，我的遗忘正是一个安东尼，

我自己都被忘记了，

（Oh，my oblivion is a very Antony

And I am all forgotten）

不管意思究竟是如何，它本身乃是绝妙可爱的音响。但是诗绝不能完全依赖着声音，它更有赖于完全恰当的内容。安东尼第一次会见克里巴拉的情形，莎士比亚通过伊诺巴伯的口中说出来：当伊诺巴伯回到罗马，他的朋友正急于要听克利巴拉的艳闻，这就有了一章紧密的描写——过去他是不如此的，他的幻想显而易见是为普鲁塔克的富丽的原文①所唤起，——普氏的作品本身就是极好的散文，莎士比亚在这里叫伊诺巴伯指出克利巴拉诱惑安东尼的力量，他说：

我要告诉你，

她乘的船有如夺目的冠冕

在水上燃烧：船尾是锤那样的，

---

① Plutarch 的英雄传是莎士比亚《凯撒大将》等罗马剧的蓝本。

紫色的帆，而且是这样香郁，

微风都在因恋爱而病了，

还有桨是银子的，

它随着笛声划动，使得

遭它打击的水，流得更快些，

水都充满了情意，至于她本人呢！

（一切描写都不够），她睡在

丝绢的亭子里，（衣服是金的，）

上面绣着委纳斯，——

她的两旁站着美丽笑靥的童子，

真像快活的邱比德，擎着

各种颜色的扇子，它扇出的风

把那些已经凉了的颊儿又扇热，

还有她的一些水仙似的宫女，

在身边服侍，在索结上

加上装饰。在船尾，

一位美人鱼掌着舵，

她花朵般柔软的手儿，

工作得这样熟练。船上发出一股

不可见的清香，熏醉了

码头上的众人。全城的百姓

全出来见：只有戴着冠冕的安东尼独自

坐在市场上，无聊地吹口哨，

她上了岸；安东尼走近，

邀她晚膳，她回答，

他还是去作 的宾客好些。

于是我们这位知礼的安东尼，

整整梳洗了十回，去赴宴了，

而且把心献给了她……

我有一回瞧见，

　　　　　在大街上跳着走了四十步,

　　　　　她喘不过气来了,她说

　　　　　此刻她的完整有点缺陷。

　　　马西那　:那末安东尼一定把她丢了喏?

　　　依诺巴伯:他决不会:

　　　　　　　时光不能令她凋谢,习俗也无法

　　　　　　　使她的万方的仪态陈腐。别的女人

　　　　　　　后来会叫人厌恶,可是她

　　　　　　　使得爱她的人更爱她,顶卑下的事

　　　　　　　她做出后,都显得无妨,

　　　　　　　顶圣洁的教士,都要为他祈祷。

　　这篇华丽的言语,绝不是艳夸的卖弄。(如莎士比亚在《罗密欧与朱丽叶》剧中墨邱灼论及“马布皇后 Queen Mab①”,也不是一段对克里巴拉的歌颂,它乃是克里巴拉死亡的预奏,当她死时,这篇言语中的意境又如回声一样的响了。)

　　　　　把我打扮像个皇后,去拿

　　　　　我顶好的衣服来,我又到西德勒去,

　　　　　去会马克,安东尼,

　　　　　即使死了,她还是如生时一样,

　　　　　时光不能令她凋谢,习俗也无法

　　　　　使她底万方的仪态陈腐。

　　是的,整个的剧本中充满了回音,安东尼在他临终时说:

　　　　　一整天的工作完毕

　　　　　我们要去睡觉了,

　　侍女依拉(Iras)也对克里巴拉如此说:

----

　　①　墨邱灼(Meriutio)是一个快乐聪慧的少年郎,他知道罗密欧害相思病,故意一大段荒诞不经关于马布皇后(女仙)的鬼话。

> 完了，夫人，光灿的一天完了，
>
> 我们是留给黑暗了。①

这儿句话一方面是剧意的回声，一方面是对比。在安东尼看来，白天就是指工作，白天既去，就要休息了；在克里巴拉，白天乃是光灿，要不断地放光照耀世界，否则就熄灭。

七

在《哥尼兰纳士》(*Coriolanus*，1607—1608)和《辛柏林》(*Cymbeline*，1616)之间，显然有一段时间他写作得很少，但 1610、1611 两年之间，写了《辛柏林》《冬天的故事》和《暴风雨》。赞美辛柏林的人不多，因为它比前几年的水准差得太远。《冬天的故事》有莎士比亚好的对白，但是由于第三、第四幕之间，隔上了 16 年，全剧的结构显得不怎么平均了。

《暴风雨》却被许多批评家认为是他最后也是最伟大的作品，其中诗句的音乐和表现力达到英国文字最大的限度。每一句话所包含的思想仍旧是极端众多，但已不切隐晦；诗句固然自由，却也有完全的控制。英文和拉丁文不同，不适合作简明的吐叙；比如在拉丁文里，任何时间任何语气的动词"爱"只消在原字后面加一个"amo"的语尾就够了，而英国人却不得不用"I would"或者"I might have been"。不过在《暴风雨》中莎士比亚要做到文字所能做到的一切，而且用的是英文。

尤其是全剧后部的言辞里，他更达到文字操纵的顶峰。意思清楚，思想渊深；情感的音乐是完整的：

> 我的孩子，看起来你是激动了，
>
> 好像有点不快乐：先生，高兴吧，
>
> 我们的歌舞已完毕：这些演员们，
>
> （我已经告诉了你）全是仙子，而且
>
> 融进了大气，融进了大气

---

① 当大兵溃败之后，安东尼自杀，克里巴拉盛妆坐在王殿上，放条毒蛇在怀中，让它咬死自己。

就像这幻象底无根的织物一样,

就像这些顶着浮云的高塔,堂皇的宫殿,

尊严的庙宇,伟大的地球自己,

以及一切地球上的东西一样,

就像我们这出飘渺的传奇一样,

消失得不留一丝痕。我们都是

梦那样的东西做成的;我们底生命——

四周围着眠梦。先生,我心里烦躁,

但你得宽容,我脑筋不安了,

请不要把我底脆弱记怀,

如果你高兴,请到我洞中休息,

在那儿躺躺。我要走一两转,

静止我紧张的思潮。

这诗篇里面的预言——世界终会消失——毫无疑义有一天要实现的,可是《暴风雨》总是它最伟大的成就。①

(原载《艺文集刊》1942年第1期)

---

① 赫里逊(G. B. Harrison)是英国莎士比亚学者新派的代表人之一,他反对柯勒律治以来从心理上分析莎剧人物的批评方法。他们要以一个舞台演出者的角度来观察这个"人"的莎士比亚。1939年英国企鹅公司请他编一套莎氏全集(一本一个剧本),再由他写一本《莎士比亚介绍》(Introducing Shakespeare)。这是书中的第八章,第一段里有几节莎氏底原文,(用来证明他写的夸张浮泛,)没有译,一来学力不够,一来好的译出已不好,坏的译出还是个不好,分辨不出来了。

第七编

莎学书简

莎学书简（6）

李伟民　杨林贵　曹树钧

【编者的话】

　　《中国莎士比亚研究》（《中国莎士比亚研究通讯》）已经连续六辑出版《莎学书简》，这些《莎学书简》一经出版就得到了众多学者的好评，纷纷撰文予以肯定和好评，强调《莎学书简》这些第一手资料的出版在外国文学研究界、莎学学界本身就是一项具有承前启后性质的创举，以及含有的重要的文献历史价值的文化工程。《莎学书简》的出版已经在莎学界、外国文学、比较文学研究领域引起了很好的反响，许多读者表示从这些珍贵的书信中可以领略到中国莎学顽强、卓越跳动着的脉搏，从中看到莎学前辈为了中国莎学的发展呕心沥血和拳拳之心，特别是他们那创造有中国特色的莎学，在世界莎学领域发出了中国学者的声音，使中国莎学在世界莎学之林获得了应有的地位。

　　从已经出版的《莎学书简》来看，可以说莎学学者之间的通信本身就已经构成了中国莎学史研究的一个不可或缺的有机组成部分。这些莎学学者在通信中满怀激情地讨论、展望、推动着中国莎学研究事业的发展。每当我们打开这些尘封多年的信件，我们就会发现学者们的每一封信都在探讨中国莎学的发展，从这些已经泛黄、发脆的信函里，我们感受到的是莎学家跳动着的是一颗颗滚烫的心，流淌着的是热爱祖国、热爱人民、热爱莎学研究和外国文学研究事业的一腔热血。

　　随着历史的演变，人们的生活和通信方式发生了巨大改变，可以说在当今和未来的时代，那些纸质的传统书信会越来越稀少，也愈来愈珍贵。历史最终也会证明这一点。从这些纸质书信中，我们感受到的是历史的温度和真实而有情感的人，是普通人的喜怒哀乐以及学者的思考与思想，是鲜活而真实的人。

　　音书过雁，蓬莱不远，有历史才有现在和未来。书简的价值何止万金，让我们缓缓地打开秦帝国一个普通家庭的宝贵家书。咸阳古道音尘绝，西风催衬梧桐叶，公元前 223 年，秦国拉开灭楚战争的大幕，这是秦灭六国中最艰苦的灭楚之战，烽火连天，金戈铁马，夜摇碧树红花凋。秦军中的小卒，二哥、三弟兄弟俩"惊"和"黑夫"求军中书吏先后给自己的大哥"衷"寄去家书。战火中价值万金的家书抵达了八百里外的故乡——秦国南郡安陆(今天的湖北孝感云梦县),成为我们今天能见到的中国历史上最早的书信实物——"云梦睡虎地秦简"。"黑夫"在信中写道:"二月辛巳,黑夫、惊敢再拜问衷,母毋恙也?"①他问候母亲大人,向母亲请安,母亲身体还好吗? 征战在外,要求母亲寄夏衣或钱来,关心搏命换来的军功,官府落实了"爵位"奖励没有? 在"惊"给大哥的信中,催促母亲寄钱,要钱"五、六百",布料"二丈五尺",兄弟俩现在是借钱生活,连用三个"急急急"告急,云:再不还钱就要死了。安慰家人即使占卜得到了凶兆,不过是我居于"反城"中罢了。"惊"嘱托妻子,好好孝顺老人,嘱咐哥哥多费心,好好管教我那女儿,女儿还小,注意安全,担心自己的新媳妇,叮嘱大哥不要她去离家太远的地方捡柴火。信中充满了对亲人浓浓的思念之情和对家人的关爱。但是家里却实在拿不出十件夏衣的救命钱,而"惊"和"黑夫"却在等待音信中战死沙场。两封写在木牍上的家书使我们今天有幸能够窥见秦帝国底层民众的血泪、悲哀与家国情怀。

忆秦娥,西风残照,箫声咽,从"云梦睡虎地秦简"中,从这些书信中,我们感受到历史沉重的足音,触摸到历史烁金的温度。为历史留下记录,为当下留下真实,为未来留下今天,为中国莎学璀璨的星空留下真情的记录和那些已经定格的远去身影,这就是我们编纂《莎学书简》的初衷。

我们非常高兴地看到这些《莎学书简》一经出版,就有外国文学研究学者、莎学研究学者加以引用,因为这些书简恰恰是学者们真性情的流露,是学术史的真实记录。同时,我们也希望学界在利用这些"书简"时能够严格遵守学术规范,注明信件出处。

需要说明的是,这些"书简"表面上看是写给某个人的,但是联系起来全面地审视,我们认为这些"书简"的文学研究价值、莎学研究价值、史料研究价值绝不仅仅局限于此,因为从这些"书简"中我们能够清晰地感受到 20 世纪,特别是 20 世纪 80 年代以来中国莎学顽强有力跳动着的脉搏。

如果说《傅雷家书》只是父亲与儿子之间心曲的真情吐露,那么《莎学书简》则在更为广阔的社会语境中和更多学者之间架设起了学术交流的桥梁,清晰而真实地勾画出中国莎学发展的昨天、今天和明天。在当今电子信息时代,电话、短信、微信联络过于便捷,而书信这种古老的通信方式也就显得日益珍贵了。

《莎学书简》理应得到我们的宝爱,而出版这些《莎学书简》本身就带有抢救莎学研

---

①　在"睡虎地四号墓木牍释文""木牍甲(M4:11)""正面"记载"二月辛巳,黑夫、惊敢再拜问中,母毋恙也?"在"木牍乙(M4:6)""正面"记载"惊敢大心问衷,母得毋恙也? 家室外内同……以衷,母力毋恙也?"反面"亦有"衷教""衷令""衷唯母行新地,急急"字样。见湖北孝感地区第二期亦工亦农文物考古训练班:《湖北云梦睡虎地十一座秦墓发掘简报》,载《文物》1976 年第 9 期,第 51 - 61 页。本文从"衷"。

究史料的意义和学术价值。需要特别说明的是，由于这些"书简"均为手写体，"书简"的提供者提供的又是"书简"的复印件，即使是原件，由于时间已经过去了 10 多年或半个多世纪以上，有些字迹已经很难辨认，凡是一时难以辨认的字迹均以"口"代替。再者，这些手写体书简的有些字迹由于时间关系已经比较模糊，字迹难辨信函书写各有特点，录入工作难度较大。学生助理王雅雯、周碧莹、黄雨菲承担了《莎学书简》繁难的文字录入工作，有时边录入边研究，进展较慢，在此对学生助理表示衷心感谢。

同时感谢书简提供者无私地为莎学界提供了这些信函。本辑"书简"主要由朱尚刚先生、李伟民教授、杨林贵教授、曹树钧教授提供，而且我们也会在编辑中注意随时增补最新搜集到的书信。据本书编者掌握的材料来看，还有大量的"书简"没有来得及录入，相信假以时日，我们还会陆续出版这些书信，同时也准备把这些"书简"汇编成册另行出版，为 21 世纪中国莎学的进一步繁荣与发展做出我们应有的贡献。

树钧同志：

上海国际莎士比亚戏剧节，所拟定的宗旨和计划，均佳，我完全赞同，请曹禺回去后，即可定局。预祝戏剧节比八六年的搞得更好更成功。

附上，请代我向曹禺兄嫂问好！

黄源

八九老人祝贺

九四年四月

中国莎士比亚协会：

本会理事虞邵雪华女士，以其先夫前中国台湾大学外语系主任虞尔昌教授，曾迻译世界名著《莎士比亚全集》，在我国文学史上留下了卓越贡献。兹应中国莎士比亚协会函邀，参加本（九四）年九月在上海举办之莎士比亚戏剧节活动。行看群贤毕至，大雅咸集，盛况乃可预卜。

特此致贺。

美国休士顿中华老人协会

一九九四年七月十日

方平先生：①

4 月 23 日在上戏与您见面倍感荣幸，遗憾的是未得机会与您多谈，希望以后能有机会当面求教。

给您寄去吉林省莎士比亚协会年刊一册，望得赐教。另附 23 日开会时您做报告时的照片。

孟老师给您寄去了关于编辑"中国莎评选编"的复印件。请方先生把您的小传及选文题目寄来，如蒙在近期寄来最好，谢谢。

致

教安

杨林贵（长春东北师大中文系研究生）

1989 年 5 月 14 日

曹树钧、孙福良两位同志：

树钧同志的来信是春节前收到的；随后又接到关于举办上海国际莎士比亚戏剧节的通报和举办莎氏学术研究会的通知。在春节大忙，又无专职工作人员的情形下，如此负责地及时通报，令人感谢。

从来信及通报得知筹备这次莎剧节，历时 6 年，虽几经中断但终于得到落实令人感奋！真是事在人为啊！戏剧节得由 7 个单位联合主办，可知联系过程之艰巨；这本身已可表明举办的宗旨意义重大，因而使有关单位乐于参加，鼎力支持。我衷心赞同所定的宗旨，也完全相信不仅全会实现，而且整个戏剧节无疑将载入我国戏剧发展史册和国际上莎剧、莎学的发展史册。

对于戏剧节举办的天数和四项主要活动，我很赞成。全部内容既突出莎剧的舞台演出，又着重莎剧学术报告及探讨，双方并举可称全面。参演的莎剧有国内外 11 台之多，另外还有数台交流演出，必定会丰富多彩，蔚为大观。我想情况通报中的"莎剧演出评论"活动，主要是提倡评论此次上演的剧目吧？这个想法极好，可以及时交流看法，加

① 此信由李伟民 2023 年 8 月在网上发现，录入并由杨林贵先生确认。

深印象。剧目确定之后，不知能否让与会者事先知道而作些预读和思考的准备？

通知中所列学术研讨会的 5 项范围，也很合适，也既有莎剧舞台艺术中各种问题，又有极为恰当的莎剧与中国现代文化和其他有关莎剧的专题研究。通知请参加者于 6 月底交上文章，非常必要。

我认为戏剧节从 11 月推迟至 12 月举行，不仅时间更充裕些，而且可以预祝新年即到加强热烈气氛。

信中所谈著书者，一方面要写书，一方面还要考虑书的推销，十分正确。上海戏剧节将为莎学著作提供销售机会与场地，是大好事。拙作的责任编辑，四川教育出版社苑容宏同志，近日将来京出差。我一定要询问或要求他尽可能使书快速出版。我想问一句，如果我们建议河北人民出版社也借机在戏剧节上推销我和郑土生等人编辑的《莎士比亚辞典》，不知怎样进行。这事的作法是由你们告知有关出版社，12 月的莎剧节有销书机会吗？请原谅我的"书呆子"气。

另外，我相信北京方面将有一些单位和个人受到参加莎剧节的约请。中央戏剧学院，我可以代约，但我觉得学院院长徐晓钟、学院科研所负责同志及其中"莎士比亚研究中心"的成员（除我以外）副主任沈林等，最好由你们直接发出通报相约。还有，我以为也可以考虑向徐院长提出参加莎剧交流演出的约请，不知你们意下如何？当然，12 月份正在上课，能否带学生来演出，得看情况。上学期副院长何炳珠曾排《第十二夜》，我因病没看到；再早些有梁伯龙排出的《仲夏夜之梦》很好，张仁里的《哈姆莱特》，我猜想交流演出也可以采用"折子戏"的方式，不演全剧，对吗？

好，你们极忙，我只写至此，以后有什么问题再向你们询问。

祝新春愉快，万事顺利。

孙家琇

1994 年 2 月 12 日

又及：

如果交流演出的莎剧剧目已定，当然另当别论，或者顺便讲明一下？由你们定夺。

树钧同志，

春节好！前一阵收到来信和《论黄佐临和莎士比亚的戏剧创作》；昨天又收到"莎剧节引起的艺术争论"，确实高兴和振奋。我虽然"过年"比较忙乱，加上有些犯病，得吸氧帮助呼吸,也想写信道谢并说出我的心情。

关于佐临的文章,引起我不少的回忆和思索。首先,由于早年我们都居住在天津我同他的妹妹黄琼玖在中西同班,我常到他们家去,因此称他为"黄大哥"。他和中西导演金润芝等演出《皆大欢喜》,我记得一清二楚。金润芝是我二姐的同班同学,大家不但极为熟悉而且特别为他们的姻缘感到庆幸。解放后,见面少了,我却愈来愈从戏剧业务方面佩服佐临大哥。他是导演和戏剧理论大家,称得起是中国剧坛上的一面旗帜。他熟悉莎士比亚,要把诗剧和中国戏曲创造性地结合起来的心愿和努力,更让我钦佩。可惜他协助改编的《血手记》,我只看过一遍没印象,浅了。这次阅读你的介绍和分析,不但加强了印象,而且进一步感到他认为"在艺术表现手法上,戏曲的莎剧更为高明"的见解本身实在高明。这就是说,我们不但可以用莎剧内容丰富我们的戏曲,而且可以用戏曲艺术为莎剧增添生命力和表现力。我觉得在这一点上,曹树钧同志,你可以大书特书之。

正好,你这次的《争议》一文对于"越剧能演《哈姆雷特》吗?"回答得很好。我没能观看赵志刚的表演而你前后看了三遍。我十分相信你说的话,"《王子复仇记》不仅成功的改编了《哈姆雷特》而且在'趣味'与'莎味'的结合上出现了可喜的新突破""这真是太难得了;这也是实现黄大哥历来的夙愿的一次努力。"

文中关于女导演雷国华对伊阿古的解释的批评,我完全同意。伊阿古是个阴谋家的典型,我觉得随着剧情的发展,像他那种把机智聪明和人伦道德完全割裂的坏蛋阴谋家,把真善美彻底置于假恶丑之下的怀疑主义者屡见不鲜,他的形象具有资本原始积累时期的现实意义,导演岂不是应该挖掘这种内涵吗,怎么倒把他"美化"了一番?屠岸先生给我来信,也不同意剧中对伊阿古的解释。

我认为你对于"今天演莎剧还有没有观众?"的回答和批驳太重要了!必须加以批评和引导!你的文章既有针对性又有说服力,我祝贺你,也向你道谢(因为说出了我想要讲的话)。

好,再祝猪年吉祥顺利!

孙家琇

1995 年 1 月 31 日

曹老师：

　　您好！

　　提交第六届世界莎学大会的论文已于 20 日前全部翻译，电脑编辑完，21 日用快件寄往国际莎协秘书长 Dringle 处，现将您的和孙院长的原文及译文底稿寄去，望查收。

　　现在我校已开学，下周正式上课。我这个学期课程又不少，每周 14 节，有研究生课及本科生的课，另外可能还会给我安排自费生的课。和上学期一样，我本学期继续参加与英国合作的教学研究项目，所以看起来这个学期又将十分紧张。多亏在假期将提交大会的论文全部完成，否则到了开学就很困难了。

　　再次感谢您和孙院长对我的关怀。

　　此祝

教安！

杨林贵
1995 年 8 月 28 日

曹教授您好！

　　近来工作很忙吧，身体可好？石市一别将近一年，对您非常想念。

　　今将《李尔王》一剧的剧本、材料及剧照给您寄去，望多加指导。

　　我上次给您打电话时，第四届省戏剧节演出后评奖已是无望。但形式又急转直下，在省文化厅的力争之下，又给我们这个戏演出剧目一等奖。晓彤的剧本也获改编一等奖。总算皆大欢喜。能有这个结果，我们共同认为与您对该剧的支持和鼓励以及对该剧的评价是分不开的。在这里仅代表我团全体演职员向您表示感谢和深深的致意。

　　另外，省文化厅外事处在积极筹办该剧出国事宜，初步拟定明年九月份到英国先演出两个月，这是对我团的一个极大鼓舞。当然能否出国，事情还在所难料。不过我们信心很大，一定按您对我们的要求，以极其认真和严肃的态度，对待每一个细节，力争将该剧早日搞成精品，打出国门，为国争光，为丝弦戏争荣，为您争气。最后再一次表示对您的感谢，并真诚的希望您来石市给予指导。

　　祝全家安好！

何铁乱
1995 年 10 月 13 日

伟民先生：

　　您好！

　　寄来的三本学报都收到了，谢谢您！因为附中收发室撤了外线电话，负责收发的同志不能通知我去取信。这三本学报都是我昨天去看信时才一起收回的。

　　随信寄上拙稿及软盘，我是用方正系统打印的，估计能用得上。该稿已校了三遍，但寄信前还发现了个别地方有错，我不好意思再去打字社了，如利用的话请您再校核吧。如果贵刊发表拙文有困难的话，您也别太为难。

　　我小女儿是 6 月 24 日回来的，7 月 31 日将她的小女孩接回美国去了。经过将近三个月的时间，我的身体状况有所好转，但仍感到疲惫，有时还失眠，血糖已恢复正常（我的症状较轻，未吃任何药，只是控制饮食和吃南瓜及苦瓜——这两种菜降糖效果我感到相当不错），但还不敢像正常时那样什么都吃，我估计再过两三个月血糖有可能稳定下来。

　　上次向您要关于"To be or not to be..."的那篇文章，是想写一篇关于这句话重大文化价值的论文作为参考，但还没动笔，就感到力不从心了，现在还没有写，只好有待来日了。您推荐和寄来的蓝仁哲教授的论文我已经拜读。人民文学出版社出版的中学生必读的《哈姆莱特》的导读写得十分糟糕，对哈姆莱特的分析引用了影视的一个观点，另外两个观点则是抄袭两位西方学者的，而且还都舍弃了人家论点中有价值的部分，将哈姆莱特涂抹得不像样子了，甚至连概述情节都出现了知识性和逻辑性的错误，看了以后感觉太不像话了，这根本不是什么"导读"，是不折不扣的误读。想写一篇批判的文章，但刚写一点就感到某种紧张失眠，也只好暂时放下了，我想再过个把月我有可能将这篇文章写出来。这种状况令我感到无奈，不能工作，生活中就缺少了最能令人高兴的可能。我希望身体尽快恢复起来，以及余生还能为中国莎学的发展做点工作。

　　拙稿《三色堇——哈姆莱特解读》已于去年底定稿并打印出来，现已送到了系里，这个月下旬或下个月上旬系里和学校要评审基金资助的书目（中文系两本），据说有一定希望（一是离退休教师已有一人获此基金出书，二是据说今年前后完成的初稿可能不多），但愿能够如愿，这本书是我积 20 年的研究成果，可以说是最代表我学术水平的一本专论，现随信将自荐材料寄出，请参考批评。

　　林贵已获得英美文学博士学位，现在做博士后，他这些年在学术研究上取得不少的成果，毕业论文获学校最高的奖项，他还在美国英语教学年会和莎士比亚年会上发表论文,他的毕业论文已被一家出版社看中,现在在审核。《莎士比亚季刊》于 2007 年决定出版《莎士比亚与中国》,该刊物已出版了几本这类的季刊,如《莎士比亚与法国》《莎士比亚与西班牙》《莎士比亚与音乐》等,林贵已被正式定为《莎士比亚与中国》的副主编。2007 年出版《莎士比亚与中国》应该说是中国莎学史上的一件大事,这也是中国莎学已跻身国际莎学之林的一个里程碑式的标记。林贵还说 2006 年的第 8 届世界莎士比亚大会将把"莎士比亚与中国"列为一个议题,听了以后很是高兴。希望我们能够早有思想准备,届时该议题能有较多的中国学者去布里斯班参加这届莎学盛会,那时我的身体条件允许的话,我还想再次去那里参加大会,我希望您也能创造条件赴会——关于"莎士比亚与中国"的研究题目是您的强项,可与英语系的教授合作,您用中文撰稿,英语系的教授将其译成英文,争取拟定个好的选题,望论文能够被选入 2007 年"莎士比亚与中国"。国际莎士比亚协会正式发布第八届世界莎士比亚大会有"莎士比亚与中国"这个专题,我会尽快告诉您,届时我们应该大造舆论,即使筹集不到经费,自费也应该去,因为这是向国际莎士比亚协会展示中国莎学成果前所未有的机会,以后恐怕也很难有第二次。

遵嘱将澳大利亚:新西兰莎协年会通知复印件寄上,请查收。

谨颂

文安

(又及:我想了想觉得还是应该把发现的错误改正过来,所以我就又去了打字社,将错处做了改正)

孟宪强

2003 年 10 月 20 日

伟民先生:

你好!

前段日子林贵来电话说 2006 年出版的《莎士比亚与中国》已收到 6 篇美国学者撰写的文章。台大彭镜禧教授拟写一篇《莎士比亚在台湾》,台湾还有另外一位学者表示将要为之撰稿。我跟他说了你的论文已经写成的事,他说请你将其提要用 e-mail 寄给他。

再有,林贵告诉我彭镜禧跟他说,他们将要举办一次"莎士比亚在台湾的学术研讨会"，当时我没有询问详细情况，不知此会将于何时举行？彭镜禧教授多次来大陆参加莎学会议，不知此次会议他将邀请哪些人前往？我想大陆方面应有较多学者赴会，以沟通和促进海峡两岸的莎学研究并建立更为密切的联系。我想你和蓝仁哲教授应该不能错过这次机会，如果有兴趣的话可告诉我，我再和林贵说，让他跟彭镜禧联系，争取能够发来正式邀请函。彭镜禧教授，我是 96 年在洛杉矶经王裕珩教授认识的，后他几次来大陆参加莎学会议我均未能参加，因此多年没有联系了，所以我想这事还得让林贵出面帮忙。我的身体状况仍在恢复之中，恐怕这次重要的莎学会议还是无力前往，这实在是一件十分遗憾的事情。

我老伴已返聘于东北师大附属实验学校工作，以后如寄信函或材料请寄到这个新地址……

我酝酿了好久的关于对人民文学出版社出版的《哈姆莱特》导读的翻译文章总算快要完稿了，该文题为《不识庐山真面目，却做向导乱游人——对一种〈哈〉"导读"的辩正兼及哈姆莱特审美价值的途径》。拙著《三色堇》去年没通过后我曾写好了自荐材料想与几家出版社联系，但担心出现什么意外，所以我决定还是争取由东北师大出版社出版，这样时间会慢些，一拖就是一年，是让人着急的事，但却能保障出版的安全。

谨颂

文安！

孟宪强

2004 年 5 月 9 日

伟民先生：

您好！

最近我完成了曾跟你提起过的一篇关于《哈姆雷特》的论文，译为《To be, or not to be：一个永恒而普遍的公式——哈姆雷特的理性主义哲学》，该文将收入拙著《三色堇》。这篇论文是我所能想到的《哈姆雷特》的最后一篇论文。因为文中涉及一些英语语法翻译，我怕自己的理解、论述出现问题，现已将论文寄给了林贵请他审读修改。

这篇论文对关于"To be, or not to be..."的各种解释都进行了具体地评析，其中拟引用卞之琳对朱译的一段译作，即大作中所引用的那段，即：

　　"……朱译严格讲,这就不是翻译,而是意译(Paraphrase)","活与不活"在原文里虽不是形象之语,却一样是简单字眼,意味上不等于汉语中的"生存"与"毁灭"这样抽象的大字眼。"活"字用了两次,和原文重复"be"字,都是在节奏上配合,这里正需要有犹豫不决的情调。

　　我没有查到你的引用在这段文字的出处,麻烦你告诉我,如能复件一份原文寄我就更好了。

　　暑假前土生先生来电话,谈了拟将中莎会挂靠在社科院外文所的筹备意见,并提出由戴晓彤担任会长,征求我的意见,我表示同意。又过了一段时间戴晓彤先生来电话,说孙院长亲自到了北京,找了有关方面,说要用三个月的时间恢复中莎会,总部仍设在上海,方平先生任名誉会长,陆谷孙任会长,戴先生说他和土生先生分别担任学会的理事长、副理事长,负责学会活动方面的工作。或说孙院长表示如办不成可再办挂靠处文所的事,后来就没有消息了。我没有给孙院长和曹老师打电话,不知现在情况如何。

　　谨此,顺颂

文安!

孟宪强

2004 年 8 月 31 日

伟民先生:

　　您好!

　　上月 21 日挂号寄去的拙稿,信函等谅已收到。

　　今天林贵来电话更为具体地讲了一下出版《莎士比亚与中国》的情况。上次我信中说该刊由"莎士比亚系列研究"编辑部出版,这我说错了;该刊是由设在美国的《莎士比亚年鉴》编辑部出版。该"年鉴"现已出版了 17 期,现在正在印行中的为第 18 期《莎士比亚与希腊》。《莎士比亚与中国》为第 19 期,原拟 2007 年出版,现议后决定于 2006 年出版。主编与副主编已拟出了 18 个题目。林贵说再经过讨论修改即可确定下来,明年1 月即可发来正式征稿通知。原则上是一个人只撰写一篇,皆要求为英文稿。林贵说撰稿人将于 2005 年被邀去美国参加有关"莎士比亚与中国"的研讨会,被邀作者赴美的旅费将由《年鉴》编辑部提供,但不知每篇文章是否只邀请一人,抑或所有的作者。我想您

和树钧先生均可选择一个比较合适的题目，请英文教授帮助合作完成英文稿，我的文章
将由林贵翻译。更详细的情况待来了通知以后再告诉您。

　　《三色堇——〈哈〉解读》已被中文系推荐到学校。（共推荐两种。拙稿被排在第二
号）这次学校出版社出资 60 万，出 10 本基金资助出书，拙稿能否在学校获得通过，现尚
不知道，最晚在月底将会揭晓。

　　谨颂
文安！

孟宪强

2003 年 11 月 15 日

关于《三色堇——〈哈姆雷特〉解读》的鉴定意见

张泗洋

　　孟宪强的《三色堇——〈哈姆雷特〉解读》（以下简称《解读》）是一部很有出版价值的
莎学研究书稿。

　　一、《解读》是我国第一部个人纂写的莎学专论。我国学者的个人莎学专著出现于
20 世纪 80 年代初，至今已出版十数种，它们可分为两类：一类是学者个人的莎学论文汇
集，一类是莎士比亚生平创作总论。而《解读》不属于上述情况，它属于个人纂写的关于
莎士比亚研究的某一类问题、某一种戏剧类型或某一部作品的专题评论。在我国，对莎
士比亚及其作品的专题评论《解读》是第一部。

　　二、《解读》对《哈姆雷特》进行了多层次、全方位的审视，运用哲学的、美学的、社会
学的、文化学的、心理学的以及语言学的基本理论，具体客观地剖析了《哈姆雷特》文本
的方方面面，阐释了它的文化属性、时代映像、戏剧冲突、审美价值、人物形象、情节构筑
以及台词系统的独特的内涵。《解读》在对《哈姆雷特》进行全面系统研究的过程中形成
了自己的理论模式。

　　三、《解读》在对《哈姆雷特》全面阐述的基础上重点考察和评论了剧中的人物。全
书的主体由 16 篇各自相对独立又相互衔接的论文组成，其中论述人物的就占了 9 篇；
而在这 9 篇中论述主人公哈姆雷特的共 6 篇，成为重中之重。《解读》认为莎士比亚不
是运用关于“性格”的理论来塑造人物的，而是运用了一种新的戏剧美学理论，他的人物

不是某种性格的典型,而是由社会思想、人性善恶、性情心理等三重因素构成的,是某一特定社会阶层人物的艺术概括。《解读》以此为出发点指出:几个世纪的哈姆雷特性格分析已经走到了绝路,同时将作品中从哈姆雷特到到奥斯里克共十个人物分成四种类型逐一进行评论。《解读》对《哈姆雷特》中 10 个艺术形象不同程度地剖析,不仅揭示了莎士比亚在塑造艺术形象方面的卓越天才,特殊贡献,而且表明《解读》在突破传统观点运用新的范畴分析莎剧人物取得了重要成果。

四、《解读》是一部由创见的自成体系的莎学专论,它所蕴含的理论构架和思维模式对于形成具有中国特色的莎学有一定的学术价值。这部专论立足于科学的分析方法,对于几个世纪以来西方《哈姆雷特》研究的某些权威性的或影响较大的观点提出了大胆的挑战、质疑,并在否定的基础上论述了自己的一系列见解。《解读》吸收了传统的《哈姆雷特》研究的一些成果,但它自始至终贯穿着一种争辩的精神,一种创新的精神,它在一个相当的范围内和很大的程度上运用着自己独创的一些范畴,比如,对台词的分析,就提出了台词的"表层含义""深层含义"(又分为垂直与偏曲二类),以及台词可分为横向、纵向、内向三种,从作用上看则分为有续性和无续性两类等。

五、《解读》收入长文《哈姆雷特》在中国,对一个多世纪以来《哈姆雷特》研究的发展过程都做了比较详尽的详述,其中有些材料属首次发现。这篇长文及其附录(《哈姆雷特》的中文译本,在中国的演出及中国《哈姆雷特》研究目录索引等)对中国学者进一步研究莎士比亚及《哈姆雷特》具有重要的参考价值。

《哈姆雷特》是莎士比亚的代表作,是世界文学的高峰,几百年来,在国外几乎每十二天就有一本评论《哈姆雷特》的专著出版,而我国除了少数论文篇章外,还从未有过专著出现。此书一旦出来,将是我国第一次走进这一风靡世界的学术行列,肯定会引起世人瞩目,而为我国学术界争得荣誉。

1997 年 8 月 20 日

关于孟宪强教授《〈哈姆雷特〉解读绪论》的看法

辜正坤

孟宪强教授此书颇有新意。莎学是西方文学研究中的显学,而哈姆雷特的研究又可以说是莎学中的显学。宪强教授处于中国莎学和西方莎学研究的双重背景下,对莎士比亚笔下的典型戏剧人物哈姆雷特进行了全方位的探索,十分难得。该书布局严谨、气势博大、眼光高远,确是一个非常出色的选题。特此推荐。

北京大学文学与翻译研究会会长兼莎士比亚中心主任
1997 年 10 月 8 日

李伟民教授：

你好!

寄来的《英语研究》以及照片等均早已收到,迟复为歉。

我为嘉兴方面撰写的《朱生豪与莎士比亚》虽然已经草成初稿,但现在实在无力修改,只好报之以遗憾了,甚是赧颜。我给朱尚刚先生及大会写了一封贺信,信中引用了拙文最后一段文字,表达了我对朱生豪先生的崇敬之情。

戴晓彤先生打电话说洪忠煌先生主持召开"中国话剧百年与莎士比亚研讨会"希望我能够写封信,我写好寄去。

关于拙著,没有消息,我和老伴都觉得没必要催问,合同规定 10 月底出书,那就等吧!

林贵来电话告知《莎士比亚年鉴》由于副主编有些编辑方面的纠葛,所以校样压在他手中多日,推迟了出版时间,最近有望问世。

我身体尚好,只是最近怕累,累了就容易引发癫痛。

谨颂

文安

孟宪强
2007 年 9 月 19 日

伟民先生：

你好!

14 日晚通话后我反复考虑了你所提出的重庆市申办第 9 届世界莎学大会的问题,觉得我当时提出的那个想法不妥,还是应该明确此提出承办第 9 届世界莎士比亚大会的申请。这是一件非常有意义的事情,如果重庆市领导能够下决心去申请的话,我想很有希望获得成功。

对于你的"设想"的第一部分做了些补充,关于申请举办世界莎士比亚大会那部分,应是申请的核心部分,我重新起草了一段文字供你参考。

关于第三条,我觉得还应增补一些内容,在提交的书面报告中陈述申办城市的种种条件,除你所列 4 条外,我想是否还应补充:

介绍申办城市举行大型国际会议的能力;

介绍申办城市的莎学背景;

介绍申办城市的中国传统文化的背景;

介绍申办城市能够为大会提供足够的经费支持(其预算可由国际莎士比亚协会提出)并为国际莎协秘书长提供办公地点及会议准备期间的往返费用。

这部分是申办能否成功的关键部分,如何写得更好,还需要再推敲推敲。

以上为一些不成熟的想法仅供你参考。我衷心地希望你的这个申请能够受到市政府的重视,能够组成代表团赴会并争取申报成功!

谨颂

文安!

孟宪强

2003 年 9 月 10 日

附言:

中国莎会在过去的 20 年间取得了举世瞩目的成就,并从 80 年代初开始参加国际莎学会议,但时至今日,我国仍未能举办一次世界莎士比亚大会,这是与我国的国际地位极不相符的。因此争取世界莎士比亚大会的举办权是中国莎学自立于国际莎学之林,扩大中国文化影响的一件大事,不仅具有重要的现实意义,而且这必将产生深远的影响。

"莎学"被称为"国际学术的奥林匹克"。从 20 世纪 50 年代初开始在莎士比亚的故乡每两年举办一次国际莎学会议,要求严格,规模较小。1991 年世界著名莎学家在加拿大的温哥华参加会议,酝酿并成立了国际莎士比亚协会。同时决定由国际莎士比亚协会与相关城市共同举办"世界莎士比亚大会",每 5 年一届。第二届于 1996 年在美国的华盛顿举行,到 2001 年已举办了 7 届[第三届美国的斯特拉福(1981),第四届德国的柏林(1986),第五届日本的东京(1991),第六届美国的洛杉矶(1996),第七届西班牙的巴伦西亚(2001)〕,第八届莎士比亚大会将在 2006 年于澳大利亚的布里斯班举行。世界莎士比亚大会是一个具有重要的广泛影响的国际莎学会议,以往各届世界莎士比亚大会都有多达千人左右的世界各国的莎学专家、学者、艺术家到会宣读论文,同时,在大会期间还举办一系列的莎学活动:比如观摩举办城市的莎剧演出,观摩有关的莎士比亚电影,举办莎学专著展销,参观当地的名胜古迹等等。因为举办这样的会议对于提高城市的国际声望,扩大举办城市的国际知名度都具有难以估量的影响,所以许多城市争相申请举办并不惜投入。

第七届世界莎士比亚大会在西班牙的巴伦西亚举行,2001 年是这座古城的建城 1000 周年,政府投入了大量的人力、物力,同时还为一些有影响的与会者提供了参加会议的经费。因此,重庆市如能组成"莎学代表团"参加第八届世界莎士比亚大会的话,就可以在该次大会上申请举办第九届世界莎士比亚会(2011 年)。如果能够申请成功不仅是对重庆市文化建设的一个贡献,同时也是对中国莎学走向世界的一个贡献,既是为重庆市争光,也是为中国争光。

孟宪强

伟民先生:

你好!

所寄《英语研究》已经收到,谢!大作也已拜读。泗洋教授于三个月前曾给我寄来一封信,兹附寄了一些老人家一大家子全家福照片。信中老人家提出了他的莎学文集出版的问题,概括地介绍了这些论文的基本内容,文章特色及现实意义,问我能否为其联系出版的问题。我给老人家回答,并非常遗憾地告诉他,现在学术著作极难出版;老人家来信中曾表示不想自费出版,我说如果不采取这种方式的话,文集是难以出版的,后来老人家再没有来信,我想老人家看到大作时一定非常高兴,这是他老年生活中的最大的欣慰。

敝校现在决定每年给高级职称退休教师一个出版基金的名额,我已根据要求将打印好的初稿。"出版价值"以及我的《〈哈姆莱特〉研究情况》等一并交给了离退休干部处,现在还没有结果,能否被通过只好听天由命了。

今年以来我的身体不太好,年年都添点病。今年 5 月脑栓,点注了几个月的"血塞通"，药针还没打完时又得了"腰突"，现卧床休养已近一月了，但"伤筋动骨一百天啊"，估计还要养一个月才能好。对于我几十年坚持锻炼的生活方式来说，现在这种状况实在是太尴尬，太令人烦恼了。尽管我还不肯服老，但身体状况实在是令人力不从心，这真是一件没法的事情。看来今年不会有什么新的收获了。

谨颂

文安！

孟宪强

2005 年 6 月 24 日

伟民先生：

你好！现将刚收到的两种有关莎学信息的复印件寄上，其中一份请转给蓝教授，另一份供你参考。这两种莎学信息材料中的一种是李如茹博士在香港大学出版社出版莎士比亚在中国舞台上的戏剧演出一书"始发式"的邀请函，你们如有兴趣可按寄来的地址联系。我和李如茹在国内莎学会议期间结识。1996 年她参加了洛杉矶莎学大会，2001 年初她和丈夫一起也去了西班牙，她现在英国利兹大学任教。

匆此，顺颂

编安！

孟宪强

2003 年 12 月 2 日

李伟民先生：

您好！

估计晋升教授一事已顺利通过，谨致以诚挚的祝贺！

嘉兴方面已寄来了会议通知，我已将回执寄回，因健康原因我恐怕不能到会，但我将寄去一篇论朱生豪翻译莎氏作品的论文。

拙稿初校已经完成（都是老伴帮我校的，差不多用去了 50 天的时间），看来现在距出版的时间不会太久了，但他们没有告知具体的时间。

　　炎夏溽暑不利健康,望善自珍摄。

　　谨颂

文安!

孟宪强

2007 年 7 月 1 日

附:关于李伟民的《中国莎士比亚批评史》等论著的意见

　　《中国莎士比亚批评史》是我国第一部完整的、规模宏大的莎学批评史专著。它在我国社会、文化发展背景下高屋建瓴地梳理和审视了我国一个多世纪的莎学研究,在对莎氏作品批评的分别考察中概括地评述了我国莎学批评由简单的、不完备的状态发展到比较深入、全面的演变过程,也评析了我国莎学批评从一元化向多元化的发展态势,同时还以深厚的理论基础,广阔的研究视角显示了正在形成中具有中国特色的莎评所取得的积极成果。该书在中国莎评史上具有里程碑的意义。

　　《施莱格尔兄弟对莎士比亚的解读》一文具有重要的学术价值。作者从施氏兄弟浪漫主义莎评热情的、赞美性的评论中解析出了最有价值的核心内容,对人性、美、真实反映、模仿幻想等重要美学范畴的独特的内涵进行解读,这有助于客观地从传统莎评中吸取理论精华,有利于整合、形成、发展现代莎学批评理论。

伟民同志:

　　新年好!

　　谢谢来信,我不擅长写论文,现在年过 85,更不想写论文了。寄去短文一篇,或可辟一"短评"一栏吧?

　　我也不喜打电话,请你简略书告中莎现今的情况。

　　邮局太远,我不爱寄挂号信,想来不会丢失,我留了复印件。

　　莎学是我业余爱好之一。新出的外国书我这里不少。你有什么问题,可以问我。

　　祝

好!

裘先生

2005 年 12 月 29 日

附 评莱维斯教授著《莎士比亚在中国》及其他①

裴克安②

美国纽约州斯基德莫学院之默里·丁·莱维斯教授曾多次来中国,到山东曲阜等地讲学,接触一些中国莎士比亚学者,收集许多有关资料,于 2004 年出版《莎士比亚在中国》一书。[1]这是我所知外国人介绍中国人学习、研究和演出莎士比亚的情况的第一本书。

总的说来,莱维斯比较客观地介绍了 260 多年来莎士比亚传入中国,在教学、翻译、研究和演出等方面的情况。他认为中国人一方面了解和接受莎士比亚,另一方面受苏联莎学影响对莎氏有所歪曲,过多强调政治和意识形态考虑,有时过分拔高莎士比亚,有时又过分贬低莎士比亚,使莎学在新中国处于这种矛盾的境地。最后,他认为改革开放以来,中国人已不再利用和歪曲莎士比亚,而逐渐理解和尊重莎士比亚本身,可望有中国学者、评论家和导演作出更多的成就。过去新中国过分批孔,其实孔子和莎士比亚有许多可以互相对应和符合的地方。他说,中国人何不在这方面进行一些研究?

最近读到英国作者彼得·阿克罗伊德的《莎士比亚传》。这是一本 500 多页的巨作,它虽然并没有能提供莎氏传记方面任何的新材料,但却很详实地将莎士比亚一生的活动和它们的背景编织在一起,从比照、联想和不同角度的阅读,使读者获得了对莎士比亚的鲜活印象。阿克罗伊德有一个特别的观点,即"莎士比亚并无道德性"。意思是说,莎士比亚对事物并无个人的好恶感情;他作为透彻了解人性的伟大作家,只是对事物作客观描写,自己并不卷进去。这个观点有点绝对化,但有助于我们了解莎士比亚作为剧作家的特点。他让剧中角色说这样那样的话,这些话并不是莎士比亚自己的话。我们不要误以为哈姆莱特的独白就是莎士比亚的独白。不错,莎士比亚的同情心非常广阔,他能够钻进各色人等的内心里去考虑问题,对外界事件作出不同的反应。因此,他写好人,并不全好,他写坏人,并不全坏。他写善有善报,也写善有恶报(世界上本来就没有绝对的公平),而只是让观众和读者自己去判断应该同情谁、讨厌谁。

美国纽约哥伦比亚大学詹姆斯·夏皮洛教授去年新出的《1599,莎士比亚生命中的一年》[2]一书,特点在于集中力量研究在 1599 这一年中莎士比亚的活动和成就,说明这

---

① 裴克安先生的这篇文章后来发表于《四川外语学院》(校报)2006 年 10 月版。
② 裴克安,中国莎士比亚学会理事,外交部英语专家,曾任宁波大学副校长。

是莎氏从一个一般的诗人跃进为伟大的诗剧作家的关键的一年。这同时也是英国历史上关键的一年。是年,西班牙再次并且是最后一次威胁入侵英国而告失败;英国试图殖民爱尔兰遭到顽强抵抗而放弃,转向北美、非、亚推行商业帝国主义;伊丽莎白一世女王的最后一个骑士宠臣埃塞克斯野心暴露被困,骑士制度实际告终结。这一年莎士比亚所属剧团(宫内大臣剧团)在泰晤士河南岸盖成寰球剧院,成为英国最大剧团和剧场,拥有最多最好的演员,给莎士比亚施展才能提供了优越的条件。

1599年莎士比亚利用归的故事材料创作了下列四部杰作:(1)《亨利五世》,新型的英国历史剧,既张扬爱国主义,又写战争的残酷以及国王和普通的百姓与士兵的矛盾关系。(2)《裘力斯·凯撒》,新型的罗马历史剧,中心是共和与专制的矛盾,布鲁特斯在弑君时内心的矛盾以及弑君后权力斗争的后果。(3)《皆大欢喜》,新型的田园喜剧,中心是新型女性罗瑟琳,她化装男性,一方面嘲弄归式求婚的方式,一方面透露真实的情感。此剧描写了多层次的社会,又有不少歌曲。(4)《哈姆莱特》第一稿,新型的复仇剧。中心是哈姆莱特这个知识分子的自我剖析。

莎士比亚在这四个诗剧里所达到的剧情复杂性和内心剖析的深刻性,是所有文学作品以前从未达到的。除了他自己的心智努力以外,当代的背景是从封建骑士时代到商业资本时代的社会变型,加上伊丽莎白年老(66岁)无嗣,王位继承不定,内争外患频仍,谣言四起,人们充斥怀疑主义言行。在文化领域,当代发表许多宗教和政治小册子,教会讲道颇多异词,屡禁不绝。法国蒙田和英国威廉·康沃利斯等人创思想随笔新的文体。这些对莎士比亚也有一些影响。

让我们回到莱维斯的书,他说20世纪70年代和前一段时间,有些中国人拔高莎士比亚,说他代表劳苦大众,另有一些人则斥他终究为资产阶级代言人。其实这都有些夸张和歪曲。莎士比亚只是熟透人情世故,又有广阔的同情心,所以能够创造出这么多(上百)生动的人物。对于当代的一些争论问题,莎士比亚总是避免卷入、避免表明自己的立场的。例如:埃塞克斯企图胁迫伊丽莎白一世女王事件、宗教纠纷(天主教、圣公会新教还是清教)的圈地问题等。但在根本问题上,细心的读者还是能感受到莎士比亚的爱憎分明的态度的。

莎士比亚在他第105首十四行诗中说:

"真、善、美",这是我全部的主题,"真、善、美",它们以不同词语进行变异,就是在这种变化中我付出我的创造力——三体合一,提供了奇妙的天地。[3]

莎士比亚是怎样获得这种创造力的?阿克罗伊德书中试图给予解释。至今中外仍有人对莎士比亚这样一个未进过大学的人怎能有这样的创造力表示怀疑。这种怀疑是没有根据的。他在文法学校所受语言论辩的训练很强,接着可能有一段时间任律师书记和家庭教师,然后赴伦敦在剧团演戏并学着编戏。编戏原来是粗浅的技艺,在他手里一步步提高。他记忆力极强,又善于吸收口头和书面语言资料。写长诗后地位提高,进入贵族圈子,交游和见识大为拓宽,同时代未进大学而写诗写戏的也大有人在:基德、切特尔、琼森、德雷顿等,可见并非只有贵族出身或读过大学的人才能写作。反之,大学才子的作品更有局限性和书卷气,他们怎能像莎士比亚那样熟悉下层人民的生活呢?制皮革、打猎、打官司、戏剧舞台活动等很多细节。当代女王和国王、贵族、戏剧界和出版印刷界,斯特拉福德镇头面人物都是知道莎士比亚这个人物的,但当代从来没有人怀疑过写诗写剧的这个威廉就是来自斯镇的那个威廉。莎士比亚死后,得以葬于家乡斯镇圣三一教堂内,圣坛附近显要之处,其原因之一固然是因为他已在家乡置房置地,颇有体面,但也无疑是因为他的著作。他墓旁墙上半身像下放就铭刻着以下的文字:

……他的名字装点这坟墓

这超过它的造价,因他所写的一切使现下活人的艺术仅成为他文思的侍童。他最熟悉的同行本·琼森在 1623 年莎剧第一对开本前附的赞诗中称他为"埃文河上的天鹅"——埃文河是流经斯镇的那条河,其余这类物证还多得很。[4]

我们中国人现在确实有更好的条件来学习、欣赏和研究莎士比亚,不再怀疑他的存在、他的成就。不带教条,不带偏见,最好直接阅读他的原著,尽量了解他原本说的是什么,其次读那些老老实实的中文翻译本;翻译不要美化,不要偷工减料,不要故意删节。如果演出需要,可以压缩和删掉细节,但不可违背原作的精神,不可"颠覆"莎士比亚。

注:

[1] Levith,Murray J. *Shakespeare in China*[M]. London:Conlinuum,2004.

[2] Shapiro,James. A Year in the Life of Williom Shakespeare:1599[M]. New York:Harper Collins,2005.

[3] 十四行诗集[M]. 莎士比亚注释丛书,钱兆明,注释,北京:商务印书馆,1990.

[4] 裘克安. 莎士比亚年谱(修订版)[M]. 北京:商务印书馆,2005.

李伟民先生:

大函谨悉。《辞书研究》2004 年第 6 期大文拜读,承蒙过奖,谢谢!

《川外学报》2005年第1期随即收阅。方平先生之文有独到见解，可知国外莎学新动向；尊作从圣经影响角度分析《李尔王》的思想内容，很有新意。此皆可见两位莎学造诣甚深。

拙编虽名为《英汉双解莎士比亚大词典》，其实英文书名更能说明其内容：*A Shakespeare Dictionary for Chinese Students*。目的不过是：自己下功夫通读莎翁原文全集，也帮助中国学生看懂莎剧。此事粗想简单，但做起来却大难。原以为三五年总可完成，而实际上编、排、校，十几年为之耗尽心血。今后还必须全力投入修订工作。即使今年春节，过完初一，初二就继续苦干。每日如牛负重，不全部竣工，不得休息。十几年来，为此疲惫不堪，个人想写之文，想译之书，均搁置一旁，无暇他顾。因此各方亲朋好友，往往疏于联系。今后数年，恐仍如此。事非得已，诸希见谅。

寄上拙编《英国文学简史》新修订本一册，聊表谢忱。此书浅易，因考研需要，仍在出版。对先生无用，或可供亲友中青年同志学习英语之用。

匆匆　顺颂

编安

刘炳善顿首

2005年3月9日

伟民先生：

近来忙于文字，编《曹禺论文集》诸多事，潜江会议有关材料今日始寄出，请谅解。

接下来我要参加中国电影诞生100周年、上海京剧院50周年院庆等活动。

上海京剧院应丹麦之邀，准备在今年8月演出京剧《哈姆雷特》，日前邀请有关专家对该剧提修改意见，我也参加了。我电告主任，希望他的那台《哈》剧裴艳玲主演，可能于今年搬上舞台，南北都演，亦一盛事。

收此材料之后，请即电告。

编安！

曹树钧

2005年4月9日

伟民同志：你好！

我因为腰痛，行动不便，终于未能参加成都莎会，但这不是说我不关心此事。

请你近期来信，告诉我一些关于莎会的情况，好吗？

请告我，此次莎会，各地（北京、上海、长春、武汉、重庆）重要莎学者都有谁来参加了？会上会后，有些什么重要的讨论？特别是关于重新建立莎士比亚学会的问题，有何具体的进展？我寄给你的小文发表了没有？会上有些什么论文和其他文件。请你让人给我补寄一份这方面的文件、论文。需要多少费用（包括邮费）请告我，还有：钱汇给谁？我当迅速汇还不误。

候回信！

祝近好！

裘克安

2006 年 10 月 11 日

李伟民先生：

您寄给我的《中国莎士比亚研究通讯》已敬悉，非常感谢您的关心！粗粗翻阅了刊物中的内容之后，深感四川省对莎学的研究在您等强将的发动和引领下，不但具有一定的广度，也有较独到的深度，可喜可贺！以浙江莎学的研究现况来看，实在是无法与贵省比拟的。虽然在张君川先生生前的热情扶持下，也成立了"浙莎会"，但主持莎学的人只图名誉、地位，都没有踏踏实实去研究学问，故多次邀我参加活动或约稿，均被我婉拒谢绝。其实我也不是名副其实莎学研究家，因为我没有通晓英文的基础，之所以接触莎剧，热爱莎剧，是因为我是一个戏剧学院的教师、导演工作者，在数十年上戏教学中，大量接触、实践了莎士比亚戏剧的创作与演出，从而了解了一点莎学的知识。

所以，严格说来，我仅有的一点莎学知识都是听来的、看来的"二道贩子"，不像你那样从原文直接演绎过来，知其根基，明其血脉。我深感汗颜！

对朱生豪先生素来我有深深的敬仰之情，而且我们还是同乡的嘉兴人，因而还在改革开放之初，我便约上海戏剧学院同事一同前往嘉兴，盲目寻找"东米棚下"，大胆私闯被人另眼相看的朱门。然而使我们感到十分哀伤的是堂堂译界泰斗之家竟是如此破败,一贫如洗啊!邻居们一听我们是从上海来访宋清如先生的,便大声呼叫:"阿婆,外面有人找!"于是我们看见一位满脸惊恐,衣服打着补丁的老妇,起先她不明我们来意,当她得知我们是来了解朱生豪生前译著莎剧情况的,故兴奋地把我们领进陋室,一一展示在我们面前,并真切地对我们说:"这是生豪一生的心血啊!但如果政府或哪位好心人能为我的儿媳妇安排一份适当的工作,我愿意把这一切无偿地献出来!"我们便宽慰宋清如先生说,尽量在适当场合进行呼吁,此后,我们又连续访问了老实寡言的朱尚刚先生以及从小照顾朱生豪生活的表姐,这一切活动使我在无限愤怒中产生了难以言状的怜悯与同情。

因此,在省市文艺界会议上我多次做了强烈的呼吁和申诉,但那时由于粉碎"四人帮"不久,"左风"一时尚未从根本上驱散,不少人对莎士比亚的无知,故无人重视,过了许多年,才慢慢对朱生豪价值有了积极的认定。此后,我根据访问的材料,于1992年写了一篇拙文——《试问朱生豪翻译莎剧的动因》,在1992年上海师范大学召开的"纪念朱生豪80诞辰"学术报告上做了发言,因其中有鲜为人知的内容,故得到了译家方平先生及台湾英美文学会会长、淡江大学朱立民教授等专家肯定。这封信似乎写得过分严肃和学究气,但首次和李先生交往总要以礼相待。寄来拙文及照片请参阅指教。

王复民
2014年6月3日
杭州

伟民教授:

赠书收到,非常感谢。记得我们曾通过信,在北大见面时却忘记了。通信时你似乎不在川外。我去川外讲学时没见到你,只记得川外招待得特别好,法文系黄新城教授还送了我两本《法汉大词典》,编得非常好。不知道他还在川外吗?见到请代致谢。

专此祝好!

许渊冲
2013年12月10日

伟民先生:您好!

惠书及《莎士比亚研究》均收到。谢谢!年迈遁迹与外界极少联系。忽接先生电话,十分感动。承问越剧《冬天的故事》中四句藏头诗的韵脚问题,一时糊涂,仓促作答。细思之,原义无错,"来、杯"均系十灰韵(杜甫的《客至》即是此韵),"怀"乃九佳韵,十灰、九佳不通韵。特此奉达,甚为不恭,祈谅。寄上一册昔年付印的拙作《塍庐诗草》供暇时晒览,并乞指正。

顺致

雅安

钱鸣远敬上

2018 年 5 月 23 日

李伟民先生:您好!

没有想到您到浙江来讲学了,热烈欢迎您!

您寄来的大札及其他文稿均已收到。您论述《冬天的故事》改编的大作也已拜读,深感您的求是的科学精神,令人钦佩!《冬》剧演出至今已过去三十多年了,许多往事、细节我甚至不太记得清楚了。而您——却还在追忆——寻资料、访学者,深究改编之不足,反复作文研究……令我感动,向您学习!

我以为,有两个问题值得我们共同思考:

一、中国的戏曲究竟能不能改编莎剧?它既要保持莎剧精神,又要体现中国戏曲的本质与特色是否可能?

关于这个问题素来有较大的争论,特别是莎剧节前夕,学术界(包括"中莎会"中的领导)就有较严重的分歧,有的先生断定:莎剧根本无法改编成中国戏曲,其主要的理由为:莎剧的语言结构及描述与中国戏曲的唱词、念白无法代替融汇。如三十年代梅兰芳先生去欧洲演出《贵妃醉酒》,如何翻译才好,使翻译者犯难。最后翻译成《一个妃子的烦恼》,虽然翻译得不错,但完全失去了中国的语言特色及其内涵、精神实质,所以有的先生认为,戏曲无法改编莎剧。有的先生不同意,认为莎剧完全可以中国化、戏曲化,其中包括曹禺、黄佐临、张君川先生。如曹禺先生积极支持黄梅戏剧团改编《无事生非》;黄佐临先生身先士卒,在上海编导昆剧《血手记》(《马克白》),张君川先生支持、帮助杭州越剧院改编演出《冬天的故事》,当时,我的确似乎感受到了一种"戏曲能否改编莎剧"

的一场斗争。《冬》剧在这种背景下，加上时间紧迫，编导们根本没有时间和经历去推敲越剧应当如何正确改编莎剧，并从学术层面上去考虑如何才能做到合理、科学的改编。快编、快排、快演是我们当时主要宗旨，能够推上"莎剧节"的舞台就是胜利！因而根本没有像您评论中所评述的那样去思考、去要求、去行动。这是我要说的一点。

二、越剧是中国戏曲中一个剧种，这没有错。但是它和正宗戏曲京、昆，包括绍剧、婺剧等大相径庭，京、昆有唱做念打（所谓"四功五法"）的全套功夫，然而，越剧除了念、唱、舞之外，其他什么功夫都没有（沪剧也是一样），所以有些前辈导演及戏曲艺术家曾谑说：要成立一个"反越联盟"（当然是玩笑性质的），说明越剧除了它的扮相，以及念、唱、舞的功夫，其他戏曲功夫什么都没有。您在《冬》剧评述中指出："《冬》剧中的人物仅仅局限于传统的唱、做，而较少通过'做'的有目的的渲染来表达人物的心理和情绪……"您的观点是合理的，但是越剧没有"做"的功夫、手段和技巧！不是我们不想用，而是越剧本身没有，也不需要有！所以同样是戏曲，它们是各有长短、功夫，手段也有深浅之分。

以上所述，不一定对，仅供您这位莎学行家批评指正。我衷心希望在中国戏曲改编莎剧的议题上，不要笼统从戏曲论戏曲，而要从不同戏曲的剧种中寻找它改编的特点和可能性。

严格地说，对待莎剧我还是个外行，研究更谈不上，敬请多多指教。

顺便寄上曹禺及佐临先生的讲话和题词，供研究参考！

致

敬礼！祝在浙江工作顺利！心情愉快！身体健康！

王复民

2018 年 5 月 9 日

附　曹禺先生谈改编

［注］在中国首届莎士比亚戏剧节上，杭州越剧院演出《冬天的故事》后的第二天上午，剧组的编导在曹禺先生上海的寓所受到曹禺先生的接见、晤谈，大致谈了以下两个内容：

一、他说：你们的演出为莎士比亚中国化、戏曲化作出有益的探索和贡献，表示祝贺！并说：希望你们多到农村去演出，创造中国农民喜欢看莎剧的先例。（并题词表示祝贺）

二、他说，中国成立了"中莎会"，这是好事、喜事，但是我们"莎学会"的几个同志都一致认为，如果我们只有少数人关在书斋里，从文字到文字去作研究，不会作出大成就。

研究莎学必须和演出结合起来，才能获得更大的成就……

浙江的某些对莎学有兴趣并略有研究的同志，就十分起劲，不仅积极组织"浙莎会"，还想和剧团挂钩，准备演出莎剧，还邀我参加，担任一官半职。我知道这是在一股热情推动下想去做而做不到的事，故我没有同意参加。果然，所谓"浙莎会"早已无影无踪了，但我以为"中莎会"中几位领导、先生提出的：研究莎学必须要与舞台演出相结合的观点，我认为完全是正确的，但要付之于实，确有多方困难。

附　黄佐临先生为演出《冬天的故事》的题词

有位著名教授、学者最近由欧美回来说：莎士比亚在西方患病了！我听了感慨至深，不禁感叹地说：经过中国首届莎士比亚戏剧节的惊人成就，可以肯定地断言，莎翁在中国的身体康复了，生命力增强了，表现力丰富了！为什么呢？按我看，理由是：莎士比亚中国化了、戏曲化了，可以说是中西文化结合的结果。戏曲讲究"四功五法"，中医讲究"四诊八纲"，中西医会诊，岂不是把莎翁医治痊愈了吗？

这次在二十五台莎剧中有五台是戏曲，占总数五分之一，其中杭州越剧院的《冬天的故事》也作出了卓越贡献，可喜可贺！

佐临

1986 年 4 月中国莎士比亚戏剧节于上海

李伟民先生：

大作和短信均已收悉，谢谢！

从来信看，您已经返回重庆。对您的知识修养和治学精神表示衷心的钦佩！关于"杯"与"怀"之疑，你决定听取钱鸣远先生意见，我认为是对的，他对古诗词有一定研究，造诣较深，定不会有误。

初读了您写的《〈第十二夜〉莎剧改编》，我想起了当初改编、演出该越剧的一则趣闻，供您了解。导演胡伟民先生是我在上戏的学长，曾有两次和他同学。他是一位才华横溢，创新意识极强，导演手法娴熟的好导演。为了改变旧越剧冗长、拖沓，节奏过慢的缺点，他和该剧作曲刘如雪先生商量，凡在演员与演员对唱过程中，把音乐的"过门"删掉，即某演员唱完一段，紧接着另一位演员就接唱。此种改变有人认为很好，加快了越剧演出的节奏；有人认为不好，破坏了越剧抒情的韵味。两种意见争论不休。越剧前辈袁雪芬先生当天赶往剧场观看了演出，一看便颇感惊讶，越剧怎么能这样演?! 演出结束后迅即赶往作曲家刘如雪先生家中，反对唱中不用"过门"，一定要恢复原样。因袁、刘经常合作，非常熟悉，便同意袁的意见。并说和导演共同研究后重新改过来，后导演胡伟民为尊重越剧前辈的意见而改了回来。这是我所了解的"插曲"，供思考。

　　祝

著作顺利，身体健康！

王复民　匆写

2018 年 7 月 20 日

伟民兄：

　　请将此目录增补后打印两份寄给我，送孙院长再增补，然后我再拟一正式目录并将有关文稿排号寄给你。

《中华莎学》（十）　　　目录（初稿）

纪念中国莎士比亚研究会成立 20 周年。

方平

江俊峰

孙福良

曹树钧　　　　　让莎翁成为更多青年的知音

孟宪强

李伟民

莎学经纬

姜涛　　　　　莎剧导演史略（论文提要）

吴辉　　　　　影视莎士比亚

郑土生

戴晓彤　　　　访澳纪行——莎士比亚在澳大利亚

台湾莎学家虞尔昌先生诞辰一百周年

浙江海宁隆重纪念虞尔昌先生诞生一百周年

曹树钧　　　　加强海峡两岸莎学交流，推动中华莎学发展

虞润身　　　　　　缅怀先父，为莎学事业多做促进工作

莎学书海

方平　　　　　　　一位值得纪念的前辈——读《莎士比亚的春天在中国》有感

朱尚刚　　　　　　《朱生豪、宋清如情书》后记，（上海社会科学院出版社）

许海燕　　　　　　《莎士比亚》引言　（辽海出版社，1998 年 10 月）

张帆　　　　　　　《莎士比亚妙语》编者的话　　（北京燕山出版社，2000 年初）

中华莎学人物志　　　　　（16 人）

陆谷孙　　刘炳善　　蓝仁哲　　贺祥麟　　任明耀　　洪忠煌　　李伟民

朱达　　戴晓彤　　胡庆树　　李媛媛　　奚美娟　　俞洛生

环球莎剧　　李默然　　徐晓钟　　英若诚

澳大利亚演出团来京演出《莎士比亚全集》（删节版）

越南青年话剧团来华演出《麦克白》

韩国汉城艺术团在京演出音乐剧《罗密欧与朱丽叶》

上海戏剧学院表演系排演莎剧《请君入瓮》

莎士比亚在香港话剧团

简讯（　　则）

浙江嘉兴拟为莎剧翻译家朱生豪建造纪念馆

莎剧艺术家戴晓彤被评为 2002 年度河北省十大文化名人

一批莎剧话剧演出 VCD 问世

莎剧表演艺术家李媛媛、胡庆树先后逝世

　　　　　　　　　　　　　　　　　　　　　　　　　　　曹树钧

伟民兄：

　　一些资料都已于前几日寄出，供参阅。

　　我于 8 月 30 日赴京参加田汉研讨会，等会议结束后赴天津采访有关方面的人员，于 9 月 8 日回沪。

　　今介绍两位莎学作者的论文。

　　一位是上海海运学院外语老师黄向辉女士的论文。

她的论文将用伊妹儿传给你，我已看过，写得还不错，字数也不太多，请尽量设法采用，我已把你的电话通知她。

另一位叫邹自振，闽江学院中文系教授，闽江学院学报副主编，也是我的一位好友。

信件挂号寄上。

此两文请尽量争取能采用，谢谢！

即颂

教安！

曹树钧
2005 年 8 月 25 日

伟民兄：

新年好！

寄上拙文两篇供参阅。

都文伟先生是美籍华人学者，研究莎士比亚和中外比较文学，八十年代毕业于复旦大学，你如方便可寄一个 9 月研讨会请柬给他，地址按他名片中写的寄。我的回执也随信附上。

即颂

春安！

曹树钧
2006 年 2 月 7 日

第八编

莎言莎语

仙枰杂谈:莎言莎语

路 人

【摘 要】 《哈姆雷特》里有这么一个片段:大臣波洛纽斯前去刺探哈姆雷特"疯了"的原因,见后者正手捧书册,在房间里边踱边读。波洛纽斯上前问道:"敢问殿下所读何物?"哈姆雷特答道:"Words, words, words."朱生豪译作"空话、空话、空话",梁实秋译作"字、字、字",各有道理。这里姑且译作"字啊,字啊,(就是)字啊",可能更适合演员发声吐气念台词。当然,无论 word 在这个语境中可以理解为什么,莎士比亚的精妙,在字词语句中得以隽永,应该是不争的事实。恍然悟出:十四行诗第 18 首结尾的两行中的"你""只要人依然目明依旧一息尚存,/此诗便不会消亡,更赐予你永生"("So long can men breathe, or eyes can see, /So long lives this, and this gives life to thee",此处自译),原来很可能说的是他自己的戏和诗啊。亦或许是巧合。"莎言莎语"的出发点正是如此:在浩瀚的莎翁言语中舀取几滴水,或细读,或品味,或以译为释,或聊发感悟体会,将莎士比亚的片言只语与当下和自我关联。一时挣脱"学术规范"的困索,或可为艰苦的原典深读提供一二轻松欢快的乐趣。本栏文字多取自文学公众号"仙枰杂弹",作者为"路人",除非另有注明。

【关键词】 莎士比亚;莎剧语言;台词

Column：Shakespeare by Words & Lines

Lu　Ren

【Abstract】 When he goes to *Hamlet*，in Act 2 Scene 2 of the tragedy，to attempt a discovery of the cause of the prince's madness，Polonius finds the prince holding a book in both hands, reading. "What do you read, my lord?" he asks. "Words, words, words," comes the answer. Even though the "words" could and have been interpreted in many different ways, Shakespeare does live, if "live" means "his plays are still alive and active through over 400 years", in his words and lines, where always lie the quintessence of his drama and poetry. It suddenly dawns upon me that the "thee" in the ending couplets of Shakespeare's Sonnet 18, which reads "So long can men breathe, or eyes can see, / So long lives this, and this gives life to thee", might just as well refer to his own works, dramatic and poetic. Or sheer coincidence. This is just what this column hopes to offer and share: for each session, we would pick up words or lines from one of Shakespeare's individual play, to discover the nuances of the words, to read the lines and find fun, to interpret through translation, or to relate Shakespeare to the present context or us. The ultimate aim: to struggle free temporarily from the shackles of "scholarly writing", and enjoy Shakespeare as he was enjoyed over four centuries ago.

【Key Words】 Shakespeare; Shakespeare's language; lines

开门见湖,湖畔有山,山顶有坪,传为隐仙手谈之处。今借古"枰",杂弹书道,或与三两旁观切磋,或对眼前黑白评点。避乱世,远浊流,虽无绝顶览众山之豪迈,但有悠然倚东篱之清乐。倘偶得淡菊有人分享,若偶遇知音对弹一二,岂不快哉!

杂弹之事,多因莎翁而起,然不避各种文学与文化之话题:读书、观戏、评影,等等,更夹带几类创写,从电脑到公号,从零散到全篇。

既为"枰",则栏目多以棋喻:"布局·闲说莎翁"者,碎谈各种应时或过往有关莎翁或文学的大小话题;"定式·莎典重读"者,重读经典莎句莎剧之片段,偶于幽微处商榷与惯常阐释相左之见解;"中盘·文学译议"者,或推陈出新,录枰主之新旧莎评或其他文学评论,或道场争鸣,呼应其他相关文学评论;"内外·莎剧变脸"者,由文内向文外拓展,聊聊各种莎剧改编改写及演出,而"流水"者,是枰主的"自留地",栽各种莎学学术研究的创写书文(影评、书评、戏评)之树草。

　　开枰，实为自娱，自娱自乐，路过者，或留步观局，或飘忽而过；"开枰"或旧文新构，或新考自创，或于学术八股之外辟出新境，或在原有旧识中略扫成说，即使是原有之所谓权威期刊之旧文，亦将积年所得融入莎学研究新的思考，亦可命名为"谈莎录"也。

　　宁波东钱湖畔有山，名为"仙枰"，传有"仙人"时常在二灵夕照，芦汀宿雁，上林晓钟，双虹落彩之际在山顶"对弈"，枰主观"白石仙枰"，于"百步秋风十里柳松抱霞屿，万金春风千重云水环补陀"中颔首微笑，可矣。

一、看高手如何拨弄舆情：《科利奥兰纳斯》中的护民官（上）

　　莎士比亚的最后一部悲剧《科利奥兰纳斯》（*Coriolanus*，1607，下称《科》）讲述了罗马政治和社会语境下的一场政治博弈，博弈的双方是悲剧主人公——贵族—护民官与罗马平民，该剧因此向来备受关注。研究者通常从各种政治角度切入，在为数不多的关于剧中两位护民官西西纽斯和布鲁托斯的研究中，麦克卡伦、贝文顿和帕科的见解颇有代表性。麦克卡伦用了"政治煽动家"这样的词汇来形容两位护民官，但他指出，莎士比亚出于客观宽容，"甚至对他们也表示了一定程度的理解"；贝文顿呼应了这一观点，认为"莎士比亚在塑造两位护民官时表现出明显的同情"，但他自己在评述护民官和民众的角色与功能时，语气显得十分客观，指出"民众在该剧中起着举足轻重的作用"，"护民官坚持认为，人民的声音应成为罗马的最高法律"，而他们的所作所为正是"为了人民的最高利益，为失语的民众提供领导力量与话语声音"。不过，尽管贝文顿在评述时语气基本客观，他后面一段话中"设计""阴谋家"等措辞却多少暗示了对其政治目的的疑虑："他们仔细设计好与科利奥兰纳斯的每一次冲突，教导市民该做什么，并聪明地让他们适时而动。他们说起话来就像是阴谋家"，与麦克卡伦的"政治煽动家"不谋而合。帕科则明确指出护民官在《科》剧情节中的关键作用，并以一定的篇幅讨论了西西纽斯和布鲁托斯的政治资本，即代表市民的领导权和话语权，他们在整个政治纷争中从设计到设局的策略，以及两人制造舆论鼓动市民的实践。

　　不过，关于护民官在《科》剧中的核心作用，特别是他们凭"上传下达"之利、拨弄舆情以行保全或扩张个人政治权益之实的政治策略本质，以及莎士比亚就此剧对历史记录的"篡改"，使这部戏对政治文化和社会生活产生了深刻的意义，十分值得研究和探讨。

　　无论从情节内容还是人物戏份上看，两位护民官以及他们与科利奥兰纳斯的政治角力，都是《科》剧的核心。《科》剧共 5 幕 29 场，台词近 3400 行，而有护民官的场次虽然只有 10 个，但总台词却超过 1800 行，占比超 54%。尽管民众在该剧中起着举足轻重的作用，但剧中的民众世界本身与贵族世界并没有实质意义的接触，而"沟通"两者的，恰恰是兼有"上传下达"之便的护民官：他们的政治身份使其上可出入贵族执政的殿堂，下可混迹平民百姓的街巷。细读全剧不难发现，在情节矛盾的形成（初起）、复杂化（发展）、到最后的公开爆发（高潮），起着"翻云覆雨"作用的恰恰是两位护民官，正是他们与科利奥兰纳斯之间的政治角力，构成了莎士比亚这部悲剧的基本线索，也部分促成了主人公的悲剧结局。

护民官西西涅斯和勃鲁托斯的首次出场是第一幕第一场，台词不多，但已表明他们在即将开始的那场政治角力中十分"知彼"。他们十分明白科利奥兰纳斯的性格短板，即"极度骄傲"，同时也深谙他缺乏和平时期的政治经验，这两点正好构成两人对未来政治走向的判断基础。因此，当布鲁托斯对科利奥兰纳斯担任执政表示忧虑时，西西涅斯预测道："他不懂得适度地把握自己的荣誉，不知道如何善始善终，这样，他一定会失去已得到的光荣。"也就十分自然了。

第二幕第一场中他们的台词还是不多，但进一步展现了两人的政治敏感。他们与元老院其他贵族一起去迎接凯旋的科利奥兰纳斯，用嫉妒的语气讲述科氏如何大得人心，西西涅斯断言："我敢担保，他会出乎大家意料当上执政。"这时，勃鲁托斯的一句话泄露了两人忧虑的本质："要是他掌权，我们这些护民官就无事可干了。"紧接着，他们立刻将矛盾冲突推向了你死我活的境地："要么他垮台，要么我们丧失权力。"很显然，两人将自己与科氏之间的冲突定义为权力之争，首先想到的是自己的政治利益，而非其所"代表"的民众，而两人的政治敏感和天赋也立刻使他们想到了最合适的手段：一方面设下陷阱，诱科氏在应对民众时一错再错，另一方面则要使尽浑身解数拨弄舆情，将民意引向对自己有利的方向。勃鲁托斯的话说得再明白不过："为了促使他垮台，我们得向人民暗示，他一向对他们怀有敌意。"

剧情的第一个重大转折出现在第二幕第三场，经过科氏的"委曲求全"，民众已口头答应将在正式选举中对科氏担任执政一事投赞成票，此时，护民官登场，两人立刻上演了一出"绝地反击"的好戏：编造事实，拨弄舆情。勃鲁托斯和西西涅斯轮番发话，夸大科氏在议会上的"自大"表现，反复强调其"暴烈的天性""骄傲的脾气"，还预言友谊终将变为敌意，甚至直截了当地将科氏称为"人民的敌人"。在他们有效的舆论攻势下，市民的情绪立刻大变，有人当场答应分头找几百人反对科氏就任，政治形势在本场结束时急转直下。

需要指出的是，政治权术中的"捏造事实"与"编造事实"完全不同，前者是造谣，是无中生有,而谣言在事实面前往往会顷刻消散,甚至会造成反作用力,使造谣者失去优势,甚至处在极为不利之地,而后者存在部分甚至大部分事实,这里的关键是如何利用自己的政治有利位置,"编排"和"改造"事实,从而使事实以有利己方的形式呈现于受众面前,达到左右民意或舆情的最终目的。两位护民官占据着贵族执政与平民大众的"中间人"的有利地位,能直通议会、并向民众"传达"议会情况,也能与市民打成一片,将下情向上反映。这种政治和社会信息的流转机制造成了两端之间的"信息空隙",从而给作为中间人的护民官有了政治权术的用武之地。

还有一个细节(第二幕第三场)也体现了两位护民官政治权术之精到:他们在煽动市民的过程中,反复使用祈使式表述:"告诉你们的朋友……"和"就说是……",并且显得十分真诚地告诉民众:

勃鲁托斯:你们只管怪罪我们两人——你们的护民官,就说是由于我们的怂恿,才使你们选了他。

西西涅斯:就说你们选举他不是出于真意,而是屈从了我们的命令;你们不是心里想如何去做,而是不得不这样做,这才违背了自己的本意投了他的票,让他当了执政。你们就这样怪罪我们好了。

如此一唱一和,反复五轮。他们一方面在无形中把自己的话借民众之口中说出,另一方面还为自己留下了后路:万一形势逆转,凭"推选科氏的是我们,推翻科氏的是民众"这一"事实",以部分减轻自己可能要承担的严重后果。这一谋划,在本场结束时两人的对话中得到进一步证实:

勃鲁托斯:与其犹豫不决,等着日后的麻烦越来越大,不如冒险发动一场叛乱。……我们正好可以利用着一机会。

西西涅斯:我们必须在大众涌到那儿之前先到那里,免得让人看出是受了我们的指使。

这段对话清楚说明,"叛乱"是护民官用以消除"麻烦"的计划,尽管他们知道这一选择十分冒险;民众是他们有意挑动起来的,但出于政治目的,他们要尽量掩盖这一事实,从而造成市民"自发"奋起的假象。

这里有必要看一下剧情中的"民众"或"市民"的角色。戏中的民众一如莎士比亚其他戏中的类似角色,绝大多数是无名氏,略有几人被冠以"甲乙丙丁"的称呼,但事实上,尽管"甲乙丙丁"在剧中出场可能不止一次,很难确定其身份角色的前后一致或连贯性。在《科》剧刚一开始就出场的几个市民中,市民甲似乎颇有"意见领袖"的味道,他大骂科氏是"出卖群众的狗""只是要取悦母亲",说自己"不会缺少攻击他的理由",甚至说要让贵族明白,他们"还有一双可怕的手臂哩"。可科氏一上场,他立刻语塞,几乎成了唯唯诺诺之徒。到了第二幕第三场,他更是一改前辙,主动向其他市民表示:"要是他请求我们的同意,我们可不能拒绝他。"甚至当市民乙告诉护民官科氏求他们投票是在讥讽他时,甲还为科氏辩护:"不,不是讥讽,他说话向来这样。"因此从本质上说,甲乙丙丁都只是市民中随机挑选出来的人物,表现出民众在莎士比亚剧中一贯的形象特征:不知就里,没有主见,出尔反尔,不可依靠。

接下来的剧情发展,西西涅斯和布鲁托斯走进光天化日,大展其拨弄舆情的手段,使科氏与民众的冲突急剧激化。第三幕第一场中,他们在大街上挑拨民众阻止科氏接受任命,一方面旧事重提,激怒科氏,使他继续犯错,另一方面对民众疾呼:"此人要夺去你们的一切权力",民众渐渐因愤怒而走向极端情绪。到第三幕第三场,局势已无法逆转,在大市场上,两位护民官指使人鼓动民众跟着狂喊口号"死刑、罚款、放逐",终于实现了自己的政治目的:将科利奥兰纳斯驱逐出国。

二、看高手如何拨弄舆情:《科利奥兰纳斯》中的护民官(下)

颇具讽刺意味的是,尽管两人在倒科之战中表现出相当高超的政治谋略和手段,却依然无法把握局势的未来走向,他们的政治短视和卑劣人格在随后的剧情中表现得淋漓尽致。当探子来报说科氏正率领伏尔西人前来进犯时,两人先是坚决不信,勃鲁托斯还反驳说:"造谣者只是想吓唬那些胆小的弱者,使他们希望善良的马修斯回国。"等他们最终意识到事件真相,第一反应就是推脱罪责:"别说是我们招来的",并一反傲慢的口吻,恳求米尼涅斯前去说情。西西涅斯的恭维"您雄辩的口才定能胜过我们立即召集的军队,阻止我们那位国人的行动",以及勃鲁托斯的劝言"你(米尼涅斯)认识那条通向他善良心地的途径",不仅以谄媚的语气揭示了护民官人格的卑劣,"我们那位国人"(our countryman)和"他善良心地"(his kindness)两词,更使两人之前对科氏品格有意抹黑的行为昭然若揭。沦为卑劣政客的护民官,在成功劝退来犯科氏的夫人团回城时,也沦落为只有挤在人群中凑热闹的份了。此时的护民官,无论从语言还是行动角度看,已与此前判若两人,不仅完全失去了在关键时刻挺身而出保护民众的勇气和能力,甚至连"市民甲"等人坦承当初不该反对科氏就任执政的自责勇气都没有了，而这一点，更从一个侧面揭示了他们当初政治目的的私利本质。

罗马史上的护民官到底是一个什么样的角色，莎士比亚在《科利奥兰纳斯》中是"真实再现"了历史还是一如既往地有所改编，这些问题对认识该剧的政治意义十分重要。在罗马政治史研究中，对护民官（亦作"保民官"）的起源主要有两种说法：一种观点认为，护民官是平民自行选举设立的固定首领，以与贵族抗争；另一种则认为，护民官起源于部落首领或其军事指挥官，其主要职责是阻止执政官随意前来征兵。一般认为，在罗马民主政治体制下，护民官具有相当大的政治权力：他们代表平民利益对抗执政官，他们可向执政官提出诉求，他们具有一定程度的"政治豁免权"，特别是，他们的人身不可侵犯。这一点，正好解释了《科》剧中的两位护民官何以能对执政和贵族们口无遮拦，对自己翻云覆雨的能力何等自信。

关于莎士比亚在《科利奥兰纳斯》中对历史记载的改编，研究此剧的学者历来均有论述，主要体现在护民官在这一历史事件中的作用上。根据李维的《罗马史》，马修斯与护民官的冲突是在与民众冲突之后，而且对此着墨很少，普鲁塔克的《名人传》中设立护民官一职是那场冲突之后的结果。这样看来，莎士比亚"篡改"历史，不仅犯下"时代错误"，移果为因，把事后才出现的护民官这一政治力量提前到了事先，还把如此重的戏份加在了护民官的角色上，很难用随意之举，或单纯的编剧策略考量来简单解释。

虽然在一定意义上可以认为，莎士比亚本人改编此剧的出发点究竟何在是一个无从查考的问题，虽然有学者认为莎士比亚在构建护民官角色时表现出一贯的客观宽容，甚至对他们也表示了一定程度的理解，但他们依然有意无意间使用了"政治煽动家"这样的词来形容两位护民官，并指出，两位护民官不仅在事实上使用了类似现代议会政治策略的手腕，其行为之卑鄙也直接源于其卑劣低下的天性。这样的见解，在一定程度上阐释了莎士比亚"篡改"（改写）史实的目的：把这场由原本只发生在贵族和平民之间的政治冲突，改写成了由护民官刻意一手挑起、当事态无法控制时又撒手不管的政治事件，从而突显了护民官在政治事件中的核心作用，更揭示了护民官政治行为的本质。依此认为《科》剧透露了莎士比亚对罗马民主政治体制的某种透视和担忧，应该不是过分的主观妄断。

有学者指出，《科》剧提供了罗马共和体制起源的图景，但事实上，从历史和当下来看，护民官西西涅斯和布鲁托斯的政治手段，不仅是罗马民主共和政体下的一种必然，其本质依然体现于当代的党派政治，"护民官"一职的形式和名称可能起了某些变化，但其或"民意代表"或"国会议员"的政治性质依然未变，其政治活动方式方法的本质也依然未变。从这个意义上说,莎士比亚在《科》剧中对护民官角色的改编和呈现便因此成为一则当代政治隐喻。在当代党派政治体制下,议会策略成为党派间为一己政治诉求或集团利益而进行博弈的手段,各方均自称代表民意,均喊着为民请命的口号,以部分甚至极少的事实为口实,对事实进行刻意增删编排,利用各自的传播工具或渠道,通过雄辩和动人的言辞进行传达,从而实现拨弄舆情、占得政治先机的目的。党派政治越发达,这样的情况就越普遍,而在这样一场以党派利益为最终目的的博弈中,不仅这些党派所宣称代表着的人民利益被悄然搁置一旁,极端情况下,连民族和国家利益也会受到侵害。在《科利奥兰纳斯》中,若不是科氏母亲和妻子率众妇女在危急关头冒险前去劝说,若不是科氏是个"听妈妈的话"的孩子,因政治纷争而四分五裂的罗马,不知会遭受强敌的何种踩躏。

三、梦里不知身是客:京剧《驯悍记》

莎士比亚戏剧改编成中国戏曲的典例甚多,目标观众从熟悉各种戏曲的中国戏迷到如今为数不少的西方观众,市场也逐渐多元化。《麦克白》的京剧改编《欲望城国》,越剧《马龙将军》,昆曲《血手记》、徽剧《惊魂记》,以及《李尔王》的京剧改编《歧王梦》等成功案例不一而足,令人印象深刻,而2016年上海戏剧学院出品的京剧改编《驯悍记》同样在文化变奏和利用上可圈可点。

全戏从醉梦开始,将"梦里不知身是客"的如戏人生贯穿至最终的醉梦长卧不愿醒,为雨夜的观众提供了酣畅淋漓的观戏体验。其中最让人有"圆满"感觉的是,莎剧原作序幕中平民醉汉赖斯梦里梦外被戏弄,以为自己是贵族,观看了一场悍妇被驯服的戏,而戏中戏的设计在剧终并未被交代,故事始终没有跳脱恍惚的局中局,结尾有未完待续的延宕感;而这部京剧改编让醉汉长卧不醒的反讽幽默,为全剧画上了更为落实的句号。

1. 架构与主题的变奏

京剧是高度程式化的传统戏曲艺术,《驯悍记》中自然有观众熟悉的程式化表演动作,其念白与演唱的交替比话剧改编多了一层巧妙的优势,即可以高度融合莎剧通俗娱乐兼具诗化语言表达的本质特色。全剧大胆删减原作中的旁线和次要人物,聚焦"悍妇"阎大乔和鲁思的关系,反映社会婚姻情爱观,全剧表演时长一个半小时,情节推进的节奏明快、诙谐。

莎剧可塑性强的重要原因在于剧作往往在观念立场上有艺术模糊性,莎翁巧妙的悬而不议让超越时空的演绎、改编具有复调的灵活性。因此剧中人物的复杂多样和复调性也是戏剧批评中丰富的探究资源。例如《驯悍记》原作在表演上的存疑历来聚焦于如何在女性主义盛行的语境中不令人愤慨憎恶，不同的演绎版本也常常着力于悍妇最后的那段显然政治不正确的女性忠顺表述，舞台表演上有演员挤眉弄眼、表达反讽的诠释方式，或是口是心非的意义传达表现，甚至有全剧终了再次跑上舞台对观众痛诉被驯服的痛苦心声等。不过京剧的情感倾向相对明确，全剧改变了原作彼特鲁乔对凯萨琳娜的强硬驯悍，大胆地将原序幕中的醉汉变成"莲花班"排戏中驯悍的主人公鲁思，因而戏中戏不再是醉汉旁观，成了醉汉入戏。同时，中国的鲁思少爷不再强悍，而是在仆人鲁九及鲁九提供的"驯悍秘籍"的佐助下，巧妙地软硬兼施，与悍妇阁大乔互相驯服，最终情投意合。全剧结束前，那句"夫妻一张床，谁强都一样"更是为家和万事兴的主题推波助澜。

京剧中的人物塑造摆脱了莎剧当时语境中男尊女卑的问题纠结，聚焦女性的内外差异和率真程度，突出了妹妹小乔美丽温柔外表下实则任性跋扈，而姐姐大乔耿直火暴脾气下真挚、重情谊的本性，意在揭示人们在情爱抉择上需要透过现象看本质的真谛。有趣的是，在莎士比亚的喜剧中，女性角色基本承担促进愉悦情绪和维持稳定秩序格局的作用，而悍妇凯萨琳娜是典型的例外，她在剧里不断破坏秩序，制造困惑甚至是恐慌，她凌厉的话语就是对男尊女卑的强力武器；不过京剧改编中大乔的火爆和责骂更多是针对人的虚伪矫情，她最终并未被"驯服"，而是因为爱情与鲁思相互臣服。原作中丈夫大段表述妻子就是"我的家私，我的财产；她是我的房屋，我的家具，我的田地，我的谷仓，我的马，我的牛，我的驴子，我的一切……"然而京剧中鲁思在花园里深情地向大乔展现了家族的地产，竟然引发了大乔要振兴鲁府家业的雄心，并对丈夫的信任和托付予以真情回报。这一剧烈的"驯悍"反差，消解了被无数女性愤然抨击的男权强势，显然是对当下文化语境的顺应。

全剧保留了原剧主线，从楔子的醉梦开始，推出了求亲、迎亲、驯悍、交心和打赌的五场戏，戏中戏的巧妙点通过舞台左侧的一张戏牌"莲花班在此作场"来揭示，并以排戏人陆续上来翻牌告知戏场序号及分场戏名来清晰交代。同时，梦里梦外的转换以舞台之外的女性训斥来转接区分，将男性和女性的强弱对峙进行了梦里梦外此消彼长的起伏调整，让观众自然进入两性问题的关注和反思。由于剧本删去了原作复杂的繁枝细节，原剧中关于阶层矛盾和差异的讨论被略去，以突出京剧在情感和观念倾向上较为鲜明的特征。

第五场"打赌"之后，悍妇对众人叙述了一段有关夫妻之道的言论，这在原作中是舞台表演最伤脑筋之处，尤其是"你的丈夫就是你的主人，你的生命，你的所有者，你的头脑，你的君主"的表述，甚至令不少莎学专家怀疑这并非莎士比亚本人所写，觉得这一段颇为画蛇添足，也伤害了所有女性观众。著名戏剧家萧伯纳就曾在 1897 年 11 月 6 日的《星期六评论》上发文明确指出："……（那）是对现代情感的侮辱。"不过，这也是最考验主创和演员的片段，更是创意改编的难点所在，即如何以同样的台词来揭示复杂的内心，把表象的"驯服"巧妙地转化为潜在的反抗和超越？在各种不同版本的处理中，无外乎以特殊的语调、表情、肢体动作来表现反讽和黑色幽默，或以增补台词来扭转原台词的表层意义。不过京剧中大乔只表达了编剧赋予的主题，突出了彼此忠实和尊重的重要性，这样的回避，若是对了解原作的观众而言，可能也是一种期待上的小小落空和遗憾吧。

不过剧中的两对新人，大乔和鲁思，小乔和顾公子，他们夫妻关系的前后反差最终得以揭示：撕开了表象，裸露出真实的内在，究竟是谁抵达了良好婚姻的真谛显而易见，这也是原作中重要的主题。导演郭宇曾言"改编旧剧本是莎士比亚的强项"，可见这部京剧的文化利用和改编，也算是把握了莎剧创作的借用精髓。

2. 表演与观戏的异曲同工

这部京剧《驯悍记》与莎剧融合的最巧妙之处，在于表演和观剧形式上的无违和感。除了莎翁诗化语言在唱段中自然表达之外，其互文特征还体现在表演和观剧形式上。莎剧最初表演是在旅店后院，环形表演空间有利于声音传达和情感交流互动，京剧舞台上演员由于程式化的舞姿和声音艺术，其精湛纯熟的唱念做打功底在观众中早有良好的接受基础，更重要的是，以声音为特长的京韵唱腔表演在意义和情感的传达上十分有效。同时，观众对程式化表演相对熟悉，因而对稍显陌生的莎剧精髓的了解也能更加直接，其文化指涉意义的转达转换也更灵活高效。

以莎剧常有的幕间戏或中间串场的连接为例。中场休息后，戏中鲁九的扮演者进行串场，插科打诨地将戏和现实连接，致谢冒雨看戏的观众，甚至表达自己戏外又与"上海最贵的一块铁皮"（即车牌）失之交臂的沮丧，激发出阵阵会心的笑声。同时，他还结合观戏当日 5 月 20 日的谐音"我爱你"，戏称要与观众加微信，记得要收取微信红包 520元。观众还在大笑时，他又转而强调"这是不可能的"，同时应景地转向了鲁思和大乔有否可能缔结"我爱你"的夫妻关系。这种结合当下语境和文化热点、时髦用词的做法，与莎剧表演时拉近观众的精髓要义高度融合，丑角到幕前提醒观众精彩之处要记得鼓掌、大笑、叫好，这也与莎剧幕间和表演中讨要掌声的做法不谋而合。

不仅幕间和幕前，全戏不时对当下话语进行灵活挪移，如大乔和鲁思在成亲归家途中大吵大闹翻车后,鲁九深陷夫妻争执,大呼一声"好尴尬啊",此处与最近喜剧小品表演中的桥段不谋而合。此外,与小乔成亲的顾公子被阎老爷戏称为"富二代",而最后打赌一场小乔不听丈夫的召唤,被顾公子感叹为"爱情的巨轮说翻就翻",等等,都不时激起观戏者的笑声,可谓是精神上的表演艺术共通和贴近观众的做法。

当然,莎剧本质上的严谨,即强调戏剧本质这一点,在京剧改编的呈现中占据更重要的位置,同时京剧改编要摆脱"不伦不类"的诟病,突出自身的优势,将被动转为主动,彰显跨文化之异曲同工的审美效果,这始终是戏曲改编的挑战。虽然莎剧的神圣和高尚可以被解构,它的生命魅力却始终充溢着接地气的人性真实,那么,我们对于京剧艺术之"曲高和寡"的孤傲心态也可以放下。看淡荣光的泰然自在,笑傲人生的醉梦一场,这才是专心做戏和看戏的精要吧。莎士比亚的诗体剧总是在笑闹和哭喊后深藏哲理,毕竟人间有演不尽的多彩命运,也有做不完的梦,谁知身在何方,梦里还是梦外。会心微笑也好,发人深思也罢,就如全戏终结时,醉汉又醉卧舞台,被鲁九笑谈:"戏都演完了,就留他做梦吧。"

四、莎言莎语之"宅"与"爱"

莎剧精妙之一在台词。故读莎,仍应以英文剧本为上,日积月累,跬步渐积。

然莎翁所用,属早期现代英语,文字语法与现在的英语多有差异,若入莎剧宏楼尚待时日,还是需要不时借助双语"拐杖"。有几句点评,或能悟莎句莎语之妙,或偶发会心微笑(knowing smile),便又多了几分附加值的感觉。

莎剧浩瀚,每读仅取一二点滴,并无一斑窥全豹之想。一应译文,均出笔者自手,文责自负。本部分词句取自莎士比亚在 26 岁时首发的《维罗纳二绅士》(*The Two Gentlemen of Verona*,1590—1591)。

1. 用 home 玩个"宅家"的文字游戏

戏一开场,年轻人瓦伦丁(Valentine)决意来一场说走就走的出游,去荡世界,长知识,增阅历。他很希望好友普罗特斯(Proteus)和自己一同上路,但那普兄喜宅,又正与恋人浓情蜜意难舍难分,还反过来劝他宅家好,勿远游。瓦伦丁便来了这么一段:

Cease to persuade,my loving Proteus:	亲爱的普罗特斯,你就别来劝我啦:
Home-keeping youth have ever homely wits.	年轻人足不出户,见识便困于四壁。

Were't not affection chains thy tender days

To the sweet glances of thy honour'd love，

I rather would entreat thy company

To see the wonders of the world abroad，

Than，living dully sluggardized at home，

Wear out thy youth with shapeless idleness.

要不是眼见你天天被柔情蜜意捆住，

每一刻视线都舍不得离开你那恋人，

我一定会请求你和我做伴走上旅程，

一起去阅历外面满世界的奇事妙景，

决不会让你整天无所事事宅在家中，

在空虚无聊中浪费了你的年华青春。

第一幕第一场

　　莎士比亚在此将英文 home（家）一词用文字游戏玩出了精彩：home-keeping 在现代英语中用得最多的意思是"管理家事"，指室内的日常整理打扫，室外的养花治圃，总之，要操持的事，是为了"让家像个家"或"让家有家的味道"；homely 一词，则多有"大家闺秀""小家碧玉"诸语中的"家"之意，并无贬义地形容对方出了家门见识有限，聪明智慧囿于家宅四壁而已。莎士比亚则让 home-keeping 带上了"足不出户"（宅家：keep to one's home）的意味，而用 homely 来形容足不出户者的有限智慧，两个 home 一前一后，既重复又相异，用十分俏皮的口吻传达着十分认真的劝导：年纪轻轻却不愿离家看世界，就不怕你的视野和智慧只限于家宅四壁之内了吗？（很想把"Home-keeping youth have ever homely wits"这句译为"宅家者智慧不出家门"，颇有点劝游妙句的意思。）

　　2. 对"浅薄的深爱"开个玩笑

　　那普罗特斯不为所动，反而炫耀起日日守在女友身边的乐趣，而且有点不耐烦地说着类似"你要去就去吧，俺出于友爱祝你成功"的话，瓦伦丁不依不饶，拿普罗特斯的恋爱开起了玩笑（对话是连续的）：

　　瓦：你手按着爱书祝福我成功？（And on a love-book pray for my success?）

　　普：我手按我爱之书为你祝福。（Upon some book I love I'll pray for thee.）

　　（文字游戏：love-book 是关于恋爱的书；瓦伦丁在嘲笑对方：你凭什么为我出游祝福？some book I love，即我爱的那本书，暗指圣经；普罗特斯辩解说自己是真心为朋友祝福的。）

　　瓦：不就是莱安德游海的事嘛，（That's on some shallow story of deep love：）

　　　　爱倒是深，但事儿浅了点。（How young Leander cross'd the Hellespont.）

（典故：在希腊神话中，年轻人莱安德与恋人希罗为海峡所分，前者便日日游过海峡去会情人，某次不幸溺水身亡。瓦伦丁承认那恋情的确很深，但暗讽普罗特斯的恋爱还是浅薄了一点。）

普：那事可深呢，不过爱更深，（That's a deep story of a deeper love，）

　　因为他的爱满溢出了鞋帮。（For he was more than over shoes in love.）

瓦：你的爱倒是能装满一靴子，（'Tis true；for you are over boots in love，）

　　可是你从来没去游过海啊。（And yet you never swum the Hellespont.）

（英文谚语"over shoes，over boots"有"一不做二不休"之意。普罗特斯借此强调莱安德对希罗之一往情深，但瓦伦丁在此把它拆了开来，又分别取其字面意思，继续调侃朋友以爱为借口宅在家里：你不但爱得不够深，而且连海都没游出去过。）

普：靴子？别想用靴子来刺激我。（Over the boots？nay，give me not the boots.）

瓦：不会不会，这靴子刺激不了你。（No，I will not，for it boots thee not.）

普：怎么说？（What？）

（又一处文字游戏：boot 作名词是"靴子"，作动词则有"鼓励、激励"的意思，大概是因为一套上靴子就得出门上路了吧。）

瓦：恋爱一烧脑，苦诉换嘲笑；（To be in love，where scorn is bought with groans；）

　　这边哀哀求，那厢可爱装，（Coy looks with heart-sore sighs；one fading moment's mirth，）

　　欢乐转瞬去，空留长夜叹；（With twenty watchful，weary，tedious nights；）

　　即便弄到手，没准要倒霉，（If haply won，perhaps a hapless gain，）

　　倘若失去了，伤心事一件。（If lost，why then a grievous labour won.）

　　反正呢，就是聪明人买下个蠢货，（However，but a folly bought with wit，）

　　或者聪明人被蠢货打趴在了地下。（Or else a wit by folly vanquished.）

（此段译文完全是一时兴起，想象着如果真要在戏台上说这个意思，大概需要如何措辞，又不谬了瓦伦丁的"原意"。是"译写"之作，"漏译"是故意为之，请勿较真。）

五、误误误："人是一件多么了不起的杰作"（1）

对经典断章取义，直接导致误读，轻者偏出正轨常理，重者完全南辕北辙。就莎士比亚名句、名段、名节、名场而言，断章取义的误读，还牵涉导演讲戏、演员演角的问题，更应慎之又慎。例如哈姆雷特那段"人是一件多么了不起的杰作"的台词就是此种情况。

把这段台词放回语境中试试？稍微前后多读几行，如何？

我最近不知道怎么搞的，一点也开心不起来，平时的健身活动全不做了，心情抑郁，连地球这片丰饶的大地，在我眼里竟是一片寸草不生之壤，而这最壮丽的华盖气空，这罩在我们头顶的绚烂苍穹，这庄严瑰丽镶着金光的天顶，对我而言竟只是一团浑浊的乌烟瘴气。人是一件多么了不起的杰作，理智多么崇高，能力多么无穷！身形举止，多么恰到好处而令人惊美；慧心领悟，又多像是天使！多像是天神！真可谓尽世之美，万物之灵！可对我而言，这一抔泥土的本质到底是什么？男人不让我开心，不，女人也不让我开心，……

（第二幕第二场；笔者译）

看看笔者划线的前后文字，有没有目瞪口呆的感觉？原来，此时的哈姆雷特正身陷信仰崩坍的痛苦：此前一切的美好崇高，已然不复存在；此前用尽"美颜修图"之手段展现在虚妄世界中的那一张张脸，此刻一个个面目狰狞（国王原来可能就是凶手，母亲竟然睡上了小叔的床，满朝廷都是耳目；当然，仅剩的女友很快也要加入这一阵营）。在这样的情况下，特别是在明显传达着厌世恨人情绪的话语中，哈姆雷特竟然会大肆抒发人文主义情怀？你是导演，你要让演员怎么演？

没觉得最有可能的是：哈姆雷特正在尖刻嘲讽并无情刺破弥漫于当时（历史与社会）的"文艺复兴人本主义"（关于 humanism 译"人本主义"，当另说。）"正能量"烟雾吗？

读书，有时候偷懒一点没大碍，但是，越是经典，越是要读得细，越是要反复读，越是要亲自读，常读常新。

六、误误误：莎翁笔下那个聪明过人的女生（2）

莎翁戏中，聪明伶俐、善良智慧、能上厅堂能下厨房的女性角色，可谓济济，为看戏的带去欢笑，为读戏的带去乐趣，为写戏的带去灵感，为评戏的带去话题。我们甚至能从莎剧本身找到对这样的女性角色的"评语"，有的甚至成为"经典"。试看下面这段：

你甩上房门，想把女人的聪明关在家里，那聪明会从窗子溜出去；你把窗子关了，它就从锁眼里跑出去；你把锁眼也堵上，它就从烟囱里混在烟火里飘出去。

这是《皆大欢喜》（*As You Like It*，1599）中女主角罗萨琳的一段台词，把它用来形容莎剧里那样的女性人物，比如《威尼斯商人》中的鲍西娅，比如《无事生非》中的碧特丽丝，比如《第十二夜》中的薇奥拉，还真是贴切无比。

莎翁似乎早就说出了大家完全认同的对女士们的赞誉，而且说得那么好，而且还是出自女生自己"大言不惭"之口。但是——注意了，这个"但是"是大写加粗的 BUT，这样的"但是"之后发生的事，往往会让人张口结舌——把这句话放回语境中来看：

【场景】第四幕第一场，化装成男生的罗萨琳在林子里遇上了正苦苦寻找她的恋人奥兰多，两人聊起了奥兰多的恋人罗萨琳是否会对爱情忠贞不渝的问题。小伙子坚信女友不会背着他另寻男生，改装换名的罗萨琳则说，这对女人来说并不难。

奥兰多：哦，不过她是有头脑的人。

罗萨琳：恐怕是她脑子不够聪明，做不来这样的事吧：越聪明，就越不守本分。对着女人的聪明关上房门，那聪明能从窗户溜出去；把窗子关了，它还是能从锁眼里跑出去；把锁眼堵上，它就和烟一起从烟囱里冒出去。

奥兰多：男人要有个有这样聪明劲的妻子，他也许会问一声"聪明的人儿，你要去哪里？"

罗萨琳：呵呵，这句话你还是留着到时候再用吧，大概率，你会发现你妻子的聪明是往你邻居的床上去。啊呀呀，全翻过来了！ 那不是形容我们天之娇女之金凤的台词，而是……（明白人，无需多言。）

要我说，莎翁还是笔下留情的：如果把角色性别一倒过来，台词恐怕就得改成"你老公出了戏院就奔妓院"了。当时环球剧院这样的"高雅场所"与妓院这样的"涉黄业所"还真的就是几步之遥。也许恨莎者会出来恨恨咒骂。别急，说出这样话的是"女性角色"，这样的小女生角色，当时都是小男生扮演的。

七、动态生成当下的莎士比亚

1. 新信息与文化元素融合中的莎剧能动性

戏剧表演始终存在一个核心的理论问题：戏剧文本和表演诠释之间的关系。文本规定并主导表演，但表演的发展变化也能动地影响文本的诠释和丰富。在不同历史、文化、族裔、性别语境中，莎剧与新信息和文化元素始终不断融合，生发出新的意义。因而，种种变化并不局限于剧场，而是来自更广阔深远的大环境。当代戏剧史证明，莎士比亚戏剧不仅占据经典地位，也频繁地为现代表演风格、主旨和实践创造潜能。

莎剧的创作初衷与当下营利的市场性表演并无违背，因而表演需要在新的文化和经济创造的环境中被接受，其文化商品的本性不变。另外，莎剧首先是一种丰富的口传文化，尽管文本印刷改变了人们在语言和知识理解上的习惯，但莎剧演出在语言口头表达、动作、姿态上的本质特征不变，因此其中丰富、微妙、渐进、适时的变化是其发展的常态。可以说，莎剧舞台表演并不仅仅受内在的文本语义所限，更是动态的生成，是不断汲取的再创作过程，是每个当下与往昔的对话，必然涉及积极的解读和表演实践，包括删减、重置和编排剧本。在这一点上，我们可以把环球剧场视为莎剧能动再现的隐喻：一方面，其建筑结构和风格竭力再现历史的真实；另一方面，它的存在又创造性地参与了当代城市风景的现代娱乐特质，成为地标性的旅游主题景区，一段鲜活的历史重现，同时又是一处真正的历史遗迹。

环球剧场的表演尤其关注演出与观众的互动，形成一种动态的戏剧理解和文化诠释过程，甚至是全球化时期不同文化沟通和交锋，后殖民批评的重要场所，在忠实原作的基础上，一些新元素的融入也会让观众产生新的反思和诠释。伊克巴尔·汗（Iqbal Khan）执导的《麦克白》几乎完全忠实原剧本台词，但因为主创的设计增加，这部被称为篇幅最短的莎士比亚悲剧前后表演长达三个小时。麦克白著名的"喧哗与骚动"独白（第五幕第五场）中最后一句"找不到一点意义（signifying nothing）"，两个单词的间隔停顿出乎意料地长，让观众的情绪似重负般顿时跌落，其中的几多喟叹和绝望的无奈，令人揪心，勃勃野心化为乌有，哀恸的情绪弥漫全场。

这部改编剧最大的创意设计是舞台上贯穿始终有一个幼童形象，无论是开场、中间的重要场次以及剧终，这个可爱的男童频频登场。他出场时被国王邓肯牵着，中间多次被麦克白夫妇领着一同上场，剧终麦克白被杀，邓肯之子马尔康坐上王位，新国王从座位起身后，男童最终在王位上坐定。幼童显然带有主创希望传达的象征意义，应是人内心的一种外化隐喻，人性最初的柔软在尘世沧桑和权欲利益的引诱下不断发生改变，而幼童天真纯洁的模样和举止，一直与剧中人物形成反差和对比，也在提示观众，在权力追逐和欲望底下，人内心的真诚和纯真渐行渐远。因此，剧终一幕或许在告诉人们：真正能坐上至高位置的，真正能拥有无上伟大的，是珍存赤子之心的人。

此剧的另一个创意难点是如何展现三女巫的预言场景。原戏中的三女巫成了四个身披斗篷的女人形象,尽管台词中依然强调三人,不过黑衣女巫出现时确实是四个人,她们并不突出个人形象,演员也不发出个体的声音,舞台上采取的是画外音形式,以一个不在场的神秘声音来表达预言,四个女人以手中的道具成为一个木偶傀儡式的代言者,几次登场都较为虚幻神秘。如此设计颇有戏剧效果。至于人数上的出入,究竟是为了方便象征形象彰显,或是在超自然力量上的强调,此处存疑,自然会引发更深层的探寻。此外,麦克白的悲剧命运究竟是个人行为的选择,即性格决定论,还是人所无法抗拒的命运安排,即命定论的神秘所致,个人与国家、理想与道德的几重矛盾,依然会在人们心中形成延宕的反思。

在舞台上,刺杀国王邓肯后麦克白城堡门房的那段戏得到了渲染彰显。以往,这段戏常常在舞台上被删减,或者因为单调乏味而被忽略,然而此番处理让演员表现了一段精彩的单口相声,台词中竟然插入了当下的即兴脱口秀成分,甚至连美国总统竞选候选人特朗普、英国脱欧公投都被揶揄讽刺。这位独臂演员连自身的残障都能打趣,引得观众,尤其是台前的站票观众哈哈大笑,几乎要与演员击掌共鸣。试想,血腥残忍的弑君一幕刚刚发生,此处的爆笑自然产生怪异荒诞的逆转,观戏的间离效果异常强烈。在这个仿古逼真的环球剧场,观众一时恍惚地觉得历史倒回,头顶不时有飞机轰鸣掠过,这种后现代的时空错乱,使人们不时从哀叹中游离出来,对颠覆人命运的野心和冲动,产生独特的心理应激反应。在导演的悲剧渲染和解构中,观众在语境中几番出入,场景浸润式的思考比重加大,戏剧影响的能动性增强。

30多年前,约翰·斯泰恩(John Styan)提出了"莎士比亚革命"一词,意在强调区别传统文学研究的以舞台为核心的莎学批评,使人们更关注在莎剧表演中层出不穷的解读潜能。从今天来看,这个已然不新的视角依然积极地关联着戏剧文本、表演历史和创造性的戏剧再现,它不断冲破人们对于经典和权威的固定认识,让大家越发注意到莎剧表演发展中的历史、文化、社会语境的交融参与,以及看似稳固不变的文本对人们认识上的不断激发和推动。显然,我们从当时的革命起点已走出更远的距离。正如莎剧黑人演员艾德里安所言:"我们其实并不自知。"(We don't really know who we are.)因而无论从演员角度,还是从观众角度,每次演出都是对自我的一次探索。莎剧舞台的魅力正是揭示了这一道理,即个体的自我从来是矛盾冲突、错综复杂、多层次的。尽管台词耳熟能详,但演员的表达,表演的再现,每次都是个体对外部世界的一种控制,是演员、导演、编剧等自我意识的投射,观众若是能主动参与其中,不啻对莎剧的一种能动诠释。其实,生活的现实总是会与莎士比亚的作品产生各种关联,尤其是政治上或远或近的相关性和指涉性,以及意味深长的隐喻,莎剧始终都会有神奇的再解读可能,并积极地影响人们的认识。

2. 后结构主义世界中的莎剧

本质上当代莎士比亚改编所展示的是后结构主义世界中的莎剧当下和能动性,无论是表演还是观演,其中的即时、变化都让批评诠释有了更多的开放性,而从本文讨论的庆典剧目看,莎剧诠释对于族裔差异、性别关系、国际政治格局隐射等的聚焦也给观众带来了积极的思考空间。莎剧表演凸显了一种当下的意识形态结构,拓展了莎剧表演以往重视的三元素,即个人独特内在生命的探索、表演技巧的习得和戏剧文本在一定历史语境中的解读。政治,伦理价值,语言异同,意识形态冲突,族裔、国家、阶级、性别等差别,这些曾被忽视的因素始终在干预影响莎剧表演和解读,激发不同的主体性反应。这种反应已从文学对自我塑造的建设作用,越来越倾向于对人们"前在"认知障碍的消除作用。正如莎翁那句"世界即舞台",莎剧是一个隐喻而微缩的世界舞台,在其相对的闭合空间里,神奇而反讽破除着闭合与束缚,以不断的丰富变奏来赋予人们更大的自由。

【作者简介】路人,复旦大学外文学院教授,博士生导师,主要从事莎士比亚与英美文学研究。

第九编

书评书讯与信息

面向校园文化建设的莎剧演出：

《青春舞台 莎园芳华——首届"友邻杯"莎士比亚（中国）学生戏剧节实录暨莎剧教学与实践学术论文集》序

从 丛

1964 年 5 月 16 日，在纪念莎士比亚诞辰 400 周年之际，南京大学时任英语系主任陈嘉先生带领英语系师生，在鼓楼校区大礼堂上演了由《哈姆莱特》《李尔王》《凯撒大帝》《威尼斯商人》戏剧片段构成的莎士比亚晚会。这是当时全国唯一纪念莎士比亚诞辰 400 周年的大型演出活动。陈嘉先生希望通过这次师生演出，让莎士比亚走出课堂，走上舞台，不仅通过排练和演出把书面文字和台词变成活生生的语言，也通过活生生的舞台人物形象，让更多的人近距离体验和感受莎士比亚的魅力，进而了解蕴含其中的文化。这场辉煌的演出，在历史时空中长久回响。

整整 50 年之后的 2014 年 5 月 16 日，在纪念莎士比亚诞辰 450 周年之际，由三位年逾七旬的老教授刘海平先生、钱佼汝先生和杨治中先生牵头的莎士比亚晚会在南大仙林校区小剧场举行。三位老教授当年都是陈嘉先生的学生，作为 20 世纪 60 年代初英语系本科生，都参加了 50 年前那场演出。2014 年晚会的创意者和组织者刘海平教授，50 年前在四出莎剧中"跑龙套"；当年钱佼汝教授饰演夏洛克，杨治中教授饰演巴萨尼奥。50 年后，当年与饰演哈姆莱特的陈嘉先生演对手戏、饰演奥菲利亚的八旬老人张婉琼老师专程从美国飞回来，其他当年参加演出的老师和学生及陈嘉先生复出后的学生和同事，以及陈嘉先生的亲人们，从国外和国内各地赶回南京，参加了这场意义非凡的纪念活动。

我作为英语系莎士比亚研究课程任课教师，有幸参与组织并担任了这场跨越 50 年时空莎学盛事的主持人。莎士比亚研究课程，早在南京大学前身中央大学时期即已开设，我是从陈嘉先生复出后培养出来的莎学博士张冲教授手里接过来的这门课程，从而有幸成为南大莎学血脉的一分子。

2014 年晚会的总导演是刘海平老师的学生范浩博士，参与组织晚会的张瑛博士是张冲教授的学生。当晚重演 1964 年《威尼斯商人》片段的同学们又是范老师和张老师的学生。曾在范浩老师带领下参加香港中文大学中国大学生莎士比亚戏剧节的夏鹏校友,当晚从境外的一个重要商务会议上提前离会,专程飞抵南京参加了这场纪念活动,并在晚会上发表了热情洋溢的演讲,向学弟学妹们表达莎士比亚对他自己和对大家成长的重要意义。

往事并不如烟。南京大学的莎学研究、教学和演出,就这样一代一代地传承着。

五年之后,身为"友邻优课"创始人的夏鹏校友,决定捐资 500 万元人民币,与南京大学—伯明翰大学—凤凰出版传媒集团莎士比亚(中国)中心合作,创立"友邻杯"莎士比亚(中国)学生戏剧节。戏剧节的宗旨是通过莎士比亚经典戏剧的中英文表演和基于莎剧的戏剧创作,提高中国青年学生的文学艺术修养、跨文化交流及中英文表达能力,发挥莎士比亚人文主义资源在我国社会文化发展中的现实作用,并以此加强校园文化与美育建设。同时,也希冀在每届戏剧节期间,举办中青年莎学学术活动,借此促进中青年莎学学者的交流,并推动国外莎学前沿向国内莎学界译介的工作。

经戏剧节组委会研究决定,每届戏剧节的决赛日期就定在该年度 5 月 16 日前后,以向陈嘉先生等先贤致敬。

2019 年 12 月下旬,首届"友邻杯"戏剧节的报名通知在南京大学高研院网站和英语系阁楼剧社微信公众号发布。然而,随着新冠疫情的突发和不断变化的防控政策,导致原定于 2020 年 5 月 16 日开幕的首届戏剧节一直延宕,无法推出。2020 年 8 月,夏鹏老师与我商量重启戏剧节之事。本着同舟共济共克时艰的"抗疫精神"和向英雄的武汉人民致敬的愿望,夏老师提出希望能与武汉大学联袂举办首届戏剧节。这个想法与我一拍即合,我也正有意邀请有着同样莎学传统的武汉大学的戴丹妮教授出山扛起首届戏剧节的大旗。丹妮博士虽然年轻,但是在校园莎剧演出方面是当之无愧的国内领军人物。她多次率领学生参加香港中文大学的莎剧节及校内外各种展演和比赛,屡获大奖。丹妮的莎士比亚教学与研究也独树一帜,她在武大开设的莎士比亚课程深受各院系学生们的喜爱,出版的莎士比亚通识教材受到全国同行的高度认可。她的课程平台"莎剧那点事儿"微信公众号更是办得有声有色,集知识性、学术性、实践性和娱乐性为一体,对青年学生学习莎士比亚并参与到莎学研究和莎剧演出起到了示范引领作用。

丹妮出于她对莎士比亚的热爱和对学生莎剧演出的热情,爽快地答应了夏老师和我的邀请。于是,我们在 2021 年 5 月推出了南大与武大联合主办的首届莎士比亚戏剧节的报名通知。在经历了各地此起彼伏一轮又一轮的疫情磨难,及各团队面临老队员毕业退役,新队员由于疫情不能返校排练等等困难之后,仍然有一百多所大中学校报名参加。

感谢丹妮的悉心投入和细心安排,首届戏剧节的入围团队得以于 2021 年 10 月 29

日－11月1日举办了"南京站"的"莎士比亚戏剧演出工作坊"和"中青年学者莎士比亚研究前沿专题工作坊(莎士比亚与空间研究)",并在2022年5月16日前夕,举办了"武汉站"的莎士比亚戏剧节大赛决赛和"首届莎士比亚戏剧教学与实践研讨会"。如果没有丹妮的果敢和坚持,果断而且幸运地抓住了疫情中的这两个"窗口期",这个"首届"戏剧节还不知会拖到何年何月。

陈嘉先生在天之灵有知,一定会为他曾经工作的南京大学与武汉大学的这次联手而感到高兴,为戴丹妮老师主编的这部《青春舞台 莎园芳华——首届"友邻杯"莎士比亚(中国)学生戏剧节实录暨莎剧教学与实践学术论文集》问世感到欣慰。

2023年5月16日

于南京仙林灵山根

【作者简介】从丛,南京大学外国语学院英语系教授,南京大学—伯明翰大学—凤凰出版传媒集团莎士比亚(中国)中心联席主任,首届"友邻杯"莎士比亚(中国)学生戏剧节南京站负责人。

国际学术研讨会"空间、物、数字文化与莎士比亚"

——重庆市莎士比亚研究会第十四届年会
在四川外国语大学召开

衷 莎

2022 年 4 月 23 日,重庆市莎士比亚研究会第十四届年会在四川外国语大学成功举行。本届年会由重庆市莎士比亚研究会、中国外国文学学会莎士比亚研究分会和河北省莎士比亚学会主办,四川外国语大学科研处、商务英语学院承办,《外国语文》编辑部、《中国莎士比亚研究》编辑部、四川外国语大学莎士比亚研究所等 16 个单位协办。会议采取线上形式举行,共有来自北伊利诺洲大学、亚利桑那州立大学、韩国首尔东国大学、清华大学、北京大学、浙江大学、中山大学、上海财经大学、重庆大学、西南大学、华南师范大学、东华大学、上海外国语大学、广东外语外贸大学、河北师范大学及东道主四川外国语大学等百余位中外专家学者参加了此次盛会。

本届年会主题为"空间、物、数字文化与莎士比亚"。会议包括主题报告会、专题研讨会、重庆市大学生莎剧比赛获奖剧目展演等环节。

会议开幕式由商务英语学院段玲珮教授主持,她介绍了商务英语学院莎士比亚教学、演出情况以及学院的人才培养目标——"培养懂莎士比亚的 CEO"。

四川外国语大学校长董洪川教授致辞。董洪川介绍了川外在莎士比亚科研、教学和演出方面取得的成果以及川外与重庆市莎士比亚研究会的密切联系。

重庆市社会科学界联合会潘勇副主席发表讲话。他首先对年会的召开表示祝贺,赞扬本届年会主题兼具理论意义、现实针对性和时代价值,对重庆市莎士比亚研究会取得的成绩予以肯定,并要求研究会始终把牢正确的政治方向,继续加强研究会的自身建设,弘扬和传承莎士比亚的人文精神和艺术风格,服务重庆高质量发展和社会主义先进文化建设。

中国外国文学学会莎士比亚研究分会会长辜正坤教授、河北省莎士比亚学会会长李正栓教授、重庆市莎士比亚研究会会长罗益民教授分别发表讲话。辜正坤教授就中国学者研究莎士比亚的标准问题发表讲话,李正栓教授和罗益民教授分别介绍了河北省和重庆市莎士比亚研究的最新进展。

主题报告会分别由中国外国文学学会莎士比亚分会副会长李伟民教授、四川外国语大学姜萌萌教授、清华大学外文系刘昊副教授、西南大学刘偞博士、河北师范大学外国语学院刘露溪副教授主持，十一位中外专家围绕主题做了主旨发言。

中国外国文学学会莎士比亚研究分会会长辜正坤教授以"莎士比亚批评在新时代社会主义背景下的模式重构"为主题，发表了激情四溢的讲话。他认为：莎士比亚研究不应是单标的，而应是双标，甚至多标，研究者既要尊重西方的意识形态和研究方法，又要尊重我们自己的社会主义的意识形态和研究方法，两种价值体系既有重合，又有差异，应该兼容并包，中国人的研究模式应该允许有多个结论。

河北师范大学李正栓教授就《莎士比亚〈亨利八世〉中的国王形象研究》发表了精彩的论述。北伊利诺洲大学 William Baker 教授就《一报还一报》开场白做了精彩分析；亚利桑那州立大学 Charles H. Alexander 教授就《哈姆雷特》中的奥菲利亚在场和缺席的问题展开论述；中国外国文学学会莎士比亚研究分会副会长杨林贵教授分析了莎士比亚研究中的"影响"问题，尤其是后现代主义作品对莎士比亚的重构。他重审了"影响"与"互文性"，以及它们如何被应用于莎士比亚研究；浙江大学中世纪与文艺复兴研究中心主任郝田虎教授探讨了中国诗人和学者们对莎士比亚的阅读和翻译对中国现代诗歌产生的不可忽视的影响；韩国首尔东国大学 Youngmin Kim 教授从《哈姆雷特》中的戏中戏出发，探讨由此引发的心理学研究问题："症状"或"乔伊斯圣状"；上海财经大学 Sandro Jung 教授研究了伦敦出版商 Bellamy 和 Roberts 于 1791 年出版的 18 世纪最重要的莎士比亚戏剧版本之一——《莎士比亚通览》，分析了艺术家如何完成从文本到视觉媒介的转换；来自华南师范大学的 Reto Winckler 教授的发言主题为"戏剧，经典与失落——重审莎士比亚失落的戏剧《卡德尼奥》"，他指出，莎士比亚的经典作品，本身就是对以前的艺术和娱乐作品进行创造性改编的产物，也是当今艺术家们的灵感源泉；四川外国语大学肖谊教授阐述了 19 世纪美国小说家如何通过用典、戏仿、拼贴或模仿在创作中挪用莎士比亚；重庆市莎士比亚研究会会长罗益民教授发表"莎士比亚赖以生存的拓扑学——一份关于他写作、文体与主题的调查报告"，论证了以拓扑学角度和方法对莎士比亚创作机制与价值进行阐释的必要性；重庆大学毛凌滢教授、邢台学院申玉革副教授、重庆交通大学陈才忆教授、重庆邮电大学史敬轩教授和西南大学郭方云教授分别对主题发言做了精彩点评。

在专题会上，与会学者分别从"叙事学、伦理学专题研究""意识形态与共同体专题研究""拓扑学与空间专题研究""戏剧改编与教学专题研究""翻译与传播专题研究""个案研究"六个角度，各抒己见，畅所欲言，进行了广泛而深入的探讨。

　　六所高校的学生剧团献上了精彩的莎剧表演。经专家组匿名评审,重庆大学学生英语戏剧社的《第十二夜》、四川外国语大学英华萃剧团的《罗密欧与朱丽叶》荣获一等奖,厦门理工大学厦理巴人话剧队的《温莎的风流娘儿们》和西南大学天鹅剧社的《罗密欧与朱丽叶》获得二等奖,四川外国语大学博艺·莎剧社的《威尼斯商人》和重庆交通大学小小演出家剧社的《仲夏夜之梦》获得三等奖。

　　科研处副处长马武林教授宣读了本次年会论文比赛获奖者名单,四川外国语大学期刊社常务副社长李小青教授宣布戏剧比赛获奖者名单。厦门理工大学刘芭副教授对演出进行了精彩点评,东华大学杨林贵教授对大会做了学术评点,商务英语学院教师曾立代表会务组作承办单位工作汇报,秘书长史敬轩教授宣读了会议纪要。

　　下一届年会承办单位重庆大学外国语学院党委书记欧玲副教授向莎学研究者们表示了热烈欢迎,期待大家来年再聚!

《中国莎士比亚研究》编辑部在四川外国语大学召开"第三届学术与出版"编辑研讨会

钟 莎

2023 年 7 月 12 日,《中国莎士比亚研究》及其《中国莎士比亚研究通讯·中华莎学》编辑部在四川外国语大学召开"第三届学术与出版"研讨会,参加会议的有陈明志、肖谊、李伟民、胡鹏、朱斌、李盛茂等。在此次"第三届学术与出版"研讨会上,与会人员针对刊物的栏目设置、稿件征集、编辑规范、学术平台建设和搜索引擎收录等问题进行了热烈讨论,就如何办好《中国莎士比亚研究》与会者深感责任重大。在此次会议上与会者还就如何增强刊物在海内外学术影响力建言献策,进一步明确了《中国莎士比亚研究》在推动中国莎士比亚研究发展中的重要学术地位和作用。

《中国莎士比亚研究》目前为中国唯一的莎士比亚研究学术刊物,是中国外国文学学会莎士比亚研究会会刊,在中国莎学研究领域发挥着重要作用,同时也是世界莎学界了解中国莎学的重要窗口。进入新时期以来的中国莎士比亚研究,以马克思主义为指导,吸收了西方文艺理论、西方美学、语言学研究的最新成果,在研究倾向上也表现为运用西方现代主义、后现代主义解构莎士比亚戏剧,并站在自己的文化立场上重新建构对莎士比亚的认知。莎士比亚研究的生命力与其现代性有着极为密切的关系。如果我们忽视了对莎士比亚现代性的思考和研究,也就难以理解为何"不属于一个时代,而属于所有世纪"的莎士比亚剧作会成为经典且至今仍然活跃于舞台其背后深刻的历史与现实原因。

与会学者认为:近期《中国莎士比亚研究》设置的"马克思主义莎学研究""中国莎学书简""莎士比亚文本与理论研究""莎士比亚历史剧研究""莎士比亚传奇剧研究""莎学学术文献钩沉"等栏目不仅得到莎学界的好评和踊跃来稿,而且在外国文学研究领域、国家级出版社、各大学术平台也引起了极大关注。会议特别传达了中国知网对《中国莎士比亚研究》这一刊物的关注与支持。

与会学者介绍汇报了自己近年来在莎学研究上取得的成绩及在《外国文学评论》《外国文学研究》《国外文学》《戏剧艺术》《中央戏剧学院学报》《英美文学研究论丛》《外

语研究》《解放军外国语学院学报》《现代中国文化与文学》等重要外国文学、比较文学研究刊物上发表的论文，以及出版的《莎士比亚戏剧在中国语境中的接受与流变》（中国社会科学出版社）、《莎士比亚戏剧早期现代性研究》（北京大学出版社）、《中国莎士比亚悲剧研究》（商务印书馆）、《中国莎士比亚喜剧研究》（商务印书馆）、《云中锦笺：中国莎学书信》（商务印书馆）、《中国莎士比亚历史剧传奇剧研究》（商务印书馆）等学术著作出版的情况、承担的国家社科基金完成进度、近期莎学研究方向等。

在"第三届学术与出版"研讨会上，大家一致认为，中国莎学研究应该以马克思主义指导自己的莎学研究，以辩证唯物主义和历史唯物主义为指导，高举起中国莎学的理论旗帜，中国莎学应该具有自己的民族文化特色。中国舞台上的莎剧演出应以现实主义浪漫主义相结合的表现形式为主，兼及现代与后现代莎剧表现形式。中国莎剧以自己的民族艺术形式为载体，以自己民族的审美特性为引领，以中华民族艺术精神展现莎剧的"艺术空间"和"心灵空间"。中国莎学研究在放眼世界莎学的同时，应以其独有的民族精神和美学理论为莎学注入了新的内涵与活力。

北塔《新译、新注、新评〈哈姆雷特〉》出版

中　莎

　　《新译、新注、新评〈哈姆雷特〉》2023 年 1 月由团结出版社推出。该书为诗体译本，更突出了研究价值，其中大量的评论性注解有利于读者深入了解原著的细微与深奥。该书从全新视角翻译和解读这部莎翁代表作，比如博物学视角、疯癫学视角和社会语言学视角，给读者以深刻而新颖的阅读体验。

　　此书为 2002 年北塔翻译的《哈姆雷特》诗体译本的全新修订版。据作者透露，此次修订和撰写所花时间精力超过了原先的翻译。译者深入、细致、广泛研究了历代"哈学家"的成果以及梁实秋、朱生豪、卞之琳、孙大雨、黄国彬等五家代表性中文译本，不仅在翻译上有许多创新之处，而且对各家译本做了恰如其分的点评。本书还附赠英文原文电子版。

《哈姆雷特》(新译、新注、新评) 学术雅集在北京举行

赛 迪 郑 雯

由团结出版社主办,世界诗人大会中国办事处承办《哈姆雷特》(北塔新译、新注、新评)学术雅集于 2023 年 3 月 15 日举行。

郭强、赵智分别代表主办单位和承办单位致辞。赵智(冰峰)说,《哈姆雷特》的译著版本很多。北塔敢于和翻译界的前辈们挑战,勇气可嘉。他是一位诗人,对作品文本的理解和剖析本身就有着特殊的优势。翻译这样的经典名著,需要消耗作者很大的才情、智慧和能量。我相信他的这个新译本呈现了经典重译的新高度。杨北城、苏赛迪和郑雯朗诵了《哈姆雷特》北塔译文的三个片段。

中国外国文学学会莎士比亚研究分会副会长黄必康教授表示:这部《新译、新注、新评〈哈姆雷特〉》显示出一名学者的学术洞察和译者的工匠精神,书中富有既忠实原文又妙用文字的佳译,展现了一名当代诗人译莎的现实感和新诗意。这部译作中有详尽的注释和研究文字,可以作为比较翻译课程的教学材料,也为比较文学研究提供文本例证。北塔不仅深入了解《哈姆雷特》,还熟悉莎士比亚戏剧创作的文化背景,不仅有充足的文化知识、坚实的中英文语言素养,而且在翻译中考虑到了诗剧的体裁特征,注重译文中戏剧人物身份的特点。

朱源教授指出,《哈姆雷特》翻译既要体现语言的诗性,又要有情感的浓度。他强调了该书的学术价值和独特性。书中详细的注释和对名家翻译的评判凸显了该书的学术性,具有比较文学的特点,而至今未曾有学者以注释、评判的形式翻译《哈姆雷特》,这一译作无疑具有独特性。

汪剑钊教授指出,翻译的意义重大,它使不同文化间的交流、理解和互鉴成为可能;但翻译又是困难的,属于不可为而为之的事。对于译文语言,汪教授谈及自己与中戏学生交流的一点很有意思的经历,卞之琳先生的译本是诗体译本,注重韵律的移植,但在实践中并不流行,中戏的学生更倾向于使用朱生豪的散文体译本,因为后者的舞台表演效果更好。鉴于此,他肯定了译本中的语言兼具诗性和表演性。

贾荣香教授指出：要想在若干译本的基础上体现真正意义的新译是非常冒险的。这个译本主要有三大特色。第一，词归源头，译入语境。对原著的词意寻源追根，对译文的语境嵌入吻合。第二，提升译本的学术层次，提高读者的认知程度。第三，温和改良，不颠覆前辈。新评是新注的基础。新译、新注和新评环环相扣，缺一不可。

马士奎教授指出：哈姆雷特译本已多，我从这些副文本中读到的是北塔与莎士比亚的窃窃私语，与前辈译者的如切如磋，对当下读者的悉心关照。雷静教授也认为北塔的新书是厚译理论的集中实践。

诗人陈泰灸表示书中大量的注释对他这样的文学爱好者帮助很大，让他更清楚地了解了故事的来龙去脉。诗人阿诺阿布认为，译者需要具备超强的文化功底和对戏剧、诗歌独到的洞悉力。中央民族大学外国语学院副院长石嵩认为，莎剧作为文学经典，必然要常译常新。北塔提到，2002 年是由他的恩师屠岸先生推荐，他用诗体翻译了《哈姆雷特》，已经由中国少年儿童出版社推出。《新译、新注、新评〈哈姆雷特〉》的出版是对初译本的补救。

首届"友邻杯"莎剧节回顾：
《青春舞台 莎园芳华——首届"友邻杯"莎士比亚(中国)学生戏剧节实录暨莎剧教学与实践学术论文集》出版

赵育宽

　　2021 年 5 月，由南京大学和武汉大学联合举办，友邻优课和译林出版社共同支持的首届"友邻杯"莎士比亚(中国)学生戏剧节(简称"莎剧节")正式向全社会莎剧爱好者公开发送邀请函；同年 10 月，入围决赛的各校队伍和全国莎学专家齐聚南京大学"莎士比亚戏剧演出工作坊"与"中青年学者莎士比亚研究前沿专题工作坊(莎士比亚与空间研究)"；2022 年 5 月，"学生莎士比亚戏剧大赛"暨"首届莎士比亚戏剧教学与实践研讨会"在武大以"线上＋线下"的创新形式举办，天南海北的参赛队伍与学者们于此共建青春舞台，同赏莎园芳华。

　　2023 年金秋时节，《青春舞台 莎园芳华——首届"友邻杯"莎士比亚(中国)学生戏剧节实录暨莎剧教学与实践学术论文集》即将出版。此时距首届"友邻杯"圆满落幕已一年有余，但我们相信，本次莎剧节将作为永不熄灭的烛火，持续照亮我们的精神世界。这本精心编辑、群英荟萃的论文集，便是首届"友邻杯"赠给诸位的一份礼物，也向照临万世的莎翁致敬。

　　值得一提的是，戏剧节南京站负责人从丛老师和武汉站负责人戴丹妮老师分别为这本实录和论文集撰写了序与前言，动情而细致地回顾了首届"友邻杯"莎剧节的前世今生，莎士比亚戏剧对中国校园文化与美育建设的现实作用，以及围绕莎剧展开的校际友谊与代际传承。此外，作为国家社科基金重大项目"莎士比亚戏剧本源系统整理与传承比较研究"(19ZDA294)成果，这本论文集还全景式记录了本届莎剧节的点点滴滴，表演实践与理论研究并重，既致力于将参赛师生的精彩瞬间和灵感火花付诸印刷，也力求如实呈现诸位专家学者在中国莎剧教育方面的思想碰撞与前沿成果，以便后来者参阅与借鉴。

　　400 年后的 2023 年，回望中国校园那一场跨越疫情、致敬经典的莎剧盛会，谨结集此书，纪念青春，共赏芳华。

附 录

《中国莎士比亚研究》征稿启事

为了进一步推动中国莎士比亚研究的发展,《中国莎士比亚研究》,面向海内外莎士比亚研究专家、莎学爱好者征求原创性的莎士比亚及英国文艺复兴时代文学艺术研究稿件。

《中国莎士比亚研究》主要集中于以下研究方向:世界莎学研究、马克思主义莎学研究、莎士比亚总体研究、莎士比亚戏剧研究、莎士比亚悲剧研究、莎士比亚喜剧研究、莎士比亚历史剧研究、莎士比亚传奇剧研究、莎士比亚十四行诗及长诗研究、莎士比亚戏剧改编研究、莎士比亚舞台、莎士比亚翻译研究、莎士比亚与同时代作家研究、莎士比亚宗教研究、莎士比亚教学研究、中国莎学家研究。

为了保证《中国莎士比亚研究》本着"宁缺毋滥"的原则,以学术质量为第一前提,请勿一稿多投。来稿格式请参照本书"注引格式"撰写,并请作者仔细校对,尤其是对文中的"参考文献"和"注释"(应区别"参考文献"和"注释",并在页脚和文尾分别显示)。

文稿包括中英文标题、中英文内容提要、中英文关键词、正文及参考文献。来稿请附作者信息,包括:姓名、性别、籍贯、单位、职称、学历、主要研究方向和主要成果。以及联系方式,包括:详细通讯地址、邮政编码、电话、手机、电子邮箱,以便在编辑文稿时随时联系。来稿可控制在 15000 字左右。本书不向作者收取任何费用。

联系方式:文稿撰写完成后请以姓名+文章标题,发送电子邮件(用附件形式)到:zgssbyyj@163.com;同时从邮局用挂号寄送一份打印稿到:重庆市沙坪坝区壮志路 33号,四川外国语大学莎士比亚研究中心《中国莎士比亚研究》编辑部。(邮政编码:400031)

《中国莎士比亚研究》编辑部

《中国莎士比亚研究》格式

一、稿件构成

1. 标题：中英文题目

2. 摘要：200字左右，中英文摘要内容要求严格对等

3. 中英文关键词：3—5个

4. 正文

5. 参考文献（具体格式见下文）

6. 附录（如果有）

7. 基金资助文章应注明基金项目名称与编号

二、正文格式

正文章节结构编排顺序应全书统一，层次分明。一般来说，一级标题用"一、二、三……"标示，二级标题用"（一）（二）（三）……"标示，三级标题用"1.2.3.……"标示，四级标题用"（1）（2）（3）……"标示。三级标题以下各层标题不单占行。

三、文内引用和文末参考文献格式要求

1. 注释

重要文献引用均须校核，并以最新版本为准。旧时作者的著作或文章结集出版，可依当时的版本。一般文献，遇有表述问题时，亦须校核，不可随意改动。如果作者引用文字有改动（尤其是引用译著文字有改动时），需要说明理由。

注释是对书籍或文章的语汇、内容、背景、引文作介绍、评议的文字。注释原则上采用当页脚注带圈字符，每页用阿拉伯数字重新编号的方式；一般不采用书后注及夹注。

脚注中引证文献标注项目一般规则：中文文章名、刊物名、书名、报纸名等用书名号标注；英文中，文章名用双引号标注，书名以及刊物名用斜体标注。

责任方式为著时，"著"字可省略，用冒号替代，其他责任方式不可省略；如作者名之

后有"著""编""编著""主编""编译"等词语时,则不加冒号。如作者名前有"转引自""参见""见"等词语时,文献与作者之间的冒号也可省略。责任者本人的选集、文集等可省略责任者。

注释一律采用基本格式:

①吴宓:《吴宓诗话》,商务印书馆 2005 年,第 66 页。

②[美]艾米莉·狄金森:《狄金森诗选》,王柏华等译,四川文艺出版社 2020 年,第 19 页。

③郑敏:《世纪末的回顾:汉语语言变革与中国新诗创作》,《文学评论》1993 年第 2 期,第 xx—xx 页。

2. 参考文献

参考文献一般在书稿正文后。其标引次序一般应为:著者(译者),书名,出版地,出版者,年份,版次,页码。对于外文参考文献,其书名和杂志名要用斜体,文章名用正体加双引号。

中外文参考文献分别以字母顺序排列,中文在后,外文在前。格式如下:

(1)期刊类:作者名(姓前名后,列前三名,后加"等"):文章名,期刊名 xxxx 年第 x 期,第 xx—xx 页。

(2)普通图书类:作者名:书名,出版者出版年份。

(3)会议论文集:引文作者名:论文名,论文集编者名,会议论文集名,出版地(会址):出版者,出版年份(会议年份)。

(4)文献汇编:引文作者名:引文题目,汇编论文编者,论文集名,出版地:出版者,出版年。

(5)学位论文类:作者名:论文名称,作者单位,年份,第 x 页。

(6)报纸文章:作者名:文章名,报纸名,出版日期,第 x 版。

(7)电子文献类:作者名:电子文献名,发表日期,原刊载网址。

(8)网上公开发表文章:作者名:作品名,编者名,电子版权信息(日期、版权人或组织),引用时间及网址。

四、注意学术规范

若有科研项目,请在论文首页标明具体的项目名称和项目编号。例示如下:

基金项目:国家社科基金重大委托/重点/一般/青年项目"项目名称"(项目编号:12345678)

请在文章末尾附上作者简介、联系方式等信息。